La contrebandière en bas de soie

ALYSSA

ALEXANDER

La contrebandière en bas de soie

Traduit de l'anglais (États-Unis)
par Astrid Mougins

J'AI LU

Si vous souhaitez être informée en avant-première
de nos parutions et tout savoir sur vos auteures préférées,
retrouvez-nous ici :

www.jailupourelle.com

Abonnez-vous à notre newsletter
et rejoignez-nous sur Facebook !

Titre original
THE SMUGGLER WORE SILK

Éditeur original
A Berkley Sensation Book published by The Berkley Publishing Group,
a division of Penguin Group

À Joe, qui sait que je suis folle
et m'aime quand même.

1

Août 1813

Il ne pouvait plus parler, plus penser, plus respirer.

Devant lui, le chef des services secrets remuait les lèvres, mais il ne percevait qu'un bruit confus. Il s'efforça de se concentrer.

Il ne pouvait pas avoir prononcé le mot « retraite ». Impossible. Les espions ne mouraient pas dans le confort de leur lit comme les vieillards. Ils tombaient sur le terrain, d'un couteau dans la gorge, d'une balle dans le cœur. Même le poison était préférable à… *ça*.

— Sauf votrc rcspcct, monsieur, je ne peux pas démissionner.

Julian Travers, comte de Langford, desserra ses poings crispés. La fureur faisait bourdonner ses oreilles. On lui demandait de partir, de jeter aux orties la vie qu'il s'était minutieusement construite, comme si ces dix dernières années ne représentaient rien.

— Je ne vois pas d'autre solution, répondit sèchement sir Charles Flint.

Si le chef des services secrets était désolé de perdre un excellent agent, il le cachait bien.

— Les Français savent que vous êtes l'Ombre, ajouta-t-il.

— Monsieur…

— Le traître leur a dévoilé votre identité. Vous, ainsi que deux autres agents, avez été compromis.

Sir Charles serra les lèvres et écarta une pile de documents devant lui afin de poser les coudes sur son bureau.

— Si nous vous renvoyons sur le continent et que vous êtes capturé, les Français utiliseront toutes les tortures qu'ils connaissent pour vous soutirer des informations. Vous devez vous retirer.

Ses paroles étaient autant de coups de poing dans le ventre de Julian. Il se leva et se mit à arpenter le bureau encombré.

— L'Autriche vient de déclarer officiellement la guerre à la France, essaya-t-il. Je pourrais me rendre à...

— Non, fit sir Charles, catégorique. Vous êtes mon meilleur agent, mais je ne peux vous envoyer en mission à l'étranger. Il est temps pour le Comte Errant de rentrer chez lui.

Julian ne releva pas. Il préférait de loin « l'Ombre », son surnom parmi les espions, au sobriquet dont on l'affublait en société. Néanmoins, le rôle du comte blasé et désœuvré constituait une excellente couverture lors de ses fréquentes missions sur le continent.

— Les autres agents compromis sont également contraints de prendre leur retraite, poursuivit sir Charles. La menace qui pèse sur notre réseau est trop grande pour que nous continuions à vous employer.

— J'ai néanmoins un travail à accomplir, objecta Julian.

Il cessa de faire les cent pas et s'arrêta devant l'unique fenêtre pour contempler les pavés de Cobble Street en contrebas.

— Langford, officiellement, vous n'existez pas pour nos services, lui rappela sir Charles. Il m'est impossible de vous affecter à un poste officiel, à moins que vous ne soyez prêt à travailler dans ce bâtiment, derrière un bureau...

— Ce serait encore pire que de moisir à la campagne ou de traîner dans les salons mondains, qui sont les seuls autres choix qui s'offrent à moi, riposta Julian en retenant un petit rire de dédain.

Il baissa les yeux et remarqua que ses doigts étaient crispés sur le rebord de la fenêtre, ses articulations blanches.

Derrière lui, il entendit un froissement d'étoffe contre le cuir, puis le fauteuil de sir Charles grinça.

— L'Ombre sert le roi et la nation depuis dix ans, déclara ce dernier. Durant tout ce temps, le comte de Langford a tourné le dos à son titre et à son patrimoine.

— Je n'ai jamais voulu de ce titre, répliqua Julian.

De l'autre côté de la fenêtre, une brume grise s'enroulait autour des fiacres et des bâtiments. Des diplomates, des clercs et des secrétaires allaient et venaient entre les bureaux, vaquant à leurs occupations, ignorant qu'à quelques pas de là le monde de Julian était en train de s'écrouler.

— Quoi qu'il en soit, vous êtes comte. Votre place est dans les salons de Londres. Votre devoir est de vous marier et d'avoir des héritiers. Ainsi va la vie.

Le sang de Julian se glaça. Le monde n'avait pas besoin d'un autre Travers. Par conséquent, Julian n'avait pas besoin d'un héritier. Il ne pouvait changer le passé, mais il pouvait s'assurer que la lignée des Travers s'arrêterait avec lui.

Non sans effort, il lâcha le rebord de la fenêtre. La guerre n'était pas terminée. Napoléon représentait toujours une menace. Il prouverait à sir Charles qu'il était encore utile et reprendrait du service. Tout ce qu'il lui fallait, c'était une bonne raison, une seule mission qui ferait toute la différence. Il remercia le sort qui l'avait envoyé dans les tavernes crasseuses qui bordaient les docks à son retour de France.

Il se détourna de la fenêtre et se planta devant sir Charles. Il savait comment transmettre un rapport : les épaules droites, le regard froid, sans laisser transparaître la moindre émotion. Des faits, rien que des faits.

— Je dispose d'informations qui pourraient nous conduire au traître, monsieur. J'ai peut-être trouvé un de ses contacts.

Sir Charles laissa échapper un soupir résigné et pianota d'un air las sur son bureau.

— Et comment avez-vous obtenu ces informations, Langford ?

— Je les tiens d'un autre agent britannique. Nous nous sommes croisés à Cherbourg.

Il fixait le chef des services secrets sans sourciller. Le bureau formait un océan en chêne entre eux.

— Asseyez-vous, Langford. Vous allez me donner un torticolis à force de m'obliger à lever la tête comme ça.

Julian s'assit dans le fauteuil placé devant le bureau et résista à l'envie d'étirer ses longues jambes.

— À présent, faites-moi votre rapport.

— En attendant d'embarquer sur un navire, l'agent en question a surpris une conversation dans une taverne. Deux hommes se disputaient à propos de documents secrets. Ils se demandaient s'ils devaient les livrer à Cherbourg ou non.

— Quel type de documents ?

— Je ne le sais pas précisément.

L'agent n'avait pu filer les deux suspects, sous peine d'être démasqué. Néanmoins, il avait appris que les documents étaient de nature militaire et que les deux hommes consulteraient une certaine Mlle Gracie à leur sujet.

— Mlle Gracie ? Est-ce un nom de code ?

— Après avoir posé quelques questions ici et là, l'agent a découvert qu'il s'agissait de Mlle Grace Hannah. Elle habite dans le Devon chez son oncle, Thaddeus Cannon. Ils vivent près de Beer. Elle est sûrement impliquée dans cette affaire. Mlle Hannah entretient des liens étroits avec Jack Blackbourn.

— Blackbourn ? Je croyais qu'il avait cessé la contrebande.

— C'est le cas, pour le moment du moins. Il dirige un débit de boissons.

— Je le vois mal abandonner la contrebande pour devenir tavernier, déclara sir Charles en fronçant les sourcils.

— Cela m'a surpris moi aussi.

— Cela étant, utiliser les contrebandiers pour acheminer des informations militaires depuis la France est un bon système, commenta sir Charles en tripotant une plume d'un air absent.

Julian se pencha en avant et posa les coudes sur ses genoux.

— Si Grace Hannah a fait sortir des documents du Devon, c'est que quelqu'un du ministère de la Guerre ou des Affaires étrangères les lui a transmis. Je pense que nous pouvons débusquer notre traître à Londres en faisant pression sur les contrebandiers du Devon.

Sir Charles examina sa plume en pinçant les lèvres, puis la reposa avec un grognement de frustration.

— C'est une stratégie sensée, sauf que mes meilleurs agents sont tous sur le continent. Je n'ai plus personne à envoyer dans le Devon.

Il s'interrompit et fixa Julian en plissant les yeux.

— Ce que vous savez pertinemment, ajouta-t-il.

Julian ne détourna pas le regard. Il était inutile de nier.

— Votre fief se trouve dans le Devon.

— En effet.

Les souvenirs d'enfance assaillirent Julian. Il serra les dents et les chassa.

Sir Charles forma un triangle avec ses mains et dévisagea Julian par-dessus ses doigts.

— Finalement, j'ai peut-être une dernière mission pour vous, Langford. Je ne peux pas vous renvoyer en France, mais je peux vous envoyer dans le Devon.

Les muscles de Julian se bandèrent, et il sentit l'adrénaline fuser dans ses veines. C'était l'occasion qu'il attendait pour montrer à sir Charles qu'il était indispensable, pour se sauver d'une existence mortellement ennuyeuse, pour prouver qu'il n'était pas comme son père. La mission était suspendue devant lui telle une jolie petite pomme rouge prête à être cueillie.

Il sursauta en entendant frapper à la porte. Un jeune homme se tenait sur le seuil. Sa chevelure bouclée et élégamment ébouriffée encadrait de beaux traits dominés par des yeux marron bordés de longs cils. Il paraissait craintif.

— Monsieur ? demanda Miles Butler d'une voix hésitante. Une dépêche du ministre des Affaires étrangères vient d'arriver pour vous.

— Merci.

Sir Charles tendit la main sans regarder le jeune homme. Comme le clerc ne réagissait pas, il releva les yeux.

— Ma dépêche ?

— Ah oui, bien sûr.

Le jeune homme se précipita et déposa la lettre dans la main de sir Charles. Ce dernier brisa le cachet de cire tout en disant à Julian :

— Veuillez m'excuser, mais je dois lire ceci avant de poursuivre notre conversation.

Il parcourut le message, puis saisit sa plume, la trempa dans l'encrier et rédigea une réponse. Sans cesser de griffonner, il expliqua à Julian :

— Il nous faut en savoir plus sur cette situation dans le Devon. Vous enquêterez discrètement sur cette Mlle Hannah.

Il acheva sa missive par une fioriture, puis appliqua un buvard sur l'encre fraîche.

— Bien, monsieur, répondit Julian.

Il s'efforçait de conserver son calme. Il réussirait, il le sentait. S'il trouvait le traître, sir Charles le réintégrerait dans le service. Il en était sûr.

Sir Charles plia sa lettre et la cacheta.

— Monsieur Butler, veillez à ce que ma réponse soit remise au ministre en main propre. Par ailleurs, j'envoie l'Ombre dans le Devon. Vous l'informerez des réseaux de communication dont nous disposons là-bas avant son départ.

— Oui, monsieur, répondit Butler avec un grand sourire. Y a-t-il autre chose pour votre service ? Une correspondance à laquelle je pourrais répondre ?

Sir Charles lui fit signe de partir.

— Quand ce sera le cas, je vous le ferai savoir.

Miles Butler sortit à reculons, les épaules affaissées. Le pauvre ! Julian lui adressa un sourire encourageant. Lui aussi avait été jeune et avide de bien faire, il y avait une éternité de cela.

— Vous me tiendrez au courant de vos progrès dans le Devon à intervalles réguliers, reprit sir Charles une fois la porte refermée. Je vous fais confiance pour savoir ce qui devra m'être transmis de vive voix et ce qui pourra m'être envoyé par écrit. Si nous découvrons du nouveau à Londres, je vous en tiendrai informé. D'ailleurs...

Il lança un regard vers la porte.

— ... si c'est le cas, M. Butler sera mon émissaire. Vous veillerez à ce qu'il ne lui arrive rien de fâcheux, n'est-ce pas ?

Julian acquiesça et s'engagea à renvoyer M. Butler à Londres le plus rapidement possible.

— Ce sera votre dernière mission, Langford, conclut sir Charles en s'enfonçant dans son fauteuil et en le regardant droit dans les yeux. Une fois votre enquête achevée, vous pourrez considérer que votre service auprès de Sa Majesté est terminé, et vous serez libre de vous occuper de votre domaine.

Julian voulut protester, mais se ravisa. Au moins avait-il obtenu un sursis.

— Entendu, monsieur.

Il repoussa son fauteuil, se leva et attendit que sir Charles le congédie.

Quelques minutes plus tard, il faisait claquer les rênes au-dessus des deux chevaux bais qui tiraient son phaéton. Il se mit à naviguer dans les rues bondées de Londres, l'esprit occupé par cette affaire de trahison.

Des soldats innocents étaient morts pour l'Angleterre à cause de ce félon. Le pays était en péril, et cette ordure l'avait trahi. Julian bouillait de rage. Prendre sa retraite était inconcevable. « Vengeance », pensait-il. Il traquerait Mlle Hannah, débusquerait le traître et le livrerait à sir Charles. À moins qu'il ne le tue lui-même.

Sir Charles le réintégrerait. Il n'aurait pas le choix.

Lorsqu'on devenait espion, c'était pour la vie.

2

— C'est très regrettable, milord.

La voix nasillarde du valet s'éleva au-dessus du chant des oiseaux. Il sortit la tête par la fenêtre ouverte de la voiture tandis que celle-ci s'arrêtait devant la demeure ancestrale des Travers.

— Qu'est-ce qui est regrettable, Roberts ? demanda Julian. La poussière ou la chaleur ?

Il se retourna sur sa selle. Sous lui, les sabots du cheval dansèrent un moment sur le gravier puis s'immobilisèrent, soulevant un nuage de poussière qui resta suspendu dans l'air humide.

— Ni l'une ni l'autre, milord. Si je puis me permettre, la poussière vous importunerait moins si vous acceptiez de voyager dans la voiture et non sur cette rosse au sale caractère.

— Je préfère encore être couvert de poussière plutôt que d'étouffer dans la fournaise de cette voiture.

Julian observa son valet et se retint de rire. Le visage de Roberts ressemblait à une pivoine rouge vif perchée sur la longue tige de son cou. Il s'entêtait à vouloir voyager en voiture. C'était ce même entêtement qui faisait de lui l'assistant idéal et loyal d'un espion.

— En outre, cette rosse au sale caractère m'a transporté à travers les lignes ennemies plus d'une fois, lui rappela-t-il. D'ailleurs, si je m'en souviens bien, elle a également sauvé ta peau à plusieurs reprises.

— C'est un fait, milord.

Roberts renifla et posa un pied prudent sur le marchepied.

— Je me souviens, entre autres, qu'elle t'a permis d'échapper à un mari jaloux en Italie.

— Milord, je... elle... balbutia le valet. Elle possédait des informations indispensables à votre mission.

— Oui, c'est ça ! dit Julian en s'esclaffant. Tu fais une proie facile.

Roberts esquissa un petit sourire malgré lui, puis épousseta sa manche pourtant immaculée.

— Pour en revenir à notre sujet initial, milord, je voulais parler de ce lieu. Il est regrettable que votre mission nous conduise dans ces contrées sauvages du Devon.

— Le Devon n'a rien de sauvage, Roberts. Un salon parisien l'est beaucoup plus.

Julian descendit de selle et s'approcha de son valet. Un domestique bondit aussitôt de l'arrière du véhicule pour s'emparer des rênes de son cheval.

— Peut-être, admit Roberts. Néanmoins, le Devon n'est pas Londres ou Bruxelles ou Lisbonne.

— Certes, cependant mon informateur me dit que Mlle Gracie n'est ni à Londres, ni à Bruxelles, ni à Lisbonne, mais dans le Devon.

Il contempla l'architecture jacobéenne de sa demeure familiale. Il avait espéré passer le reste de sa vie sans jamais la revoir.

— Elle me le paiera cher, marmonna-t-il dans sa barbe.

Roberts tira sur les pans de son gilet et se tourna vers la voiture.

— Je m'occupe des malles, milord.

— Tant mieux. Je commençais à me demander si le cocher allait devoir attendre ici toute la journée.

Il donna une petite tape sur l'épaule de son valet pour lui montrer qu'il plaisantait. Roberts s'affaira en grommelant pendant que Julian reculait de quelques pas pour étudier la façade de l'édifice qu'il n'avait pas revu depuis vingt-trois ans.

Thistledown se dressait sur des hectares de pelouses et de jardins regorgeant de fleurs. Ses tours transperçaient le ciel bleu vif tels des doigts tendus vers l'infini. Ses fenêtres à meneaux reflétaient le soleil du mois d'août, qu'elles renvoyaient en une myriade de petits faisceaux brillants.

Dieu qu'il haïssait cet endroit !

Malheureusement, Thistledown ne se trouvait qu'à quelques kilomètres de Grace Hannah. Le traître l'avait envoyé là où il s'était juré de ne jamais revenir.

Des roues crissèrent sur le gravier tandis que la voiture était conduite dans les écuries. Julian lança un regard vers le large escalier qui menait à la demeure, et un souvenir lui noua la gorge, aussi clair et vif que si la scène s'était déroulée la veille : lui, qui hurlait et se débattait tandis que son père le traînait sur ces marches par la peau du cou, puis le jetait dans une voiture où on l'avait maîtrisé.

Depuis ce jour, ni l'un ni l'autre n'avait remis les pieds à Thistledown.

C'était le jour des funérailles de sa mère.

Il refoula sa colère. Il ne pouvait plus faire marche arrière, remonter en selle et fuir tous ces mauvais souvenirs.

Après avoir grimpé les marches deux par deux, il poussa la lourde porte d'entrée, pénétra dans le hall sombre et frais et inspira profondément. Cela sentait comme dans son enfance. Un chagrin doux-amer l'envahit. Les odeurs pénétrantes de l'huile de lin et de la cire d'abeille se mêlaient à celles du vieux bois et de la poussière. Il manquait toutefois le parfum des bouquets de fleurs fraîches.

La porte se referma derrière lui, et le silence l'enveloppa. Plus personne ne vivait à Thistledown, hormis le majordome et la gouvernante, M. et Mme Starkweather. D'autres domestiques venaient effectuer les tâches nécessaires pour que la demeure ne tombe pas en ruine, mais rentraient chez eux.

Il lança un regard dans les pièces environnantes à la recherche de M. et de Mme Starkweather, mais ne vit que des salles silencieuses. Les cheminées étaient vides, les rideaux tirés. Des draps blancs recouvraient les meubles et les tableaux tels des linceuls, comme si la vie s'était arrêtée, cédant la place aux fantômes.

Alors qu'il quittait le grand hall, il entendit l'écho d'un rire. Enfin un signe de vie ! Il suivit le son à travers les couloirs jusqu'à la cuisine du rez-de-chaussée. Bientôt, une délicieuse odeur de viande rôtie et d'herbes aromatiques lui parvint, le faisant saliver.

Il poussa prudemment la porte de la cuisine et s'immobilisa sur le seuil. M. Starkweather, plus vieux et rondouillard que dans son souvenir, était assis à table en bras de chemise, une tasse de thé et une assiette vide devant lui. Il avait posé ses pieds sur une chaise et contemplait le four.

Ou plutôt, il contemplait ce qu'il y avait devant le four.

Deux derrières côte à côte : l'un large, qui remuait tandis que sa propriétaire agitait quelque chose dans le four ; l'autre, avec des hanches plus étroites et une jolie croupe rebondie, dans une tenue d'amazone en laine claire qui épousait des courbes séduisantes. On apercevait une paire de bottines en cuir sous la longue jupe.

Effectivement, la vue était très plaisante. Quel accueil charmant pour son retour au bercail !

— Je pense qu'on pourrait ajouter encore un peu de romarin. Qu'en dites-vous ?

Il reconnut la voix de Mme Starkweather, la gouvernante.

— Vous avez raison. Peut-être un peu de basilic aussi ?

La seconde voix était plus jeune, plus lisse, avec l'intonation claire et modulée d'une aristocrate. Il apercevait une couronne de cheveux d'un blond presque blanc au-dessus des épaules de la jeune femme.

— En effet, le basilic est exactement la touche supplémentaire qu'il nous faut, convint la gouvernante. Qu'en dites-vous, monsieur Starkweather ?

— J'en dis que vos rôtis sont toujours succulents, ma chère. Mais ajoutez-y ce que vous voudrez.

Le rire de la jeune femme éclata dans la pièce comme un rayon de lumière argentée.

— Voilà une réponse bien diplomate, monsieur Starkweather. Vous êtes un mari avisé.

Elle se tourna vers le majordome, et Julian eut juste le temps d'apercevoir ses traits délicats et son sourire lumineux avant qu'elle ne le voie et ne se fige. À son regret, le visage de l'inconnue se vida aussitôt de toute expression.

Il se sentit vaguement confus, comme s'il avait été surpris dans une position de voyeur. Il prit son air le plus charmant et demanda :

— Quel incroyable festin préparez-vous là ?

Son commentaire provoqua un chambardement dans la cuisine. Mme Starkweather recula précipitamment et fit volte-face, tandis que son mari bondissait sur ses pieds, arrachait sa veste placée sur le dossier de sa chaise et l'enfilait en hâte.

La jeune femme, elle, ne sourcilla pas. Elle ne souriait pas et l'observait avec l'indifférence courtoise d'une statue de marbre.

Mme Starkweather posa les poings sur ses hanches, l'air ravi.

— Maître Julian ! Je vous ai à peine reconnu ! Voilà au moins trois ans que vous nous avez fait monter à Londres pour présenter les comptes. Vous revoir réjouit mes vieux os.

Julian saisit sa main et la porta à ses lèvres.

— Quels vieux os, ma chère madame Starkweather ? Vous n'avez pas changé d'un iota. Vous êtes toujours aussi ravissante.

Il s'inclina en effectuant un moulinet de la main pour l'amuser.

— Vous vous moquez de moi, maître Julian, dit-elle en rosissant. Mais je devrais vous appeler « Votre Seigneurie », à présent. Vous auriez dû nous prévenir de votre arrivée. Nous aurions préparé la maison !

— Je vous demande pardon, répondit-il en riant. Je l'ignorais moi-même jusqu'au jour de mon départ de Londres.

— Bienvenue chez vous, milord, déclara à son tour Starkweather en ajustant sa veste.

— Merci, répondit Julian avec un sourire reconnaissant.

Il se tourna vers la jolie blonde en mettant un peu plus de chaleur dans son sourire. Elle ne bougea pas, gardant les mains croisées devant elle, l'observant en silence. Ses yeux gris perle s'accordaient parfaitement avec sa chevelure blonde.

— Oh, mais je suis en dessous de tout ! s'exclama Mme Starkweather. Milord, permettez-moi de vous présenter Mlle Grace Hannah. Elle vit à quelques kilomètres d'ici.

Il parvint de justesse à cacher sa stupeur.

Quelle heureuse coïncidence, il avait trouvé Mlle Hannah la tête dans son four !

— Bon retour chez vous, milord.

Grace espérait que sa voix avait paru suffisamment assurée. Elle détestait être prise à l'improviste. Elle dénoua les doigts et tendit la main vers lui.

— Mademoiselle Hannah, enchanté de faire votre connaissance.

Il tordit les lèvres en une mimique à la fois charmante et sensuelle.

Tout cela était très étudié, elle n'en doutait pas.

Elle lui répondit d'un demi-sourire poli et soutint son regard par-dessus leurs mains liées. Il avait des yeux bleu vif, de la couleur d'un ciel d'été limpide, une couleur qui aurait été attirante sans la lueur calculatrice dans son regard. Elle sentit son pouls s'accélérer tandis qu'il l'étudiait d'un œil perspicace.

— Aurais-je su qu'une aussi jolie femme m'accueillerait à mon retour, je serais rentré quinze ans plus tôt, déclara-t-il.

— Il y a quinze ans, vous ne m'auriez pas trouvée, répondit-elle.

Craignant que sa réplique ne paraisse un peu trop guindée, elle s'efforça d'y ajouter une note spirituelle.

— Vous seriez rentré pour rien.

— Dans ce cas, j'ai bien fait de rentrer aujourd'hui et me considère honoré de votre charmante compagnie.

Elle connaissait la réputation du Comte Errant, ainsi que celle de son père, de son grand-père et de son arrière-grand-père avant lui. Tous des propres à rien, des joueurs et des coureurs de jupons. Une lady ne pouvait faire confiance à un débauché.

Mais elle n'était pas une lady.

Elle afficha l'expression neutre et courtoise qu'elle adoptait toujours pour traiter avec les aristocrates et ceux de leur espèce.

— Malheureusement, ma visite prend fin ici. Je dois rentrer.

— Hélas, devez-vous me priver de votre beauté si vite ?

Son regard rusé et pénétrant ne l'avait pas quittée un instant. Elle sentit les petits cheveux sur sa nuque se hérisser et un frisson parcourir sa colonne vertébrale. Il l'examinait comme une proie.

Mal à l'aise, elle ramassa son chapeau d'écuyère, pressée de partir. Elle noua les longs rubans sous son menton, regrettant que son couvre-chef soit démodé depuis des années.

— Monsieur et madame Starkweather, merci encore pour votre hospitalité. Si vous voulez bien m'excuser, milord, je dois vraiment rentrer.

Après l'avoir salué d'un signe de tête qu'elle espérait régalien, elle se dirigea vers la porte.

— Je reviens dès que j'aurai raccompagné notre invitée à sa voiture, annonça le comte à son majordome.

— Vraiment, ce n'est pas nécessaire... commença Grace.

— Au contraire, c'est indispensable, l'interrompit-il. Mon après-midi serait gâché sans quelques minutes supplémentaires en votre délicieuse compagnie.

Il lui offrit son bras en esquissant une courbette.

Après avoir joué pendant près de dix ans le rôle de la parente pauvre, Grace savait comment feindre la soumission. Résignée, elle prit son bras, qu'elle trouva musclé et dur sous ses doigts. Leurs épaules s'effleurèrent tandis qu'il l'escortait à travers la maison. Elle sentait la chaleur de son corps, d'où émanait un parfum masculin, frais, terreux et étrangement attirant, mélange d'émanations de cuir et de grand air.

Quittant le silence de Thistledown, ils s'avancèrent dans le soleil d'août. Le comte s'arrêta un bref instant pour contempler les pelouses, l'allée et l'horizon au-delà, et elle en profita pour lui lancer un regard de biais. Une légère brise soulevait ses cheveux châtain clair. Son visage fin et viril était légèrement hâlé, ce qui faisait ressortir le bleu de ses yeux.

Elle détourna le regard, ne voulant pas être surprise à l'observer.

— Merci de m'avoir raccompagnée jusqu'aux écuries, milord.

— Je prends mes devoirs d'hôte très au sérieux, affirma-t-il. Les cours peuvent être des endroits dangereux.

Il lui adressa un sourire malicieux. C'était décidément un séducteur-né.

— Je suis un gentleman jusqu'au bout des ongles, mademoiselle Hannah, ajouta-t-il.

C'était absurde. Et amusant. Elle aurait dû se taire, ne pas entrer dans son jeu. Pourtant...

— C'est vrai qu'il est très difficile de traverser une cour.

— Je ne vous le fais pas dire. On doit toujours rester sur ses gardes, au cas où un invité effronté vous couperait la route.

— Ou un résident effronté, observa-t-elle.

— Ou un résident, admit-il. De fait, les résidents peuvent être pires que les invités, car ils ne partent jamais.

Il s'arrêta et regarda autour de lui.

— Où est votre voiture ?

— Je suis venue à cheval depuis la maison de mon oncle.

— Quel genre de cheval ? Un élégant palefroi, si délicat que ses sabots touchent à peine le sol ? Une fière jument à la démarche élastique ? Mais non... Ce doit être une monture plus fantastique. Un dragon aux écailles incrustées de joyaux, peut-être ? À moins que vous ne soyez venue portée par vos propres ailes diaphanes ? Car seule une fée pourrait être aussi belle.

Elle se retint de rire devant ce torrent d'inepties.

— Rien de tout cela, milord. Je suis venue sur un cheval ordinaire.

— Hélas, mes visions enchanteresses s'effondrent. Cela dit, un cheval ordinaire peut être rendu extraordinaire par sa cavalière, ce qui est sûrement le cas. Vous n'aurez pas de difficultés pour rentrer chez vous ?

— J'habite chez mon oncle depuis dix ans. Je doute de me perdre.

— J'espère en effet que vous ne vous égarerez pas. J'ai beau être un gentleman, mademoiselle Hannah, quelques kilomètres de plus dans la campagne du Devon sont, je le crains, au-dessus de mes forces.

— Les gentlemen ne sont plus ce qu'ils étaient, soupira-t-elle.

Elle s'en voulut d'avoir plaisanté avec lui. Quelle mouche l'avait piquée ?

— Si vous vivez ici depuis si longtemps, vous devez bien connaître les gens du coin. Vous avez sans doute des amis qui vous aideront à retrouver votre route.

Grace se tourna vers lui. Le regard perçant et calculateur était de retour, transformant le séducteur en prédateur.

— En effet, milord, répondit-elle prudemment. On rencontre beaucoup de gens en dix ans.

— J'en ai rencontré pas mal moi-même.

— À Londres ?

— Et sur le continent.

— Ah oui, le Comte Errant. J'ai entendu parler de votre sobriquet.

— Ma réputation m'a précédé, je vois.

— Vous êtes comte, milord. Le seul de la région, d'ailleurs, ce qui rend vos diverses activités intéressantes.

— Je n'ai pas mis les pieds dans cette partie du Devon depuis des années.

— Vous n'en êtes pas moins le seul comte que nous ayons. Les autres ne sont que des barons, des chevaliers, de petits nobles ou, comme dans mon cas, des gens du commun.

— Quelque chose me dit que vous n'avez rien de commun, mademoiselle, répondit-il, les yeux pétillants.

— J'aime à le croire.

Le comte ouvrit la porte des écuries et s'effaça pour la laisser passer. Des odeurs de chevaux et de foin flottaient dans l'air. Elle attendit quelques instants que ses yeux s'accoutument à la pénombre tandis qu'il refermait la porte derrière eux. Les premières stalles accueillaient les chevaux du comte, occupés à mastiquer, le museau dans le fourrage. Ils passèrent devant, et elle pointa le doigt vers un grand box au bout de la rangée.

— Voici ma monture.

Quand ils s'approchèrent, un cheval noir massif avança la tête par-dessus la porte basse. C'était une bête immense, avec des yeux un peu fous. Grace regarda l'homme et l'animal se toiser avec méfiance. Le cheval s'ébroua et battit le sol du sabot tandis que ses naseaux se dilataient. Ses oreilles s'inclinèrent en avant, et une lueur d'irritation illumina son regard.

— Un cheval ordinaire, disiez-vous, mademoiselle Hannah ? Il n'a rien d'ordinaire. De fait, il m'a tout l'air d'être un pur-sang.

— Démon descend de Darley Arabian, lui apprit-elle.

En la voyant s'avancer, le cheval hennit doucement.

— Je suppose qu'il a bien mérité son nom de Démon, déclara-t-il.

— Certes, répondit-elle en caressant le museau de Démon. Le pauvre a la vitesse et l'endurance nécessaires pour la course, mais pas le tempérament. Il a du mal à obéir aux ordres. C'est pourquoi mon oncle ne l'aime pas et me le laisse.

Elle avait de la chance. S'il n'avait pas gagné d'argent en louant les services d'étalon de Démon, son oncle l'aurait vendu depuis longtemps.

Le comte examina de nouveau le cheval.

— Ce serait négligent de ma part, mademoiselle, de ne pas vous demander si vous parvenez vraiment à maîtriser cet animal. Je n'ai encore jamais rencontré de dame qui montât un étalon.

Elle se tourna vers lui et soutint son regard.

— Nous sommes rares, c'est vrai. Mais, au fond, il suffit de trouver comment traiter au mieux son étalon.

Le bleu de ses yeux était vraiment intense.

— Voilà une théorie intéressante.

Grace baissa les yeux vers la montre épinglée à sa veste d'amazone. Il était presque 17 heures et elle traînait, se laissant retenir par une conversation qu'elle n'aurait pas dû avoir.

— Il est largement temps pour moi de partir, milord. Je dois rentrer, afin de...

« Afin de quoi ? » songea-t-elle, réfléchissant frénétiquement. Que pouvait-elle lui dire ? Afin de surveiller les préparatifs du dîner ? Afin de s'assurer que le linge avait été convenablement lavé et étendu ?

— Je vous demande pardon, mademoiselle Gracie, lança une voix depuis l'autre bout de l'écurie.

Un jeune palefrenier accourut, portant la selle et le harnais de Démon.

— Je voulais préparer Démon pour vous, mais Sa Seigneurie est arrivée soudainement et elle...

— Se trouve auprès de moi, acheva-t-elle rapidement pour lui.

— Milord.

Il salua le comte d'un signe de tête et s'engouffra dans la stalle. Comme à son habitude, Démon s'écarta en piaffant.

— Je vais vous le tenir, déclara-t-elle.

Elle entra dans la stalle à son tour et caressa le front du cheval en lui murmurant des paroles apaisantes à l'oreille. Lorsque le palefrenier eut terminé de le seller, elle s'écarta pour le laisser conduire le pur-sang dans la cour. Là, elle voulut grimper sur le montoir, mais le comte l'arrêta.

— Laissez-moi vous aider, dit-il en entrelaçant ses doigts et en lui présentant ses mains.

Elle ne pouvait refuser sans être impolie. Elle soupira intérieurement, puis plaça son pied sur ses mains et se hissa en selle. Comme il lui attrapait la taille pour la stabiliser, elle retint son souffle. Ses doigts puissants s'attardèrent un instant, imprimant leur chaleur sur sa peau. Il exerça une légère pression, puis ses mains glissèrent le long de ses hanches et il les laissa retomber.

Elle avait du mal à respirer. Ce contact avait été intime, trop intime. Pire, sa propre réaction – le soudain éveil de son corps, l'accélération de son pouls –

était gênante. Elle fit un effort pour conserver un visage serein.

— Bon retour chez vous, milord. Et au revoir.

Elle éperonna l'étalon, s'élança au petit galop sur l'allée de gravier et franchit le portail en fer forgé.

Levant son verre de cognac à la lumière, Julian regarda le liquide ambré tournoyer à l'intérieur. C'était un cognac français exceptionnel, probablement apporté par contrebande. Peut-être par la ravissante Mlle Hannah elle-même.

Elle n'avait pourtant rien d'une contrebandière. Elle était svelte – délicate, même, en dépit de sa grande taille –, avec une ossature fine et une peau presque translucide. Il savait qu'elle était la nièce d'un baron. Polie, raffinée, bien instruite. Néanmoins, elle était liée à deux contrebandiers surpris dans une taverne en train de discuter de documents dangereux. Et il y avait son expression posée et sereine. Il se demandait ce qu'elle cachait.

Si quelqu'un s'y connaissait en masques, c'était bien l'Ombre.

Il ôterait une à une toutes les couches qui enveloppaient Grace Hannah jusqu'à ce qu'il découvre ce qu'il y avait dessous. Que savait-elle ? À quel point était-elle impliquée dans cette affaire ? Quelqu'un transportait illégalement plus que des alcools et du tabac, et la piste semblait pointer sur elle.

Il prit une gorgée de cognac et laissa la chaleur de l'alcool descendre jusque dans son estomac tout en réfléchissant à la meilleure manière de l'aborder. Tout suspect avait un point faible. Il suffisait de le trouver.

On frappa à la porte. Il se tendit et chercha machinalement une arme, avant de se rappeler où il était.

— Entrez !

— Je vous ai apporté votre dîner, milord.

Mme Starkweather entra, chargée d'un grand plateau.

— Une bonne viande rôtie et du pain frais, précisa-t-elle. Certes, ce n'est pas aussi raffiné qu'à Londres.

— Cela m'a l'air délicieux.

Elle déposa le plateau sur une table près de son fauteuil, puis replaça les couverts et les assiettes.

— En dessert, vous avez les tartelettes aux myrtilles de Mlle Gracie.

Elle souleva un napperon, révélant deux petites pâtisseries à la croûte dorée fourrées de fruits violet foncé.

— Il n'en reste que deux, malheureusement, s'excusa-t-elle. M. Starkweather et moi avons mangé les autres avant votre arrivée.

— Je vous comprends. J'ai un petit faible pour les pâtisseries, moi aussi. Mlle Hannah et ses tartelettes vous rendent-elles souvent visite ?

— Environ une fois par semaine depuis... Voyons voir, ça doit bien faire six à sept ans. Je ne me rappelle même plus comment nous faisions avant son arrivée, il y a une dizaine d'années.

Elle se dirigea vers la cheminée en ajoutant :

— Il va bientôt vous falloir de la lumière. Le soleil ne tardera pas à se coucher.

— Oui, merci. Mlle Hannah devait donc être bien jeune lorsqu'elle est arrivée dans le Devon ?

Dans son métier, l'information était une arme autant que le couteau caché dans sa botte.

— En effet, répondit Mme Starkweather en allumant les chandelles du candélabre sur le manteau de la cheminée. Je la revois encore le premier jour où elle est apparue dans l'église. Je me souviens d'avoir pensé : « Quelle petite créature toute triste ! » Ses grands yeux gris étaient pleins de mélancolie. La pauvrette, ses parents étaient morts, et elle avait été envoyée à Cannon Manor. C'était le pire qu'on pouvait lui souhaiter. Lady Cannon venait de rendre l'âme, et il n'y avait personne pour s'occuper des enfants et diriger les domestiques...

Elle s'interrompit soudain et déposa un bougeoir près du plateau de nourriture.

— Pardonnez-moi, milord. Je ne devrais pas tenir ce genre de propos devant vous.

— Vous me connaissez depuis ma naissance, madame Starkweather, dit-il avec un sourire. Vous pouvez tout me dire.

Rassurée, elle se pencha en avant, prenant la position de toutes les commères.

— Le personnel faisait ce qu'il pouvait, bien entendu, mais sans maîtresse de maison et avec lord Cannon qui ne s'occupait que de ses propres affaires, c'était une vraie pagaille ! Mlle Gracie a rapidement remis tout ça en ordre.

— Mlle Hannah semble être pleine de ressource.

— Je ne vous le fais pas dire, milord. Elle a même servi de gouvernante à Mlle Cannon après que cette dernière a eu chassé la dernière... et Mlle Cannon lui en a fait voir de toutes les couleurs ! C'est la cousine de Mlle Gracie, mais elle ne la traitait pas différemment de tous les autres domestiques. Il en allait de même des fils de Sa Seigneurie. Mlle Gracie devait veiller sur eux également. À présent, elle s'occupe du manoir, de Sa Seigneurie et de tout le monde quand c'est nécessaire. Elle est comme ça, notre Mlle Gracie !

— La vertu incarnée, marmonna-t-il.

Sauf pour ce qui était de la contrebande.

Et éventuellement de la trahison.

— Je vous demande pardon, milord ?

— Peu importe, madame Starkweather.

Il découpa un morceau de viande et le trempa dans la sauce avant de le goûter. Un goût rafraîchissant de basilic s'attarda sur sa langue, tempéré par le piquant du romarin et la morsure du poivre.

— Mmm... C'est délicieux !

— Merci, milord.

Aux anges, elle agita les mains vers lui.

— Restez tranquillement ici et savourez votre dîner, pendant que M. Starkweather et moi préparons la chambre des maîtres pour vous.

— Non ! s'écria-t-il. Pas la chambre des maîtres.

Il refusait de dormir dans cette pièce monstrueuse.

— Préparez-m'en une autre, n'importe laquelle.

— Bien, milord.

Elle l'interrogea du regard.

— La chambre de la comtesse, peut-être ? Elle n'a pas été ouverte depuis... depuis longtemps.

Le ventre de Julian se noua, la viande se transformant en acide dans son estomac.

— Laissez tomber, dit-il d'un ton plus brusque qu'il ne l'aurait voulu. Nous verrons plus tard.

— Bien, milord.

Elle releva le menton. Ils étaient de nouveau maître et domestique. Elle quitta la pièce prestement, laissant Julian seul avec son dîner.

Il repoussa son assiette à moitié pleine. Un nœud de tension s'était formé entre ses omoplates. Il se débarrassa de sa veste et dénoua sa cravate. Puis il sortit le couteau de sa botte et le déposa près de son verre de cognac. Tous deux scintillaient à la lueur de la chandelle, reflétant deux flammes dorées.

Le réconfort et la mort, côte à côte. Cela ressemblait à sa vie.

Il reprit une gorgée de cognac, mais l'alcool n'avait plus le même goût. Il lui brûlait la gorge et le ventre. Il reposa brusquement son verre.

Il devrait affronter la réalité, tôt ou tard.

Ses pas résonnèrent dans les couloirs déserts. Le trajet jusqu'à la chambre des maîtres – un trajet que, encore aujourd'hui, il aurait pu faire dans son sommeil – lui parut interminable. Une fois devant la porte, il hésita.

Un bourdonnement emplissait ses oreilles, et son cœur se mit à battre plus fort. Il entra enfin et referma la porte derrière lui. Il avait besoin de silence et d'espace pour faire face à ses souvenirs.

Un immense lit à baldaquin trônait dans la pièce, couvert de tentures rouge foncé. Il avait souvent vu son père entraîner sa maîtresse dans cette chambre, longtemps avant la mort de sa mère.

Une cheminée en marbre sculpté occupait un mur. Là encore, le spectre de son père apparut. Il le revoyait se tenant devant cette cheminée, grand et mince, avec ses yeux bleus cruels et ses traits acérés. Il se souvint d'un verre lancé dans cette cheminée, ses éclats rebondissant dans la chambre et entaillant le visage de sa mère. Ce n'était que l'une des nombreuses blessures qu'elle avait subies.

Julian tourna le dos à la cheminée et contempla le reste de la chambre. Une armoire massive en occupait tout un coin. D'épais tapis sombres recouvraient le sol, de lourds rideaux pendaient devant les fenêtres. Son père considérait que les meubles imposants, les tons rouge foncé et bruns créaient une ambiance masculine. Julian la trouvait seulement oppressante.

Il ouvrit la porte donnant sur le cabinet de toilette qui reliait cette chambre aux appartements de la comtesse, puis le traversa dans l'intention de se rendre dans les pièces qu'avait habitées sa mère. Mais lorsqu'il referma les doigts sur la poignée, il fut incapable de la tourner et d'entrer.

Le visage de sa mère envahit son esprit. Il revit ses yeux tantôt rieurs et lumineux, tantôt écarquillés par la peur et le choc. Il se la rappela pleurant, implorant son père. Puis il la vit étendue morte sur le parquet froid.

Il ne pouvait entrer, ne pouvait affronter cet endroit. Il rebroussa chemin en titubant et battit en retraite dans la bibliothèque, où l'attendait son verre de cognac. Ses mains tremblantes firent cliqueter la carafe en cristal quand il se resservit.

Il saisit son couteau. Le manche était frais dans sa paume. Solide. Aussi familier que les doigts qui le serraient. C'était le symbole de ce qu'il était devenu pour prouver qu'il n'était pas son père. Pour expier. Sauf qu'on ne pouvait ramener les morts à la vie.

S'il avait été plus fort, plus courageux, peut-être aurait-il pu empêcher la comtesse de mourir. Il ne le saurait jamais, et cela le torturait encore plus que le fait que son père ait assassiné sa mère.

3

— Mademoiselle Gracie ! Mademoiselle Gracie ! Il a remis ça !

Grace sursauta et renversa sur son plan de travail un peu de la racine de consoude qu'elle était en train de moudre.

— Qui a fait quoi ? demanda-t-elle en rassemblant la poudre du bout des doigts.

La cuisinière venait de faire irruption dans la réserve de Cannon Manor, son visage renfrogné rouge et luisant.

— Sa Seigneurie, pardi !

— Quoi, le comte de Langford ? Qu'a-t-il donc fait ?

— Mais non, votre oncle. Il a invité des messieurs sans m'en avertir à l'avance. Encore ! Comment puis-je organiser un dîner pour six convives sans préavis ?

Sa poitrine volumineuse se soulevait d'indignation. Elle fendait l'air de sa louche, l'approchant dangereusement près du visage de Grace.

— Je suis sûre que vous vous en sortirez très bien, affirma celle-ci. Comme toujours.

Naturellement qu'il s'agissait de son oncle ! Pourquoi avait-elle pensé au comte ?

— Ce serait pourtant la moindre des courtoisies, je vous le dis, poursuivit la cuisinière en tentant d'enrouler sa crinière d'un roux flamboyant en chignon. Un préavis, ce n'est pas la mer à boire. Que penseront ces messieurs s'ils arrivent ce soir et qu'il n'y a rien à manger ?

Grace poussa de côté son mortier et son pilon. La racine de consoude devrait attendre.

— Qu'aviez-vous prévu pour ce soir ? demanda-t-elle.

— De la truite et du chevreuil, mademoiselle Gracie. Mais je n'ai pas assez de truites pour tout le monde. Le garde-chasse a proposé d'aller m'en pêcher, mais s'il n'attrape rien ?

Elle agita de nouveau sa louche et son chignon se défit, libérant ses mèches incandescentes.

— M. Cragman n'a-t-il pas tué un agneau hier ? demanda Grace en essuyant ses doigts sur son tablier. Je me souviens qu'il avait promis de nous apporter un gigot.

— Il en a apporté deux, mademoiselle Gracie. Pour vous remercier d'avoir aidé à l'accouchement de leur petit dernier.

Grace se tapota les lèvres du bout de l'index, réfléchissant à un menu.

— Servez la truite en entrée, conclut-elle. Faites une matelote. Puis un gigot rôti en plat principal. Pour le dessert, peut-être un pudding ou une crème. Il nous reste des myrtilles ?

— Assez pour une crème.

— Parfait. Je m'occupe de choisir les vins pour chaque plat. Je dresserai une liste pour Binkle.

— Merci, mademoiselle Gracie. Je savais que vous trouveriez une solution.

La cuisinière ressortit avec la même précipitation avec laquelle elle était entrée, agitant sa louche et marmonnant quelque chose à propos des « préavis ».

Un sourire amusé, Grace se concentra de nouveau sur la consoude. Elle écrasa la racine dure en appuyant sur le pilon de tout son poids jusqu'à ce qu'elle trouve un rythme cadencé et familier. Toutefois, la tâche était longue et monotone, et, bientôt, son esprit s'évada.

Que lui arrivait-il ? Le comte de Langford était dans le Devon depuis moins d'une semaine. Elle ne l'avait rencontré qu'une fois. Pourquoi était-il la première personne à laquelle elle avait pensé ?

Ce devait être à cause des commérages, tant des nobles que des domestiques. On ne parlait plus que de cela. Le fils prodigue était de retour dans la demeure ancestrale après vingt-trois ans d'absence. Pour la campagne, c'était une nouvelle sensationnelle, et elle occuperait les conversations pendant des mois encore.

Broyant la racine avec une ardeur redoublée, Grace se rappela qu'elle n'avait aucune raison de s'attarder sur ce sujet, aucune raison de se souvenir de la chaleur de ses mains ou de la pression de ses doigts sur sa taille. Elle avait appris depuis belle lurette que le désir physique ne signifiait rien.

Sans compter qu'il n'était qu'un coureur et un bon à rien. C'était un Travers. Avait-elle besoin d'en savoir plus ? Toutefois, elle n'était pas en position de critiquer le comte de Langford. Elle n'était qu'une parente pauvre des Cannon.

Écartant une mèche qui lui tombait devant les yeux, elle lança un regard vers la fenêtre et les massifs colorés qui bordaient les allées de Cannon Manor. Cependant, elle ne voyait pas les délicates masses blanches d'achillées et d'amarantes rouge sang, ni les nigelles mauves.

Elle se frotta la poitrine comme pour chasser la petite douleur qui s'y était installée. Pourquoi se sentait-elle si triste, si seule ? Pourquoi la mélancolie l'enveloppait-elle si souvent dans un voile glacé ?

Elle poussa un cri lorsqu'une ombre obscurcit la fenêtre. Le souffle coupé, elle mit quelques instants à reconnaître le visage derrière le masque grotesque formé par les impuretés du verre ancien. Les épaisses moustaches pressées contre la vitre ne pouvaient appartenir qu'à l'ébéniste du village. Se remettant un peu de son choc, elle lui fit signe de passer par la porte du potager et alla à sa rencontre.

— Je suis vraiment désolé de vous avoir effrayée, mademoiselle Gracie.

L'ébéniste ôta son chapeau et s'avança sur le seuil.

— Ce n'est rien, répondit-elle. Que puis-je faire pour vous ?

Il tordit nerveusement entre ses doigts les bords de son chapeau usé.

— C'est le petit Ben, mademoiselle Gracie. Je crois bien qu'il a le croup.

— Il a du mal à respirer ?

— Assez, oui. Ce n'est pas encore trop grave. Je me souviens que, quand ma fille aînée l'a eu, c'était bien pire, mais ma femme se fait un sang d'encre.

— Je m'en doute.

Elle se dirigea vers ses placards et se mit à fouiller parmi ses bocaux et ses flacons, sortant des racines et des herbes sèches tout en parlant.

— Essayez de le faire rester en position assise, recommanda-t-elle. Cela facilitera sa respiration. Il pourrait avoir une attaque pendant la nuit. Si c'est le cas, venez tout de suite me chercher, peu importe l'heure. Vous connaissez la procédure pour me joindre la nuit ?

— Oui, mademoiselle. Je dois frapper à la troisième fenêtre après celle de la cuisine pour réveiller le majordome.

— Exactement. Binkle saura où me trouver.

Elle lui tendit le petit paquet qu'elle venait de préparer.

— C'est un mélange de racine de guimauve, de molène, d'orme et de réglisse. Faites-le infuser et donnez-en à Ben deux fois par jour. Il rechignera peut-être car ce n'est pas franchement bon, mais il faut qu'il en boive. Ajoutez-y un peu de miel si vous en avez.

— Je n'y manquerai pas, merci.

Il hésita, mal à l'aise, puis reprit :

— Je sais que vous avez besoin de nouvelles portes pour le placard de l'office. Je vous les fabriquerai et vous les apporterai la semaine prochaine.

Grace aurait voulu lui dire qu'il n'avait pas besoin de la payer, mais elle savait qu'il insisterait.

— Très bien, alors à la semaine prochaine, répondit-elle. N'oubliez pas : venez me chercher au manoir si Ben a une crise durant la nuit, quelle que soit l'heure.

— Très bien, mademoiselle Gracie.

Lorsqu'il fut reparti, Grace retourna à sa consoude moulue, qu'elle versa sur les plateaux en argent d'une vieille balance pour préparer des doses. Elle avait rempli un premier sachet en mousseline de fins granules et en commençait un deuxième lorsqu'elle fut de nouveau interrompue, cette fois par de petits coups à la porte.

— Mademoiselle Gracie ? demanda une voix aiguë.

Le majordome passa à l'intérieur sa tête étroite emmanchée sur un long cou.

— Oui, Binkle ?

— Un messager a apporté une invitation de la part de lord et de lady Hammond. Lord Cannon compte se rendre à leur réception et vous demande de rédiger une réponse appropriée.

Il lui tendit la lettre, et Grace s'essuya les mains sur son tablier avant de la prendre. Comme toujours, la missive était adressée à Thaddeus Cannon et à elle-même, même si elle ne s'était rendue à aucune fête depuis des années. Cette fois, l'occasion était un bal donné en l'honneur du comte de Langford pour célébrer son retour.

— Je vais y répondre, Binkle.

— Très bien, mademoiselle. Je ferai remettre votre message à lady Hammond.

Elle sortit dans le couloir et referma la porte avec l'une des clés du gros trousseau qu'elle portait à sa ceinture. Avec ses parfums apaisants d'épices, de fleurs séchées et d'herbes médicinales, la réserve nichée à l'arrière du manoir lui servait de refuge, mais elle contenait également des produits coûteux et des substances toxiques.

Binkle sur ses talons, elle se dirigeait vers son minuscule bureau privé quand son oncle apparut à l'autre bout du couloir. Comme à son habitude, il était engoncé dans sa tenue de cheval dont les coutures menaçaient de sauter, lui donnant l'allure d'une petite saucisse coincée dans un boyau trop étroit et sur le point d'éclater.

Grace se plaqua machinalement contre le mur pour le laisser passer, Binkle en faisant autant derrière elle, mais le comte s'arrêta à sa hauteur.

— Tu répondras à lady Hammond conformément à mes instructions, ordonna-t-il, son épaisse moustache brune se tortillant tandis qu'il parlait.

Grace croisa les mains devant elle et s'inclina légèrement, comme l'exigeait Cannon.

— Oui, mon oncle.

— Et tu veilleras à ce que mes invités soient bien reçus et ne manquent de rien ce soir.

— Bien sûr, mon oncle. J'ai déjà pris les dispositions pour que...

— Fais ce qu'il faut, l'interrompit-il.

Un crissement de gravier leur parvint par les fenêtres ouvertes des salons, et il fronça les sourcils.

— Qui est-ce ? demanda-t-il.

— Je l'ignore, mon oncle.

— Eh bien, va voir, Binkle !

Cannon agita sa cravache en direction du majordome, qui sursauta en se souvenant soudain qu'il était censé accueillir les gens à la porte.

— Oui, bien sûr, milord ! dit-il, se précipitant vers le hall d'entrée.

Naturellement, Grace n'était jamais présentée aux invités. Elle aurait dû laisser son oncle avec le nouveau venu et s'occuper de ses tâches domestiques. Toutefois, poussée par la curiosité, elle suivit lord Cannon, fixant son crâne dégarni tandis qu'il emboîtait le pas à Binkle. Il était très rare que son oncle reçoive de la visite à l'improviste.

Binkle ajusta sa veste, inspira profondément et redressa ses épaules étroites. Grace entendit son oncle battre doucement sa cuisse avec sa cravache, signe qu'il s'impatientait. Elle allait demander au majordome de se dépêcher quand celui-ci se décida enfin à ouvrir la porte. Elle tendit le cou pour voir par-dessus lord Cannon.

Une voiture s'était arrêtée devant le perron. Un valet bondit de son poste à l'arrière du véhicule et vint abaisser le marchepied. Une botte à la hussarde se posa sur la première marche, puis une seconde se planta à côté. Elles étaient tellement bien cirées que Grace voyait la façade du manoir s'y refléter. Son regard remonta des bottes jusqu'à une culotte claire qui moulait des cuisses musclées.

Gênée par sa propre audace, elle détourna les yeux et se concentra de nouveau sur la calvitie de son oncle. La seule présence de ce dernier aurait dû la dissuader de tout regard déplacé. Si lord Cannon la surprenait, elle aurait encore droit à un sermon.

Elle recula sur le seuil du premier salon. Le visiteur venait sûrement voir lord Cannon. Elle ferait mieux de retourner à ses tâches.

Pourtant, elle ne bougea pas. Comme enracinée sur place, elle tripota l'invitation de lady Hammond tout en écoutant les bottes à la hussarde s'approcher sur le gravier. De là où elle se tenait, elle ne voyait que la console de l'entrée et son grand bouquet de fleurs d'été. Elle entendit Binkle murmurer et une voix masculine lui répondre. Puis le majordome déclara à son oncle :

— Lord Cannon, le comte de Langford.

Le cœur de Grace manqua un battement. Que faisait-il ici ? Était-il venu se plaindre à son oncle de son impertinence ? Elle avait une fâcheuse tendance à dire n'importe quoi aux moments les plus inopportuns.

Baissant les yeux vers l'enveloppe froissée entre ses doigts, elle attendit le rugissement de lord Cannon. Il ne retentit pas. Elle lissa le papier luxueux et s'efforça de se détendre... jusqu'à ce qu'elle entende les paroles de son oncle.

— Entrez donc dans le salon, milord.

Son cœur se mit à tambouriner dans sa poitrine. Se maîtrisant, elle s'efforça de respirer calmement et afficha un sourire poli sur son visage. Cette fois, elle ne pouvait plus éviter le comte.

Il est tellement beau.

Ce fut sa première pensée lorsque le comte entra dans la pièce. Beau et charmant, dans sa culotte taillée à la dernière mode et sa redingote sombre. Il sourit en l'apercevant.

Elle sentit le feu lui monter aux joues. Pourquoi n'avait-elle pas pensé à ôter son tablier ? La robe qu'elle portait en dessous n'était plus de la première jeunesse, mais elle était en meilleur état que ce haillon en coton.

— Mademoiselle Hannah ! Quel plaisir de vous revoir !

Il s'inclina avec le même moulinet de la main que lors de leur première rencontre dans la cuisine de Thistledown.

Lord Cannon tiqua. Il se demandait visiblement comment le comte pouvait la connaître. Elle allait encore avoir droit à une diatribe. Pourvu qu'il attende au moins que le comte soit reparti pour la sermonner !

— Je ne reste que quelques minutes, lord Cannon, annonça le comte.

Ses longs doigts saisirent sa montre de gousset et s'enroulèrent autour de la chaînette en or.

— Je voulais juste vous rendre une brève visite amicale afin de renouer le contact avec vous. Puis-je aussi vous dire, mademoiselle Hannah, à quel point j'ai apprécié notre conversation l'autre jour ?

La moustache de lord Cannon frémit.

— Vous faites erreur, Langford. Ma nièce n'est jamais allée à Londres. Vous devez la confondre avec quelqu'un d'autre.

— Mais pas du tout, répondit le comte en lançant un regard malicieux à Grace. Nous nous sommes rencontrés dans ma cuisine. Mlle Hannah était dans mon four.

Grace ferma les yeux et réfléchit précipitamment à un moyen d'expliquer cette rencontre à son oncle sans provoquer sa colère.

— J'échangeais des recettes avec sa gouvernante et la conseillais sur la meilleure manière de préparer un rôti.

Lord Cannon plissa les yeux, mais n'insista pas.

— Hum... fit Grace. Si vous voulez bien m'excuser, mon oncle, milord...

Elle se rapprocha de la porte. Peut-être parviendrait-elle à s'échapper sans se couvrir de ridicule.

— Pardonnez ma curiosité, mademoiselle Hannah, lança le comte. Je reconnais le blason sur l'enveloppe que vous tenez. C'est une invitation de lady Hammond, n'est-ce pas ? J'ai reçu la même.

— Je n'en doute pas, milord, répondit-elle en baissant les yeux vers l'écriture élégante. La réception est donnée en votre honneur. Il serait regrettable qu'on vous ait oublié.

— Effectivement, ce serait un faux pas considérable et bien embarrassant. Imaginez la tête des convives si l'invité d'honneur était mystérieusement absent.

Clac ! La cravache claqua contre la cuisse de lord Cannon. Grace connaissait ce bruit. Il exprimait la réprobation, l'impatience.

— Je dois y aller, déclara-t-elle. Veuillez m'excuser.

— Dites-moi que vous viendrez au bal, mademoiselle Hannah.

Clac ! Clac ! Le rythme de la cravache s'accéléra. Grace sentait le regard froid de son oncle braqué sur elle et s'efforça de ne pas se tourner vers lui.

— Non, je suis désolée, je ne viendrai pas.

— Mais il le faut, ma belle demoiselle. Sans votre présence enchanteresse, ce bal n'aurait aucun intérêt.

— Je...

— Elle ne peut pas y aller, Langford, intervint lord Cannon.

Le comte ne lui prêta aucune attention.

— Promettez-moi de venir, insista-t-il d'un ton cajoleur. Autrement, je n'irai pas non plus. Or, comme vous l'avez dit, je suis l'invité d'honneur.

— C'est que... euh...

Grace tordait inconsciemment l'enveloppe entre ses doigts. Elle ne pouvait pas y aller. Elle n'avait assisté à aucune réunion mondaine depuis près de sept ans. Pas depuis le fiasco qu'elle avait provoqué. Son oncle serait fou de rage.

Puis le comte sourit, et la tentation fut trop grande. Toute sa prudence fondit dans la chaleur de ce sourire.

— D'accord, milord.

Clac, clac, clac, clac, clac !

— Formidable, mademoiselle Hannah ! s'exclama le comte en lui prenant la main. Vous devez me réserver la première danse.

Ses doigts étaient légèrement calleux. Il frotta doucement son pouce contre sa paume, chatouillant sa peau sensible. C'était un geste si intime, si choquant, qu'elle dut se retenir de sursauter.

Les yeux du comte brillaient. Il savait pertinemment quelle réaction sa caresse avait provoquée, son petit sourire satisfait le prouvait.

— Oui, volontiers, milord. Je serais enchantée de danser avec vous. À présent, avec votre permission...

— Grace a des choses urgentes à faire, déclara son oncle en lui lançant un bref regard furieux. Veuillez l'excuser.

— Bien sûr. Mademoiselle Hannah, ce fut un plaisir. J'attends avec hâte notre première danse.

Il serra légèrement ses doigts avant de les lâcher, puis se tourna vers Cannon.

— Lord Cannon, si nous faisions plus ample connaissance ?

En quittant la pièce, Grace entendit son oncle proposer :

— Que diriez-vous d'un petit brandy ?

Seigneur, dans quoi s'était-elle fourrée ?

Elle se rendit dans son petit bureau et referma soigneusement la porte derrière elle. Avec un soupir, elle s'assit devant son secrétaire, cala l'invitation devant une pile de registres et la contempla.

Il serait plus sage de ne pas accepter. Elle n'embarrasserait pas son oncle et ne se ridiculiserait pas. Elle n'aurait pas besoin de chercher désespérément des répliques spirituelles aux plaisanteries de ses voisins. Elle ne verrait pas non plus Michael, son ex-fiancé, et sa superbe épouse, car ils seraient certainement présents.

Elle ferma les yeux et respira profondément pour ralentir les battements de son cœur. Si elle y allait, elle se retrouverait sur la piste de danse avec le comte devant tout le monde. Naturellement, elle ne saurait pas quoi dire, ses observations seraient maladroites, elle lui écraserait les orteils, et tous les invités seraient témoins de sa maladresse.

Un gémissement sourd retentit dans la pièce. Surprise, elle rouvrit les yeux et regarda autour d'elle. Elle était seule. C'était elle qui avait gémi, bien sûr.

Des voix s'élevèrent dans le couloir. Le comte marmonna des paroles inintelligibles au loin, son oncle répondit, puis elle entendit : « Au revoir ! » Aussitôt après, des pas résonnèrent dans le couloir, secs, rythmés, se rapprochant de plus en plus. Elle se prépara à affronter l'orage.

L'instant suivant, la porte s'ouvrit brutalement en grinçant sur ses gonds. Lord Cannon avait le teint rouge vif jusqu'au sommet du crâne.

— Qu'est-ce que c'est que cette histoire ? rugit-il. Tu n'as rien à faire au bal de lady Hammond !

— Je sais, mon oncle. Mais vous avez entendu le comte. Il a dit qu'il n'irait pas si je...

— Il ne sait pas à quoi il s'expose parce qu'il ne te connaît pas. Mais toi, si !

— Je ne pouvais pas refuser.

Bien sûr qu'elle l'aurait pu. Elle n'en avait simplement pas eu envie.

— Il flirtait avec toi. C'est intolérable !

Sa cravache fendit l'air, puis il poursuivit :

— Ce sera ta première sortie dans le monde depuis que Michael Wargell t'a laissée tomber. Tu rencontreras probablement sa femme. Ne me fais pas honte.

— Non, mon oncle.

Que dirait-elle aux Wargell ? Et aux autres ?

Mais Cannon n'en avait pas terminé.

— Et, pour l'amour de Dieu, ne te couvre pas de ridicule avec le comte !

Il tourna les talons et sortit, les claquements de sa cravache rythmant son pas martial.

Elle connaissait la plupart des nobles de la région, se rendait chez eux avec des onguents, des toniques et des conseils, mais elle ne les fréquentait pas. Surtout depuis que Michael l'avait abandonnée au pied de l'autel. Elle n'appartenait pas à leur monde.

Malheureusement, elle avait sottement accepté de se rendre à ce bal et, pire encore, s'était engagée à danser avec le comte

L'image des yeux rieurs de Langford lui revint, et, avec elle, la promesse d'un moment excitant et d'un suicide mondain si elle brisait sa promesse de lui accorder la première danse.

Avant d'avoir pu changer d'avis, elle ouvrit le petit tiroir, sortit une plume, l'encrier et une feuille de papier et griffonna rapidement sa réponse :

Lord Thaddeus Cannon et Mlle Grace Hannah se font une joie d'accepter votre invitation.

Elle sécha la lettre, la cacheta et retourna dans le hall d'entrée. Deux autres lettres se trouvaient déjà sur le délicat guéridon près de la porte, attendant qu'un valet les délivre à leurs destinataires. Elle déposa la sienne, puis hésita, la main en suspens, prête à la reprendre et à la glisser dans son tablier.

Non. Elle retira sa main, laissant l'enveloppe crème sur le petit plateau en argent. Elle avait promis. Elle se rendrait donc au bal… et que le Ciel lui vienne en aide !

Elle tripota son tablier tout en continuant à fixer des yeux l'encre sèche et les lettres rondes de sa réponse. La nervosité s'était immiscée en elle, nouant tous ses muscles. Il fallait qu'elle bouge. Elle avait besoin d'air.

4

Julian tapa doucement du poing sur le plafond de la voiture.

— Laissez-moi ici, lança-t-il au cocher. Je ferai le reste du chemin à pied.

Le ciel bleu, tellement plus vaste qu'à Londres, s'était orné de petits nuages blancs duveteux pour le séduire et l'attirer dans les champs.

— Vous en êtes sûr, milord ? répondit le cocher. Il y a plus de trois kilomètres jusqu'à Thistledown.

— Oui, répondit Julian en sautant de la voiture.

Il fit signe au cocher de repartir sans lui et se tourna vers le paysage qui s'étirait devant lui. Les champs s'étendaient à perte de vue, créant un patchwork de parcelles vertes et dorées délimitées par des murets en pierres et des haies.

Si ses souvenirs étaient justes, une partie des terres devant lui appartenait à d'autres propriétaires de la région, mais les champs qu'il apercevait au loin faisaient partie de son domaine. Il se demanda où se trouvaient les limites de sa propriété. Il n'avait jamais vraiment voulu le savoir et n'y tenait pas particulièrement à présent non plus. De toute manière, il rentrerait à Londres dès que le traître aurait été identifié.

Il s'écarta de la route, s'avança dans les hautes herbes et traversa un champ, puis un autre, humant les odeurs mêlées de la végétation et de la terre humide, écoutant le bourdonnement des abeilles et le bêlement des moutons.

Le paysage avait considérablement changé en un quart de siècle. Cependant, certaines perspectives lui disaient quelque chose, et quelques brefs souvenirs lui revenaient en tête. Il reconnut un vieux chêne dont les branches retombaient sur une clôture en pierres sèches envahie de clématites roses et de mousse.

Il s'était assis sur ce muret enfant, baignant dans une lumière diaprée. Un élan de nostalgie, pincement doux-amer, le prit par surprise et lui noua la gorge. Il s'assit à l'ombre du chêne. Le sol était sec mais moelleux, la terre chauffée par le soleil d'août. Autour de lui, les fleurs répandaient leur parfum sucré.

Tout en touchant les bourgeons délicats, il réfléchit à sa stratégie. Il avait d'abord pensé extirper des informations à Grace Hannah par la force. Toutefois, si elle était innocente, il lui causerait un tort considérable. Et si elle était coupable et se sentait en danger, elle prendrait la fuite et risquerait d'alerter le traître à Londres. Il ne pouvait donc pas exiger une réponse d'elle. Elle en informerait son complice, qui disparaîtrait définitivement sans laisser de trace.

Il devait tâter le terrain afin de trouver la meilleure solution. La région ne manquait pas de contrebandiers qui pourraient éventuellement lui fournir des informations. Néanmoins, infiltrer leur réseau avec aucun moyen de pression serait vain, sans compter que cela aussi pouvait alerter le traître. Néanmoins, il devrait sans doute courir ce risque.

Mlle Hannah était sa meilleure chance. Il ne serait pas difficile de développer un peu leur relation. Un léger flirt, un brin de cour… Peut-être même quelque chose de plus charnel, bien qu'il n'aimât pas pousser le badinage trop loin dans le cadre de son travail. En utilisant le corps d'une femme pour parvenir à ses fins, même pour le bien de la nation, il ne vaudrait guère mieux que son père.

Un grondement de sabots interrompit ses réflexions. Il tourna la tête pour voir qui approchait et sourit en se rendant compte que l'objet de ses pensées approchait au galop sur son magnifique étalon.

— Tiens donc, mademoiselle Hannah, murmura-t-il. Vous montez à califourchon.

Non seulement à califourchon, mais elle galopait à travers champs comme si elle avait le diable à ses trousses. Ses jupons gonflés claquaient au vent derrière elle. Les règles de la bienséance étaient-elles si relâchées à la campagne qu'une dame pouvait montrer ses chevilles et ses mollets ? Elle ne portait pas de chapeau et le soleil faisait briller ses cheveux. Encore une fois, Julian songea qu'il y avait quelque chose derrière le masque serein qu'elle affichait. Personne ne pouvait effectuer un galop aussi tumultueux et intrépide sans être habité par la passion. Il admira la fusion de la femme et de la bête, leurs corps ne formant plus qu'un tandis qu'ils approchaient d'une haie basse. Ensemble, ils rassemblèrent leur énergie avant de s'élever dans un bond gracieux.

Leur communion trahissait une affinité qui allait bien au-delà des talents de cavalière de Mlle Hannah. Le cheval et la femme partageaient un lien particulier. Tout en continuant à étudier Mlle Hannah, il se rappela ses paroles : « Démon a la vitesse et l'endurance nécessaires pour la course, mais pas le tempérament. Il a du mal à obéir aux ordres. »

La cavalière approchait à présent du grand chêne sous lequel il était assis, sans ralentir. Peut-être ne l'avait-elle pas vu et s'apprêtait-elle à sauter par-dessus le muret. Il ne pouvait laisser passer une telle occasion.

Il se releva rapidement et agita la main. Il vit sa stupeur quand elle l'aperçut. Ses traits se tendirent et elle se pencha sur l'encolure de l'étalon comme pour l'inciter à passer outre à l'intrus. Puis ses épaules s'affaissèrent. Elle tira sur les rênes et dirigea Démon vers le chêne. Julian entendit presque son soupir résigné.

La bienséance l'avait emporté. Pour cette fois. Mais quelque chose lui disait que ce ne devait pas toujours être le cas.

Il pourrait s'en servir à son avantage.

Elle ralentit et s'approcha. Il la vit lâcher un étrier et glisser discrètement une jambe par-dessus le haut pommeau, puis étaler ses jupes autour d'elle dans l'espoir qu'il ne remarquerait pas l'absence d'une selle d'amazone.

— Bon après-midi, milord.

Elle était essoufflée par sa course folle. Ses joues étaient rouges et des mèches retombaient autour de son visage. Il trouva son allure échevelée encore plus séduisante que son beau masque serein qui ne demandait qu'à être arraché.

— Mademoiselle Hannah ! Je dois être béni des dieux pour avoir le plaisir d'admirer votre beauté deux fois dans la même journée. Vous faites une petite balade pour profiter de la chaleur de l'été avant l'arrivée de l'automne ?

— Oui, Démon avait besoin de se défouler un peu, répondit-elle en flattant l'encolure de sa monture.

Le cheval était lui aussi hors d'haleine, mais les sons qu'il émettait étaient nettement moins intéressants que les petits halètements de Mlle Hannah, dont les seins se soulevaient et s'affaissaient d'une manière absolument charmante à chacune de ses respirations. Cette vision, associée à sa chevelure défaite, éveilla toutes sortes d'images érotiques dans son esprit, notamment une où la sereine Mlle Hannah le chevauchait, ses cheveux blond clair retombant sur ses épaules et son torse.

Malgré lui, il sentit un sourire malicieux étirer la commissure de ses lèvres.

Grace inspira profondément pour reprendre son souffle. Elle tenta de nouveau d'étirer ses jupes sur la selle, puis y renonça. Cela ne ferait qu'attirer l'attention du comte sur le fait qu'elle ne chevauchait pas en amazone.

Pire encore, elle devait être tout ébouriffée par le vent et, compte tenu de son teint clair, rouge comme une pivoine. Ses doigts la démangeaient de remettre un peu d'ordre dans sa coiffure, mais, là encore, elle ne ferait que souligner son allure échevelée.

Naturellement, le comte était à la fois impeccable et détendu, les fesses appuyées contre le muret en pierres, aussi à l'aise que s'il se trouvait dans son salon, les bras croisés sur son torse, en parfaite symétrie avec ses chevilles croisées. Le vent soulevait à peine ses cheveux autour de son beau visage mince, accentuant son sourire séducteur.

Elle chercha rapidement ce qu'elle pourrait bien dire pour entretenir poliment la conversation.

— J'espère que vous passez un séjour agréable, milord ?

— Absolument. Je refais connaissance avec les terres de Thistledown, de même qu'avec les habitants de Beer ce matin.

Il regarda au loin comme s'il contemplait une vue dans son souvenir.

— J'avais oublié que Thistledown était si proche de la mer. Allez-vous parfois sur la côte, mademoiselle Hannah ?

— Souvent.

Un léger malaise envahit la jeune femme. Il se tourna vers elle, le regard intense et concentré. Sa conversation était peut-être badine, pourtant ses yeux perçants le trahissaient. Il cherchait quelque chose. Mais quoi, et pourquoi ?

— La mer n'est qu'à quelques kilomètres d'ici, observa-t-elle.

— Tout le monde n'apprécie pas l'eau. Et vous ?

— Moi si.

— J'imagine que les contrebandiers également.

Le pouls de Grace s'accéléra, mais elle s'efforça de rester impassible.

— Les contrebandiers, milord ? Je suppose qu'ils ont plutôt intérêt à aimer l'eau, compte tenu de leur profession, mais je ne saurais vraiment le dire.

Sauf qu'elle connaissait pratiquement tous les contrebandiers depuis Seaton jusqu'à Sidmouth.

— J'ai entendu dire que la côte regorgeait de contrebandiers, poursuivit-il nonchalamment. Je serai très déçu si ce n'est pas le cas. J'avais espéré trouver un peu d'excitation ici.

— Comptez-vous vous joindre à eux, milord ?

— Cela vous séduirait-il ? Me trouveriez-vous dangereux et attirant ?

Elle ne put s'empêcher de sourire.

— Voilà des paroles bien compromettantes, répliqua-t-elle. Si les douaniers viennent frapper à ma porte, je ne manquerai pas de vous dénoncer afin de toucher la récompense.

Elle regretta aussitôt ses paroles, heureusement il ne sembla pas choqué par son impudence.

— Vous me blessez, ma chère, répondit-il en posant la main sur son cœur en un geste théâtral.

— J'espère que la plaie n'est pas trop profonde, car je n'ai rien pour la panser.

Il renversa la tête en arrière et éclata de rire. Le son l'emplit d'une chaleur qui se diffusa jusqu'à ses orteils.

Démon s'impatientait et dansait sur place, lui rappelant sa position précaire sur son dos. Elle le maîtrisa rapidement. Lorsqu'elle releva les yeux, le comte l'observait attentivement, le regard rempli d'admiration.

— Démon est vraiment un animal magnifique, remarqua-t-il. Il pourrait certainement distancer les douaniers comme un rien.

— Vous envisagez de me l'emprunter une fois que vous aurez rejoint les contrebandiers ?

— Ce serait une idée, mais je perdrais ma réputation de galanterie auprès des dames si je montais un de leurs chevaux. Je suis certain que le célèbre Jack Blackbourn ne prendrait jamais sa monture à une dame.

— Jack emprunterait n'importe quoi si cela pouvait l'aider à s'échapper, y compris les jupons de sa femme. Après tout, quand on doit s'enfuir, on ne peut être trop regardant.

— Certes, un contrebandier doit parer à toute éventualité et utiliser ce qui lui tombe sous la main, convint-il.

Il posa un pied sur le muret et les bras sur son genou.

— Je vois que vous avez beaucoup réfléchi à la question, remarqua-t-elle.

Il se tapota le menton du bout de l'index, l'air pensif.

— C'est que je songe à prendre un métier, déclara-t-il.

— Pourquoi ? Être le Comte Errant n'est-il pas un métier en soi ?

— Un gentleman a besoin d'un peu d'action dans sa vie. La contrebande me conviendrait bien, vous ne trouvez pas ?

Il cueillit une clématite rose qui grimpait sur le muret et, s'approchant, la lui offrit.

— Comme je vous le demandais, cela vous séduirait-il ?

Cette fois, il n'y avait pas d'emphase théâtrale ni de rire dans sa voix. Il parlait sur un ton doux et suave qui caressa ses sens comme les pétales qui effleurèrent sa peau quand elle accepta sa fleur.

— J'en doute, milord, répondit-elle. Il y a tellement de contrebandiers le long de la côte que j'en ai sûrement déjà rencontré quelques-uns.

La clématite frémit dans le vent lorsqu'elle la glissa dans la boutonnière de son corsage.

— Ah, mais je serais un autre genre de contrebandier, dit-il en posant la main sur l'encolure de Démon.

Je ne serais plus le Comte Errant mais le Comte Contrebandier. L'indomptable libertin fendant les flots, semant les douaniers et les navires de Napoléon.

Grace observait ses longs doigts qui caressaient la robe noire de l'étalon. Fascinée, elle les vit descendre sur l'encolure de Démon et se rapprocher dangereusement de sa selle. De sa jambe.

Elle s'éclaircit la gorge avant de répliquer :

— Je doute que quiconque puisse rivaliser avec Jack Blackbourn.

— Ah ah ! Un défi ? dit-il avec un sourire entendu. Je n'ai donc plus qu'à passer à l'acte pour savoir si je parviens à être plus intéressant que le célèbre Blackbourn. Peut-être réussirai-je à vous faire perdre la tête... Je pourrais vous enlever et vous entraîner en haute mer pour vous prouver à quel point je suis excitant.

Il parlait toujours sur ce ton suave qui faisait courir de petits frissons le long de sa colonne vertébrale. Elle savait désormais que ce qu'on racontait sur le Comte Errant était vrai. Un homme aussi séduisant et beau parleur avait sûrement fait chavirer des dizaines de femmes. Visiblement, il aspirait à l'ajouter à la liste de ses conquêtes.

Malgré tout, elle ne pouvait s'empêcher d'être séduite. Elle inclina la tête et pinça les lèvres.

— Qui vous dit que je n'ai pas déjà été conduite en haute mer, milord ? Peut-être me suis-je lassée de tant d'excitation.

— Pas du genre que je pourrais vous offrir, riposta-t-il.

Ses paroles s'enroulaient autour d'elle, caressantes.

— Je suis certaine de ne pas avoir besoin de votre genre particulier d'excitation.

Elle parlait d'un ton assuré, mais, intérieurement, elle était agitée, tendue et émoustillée.

— Vraiment ? railla-t-il. Après avoir assisté à votre folle chevauchée, j'en doute.

Il caressa de nouveau Démon, ses doigts s'arrêtant cette fois à quelques centimètres de sa cuisse.

— Laissez-moi vous raccompagner à Cannon Manor, proposa-t-il.

La caresse sensuelle de sa voix était irrésistible. « Oui ! » criait son corps. Tous ses sens étaient embrasés, au point que même l'air paraissait brûlant sur sa peau.

Elle avait besoin de reprendre son galop, de libérer l'énergie qui s'accumulait en elle. Cherchant désespérément à briser l'envoûtement qu'il avait tissé autour d'elle, elle lança des regards à la ronde.

— Où est votre monture, milord ?

— Je n'en ai pas. Je suis à pied. Vous ne m'abandonneriez pas seul ici, n'est-ce pas ?

Elle crispa les doigts autour de ses rênes.

— Pourquoi pas ?

— Vous me forceriez à marcher jusqu'à Thistledown par ce temps étouffant ? Et si j'attrapais un coup de chaleur ? Si je tournais de l'œil et étais pris de convulsions ?

Avec un nouveau geste théâtral, il se passa la main sur le front, essuyant une sueur imaginaire. Elle ne put retenir un petit sourire.

— Pour un aspirant contrebandier, vous n'êtes guère vaillant, milord.

— Ah, vous me blessez de nouveau, belle dame ! Vous me frappez au cœur de ma virilité.

Cette fois, elle éclata de rire.

— Vous devez me secourir, mademoiselle Hannah, poursuivit-il avec des accents mélodramatiques. Me conduire en sécurité à Thistledown où je pourrai panser mes plaies.

Son expression changea brusquement quand il ajouta :

— À moins que ce ne soit trop excitant pour vous ? Cela vous effraie-t-il ?

Il la provoquait. Oserait-elle relever le défi ? Il saurait qu'elle chevauchait à califourchon, s'il ne s'en était pas déjà rendu compte. À deux sur la même selle, ce serait très inconvenant. Si quelqu'un les voyait ?

Le comte ne bougea pas, la fixant du regard. Son expression calculatrice était revenue – il voulait quelque chose. Toutefois, elle ne pouvait pas lui tourner le dos et ne pas relever son défi.

Elle fit un signe de tête.

— Très bien, milord. Grimpez.

Elle s'avança le plus possible. Fort heureusement, la vieille selle démodée de son oncle possédait un haut pommeau autour duquel elle glissa son genou pour se tenir. Le comte mit un pied dans l'étrier et se hissa derrière elle.

Démon fit un écart quand ce poids supplémentaire s'abattit sur son dos, mais elle réussit à le maîtriser, malgré le trouble qui l'avait envahie en sentant le corps du comte derrière elle. Il y avait à peine assez de place pour eux deux. Elle percevait la chaleur de son torse contre son dos. Il posa les mains sur sa taille et les y laissa pendant qu'elle calmait le cheval.

Il se pencha en avant et lui murmura à l'oreille :

— Nous aurions plus d'espace si vous montiez à califourchon. Je promets de ne rien dire à personne et de ne pas reluquer vos chevilles, même si c'est très tentant.

Sa voix rauque résonna dans tout son corps et échauffa son sang.

Ô Seigneur, faites que personne ne me voie !

Elle releva légèrement ses jupes et passa la jambe par-dessus l'encolure du cheval. Ses chevilles et ses mollets étaient exposés. Tant pis !

Elle se pencha en avant, pressant son ventre contre le pommeau. Même ainsi, ils étaient collés l'un à l'autre. Ses grandes mains s'enroulèrent autour de sa taille, ses doigts écartés tenant son ventre.

Le comte se pencha de nouveau en avant, son souffle chaud lui chatouillant l'oreille.

— Allons-y, ordonna-t-il.

Sans hésiter, elle éperonna sa monture.

Ils s'élancèrent à travers le champ en jachère, tous deux penchés sur la selle, leurs corps joints bougeant à l'unisson au rythme de la foulée du cheval. Leurs membres se frottaient et leurs chaleurs respectives se mélangeaient. Les doigts du comte se resserrèrent sur sa taille, s'enfonçant dans sa chair. Le vent cinglait son visage et s'engouffrait entre eux, tirant sur ses cheveux et sifflant dans ses oreilles.

Une haie basse se dressa devant eux. Sans même réfléchir, elle dirigea Démon droit dessus. Ils s'élancèrent. Le temps sembla s'arrêter comme s'ils étaient suspendus dans les airs, puis elle sentit le comte se préparer à l'atterrissage avant même qu'elle ne se soit tendue. Les sabots de Démon retombèrent sur le sol, et ils poursuivirent leur course à travers le champ suivant.

Euphorique, Grace rit à gorge déployée, oubliant tout sens des convenances. Ses cheveux détachés volaient derrière elle et balayaient probablement le visage du comte. Peu lui importait. Elle se pencha en avant et il fit de même, son menton apparaissant par-dessus son épaule. Il avait le souffle court, pourtant elle pouvait sentir dans son corps qu'il prenait autant de plaisir qu'elle. Il paraissait vibrer d'énergie dans son dos.

Elle accéléra encore, puis encore. Même Démon semblait s'abandonner à l'ivresse de la vitesse.

Elle aurait aimé ne jamais s'arrêter. Cette chevauchée exaltante lui donnait une sensation de liberté qui faisait bouillir son sang. Elle se sentait vivante et légère. Hélas, les briques rouges de Thistledown apparurent au loin, lui rappelant qu'elle ne pouvait être cette femme, cet esprit libre.

Elle tira sur les rênes pour ralentir sa monture, revenant au petit galop, puis au pas. Lorsque Démon s'arrêta, ils restèrent silencieux un moment. Elle aurait juré entendre le cœur du comte battre contre son dos.

Enfin, il sauta à terre, puis la fit descendre avant qu'elle ait eu le temps de protester. Elle glissa contre lui, se tenant à ses épaules.

— Le cheval a besoin de souffler un peu, dit-il d'une voix haletante.

Elle vit dans ses yeux la même euphorie qu'elle avait ressentie. Il avait gardé les mains sur sa taille, et elle avait les siennes sur ses bras. Il se pencha légèrement, respirant profondément.

— Mon Dieu…

Il s'interrompit et inspira de nouveau. Toujours sous le coup de l'excitation de la chevauchée, elle ne voyait que ses yeux, aussi bleus que le ciel d'été derrière lui. Il se pencha encore, se rapprochant de ses lèvres. Il hésita, lui donnant une chance de lui échapper. Elle savait ce qui allait arriver, c'était inévitable. Elle le voulait… Elle le désirait d'une manière à la fois inconnue et familière, et cela l'emplissait du même feu que son galop effréné.

Elle ne s'enfuit pas. Au contraire, elle serra ses bras et se hissa sur la pointe des pieds pour venir à la rencontre de ses lèvres. Lorsqu'elle effleura sa bouche de la sienne, elle ne la trouva ni tendre ni exigeante. Elle était simplement là, offerte. Libre à elle d'en faire ce qu'elle voudrait.

S'enhardissant, elle remonta les mains sur ses épaules et pressa ses lèvres contre les siennes. Il entrouvrit la bouche, et elle glissa sa langue entre ses lèvres. Il avait un goût salé, chaud et mâle.

Avec un grognement, il enfouit ses doigts dans la masse de ses cheveux, prenant le contrôle de leur baiser. Cette fois, il devint exigeant. Lâchant ses cheveux, il prit son visage entre ses mains pour l'attirer à lui. Elle se laissa faire, avide d'interdit. Leurs corps se joignirent, leurs souffles se mêlèrent, et Grace comprit ce qui lui manquait depuis si longtemps, ce je-ne-sais-quoi qu'elle ne pouvait définir mais qui laissait un vide en elle. C'était ce feu dans son sang, ce désir qui réchauffait ses entrailles.

Alors qu'elle en voulait plus, il s'écarta, mais laissa ses doigts sur ses joues.

— Mademoiselle Hannah, je...

— Ne vous excusez pas, milord.

Elle ne l'aurait pas supporté. En dépit de l'incendie qui rugissait en elle, elle parvint à conserver un ton léger pour ajouter :

— Les contrebandiers ne s'excusent jamais.

Elle recula, et il laissa retomber ses mains. Rassemblant ses jupes, elle pivota et, sans attendre son aide – à ce stade, les convenances n'avaient plus d'importance –, sauta en selle. Elle fit décrire un demi-tour à Démon et s'éloigna au petit galop, laissant le comte au milieu du champ.

Elle savait qu'il la suivait des yeux, elle sentait son regard dans son dos. Mais pour rien au monde elle ne se serait retournée. Elle aurait perdu le pari. Or, elle avait gagné cette première manche, et elle en était consciente.

5

Le cœur de la nuit était le moment idéal pour espionner.

Derrière quelques fins nuages, un croissant de lune éclairait Cannon Manor. Ses fenêtres auraient dû être sombres et ses occupants endormis, mais ce n'était pas le cas.

Dissimulé dans le noir près de l'allée de gravier, Julian observa la vieille carne sellée qui se tenait devant le manoir. Son cavalier était descendu et se trouvait à présent devant la porte de la cuisine. Celle-ci était ouverte, et l'on apercevait une chandelle ainsi que la silhouette d'un second homme.

Le visiteur fit des gestes impatients auxquels l'homme à l'intérieur répondit. Puis la porte se referma. Le cavalier remonta en selle et s'éloigna au petit trot, le corps penché en avant, l'air pressé.

Que faisait ce mystérieux visiteur à Cannon Manor après minuit ?

La lueur d'une chandelle apparut derrière une fenêtre du premier étage. Julian vit une silhouette passer derrière la vitre, une fois, puis deux. Il sourit lorsque la silhouette se débarrassa d'un vêtement, révélant des formes féminines. Il était trop loin pour distinguer les détails, mais la dame en question avait des courbes partout où il le fallait. Puis elle disparut, à son grand regret. Cette vision alléchante de Mlle Hannah n'allait pas l'aider à trouver le sommeil. Quand il l'avait embrassée cet après-midi-là, il s'était perdu dans son goût de miel et dans l'exaltation qui avait vibré en elle. Il y avait tant de passion et de vie derrière la froide apparence qu'elle affichait ! Il avait été incapable de lui résister. À présent, il était fébrile.

La lumière dans la chambre s'éteignit. Il attendit, certain qu'il allait se passer autre chose, et fut récompensé lorsqu'un palefrenier sortit Démon des écuries et le conduisit devant la cuisine.

Bientôt, la dame en personne apparut à la porte, une lueur à l'intérieur de la cuisine dessinant sa silhouette à contre-jour. Il faillit ne pas la reconnaître dans sa tenue masculine. Sa veste courte couvrait son torse, mais sa culotte soulignait ses longues jambes ciselées et sa taille fine. Sa masse de cheveux blonds la trahit avant qu'elle ne la rassemble sous une casquette de fermier.

Elle se dirigea vers l'étalon, mit un pied dans l'étrier et se hissa d'un bond en selle. Ses mouvements étaient fluides, gracieux et experts. De toute évidence, Mlle Hannah n'avait pas besoin d'un montoir.

Elle chevauchait à califourchon. Encore.

Il sentit son sang s'échauffer au souvenir de leur galop dans la campagne, et son imagination lui représenta aussitôt la belle à califourchon sur autre chose. À savoir sur lui. L'image de cette femme calme et distante, la tête renversée en arrière, s'abandonnant avec passion tandis qu'elle le chevauchait, le fit s'agiter nerveusement sur sa selle.

Il repoussa cette vision. Il n'y avait pas de place pour ce genre de transport dans sa mission. Mlle Hannah n'était qu'une piste qui le conduirait au traître.

Le temps qu'elle passe devant sa cachette avec Démon, il s'était ressaisi et était de nouveau capable de l'étudier d'un œil objectif. Ses traits se perdaient dans l'obscurité, mais ses épaules étaient tendues et ses mouvements saccadés. Ce n'était pas son allure habituelle.

Elle éperonna Démon et sortit de l'allée au petit trot. Julian la suivit de loin. Bientôt, les lumières de Beer apparurent. Il pensait qu'elle allait contourner le village, mais elle s'engagea dans la rue principale presque déserte. À cette heure tardive, les seuls signes de vie émanaient des tavernes et des auberges où les affaires allaient encore bon train. De la lumière et du bruit se déversaient de ces établissements, où les clients buvaient de la bière, du cidre et des alcools de contrebande.

Mlle Hannah s'arrêta sous l'enseigne du *Joyeux Contrebandier*. Julian examina la façade, satisfait de constater que son enquête avançait : *Le Joyeux Contrebandier* appartenait à Jack Blackbourn.

Une dame n'entrait pas dans une taverne appartenant à un hors-la-loi et fréquentée par les classes inférieures, même si elle portait une culotte. Mlle Hannah se moquait-elle à ce point de sa réputation ?

Un grand adolescent dégingandé se précipita pour prendre les rênes de Démon.

— Fais attention, il est nerveux ce soir, le prévint-elle.

— Je serai très prudent, mademoiselle Gracie, répondit-il en emmenant l'étalon.

Julian regarda sa proie se diriger vers la porte de l'établissement. Le pas de Mlle Hannah était assuré, son menton droit, ses épaules à présent détendues. Elle paraissait plus à son aise en tenue d'homme dans un tripot de contrebandier qu'en robe dans un salon.

Intéressant.

Une lumière chaude et des éclats de rire se répandirent dans la rue lorsque la porte s'ouvrit. Julian aperçut un homme derrière le bar qui saluait Mlle Hannah de la main avec un sourire ravi. Puis la porte se referma en claquant, et Julian se retrouva seul dans la nuit.

La salle sentait la bière et le tabac. Sous ces odeurs prégnantes, on percevait celles du poisson et de l'iode, puisque la plupart des clients gagnaient leur vie en mer, par des moyens légaux ou clandestins. Cela donnait un mélange âcre mais familier qu'elle trouvait réconfortant. La tension dans sa nuque descendit de quelques crans.

L'homme derrière le bar était corpulent, avec un visage carré et un nez proéminent. Des touffes de cheveux hirsutes se dressaient sur son crâne malgré ses efforts pour les attacher en queue-de-cheval sur sa nuque. C'était un homme polyvalent : pêcheur, pilote, marin, tavernier… et contrebandier.

— Salut, Jack, lança-t-elle.

— Qu'est-ce qu'une si jolie fille vient faire dans mon antre ? Je vous offre un verre ? C'est la maison qui régale. J'ai votre vin français préféré.

Jack Blackbourn essuya le comptoir avec un chiffon effiloché, lui dégageant un espace.

— Merci, Jack, mais pas ce soir. Je suis là pour affaires.

— Trop de travail tue le plaisir, ma belle.

— Je ne vous le fais pas dire.

— Passez donc quelques heures dans ma taverne. Je vous montrerai comment retrouver du plaisir.

— Votre femme vous écorchera vif. Et après, où irai-je acheter mon vin ?

— Vous avez bien raison au sujet de ma femme, répondit-il en s'esclaffant.

Hilare, il se tapa sur la cuisse puis pointa le doigt vers l'autre bout de la salle.

— Vos affaires vous attendent dans le coin là-bas, déclara-t-il. Mais revenez vite me voir et partager une bouteille avec moi.

— Je vous le promets.

Elle se hissa sur la pointe des pieds et déposa une bise sur sa joue par-dessus le comptoir.

— C'est ce que je dis toujours à mon Anna : je n'y peux rien si les femmes m'adorent, plaisanta-t-il.

Grace pouffa de rire et se tourna dans la direction qu'il lui avait indiquée. Le forgeron du village et deux autres hommes étaient assis à une table, leurs têtes rapprochées, parlant à voix basse. Elle se fraya un chemin entre les tables, répondant aux salutations des nombreux pêcheurs et journaliers qui l'interpellaient sans perdre de vue le trio dans le coin. Quelque chose clochait, elle le voyait à leurs expressions. Ses muscles se contractèrent, et ses nerfs se tendirent de nouveau.

Relevant le nez à son approche, les trois hommes se mirent debout et l'un d'eux tira une chaise pour elle avant qu'ils ne se rassoient tous ensemble. Les bonnes manières s'arrêtaient là. Dans le monde de la contrebande, l'étiquette entre les sexes entravait le bon déroulement des opérations.

— Bonsoir, Jem, dit-elle au jeune homme assis en face d'elle. Comment va Fanny ?

— Elle est fatiguée. Elle a hâte que le bébé arrive.

Ses cheveux d'un roux vif étaient ébouriffés, sans doute par le vent marin – il était pêcheur.

— J'ai bien peur qu'il ne lui faille patienter encore quelques mois.

Elle sourit en dépit de son anxiété. Elle lisait trop d'angoisse dans les yeux verts et brillants de Jem.

Elle se tourna vers le visage rond et moustachu de John, le forgeron. Il était penché vers la tête étroite de Thomas, un métayer qui travaillait sur un domaine voisin. Leurs traits étaient creusés par l'inquiétude.

— Que se passe-t-il ? demanda-t-elle. Votre femme va bien, John ? Et vos enfants, Thomas ?

— Tout le monde va bien, mademoiselle Gracie, répondit John à voix basse.

Il se gratta le menton avant de reprendre :

— On a trouvé quelque chose dans la grotte où on entrepose la marchandise, et j'ai comme qui dirait l'impression que ça ne sent pas bon.

Il lança un regard aux deux autres, qui hochèrent la tête à l'unisson.

— Qu'avez-vous trouvé ? demanda-t-elle à voix basse.

— Ça.

Il glissa la main sous sa veste et en sortit un porte-documents en cuir fermé par un lacet.

— C'était dans une malle de dentelles.

Il lui tendit le porte-documents, dont elle dénoua le lacet. Il contenait une liasse de papiers couverts d'une écriture épaisse.

Lorsqu'elle commença à lire, elle resta bouche bée.

San Sebastian... Wellington en route... train d'artillerie traversant l'Espagne... canons de siège efficaces, munitions limitées... nombre de troupes...

Puis, sur la page suivante :

Alastair Whitmore, nom de code Ange, 82 kg, 1,82 m, cheveux blonds, yeux marron... refuges connus... 14, avenue de la République, Paris... 22, rue Carnot, Cherbourg... 4, rue Delacroix, Calais...

Le document se terminait par un slogan révolutionnaire en français : « Liberté, égalité, fraternité, ou la mort ! » Elle blêmit, les oreilles sifflantes. La voix du forgeron la sortit de sa stupeur.

— Je sais lire un peu, déclara-t-il. C'est plus dur quand les mots sont attachés, mais je peux voir que ça sent le roussi. N'est-ce pas, mademoiselle Gracie ? Ce qu'il y a sur ce papier, ce n'est pas bon, hein ?

— Non, John, ce n'est pas bon du tout, confirma-t-elle. Ce sont des informations militaires sur le nombre de troupes, les quantités de munitions.

La peur lui nouait la gorge, l'empêchant de prononcer le mot qui résonnait dans sa tête : « Trahison. »

— C'est bien ce qui nous semblait, acquiesça John. Ce qu'il y a là-dessus ne devrait pas partir pour Cherbourg.

— Ces informations n'auraient jamais dû sortir du ministère des Affaires étrangères et ne devraient certainement pas être envoyées en France.

Elle referma le porte-documents et en lissa la surface du plat de la main.

— Quand l'avez-vous trouvé ? demanda-t-elle.

— Il y a une quinzaine de jours, répondit Jem en se penchant vers elle. La malle allait être chargée sur mon lougre.

— On ne savait pas quoi faire avec ça, reprit John. On ne pouvait pas aller voir le magistrat ou la douane, ne sachant pas qui l'avait écrit.

Il prit une longue gorgée de bière et s'essuya les lèvres du revers de la main.

— On ignorait à qui faire confiance, reprit Jem. Alors on s'est dit : « Mlle Gracie saura quoi faire. »

Sauf qu'elle ne savait pas plus qu'eux à qui se fier. Elle renoua le lacet et glissa le porte-documents sous sa veste. Si seulement elle avait pu cacher la trahison aussi facilement ! Avait-elle vraiment reconnu l'écriture ? Elle n'en était pas certaine. Glacée, elle resserra les pans de sa veste autour d'elle.

Thomas, le troisième homme, se pencha vers elle, ses traits graves et crispés.

— Il faut que ça cesse, mademoiselle Gracie. Je veux bien contourner la loi pour me faire quelques sous, mais pas être arrêté pour trahison.

Trahison.

Le mot retomba entre eux, lourd de sens.

— À qui pouvons-nous en parler ? demanda Thomas. Et comment le faire sans expliquer que nous l'avons trouvé dans notre grotte ? Ce serait nous dénoncer nous-mêmes. J'ai sept bouches à nourrir. Je ne peux pas aller en prison pour contrebande.

Grace regarda les trois visages anxieux tournés vers elle, attendant ses réponses. Ils avaient peur, pour eux-mêmes, leurs épouses, leurs enfants.

— Quelqu'un doit être mis au courant, convint-elle. Je ne sais pas encore qui, mais je vous donne ma parole que, lorsque j'en informerai les autorités, je vous protégerai. Je ne révélerai pas vos noms.

Leur soulagement fut palpable. Ils vivaient dans l'angoisse depuis deux semaines, et elle était heureuse de les décharger en partie de ce poids. Le problème, c'était qu'il reposait à présent sur ses propres épaules.

— Si on peut vous aider, vous n'avez qu'un mot à dire, déclara John en se redressant sur sa chaise.

— Merci.

Elle se leva, et les hommes l'imitèrent.

— Je dois rentrer au manoir, mais je vous tiendrai au courant de la suite, je vous le promets.

Elle les salua chacun leur tour, puis se dirigea vers la porte. En passant, elle agita la main en direction de Jack.

— Vous êtes sûre de ne pas vouloir rester un moment et vous amuser un peu, ma belle ? lui lança ce dernier.

— La prochaine fois, Jack.

Elle ponctua sa réponse d'un rire, qui, même à ses oreilles, parut forcé.

Sur le chemin du retour vers Cannon Manor, elle lâcha la bride à Démon pendant que les pensées tourbillonnaient dans sa tête.

Trahison. Le mot semblait résonner dans la nuit. Généralement, les dépêches officielles n'atterrissaient pas dans une carrière abandonnée utilisée par des contrebandiers. Elles étaient acheminées par un membre d'une agence gouvernementale, qu'elles soient diplomatiques, militaires ou politiques. Un message officiel britannique ne se terminait pas par « Liberté, égalité, fraternité, ou la mort ! ».

Démon se tendit. Elle lui massa l'encolure en lui susurrant des paroles apaisantes. Cependant, elle ne parvenait pas elle-même à retrouver son sang-froid. Elle devait prévenir quelqu'un occupant un poste de pouvoir. Mais comment le faire sans faillir à sa promesse aux contrebandiers ? Le seul moyen de les protéger était de cacher leur identité aux autorités.

Elle ne les trahirait pas.

Soudain, les petits cheveux sur sa nuque se hérissèrent. Quelqu'un l'épiait. Démon s'agita sous elle et hennit doucement. Lui aussi, il l'avait senti.

Elle lança des regards autour d'elle, scrutant les ombres profondes entre les arbres en plissant les yeux. Il faisait trop sombre pour voir quoi que ce soit, mais elle sentait une présence, comme le bourdonnement d'un insecte invisible.

Elle releva le menton. Elle se trouvait sur les terres Cannon, qu'elle parcourait régulièrement en pleine nuit. Elle n'allait pas fuir, elle se refusait à avoir peur. D'ailleurs, si celui qui l'observait lui voulait du mal, il avait déjà eu toutes les occasions d'agir.

Son petit pistolet de poche pesait lourd dans sa veste. Elle s'était tellement habituée à le porter sur elle la nuit qu'elle l'avait oublié. En cet instant, elle était rassurée par sa présence et soulagée d'avoir appris à s'en servir.

Lorsqu'ils sortirent du bois, elle lança Démon au petit galop afin de traverser un vaste champ. Elle jeta un regard par-dessus son épaule, puis un autre. Il lui sembla apercevoir un cavalier solitaire, mais elle n'en était pas certaine.

Lorsque Démon entra enfin dans la cour des écuries, elle respira plus librement. Un jeune palefrenier sortit l'accueillir, à moitié endormi. Elle lui confia les rênes et se dirigea vers la porte de la cuisine. Elle frappa doucement et attendit, coulant de nouveau un regard vers les arbres derrière elle. Elle sentait toujours un regard sur elle.

Le regard vitreux, Binkle ouvrit et la fit entrer.

— Tout va bien, mademoiselle Gracie ?

— Je n'en suis pas sûre. Je dois y réfléchir.

— Si l'un de nous peut vous être d'une quelconque utilité, n'hésitez pas à nous le dire.

— Merci, Binkle. Je n'y manquerai pas.

Le porte-documents en cuir pressait contre ses côtes. Elle devait le cacher en attendant de décider ce qu'elle en ferait. Un seul endroit lui venait à l'esprit : la réserve. Elle en possédait l'unique clé.

Elle remonta en hâte dans sa chambre chercher son trousseau, puis, redescendant par l'escalier de service, avança sur la pointe des pieds dans les couloirs silencieux. Elle introduisit la clé dans la serrure de la réserve et se glissa à l'intérieur, verrouillant la porte derrière elle. Elle inspira profondément. Les odeurs d'épices et de fleurs séchées étaient apaisantes. C'était là sa pièce, son refuge. Elle en connaissait le moindre bocal, le moindre flacon, le moindre sachet.

Se guidant à la faible lueur de la lune qui filtrait par la fenêtre, elle trouva le briquet à amadou sur un banc et alluma une chandelle. Levant haut celle-ci, elle inspecta les étagères, les placards et les recoins sombres. Son regard tomba sur un tonnelet rempli de pétales de roses récoltés cet été afin de fabriquer des parfums, des huiles et des potions.

Elle souleva le couvercle. Le cœur battant, elle enfonça les mains dans la masse de pétales. Un nuage parfumé s'éleva dans la pièce. Elle déposa le porte-documents au fond du tonnelet, puis le recouvrit de pétales avant de refermer le couvercle.

La peur au ventre, elle moucha la chandelle et quitta la réserve. Le porte-documents enfoui sous d'innocents pétales de roses renfermait une vie et des visions d'horreur.

6

Julian observait les convives de lady Hammond par-dessus le bord de son verre de punch. Soies, satins et mousselines virevoltaient à travers le salon, leurs tons vifs ou pastel accentués par les feux des diamants, des rubis et des saphirs. Il chercha des visages familiers et repéra plusieurs personnes qu'il avait vues à Londres au cours des dernières années, mais aucun espion ni agent étranger qu'il connût. Il ne voyait pas non plus Grace Hannah. Les invités étaient pour la plupart des propriétaires terriens de la région et des nobles venus goûter la musique, les mets et les potins. Restait à savoir si le traître se trouvait parmi eux.

Les portes de la terrasse étaient ouvertes afin de laisser entrer la brise. La nuit humide de septembre intensifiait les parfums des dames et des fleurs en pots. Sa chemise lui collait à la peau. Rassemblant son courage, il se résigna à passer une soirée laborieuse et moite. Il afficha son sourire charmant de Comte Errant et se prépara à affronter l'assaut.

Celui-ci ne tarda pas. Son hôtesse, lady Hammond, les hanches larges et la poitrine opulente, l'aperçut depuis l'autre bout de la salle et fendit la foule dans sa direction.

— Milord !

— Lady Hammond, répondit Julian en s'inclinant sur la main qu'elle lui tendait. Je ne saurais vous dire à quel point votre invitation me comble.

— Sottises ! Je ne fais que mon devoir. Venez, que je vous présente.

Elle lui prit le bras et le conduisit de groupe en groupe. Presque chacun d'entre eux comportait une jeune fille à marier. C'était toujours la même rengaine : lady Hammond faisait les présentations d'usage, la jeune femme émettait une observation spirituelle, et les regards intéressés se tournaient vers lui pour vérifier s'il approuvait. Le beau monde était tellement prévisible ! Des commérages circulaient déjà sur celle qui pourrait être sa future épouse.

Il subit une autre série de présentations, cette fois à deux matrones, lady Lintell et sa dame de compagnie, Mme Parker. Il donna des réponses courtoises à leurs questions courtoises (« Le climat du Devon vous convient-il ? ») et accentua son sourire un peu plus pour résister au flot de paroles de lady Lintell. La brave dame, maigre comme un clou, paraissait intarissable. Soudain, il se concentra de nouveau sur sa conversation.

— Doux Jésus ! Que fait Mlle Gracie ici ? s'exclama-t-elle. Cela fait une éternité qu'elle ne s'est pas jointe à nous.

— Environ sept ans, Minnie, précisa lady Hammond en suivant son regard. Bien trop longtemps à mon goût.

Mme Parker se hissa sur la pointe des pieds pour voir par-dessus la foule, sans grand succès car elle n'arrivait même pas à l'épaule de Julian.

— Quel dommage qu'elle ne se montre jamais, soupira-t-elle.

— Je me demande pourquoi, déclara Julian.

Sa question s'adressait plus à lui-même qu'aux dames.

Lady Lintell s'approcha, une lueur complice dans le regard.

— Je ne sais pas, mais on raconte que c'est lord Cannon qui lui interdit d'assister à nos fêtes. Tout le monde sait qu'il l'épuise à la tâche sans jamais rien lui donner en retour. Et Mlle Gracie ne s'en plaint jamais ! Elle prend ses devoirs très au sérieux et est toujours prête à rendre service. Tenez, hier justement, elle a envoyé un autre flacon de tonique à mon mari pour sa toux.

— Et la semaine dernière, elle a apporté une de ses fameuses infusions pour ma fille qui attend un enfant, renchérit lady Hammond. Je suis heureuse qu'elle se montre enfin.

— Effectivement, cela fait sept ans que M. Wargell l'a abandonnée au pied de l'autel. Ce n'était vraiment pas bien de sa part. Pauvre Mlle Gracie !

Lady Lintell donna un petit coup d'éventail sur le bras de Julian.

— C'est une ravissante créature, n'est-ce pas, milord ?

— Je vous demande pardon ?

— Vous voyez la jeune femme qui vient d'entrer ? Elle se tient sur le seuil, dans une robe blanche. C'est Mlle Hannah.

Elle fronça les sourcils en ajoutant :

— Vraiment, si lord Cannon s'est enfin décidé à la laisser sortir de Cannon Manor, il aurait au moins pu la vêtir convenablement. Cette robe a je ne sais combien de saisons de retard. Mais, après tout, qu'entend un homme à la mode ? Oh, pardon, milord ! Je ne parlais pas de vous, naturellement. Vous êtes sûrement au fait des toutes dernières tendances. Je... euh...

Julian se mit à rire.

— Ne vous inquiétez pas, lady Lintell. Je n'ai sûrement pas un œil aussi affûté que le vôtre.

— Oh, milord, vous êtes trop bon, roucoula lady Lintell.

Il en revint au sujet qui l'intéressait.

— À dire vrai, j'ai déjà rencontré Mlle Hannah. Trois fois.

— Vraiment ? s'étonna lady Hammond en tournant son regard perçant vers lui.

— Elle m'a même promis la première danse, poursuivit-il. J'entends justement les musiciens accorder leurs instruments. Le moment est venu d'aller chercher ma partenaire. Si vous voulez bien m'excuser, mesdames.

Il s'inclina et les quitta, suivi par leurs murmures intrigués.

Lady Lintell n'avait pas tort au sujet de la robe de Mlle Hannah. La mousseline diaphane ne comportait aucun ornement, la taille était un peu trop haute et les manches trop longues. Néanmoins, elle flattait sa silhouette.

Elle se tenait près de lord Cannon, qui parlait à un homme appuyé sur une canne. Elle affichait une expression qui se voulait neutre, mais il pouvait voir derrière cette façade – le port haut de sa tête, ses épaules fières et ce regard intense qui faisait semblant de ne rien voir. Il devinait également sa nervosité à la manière dont ses doigts élégants serraient son petit réticule argenté.

Puis elle l'aperçut, et son regard gris insondable rencontra le sien. Ses lèvres se crispèrent. Ah ! Il la mettait mal à l'aise. Tant mieux.

Il s'inclina devant eux.

— Lord Cannon, mademoiselle Hannah, pardonnez-moi de vous interrompre. Je viens chercher ma partenaire pour la première danse.

— Vous êtes sûr ? grogna lord Cannon. Vous pouvez demander à une autre fille. Grace ne fera pas d'esclandre.

Julian inclina la tête sur le côté. Voilà qui était intéressant.

— Pourquoi inviterais-je une autre dame ? J'ai déjà demandé cette danse à Mlle Hannah. Ce ne serait guère galant de ma part de me désister.

L'autre vieil homme se pencha en avant, faisant crisser sa canne sur le parquet.

— Elle est fichue, compromise. Elle a été plaquée.

Mlle Hannah resta de marbre, mais Julian devina qu'elle était meurtrie. Elle avait relevé les épaules presque sous ses oreilles et, s'il ne se trompait pas, elle avait cessé de respirer.

Il sentit la moutarde lui monter au nez. Il sortit son monocle de sa poche et inspecta avec dédain le vieillard cadavérique.

— Excusez-moi, je ne crois pas que nous ayons été présentés.

— Lord Stuart Paget, répondit le vieux bouc.

Il lança un bref regard vers Mlle Hannah, avant de glisser :

— Elle est perdue de réputation.

— Elle n'est qu'une source d'embarras, ajouta lord Cannon en se balançant sur ses talons. Disons-le tout de bon, milord.

— Non, ne le disons pas, rétorqua Julian. Tant que Mlle Hannah sera ma partenaire, je vous suggère d'éviter ce genre de remarques déplaisantes.

Il aurait volontiers envoyé son poing dans la figure de ce goujat. Il se tourna vers Mlle Hannah.

— Les couples sont en train de prendre place. Si nous les rejoignions ?

Il lui tendit le bras. Elle le regarda comme si c'était un serpent enroulé prêt à bondir.

Elle scruta son visage. Puis, avec un petit soupir, elle accepta son bras et ils s'éloignèrent, laissant les deux mufles se hérisser et fulminer derrière eux.

— Vous n'êtes pas obligé de danser avec moi, lui dit-elle en regardant droit devant elle. Je ne le prendrai pas mal. De toute manière, je vous marcherai probablement sur les pieds.

— Il n'en est pas question. J'y tiens.

Il se rendit compte qu'il la traînait pratiquement vers la piste de danse. « Tout doux, se rappela-t-il. Sois charmeur. »

— En outre, reprit-il, si je dois rivaliser avec Jack Blackbourn, il me faut frayer avec des femmes d'expérience. Quel genre de contrebandier ferais-je si je fréquentais des vieilles filles vertueuses ?

Elle s'arrêta brusquement et le regarda. Puis elle éclata d'un long rire joyeux. Ce son le ravit et le remplit d'un élan de désir pur, du genre qui prenait un homme aux tripes et ne le lâchait plus.

— Finalement, vous pourriez peut-être rivaliser avec Jack, milord.

Elle regarda les danseurs qui s'alignaient déjà et esquissa un sourire.

— La danse va bientôt commencer, monsieur le Comte Contrebandier. J'espère que votre réputation survivra après qu'on vous aura vu vous acoquiner avec une femme telle que moi.

— Même si ce n'est pas le cas, au moins ce contrebandier-ci saura-t-il satisfaire sa compagne.

Il fut récompensé en la voyant rosir.

Des chuchotements parcoururent les rangs des spectateurs lorsqu'ils prirent place. Était-ce lui ou Mlle Hannah qui déliait ainsi les langues ?

Les violons entamèrent une danse campagnarde. Grace et lui se rejoignirent, se séparèrent, se rejoignirent de nouveau. Ses yeux gris et brillants ne le quittaient pas.

À travers les messes basses, on distinguait un mot : « Gracie. » Elle devait forcément l'entendre. Pourtant, son visage restait impassible, ses yeux rivés aux siens. Il ne devait pas être facile pour elle de faire comme si de rien n'était.

— Vous n'avez pas oublié les pas, ma belle dame.

— On dit que la danse revient vite.

— Vraiment ?

Leurs mains se touchèrent, simple effleurement d'un gant sur l'autre qui résonna en lui.

— À condition de se concentrer, ajouta-t-elle.

— C'est donc que je ne vous distrais pas assez. Je vais m'appliquer.

Ils se séparèrent de nouveau et se rejoignirent à la fin de la rangée.

— Ce n'est pas raisonnable, milord. Si je me déconcentre, je risque de vous écraser les orteils.

— Mes bottes sont robustes.

— Mes souliers aussi.

Il rit et la fit tournoyer le long de l'allée créée par les autres danseurs. Parvenus au bout, ils reprirent leur place de chaque côté.

Lorsque la danse se termina et que les danseurs se dispersèrent, il lui demanda :

— Cela vous dirait-il de prendre l'air sur la terrasse, mademoiselle Hannah ? Ou dois-je vous raccompagner auprès de votre oncle ?

Elle inclina la tête, semblant écouter les chuchotements.

— La terrasse, s'il vous plaît.

Ils sortirent par les grandes portes vitrées, s'éloignant des salles de réception bondées du manoir.

Arrivée au bout de la terrasse, elle retira son bras et se tint devant les marches qui descendaient vers les jardins, tandis que Julian s'accoudait à la balustrade et contemplait l'obscurité. Il n'entendait aucun bruit inhabituel, ne voyait aucune ombre sortant de l'ordinaire.

Satisfait, il se tourna vers elle. Elle aussi fixait les ténèbres. La calme et sereine Mlle Hannah qui cachait une âme passionnée. Une contrebandière et une rebelle.

— Le clair de lune vous sied à ravir, ma belle dame.

La lumière argentée illuminait ses traits délicats, les transformant en un captivant mélange d'ombres et de contrastes.

— La lueur de la lune flatte tout le monde, répliqua-t-elle. Elle est douce, imprécise et cache les imperfections.

Comment un visage aussi ravissant pouvait-il exprimer une telle solitude ? Cela tenait à ses yeux, comprit-il. Ils semblaient perdus, et la mélancolie qu'il lisait en eux le touchait. Mais il repoussa cet élan, se rappelant fermement qu'elle n'était qu'une piste pour sa mission.

— La nuit est libératrice, vous ne trouvez pas ? déclara-t-elle en tournant son visage vers le ciel.

— J'aurais plutôt dit que la nuit était secrète.

— Elle est un peu des deux, répondit-elle en contemplant les jardins baignés par le clair de lune. Ce doit être à cause de l'obscurité dans laquelle rien n'est tout à fait ce que l'on croit. N'importe quoi, n'importe qui pourrait s'y cacher. Les possibilités sont infinies.

Elle semblait ailleurs, absorbée par ses méditations. Il attendit, avec la sensation de se trouver sur un fil d'équilibriste, ignorant de quel côté elle le ferait tomber. Elle inspira profondément, puis retint son souffle. Lorsqu'elle expira de nouveau, ce fut pour proposer :

— Marchons un peu, milord. Jetons toute prudence aux orties et promenons-nous dans les allées. Explorons les possibilités.

Elle descendit les marches d'un pas léger et lui lança un regard par-dessus son épaule.

Il était bien obligé de la suivre.

Sa robe était comme une lumière dans la nuit, flottant autour d'elle tandis qu'elle l'entraînait sur les sentiers. Il n'y avait pas un souffle d'air, si bien qu'elle paraissait être le seul objet animé dans le jardin. La chaleur alourdissait le feuillage, exaltant les parfums capiteux des fleurs. Leurs arômes s'enroulaient autour de lui, le pénétraient.

— À votre avis, que se cache-t-il dans le noir, mademoiselle Hannah ? Quelles délices invisibles nous attendent ?

Elle se pencha et cueillit une fine tige de lavande, qu'elle fit tourner entre ses doigts tout en contemplant les jardins.

— Qui sait ? Peut-être un preux chevalier attendant de sauver sa dulcinée ?

— Son épée tirée et se tenant prêt sur son destrier qui caracole dans les rhododendrons, acheva-t-il.

Il ne s'était pas encore rendu compte que c'était une romantique.

— À moins que ce ne soit un fringant bandit de grand chemin venu détrousser les invités et voler des baisers aux jeunes filles, dit-elle en riant.

— Ou encore une reine des fées attendant son amant, alanguie dans un massif.

Il s'approcha et lui chuchota à l'oreille :

— Toutes sortes de plaisirs se cachent peut-être dans l'obscurité.

Elle inclina la tête sur le côté et le dévisagea longuement sous ses longs cils dorés. Un coin de ses lèvres se retroussa, puis l'autre. Il sentit le désir l'envahir et chasser de son esprit toute pensée concernant sa mission. L'avait-il déjà vue sourire ainsi ?

C'était là la femme passionnée qu'il avait embrassée.

— Peut-être un comte contrebandier est-il tapi dans le noir ? murmura-t-elle.

— Ah oui. Ma seconde carrière.

Il lui prit le brin de lavande de la main et, le tenant sous son nez, inhala profondément. C'était elle qu'il sentait. Il lutta pour se ressaisir.

— Peut-être achèterai-je mon propre navire et engagerai-je un équipage pour transporter en douce des marchandises depuis la France. Je serai sûr alors de faire tourner la tête à toutes les dames de la région.

— Mais, dans ce cas, vous serez plus capitaine que contrebandier.

— Pas un simple capitaine, un capitaine contrebandier. Je parcourrai les mers et récolterai de l'or et des richesses aux quatre coins du monde.

— Vous pourriez, mais alors les dames de la région ne seraient plus aussi captivées, n'est-ce pas ? Si vous êtes au loin à amasser des richesses, vous ne serez plus ici dans le Devon à les éblouir avec vos exploits.

Elle l'observait avec une moue amusée.

— N'ai-je pas promis de satisfaire ma compagne ? Je me dois de l'impressionner avec mes prouesses.

Il s'avança à quelques centimètres d'elle et, s'efforçant de contenir son désir, poursuivit :

— Le Comte Contrebandier viendra la retrouver au cœur de la nuit, quand tous les autres seront endormis. Plus personne pour les entendre. Plus personne pour les voir.

Elle déglutit, et il vit sa poitrine se soulever.

— Et que feront-ils dans la nuit ? demanda-t-elle doucement.

— Ils ressentiront. Dans l'obscurité, il n'y a rien à voir. Il n'y a plus que des textures et des sons. Des sensations.

Il se pencha vers elle, approchant ses lèvres à un cheveu des siennes.

— Fermez les yeux, ordonna-t-il.

Elle s'exécuta, et quand il vit ses paupières s'abaisser sur son regard gris argent, il sut qu'il avait perdu la bataille contre lui-même.

Grace patienta, le souffle court, mais il ne fit rien, se contentant de se tenir devant elle. La chaleur qui émanait de lui se mêlait à l'air humide qui rendait sa peau moite. Que faisait-il ? Silencieuse, immobile et aveugle, elle attendait.

— Le contrebandier et sa compagne écouteront la nuit autour d'eux, chuchota-t-il.

Ses lèvres chaudes effleurèrent son oreille, la faisant frémir.

— Dites-moi ce qu'ils entendront, demanda-t-il.

Elle tendit l'oreille, se concentrant. Elle perçut le bruissement des fleurs, à peine un soupir. Avait-elle déjà entendu la nuit murmurer ? Avait-elle jamais remarqué que les feuilles frémissaient dans les arbres même dans l'air immobile ?

— Les fleurs, les plantes qui murmurent dans la nuit. Un criquet.

L'insecte stridula une fois, puis une autre, appelant un partenaire.

— J'entends des rires, des voix, de la musique au loin, provenant de la maison.

— Et que sentiront-ils ? demanda-t-il. Parlez-moi des odeurs dans l'air.

Inhalant profondément, Grace absorba toutes les fragrances du jardin.

— De la lavande et de la verveine. Une vague senteur de rose. La terre. L'été. La nuit.

Par-dessus tout, il y avait son odeur à lui, masculine. Sa respiration, lente, régulière. Son souffle chaud sur ses lèvres.

L'embrasserait-il ? Il ne pouvait faire autrement. Il *devait* le faire. Les yeux toujours fermés, les sens aux aguets, elle attendit, luttant contre l'envie de le regarder. Juste au moment où elle n'en pouvait plus, elle le sentit. À peine un chatouillis sur ses lèvres. Un parfum de lavande emplit ses sens, aussi doux que la caresse des petits pétales. Puis la caresse glissa le long de son cou et de ses clavicules, traçant une ligne sensible sur sa peau.

— Je...

— Chut. Attendez encore un peu. Ressentez.

Les pétales suivirent le contour de son décolleté, effleurant le renflement de ses seins au-dessus de la mousseline. Un frisson la parcourut, faisant trembler tous ses muscles. Un gémissement s'éleva dans la nuit, et elle se rendit compte avec surprise qu'il émanait d'elle. Elle battit des cils et commença d'ouvrir les yeux.

Elle fut interrompue par sa bouche qui se posait enfin, *enfin*, sur la sienne. Ferme, chaude. Il n'embrassait que ses lèvres, et pourtant c'était son corps tout entier qui réagissait. Elle s'ouvrit à lui et sentit une lumière l'envahir. Se hissant sur la pointe des pieds, elle répondit à son baiser et s'abandonna au désir.

Il s'écarta, la laissant le souffle saccadé et le cœur palpitant. L'espace d'un dernier instant, elle garda les paupières fermées et savoura la lumière en elle. Quand elle rouvrit enfin les yeux, elle vit son regard sur elle, profond, puissant, sondant son visage.

— Hélas, ma belle dame. La nuit doit prendre fin pour le contrebandier et sa compagne.

Elle s'efforça de reprendre le contrôle de ses sens.

— Et le contrebandier doit renoncer à son butin, déclara-t-elle.

— Ah, mais c'est là la beauté des baisers. On ne peut les récupérer. Ils demeurent à jamais dans le cœur de ceux qui les ont reçus, tels des trésors.

Il caressa sa lèvre inférieure du bout du pouce.

— Vous pouvez garder les baisers, milord, murmura-t-elle en esquissant un sourire.

Puis la réalité reprit le dessus. Elle lança un regard vers les fenêtres illuminées du manoir de lady Hammond.

— Nous devrions rentrer avant qu'on ne remarque notre absence, dit-elle.

Cela la désolait et l'emplissait d'appréhension, mais ils n'avaient pas le choix. Elle accepta son bras, et ils repartirent vers la terrasse.

De l'autre côté des portes ouvertes, elle aperçut lord Cannon près de la coupe de punch, entouré d'un groupe de convives. Puis ces derniers se dispersèrent, remplacés par d'autres. L'angoisse lui noua le ventre quand elle reconnut les personnes qui se tenaient à présent près de son oncle. Michael Wargell et sa somptueuse épouse.

Son esprit se mit à tourner à toute allure tandis que le comte et elle franchissaient les portes et traversaient la salle. Elle ne savait pas quoi dire à l'homme qui l'avait irrémédiablement compromise et abandonnée, pas plus qu'à l'épouse qu'il lui avait préférée.

— Où étais-tu ? demanda son oncle en les voyant approcher.

— Nous sommes sortis un moment sur la terrasse, répondit le comte d'un ton désinvolte. Il fait terriblement chaud ici, non ?

Lord Cannon, que les conversations mondaines agaçaient toujours, déclara sèchement :

— Lord Langford, puis-je vous présenter M. Michael Wargell et Mme Clotilde Wargell ?

Grace regardait fixement le sol. Elle était parvenue à les éviter pendant des années, même lorsqu'ils venaient à Cannon Manor, ce qui arrivait souvent. À présent, elle était obligée de les affronter, et il fallait que ce soit devant le comte. Devant tout le village.

— Lord Langford, je suis enchanté de faire votre connaissance.

La voix de Michael n'avait pas changé. Elle était toujours lisse et agréable, courtoise.

Pourtant, elle ne lui procurait plus le frisson d'autrefois. Elle lui jeta un bref regard et constata que, si sa voix était toujours la même, ce n'était pas le cas de son visage. Des plis s'étaient formés sous ses yeux, et sa chevelure noire grisonnait aux tempes. Néanmoins, il était toujours séduisant, et elle ressentit un violent pincement au cœur.

La voix mielleuse de Clotilde Wargell s'éleva dans l'air chaud et parfumé.

— Lord Langford, nous rentrons justement de Londres. La saison a été tellement étourdissante que je ne savais plus où donner de la tête. Aimez-vous Londres ?

Les mondanités étaient lancées. Ils parlèrent de la mode, du théâtre, des scandales, du temps. Personne ne s'adressait à Grace, et elle ne se mêla pas à la conversation. Elle n'avait rien à dire, de toute façon. Elle aurait probablement lâché quelque chose de ridicule du genre : « Pourquoi m'as-tu plaquée, Michael ? » Mais la réponse s'imposait d'elle-même et se tenait devant elle sous la forme exquise de Clotilde Wargell.

— Oh, Gracie n'aimerait pas Londres, dit alors cette dernière en l'incluant soudain dans la conversation. Elle est trop attachée à son Devon.

Grace releva la tête et vit les yeux dorés et fourbes de Mme Wargell fixés sur elle.

— Je… Oui, en effet, j'aime la campagne.

— Et vos jardins, sans doute, ajouta Michael.

Ses yeux noirs n'étaient ni froids ni chaleureux. Son indifférence totale était blessante.

— On me dit que vous passez des heures dans vos jardins, poursuivit Mme Wargell avec un petit frisson. Personnellement, je ne pourrais jamais patauger dans la boue comme vous le faites. C'est pour cela que nous employons des jardiniers.

— Oh, pas besoin de jardiniers quand vous avez Grace sous la main, ricana lord Cannon.

— Il faut dire que les jardins de Cannon Manor sont spectaculaires, observa le comte de Langford. Vous avez des doigts de fée, mademoiselle Hannah.

Ses yeux bleus rencontrèrent les siens, déclenchant une onde de chaleur jusqu'au bout de ses orteils. De toutes ses forces, elle y résista. Michael Wargell se tenait à un mètre d'elle. Il incarnait toutes les raisons pour lesquelles elle devait rester à l'écart du comte.

— Une dame jardinière, dit le comte d'un ton songeur. Vous avez décidément de nombreux talents cachés, mademoiselle Hannah.

— Il ne s'agit que de jardinage, répondit-elle.

Il fallait qu'elle s'en aille, vite, avant de s'enfoncer encore un peu plus. Elle tourna la tête, cherchant où se trouvait la porte. Elle n'était pas loin. Quand elle se redressa, elle croisa le regard rieur du comte. Il semblait avoir lu dans ses pensées.

— J'espère que vous me ferez visiter vos jardins, dit-il. J'aimerais beaucoup les admirer plus en détail.

Il porta sa main à ses lèvres. Ses doigts étaient chauds autour des siens. Son souffle balaya sa peau. Une étrange sensation se répandit dans le creux de son ventre, lui rappelant le contact de ses lèvres, qu'elle avait goûtées quelques minutes plus tôt.

Envoûtée, elle attendit, le souffle court, oubliant tous les autres autour d'elle. Lorsqu'il lâcha sa main, les convives, la salle, les couleurs et les sons restèrent en arrière-plan, flous.

— À bientôt, mademoiselle Hannah.

Le comte lui adressa un dernier sourire ensorceleur, puis s'éloigna.

Lorsqu'il fut parti, elle se demanda si elle avait rêvé. Mais elle revint brutalement à la réalité lorsque sir Richard Elliott, un vieil ami de son oncle, fit irruption dans leur cercle, son épouse menue, lady Marie Elliott, le suivant en murmurant des excuses.

— J'ai engagé un nouveau régisseur, Wargell, déclara sir Richard de but en blanc.

— Vraiment ? A-t-il les qualifications requises ? demanda Michael, aussitôt intéressé.

— Il m'a été chaleureusement recommandé par les membres de la Société agraire.

Sir Richard donna une tape sur l'épaule de Michael, et ils s'écartèrent du groupe.

Après les avoir regardés se retrancher dans un coin, lord Cannon se tourna vers Grace. Le message transmis par son regard froid était clair : « Ne me fais pas honte. » Puis il s'éloigna à son tour, la laissant seule avec Clotilde Wargell et lady Elliott.

— Eh bien, je vois que vous n'avez pas renoncé à vos anciennes manœuvres, Gracie.

La voix suave de Clotilde était à peine audible dans le brouhaha de la salle.

— De quelles manœuvres parlez-vous ? répliqua Grace.

Il était grandement temps de partir.

— Oh, vous savez bien de quoi je veux parler. Tout le monde a remarqué la manière dont le comte vous regarde. Vous n'êtes pas d'accord, lady Elliott ?

— Je suis navrée, Clotilde, mais je ne comprends pas.

Lady Elliott tourna ses grands yeux tristes vers Grace.

— Oh, je crois que si, poursuivit Clotilde avec un sourire mauvais. Nous sommes toutes des femmes et nous ne manquons pas d'expérience. Surtout vous, Gracie, n'est-ce pas ?

— Clotilde ! s'exclama lady Elliott, indignée. Vous dépassez les bornes !

— Pas autant que Grace l'a fait il y a des années.

— Ce n'est pas une raison !

Lasse de jouer la comédie, Grace sentit monter une migraine et se retint de se masser les tempes.

— Que voulez-vous que je vous dise, madame Wargell ? soupira-t-elle. Que vous avez gagné ? Fort bien, vous avez gagné. Michael vous a épousée, et je suis une vieille fille perdue de réputation. Vous êtes satisfaite ?

Lady Elliott posa la main sur son bras, l'air mortifié.

— Gracie...

— Je crois qu'il est temps pour moi de me retirer, dit Grace en lui tapotant la main. Bonsoir, mesdames.

Elle traversa la salle, retenant les larmes qui lui nouaient la gorge et lui piquaient les yeux. Lorsqu'elle atteignit la porte, elle se retourna. Le comte de Langford l'observait, le regard indéchiffrable.

Elle redressa le dos, leva le menton et expira lentement. Même si elle battait en retraite, il n'était pas question de se retirer la tête basse.

7

Grace balança la jambe par-dessus le dos large de Démon et remonta ses bottes d'hommes. La bruine qui s'était mise à tomber lorsqu'elle avait quitté le bal ne cessait pas, trempant la campagne plongée dans l'obscurité tandis qu'elle chevauchait jusqu'à la carrière des contrebandiers.

Les larmes et la douleur causées par les paroles venimeuses de Clotilde Wargell étaient déjà oubliées. Tout en observant les falaises de calcaire qui abritaient les grottes où étaient conservées les marchandises, Grace chassa les derniers lambeaux de sa mélancolie. Ces vieux rêves n'avaient plus place dans sa vie. Elle avait trouvé son rôle au sein de sa communauté et en était satisfaite.

Si la solitude lui pesait parfois, personne n'avait besoin de le savoir. De même, si le comte de Langford la lui avait fait oublier pendant quelques minutes, cela ne regardait qu'elle.

Elle sentait encore son goût en elle, tout comme le souvenir de l'énergie qui l'avait traversée. Sa peau la picotait là où il l'avait touchée, laissant son empreinte sur son corps comme dans sa mémoire. L'espace d'un instant, elle s'était oubliée, adoptant un comportement déplacé que rien n'excusait.

Elle remonta le col de sa veste en laine épaisse et rabaissa sa casquette, mais cela la protégeait peu du crachin, qui, associé au vent frais, donnait l'impression de se trouver en novembre plutôt que par une chaude nuit de septembre.

La pluie rendait le chemin qui longeait la falaise glissant et boueux sous les sabots de Démon. Ils avançaient prudemment, tous deux conscients du précipice et des vagues qui se fracassaient contre les rochers en contrebas. Un faux pas, et l'étalon et sa cavalière tomberaient dans le vide.

Elle aperçut l'ouverture entre des rochers qui marquait le début du sentier descendant à la carrière. Si les flancs de la falaise étaient moins escarpés à ce niveau, le passage était trop dangereux pour un cheval. Elle l'évita et parcourut encore une centaine de mètres vers l'intérieur des terres.

Un cottage abandonné se dressait à la lisière d'un bois. Elle attacha Démon dans un appentis, puis revint en hâte vers le sentier en veillant à ne pas glisser. La pente rocailleuse était traîtresse. Elle avança à tâtons, cherchant des prises dans la paroi irrégulière pour ne pas tomber, calant ses talons contre des pierres et des saillies rocheuses afin de ralentir sa descente.

Lorsqu'elle parvint à l'entrée de la carrière, elle baissa la tête pour pénétrer dans la galerie basse, ôta sa casquette et, de ses doigts gourds, la fourra dans l'une de ses poches.

Il faisait sombre dans la galerie, mais elle apercevait une lumière devant elle et entendait des voix et des rires. Avançant pratiquement pliée en deux, elle descendit dans le tunnel naturel. Bientôt, le passage s'élargit, le toit se fit plus haut, et, enfin, elle pénétra dans une vaste salle aux contours irréguliers. Les parois en calcaire blanc réfléchissaient la lumière de nombreuses chandelles de suif. Les flammes illuminaient les arches et les colonnes qui soutenaient le plafond, soulignant les marques causées par d'anciens coups de pioche.

Elle inspira profondément et laissa l'air frais de la grotte remplir ses poumons. Il aurait dû être humide, mais les carrières et le réseau de galeries qui les reliait avaient toujours été secs. C'était l'endroit idéal pour entreposer des marchandises de contrebande.

Pour la première fois depuis des heures, elle se détendit. Dans les grottes, elle connaissait son rôle, savait comment se comporter. Dans ce lieu, parmi ces gens, elle se sentait chez elle.

Elle traversa la salle. Autour d'elle, les hommes empilaient les caisses et les fûts qui étaient arrivés plus tôt dans la nuit, les triant et les répartissant pour leurs prochaines livraisons. Leurs rires et leurs salutations rebondissaient contre les parois.

— Vous seriez pas un peu en retard, mademoiselle Gracie ? lança l'un d'eux.

— Juste un peu, répondit-elle en agitant la main dans sa direction.

— On a bien cru que vous n'arriveriez pas à temps pour inspecter la cargaison, lança un autre.

— On raconte que notre Mlle Gracie s'est faite toute belle ce soir pour assister à un bal.

Elle se tendit légèrement, puis sourit en voyant la mine réjouie de celui qui avait parlé.

— Alors, elle est où, la robe de bal ?

La question se répercuta à travers la grotte, déclenchant des rires bon enfant.

— Notre Mlle Gracie n'a pas besoin d'une belle robe, n'est-ce pas, ma jolie ?

Elle rit en reconnaissant la voix.

— C'est vrai, Jack. Je préfère porter la culotte.

— C'est bien ce qui me semblait. Je ne vous reconnaîtrais pas, tout endimanchée.

Jack Blackbourn était adossé à un mur près de la petite malle où elle rangeait ses registres, ses plumes et son encre.

— Je me suis à peine reconnue moi-même.

Elle s'accroupit, ouvrit la malle et sortit un registre.

— La cargaison est arrivée tôt. Je ne l'attendais pas avant demain soir.

— Oui, c'est une chance que notre marchandise soit prête à être expédiée. Le lougre attend dans la crique.

Il fit un geste vague en direction de la Manche.

— Je suis surprise de vous trouver ici, Jack. Vous n'envisagez pas de vous remettre à la contrebande, j'espère ? J'ai promis à Anna que je ne vous laisserais pas faire.

— Oh, nous savons tous les trois que je continuerai à m'en mêler, pas vrai ?

— Peut-être, mais je ne veux pas me mettre Anna à dos. Alors, déguerpissez. J'ai une cargaison à inventorier.

Elle agita la main, sachant déjà qu'il ne partirait pas.

Elle posa le registre près de la première malle, s'agenouilla et souleva le couvercle. Des soies, en parfait état. Des tons émeraude, rubis, or et bleu ciel luisirent à la lumière des torches.

— Mademoiselle Gracie…

— Hum ?

Plongeant les bras dans la malle, elle souleva les rouleaux d'étoffes lisses et soyeuses et les compta.

Jack s'accroupit à ses côtés et posa la main sur son bras, exerçant une légère pression qui lui fit relever la tête.

— Il semblerait que la cargaison contienne des articles qui ne figurent pas dans vos registres.

— Quoi ?

L'angoisse lui noua le ventre. Sa question était purement rhétorique. Elle savait déjà de quoi il parlait. Jack, toujours rieur et de bonne humeur, paraissait grave. Son regard était sombre, son expression tendue.

Il fit un signe à John, le forgeron, qui se trouvait de l'autre côté de la salle. Celui-ci hocha la tête, s'approcha et s'accroupit près d'elle.

— On en a trouvé un autre, mademoiselle Gracie.

Sa voix était à peine audible par-dessus les rires et les conversations des autres hommes. L'appréhension creusait ses traits marqués. Avec ses cheveux et sa barbe grisonnants mouillés par la pluie, il paraissait plus vieux qu'il ne l'était.

— Quand ? demanda Grace en se relevant.

Les deux hommes l'imitèrent.

— Ce soir même, répondit John en tordant sa casquette entre ses doigts noueux. C'est un homme de Sidmouth qui est tombé dessus. Le couvercle d'une malle ne fermait pas bien. Le porte-documents se trouvait sur le dessus. Il n'était même pas caché dans la dentelle.

— L'homme de Sidmouth a posé des questions ?

— Non. Je le lui ai pris tout de suite en prétendant que c'était l'un de vos registres et que vous aviez dû l'oublier à l'intérieur. Il a juste dit que vous seriez contente de le récupérer et a refermé la malle, convenablement cette fois.

— Où est-il ?

— Je l'ai sur moi. Je savais que vous viendriez vérifier la cargaison.

Il glissa la main sous sa veste et sortit le porte-documents. Il ressemblait au précédent, avec une surface en cuir lisse et une longue lanière. Grace le lui prit et le mit rapidement sous sa propre veste.

— Merci, John.

— De rien, mademoiselle Gracie. Vous savez que vous pouvez compter sur nous si vous avez besoin d'aide.

Le visage sombre, il rejoignit ses camarades.

— Que comptez-vous en faire ? murmura Jack.

— Je n'en sais rien. Qu'en pensez-vous ?

— J'ignore à qui nous pouvons nous fier, ma belle.

Il passa la main dans son épaisse chevelure avant d'ajouter :

— Quel que soit le traître, il connaît l'emplacement de cette grotte.

— Je sais.

Elle lança un regard autour d'elle, mais ne vit que des pêcheurs, des paysans et des journaliers travaillant côte à côte, tous amis.

— Il y a au moins deux douzaines de contrebandiers qui utilisent ces carrières, observa-t-elle. Ils sont presque tous ici ce soir.

— D'autres gens connaissent cet endroit. Quelques villageois. Lord Cannon.

Elle écarquilla les yeux.

— Oncle Thaddeus ? Il connaît les grottes ?

— Oui, tout comme lord Paget et sir Richard Elliott.

— Comment cela se fait-il ?

— Il y a des années, quand j'ai commencé la contrebande, ils utilisaient ces carrières pour une société secrète qu'ils avaient formée.

Jack se massa le menton, réfléchissant.

— Ce devait être en 1794 ou 1795, estima-t-il.

— Quel genre de société secrète ?

— Un club Hellfire.

Grace en resta bouche bée.

— Mais... les clubs Hellfire étaient pour les débauchés et les soûlards. J'ai entendu parler d'orgies et d'autres actes dépravés, même de sacrifices. Oncle Thaddeus...

— Oh, leur société n'allait pas jusque-là. Ce n'était rien de bien méchant. Ils buvaient beaucoup, faisaient venir des filles, mais il n'y avait pas de sacrifices ni rien de ce genre. Ils avaient fondé ce club alors qu'ils étaient à l'université. Ensuite, ils ont pris l'habitude de se réunir dans ces grottes avant de descendre au village ou de se rendre à Seaton pour se divertir un peu.

Il esquissa une moue amusée avant de poursuivre :

— À l'époque, mon petit commerce illégal commençait à marcher. J'entreposais ma marchandise ici, et ils se servaient, prenant quelques bouteilles et me laissant des cigares en guise de paiement.

— Vous avez toujours eu le sens des affaires, Jack.

Il lui fit un clin d'œil.

— Je ne peux pas dire le contraire. Ils ont dissous leur club de gamins attardés quelques années plus tard. J'ai perdu un peu de revenus, mais je l'ai compensé autrement.

— Je n'aurais jamais imaginé oncle Thaddeus membre d'un club Hellfire, dit-elle, songeuse.

— C'est vieux, tout ça, répondit Jack en contemplant la salle. D'autres personnes connaissent les carrières, naturellement. Les familles des contrebandiers, par exemple. Les hommes racontent ce qu'ils font à leurs épouses.

Un profond malaise envahit Grace, qui sentit ses joues s'empourprer.

— Michael Wargell connaît aussi cet endroit, murmura-t-elle.

— Ah oui ?

— Je... l'ai amené ici quand nous étions...

— Vous n'avez pas d'explications à me donner, ma belle, l'interrompit Jack avec un regard compatissant. Je sais que c'est douloureux.

— Pas vraiment, plus maintenant.

Pour ne pas croiser son regard, elle ouvrit son registre et parcourut une colonne du doigt, mais les écritures étaient floues devant ses yeux.

— Si j'étais votre oncle et que j'avais ce genre de pouvoir, je l'aurais forcé à vous épouser.

Les lettres sur la page dansaient devant le regard de Grace.

— C'est aussi bien que le mariage n'ait pas eu lieu, dit-elle. Aujourd'hui, nous serions malheureux.

— Oui, cependant votre réputation serait intacte et vous ne seriez pas seule. Quand j'y pense, j'aurais dû le tuer.

Il cracha sur le sol d'un air dépité.

— Jack !

Sa véhémence la fit rire malgré elle. Elle lui était reconnaissante de sa compassion.

— Quelqu'un aurait dû faire quelque chose, insista-t-il.

— Jack.

— Oui ?

— Je ne vous ai jamais remercié de m'avoir acceptée.

— Quoi, parmi les contrebandiers ? Vous en faites plus pour nous en répartissant les bénéfices qu'on n'en fait pour vous.

— Non, pas uniquement parmi les contrebandiers, même si vous m'avez donné quelque chose d'utile à faire. Enfin, utile… Cela dépend de quel côté de la loi on se place, j'imagine.

— Effectivement, répondit-il en riant.

— Je voulais parler de m'avoir acceptée tout court, de la contrebande, de la taverne, des villageois, d'Anna, de votre famille.

— C'est le moins que je pouvais faire après que vous m'aviez sauvé la vie.

— Ce n'était jamais qu'une balle de mousquet.

— Je croyais bien ma dernière heure arrivée, ma belle, jusqu'à ce que vous interveniez.

Il ajouta avec un large sourire :

— Et puis, vos grands yeux tristes me rappelaient la mer. Or, un marin ne peut résister à l'appel de la mer.

Oui, c'était bien là le monde auquel elle appartenait. Émue, elle déposa un baiser sur sa joue tannée.

— Merci, Jack.

— Un baiser de la belle ! s'exclama-t-il. Surtout, n'en dites rien à Anna.

— Ce sera notre secret.

Elle lui adressa un sourire coquin et un clin d'œil.

— Ce veinard de Blackbourn ! Il n'y en a jamais que pour lui ! lança un des hommes.

Les autres se mirent à rire et à échanger des plaisanteries, rappelant à Grace qu'ils n'étaient pas seuls.

Elle croisa le regard de John, et sa bonne humeur s'envola aussitôt.

— Qui peut être le traître, Jack ? demanda-t-elle. À qui pouvons-nous faire confiance ?

— Ce qui est sûr, c'est que vous ne devez pas vous adresser à lord Paget, parce qu'il connaît ces grottes.

— Vous ne pensez tout de même pas que lord Paget...

— Notre liste de suspects est courte, mademoiselle Gracie.

— En effet, soupira-t-elle. Pourrait-il s'agir de l'un de nos hommes ?

— Je n'en sais rien. Ça demande réflexion.

Elle resserra sa veste autour d'elle et sentit le poids du porte-documents.

— Je vais finir l'inventaire d'aujourd'hui, annonça-t-elle. Puis je cacherai ces documents avec les autres et nous déciderons de ce qu'il convient de faire.

— De mon côté, je vais voir ce que je peux apprendre à la taverne. S'il se trame un coup tordu, des clients sauront peut-être quelque chose.

— Soyez prudent.

— J'ignore le sens de ce mot, mais pour vous, je ferai attention.

Il lui adressa un petit salut, puis traversa la grotte d'un pas léger et s'enfonça dans la galerie. Elle entendit l'écho de son sifflotement tandis qu'il disparaissait dans la nuit.

Tout en comparant le contenu des malles et des fûts avec les entrées dans son registre et en les cochant, Grace réfléchit aux possibilités. Il était peu probable que le traître soit l'un des contrebandiers, pourtant cette éventualité ne pouvait être écartée. Tous avaient accès aux grottes, mais pas aux informations. Appartenant aux classes inférieures, les contrebandiers ne disposaient pas de contacts à Londres à qui transmettre des secrets d'État. À moins, naturellement, que quelqu'un de Londres ne soit venu les recruter.

Elle balaya la grotte du regard, le cœur lourd. Ces hommes étaient ses amis, ses camarades. Ils l'avaient acceptée parmi eux sans sourciller lorsque Jack la leur avait présentée. Auprès d'eux, elle avait trouvé du réconfort et de la chaleur. Plus encore, ils avaient contribué à combler ce vide sombre en elle.

Ils constitueraient de parfaits boucs émissaires si les documents étaient découverts. Elle devait démasquer le traître qui les utilisait, mais en s'assurant qu'aucun d'eux ne serait inquiété.

Se replongeant dans ses registres, elle acheva de compter les marchandises. Avant de quitter la grotte, elle salua les hommes et leur souhaita bonne chance en mer. Quelques minutes plus tard, elle entrait dans la gueule sombre du tunnel.

Dehors, la pluie avait cessé, laissant l'air frais et humide. Elle remonta le sentier jusqu'au sommet de la falaise.

Un mouvement dans l'ombre la fit sursauter. Elle se figea et attendit, observant les roches déchiquetées, le cœur battant. Au bout d'un moment, il y eut un autre mouvement, et elle distingua la silhouette d'un homme plus haut sur la falaise.

Si la lueur de la lune n'avait pas percé un instant les nuages, elle n'aurait rien vu. Puis l'homme s'éloigna du bord et disparut dans les ténèbres. Grace resta plaquée contre la paroi quelques minutes, plissant les yeux, mais elle ne le voyait plus.

Qui était-ce ? Le traître ?

Elle sortit son pistolet de sa poche. La crosse en nacre était lisse et fraîche dans sa paume, rassurante. La tenant fermement, elle poursuivit son ascension. Parvenue au sommet, elle s'accroupit, aux aguets, et scruta le paysage autour d'elle.

Une fois sûre que tout était rentré dans l'ordre, elle rejoignit rapidement l'appentis en lisière du bois où elle avait laissé Démon et reprit la direction de Cannon Manor. Elle rentra son cheval aux écuries puis se rendit dans sa réserve, équipée d'une petite chandelle.

Examinant les étagères, elle envisagea d'enfouir le second porte-documents sous les pétales de roses avec le premier, mais changea d'avis. Il valait mieux utiliser deux cachettes au cas où l'une d'elles serait découverte. Elle chercha autour d'elle un endroit adéquat, rejetant divers tiroirs, pots et tonneaux, jusqu'à ce qu'elle aperçoive une petite malle dans un coin.

Elle l'ouvrit. La malle contenait des lés de lin et de mousseline, prêts à être découpés pour confectionner des sachets. Elle s'agenouilla, posa sa chandelle sur le sol, puis, soulevant les tissus, elle dégagea un espace tout au fond et y déposa le porte-documents. Après avoir soigneusement remis les lés en place, elle abaissa le couvercle et se releva. Cela lui paraissait être une bonne cachette.

Elle allait ressortir et avait déjà la main sur la poignée de la porte lorsque son regard s'arrêta sur le tonnelet de pétales de roses. Afin de s'assurer que le premier porte-documents n'avait pas été trouvé, elle ouvrit le tonnelet, plongea les mains dans les pétales et tâtonna. Ses doigts rencontrèrent la surface en cuir, et elle poussa un soupir de soulagement. Le porte-documents était toujours là, à l'abri des regards indiscrets et des esprits traîtres.

— La ravissante Mlle Hannah est impliquée dans cette affaire de trahison jusqu'au cou.

— Mmm... fit sir Charles sans lever les yeux des papiers étalés sur son bureau.

Ils avaient été sortis de leurs porte-documents en cuir, ces derniers restant cachés sous des pétales de roses et des couches de lin.

— Je ne peux pas juger de la véracité de ces informations, ajouta Julian. Je ne suis pas au courant des plans de Wellington.

— Elles sont exactes, répondit sir Charles. Vous êtes certain que Mlle Hannah est derrière tout ça ?

— Oui. Je l'ai vue cacher ces documents dans sa réserve.

Sir Charles se tut et parcourut les pages du bout de l'index à mesure qu'il lisait.

Julian attendit, trépignant d'impatience. Il était à cran. Ces documents ne suffiraient pas à le faire réintégrer. Ils étaient importants, mais pas assez.

— Faites-moi votre rapport.

Il s'exécuta aussitôt.

— Mlle Hannah a rencontré trois contrebandiers dans la taverne de Jack Blackbourn. Ils lui ont confié le premier porte-documents. Ils paraissaient nerveux. Ils ne tenaient pas en place.

— C'est souvent le cas des traîtres. C'est également celui des contrebandiers. Est-elle leur chef ?

— D'après ce que je pouvais voir à travers la fenêtre, ils la traitaient avec déférence.

— Et le second porte-documents ?

— Elle l'a obtenu dans une carrière abandonnée que les contrebandiers utilisent pour stocker leurs marchandises. J'ai compté vingt et un hommes présents ce soir-là. Un mélange de fermiers et de pêcheurs. Jack Blackbourn se trouvait parmi eux.

— Et comment vous êtes-vous procuré ces documents, l'Ombre ?

— J'ai remplacé les originaux par des feuilles sur lesquelles j'ai rédigé de fausses informations, monsieur.

Cela lui avait pris des jours de travail méticuleux et des nuits caché dans cette maudite réserve pendant que Mlle Hannah dormait à l'étage au-dessus.

Sir Charles releva des yeux surpris vers lui.

— Et elle ne s'est rendu compte de rien ?

— Je ne le crois pas, monsieur. Mais je ne pouvais courir le risque de voler les porte-documents eux-mêmes. Elle s'en serait aperçue et aurait prévenu le traître que nous étions sur ses traces.

— Espérons qu'elle n'y verra que du feu, soupira sir Charles.

Ce n'était pas un reproche, mais cela n'en était pas loin. Sir Charles pointa du doigt le passage concernant Alastair Whitmore sur le premier document.

— L'Ange sera ravi que vous ayez intercepté ces informations au sujet de sa véritable identité.

— Lui, au moins, ne sera pas obligé de prendre sa retraite, déclara Julian sans cacher son amertume.

— La précision de ces informations est très troublante, reprit sir Charles. Le traître a accès à des données sensibles. Seule une poignée de personnes connaissent la véritable identité de l'Ange. Et je ne vois pas qui, parmi elles, pourrait être soupçonné de vouloir nuire à ce pays.

— J'ai l'intention de remonter à la source à partir de Mlle Hannah. Si je parviens à identifier son contact, je suivrai leur voie de communication jusqu'à Londres.

Sir Charles se cala dans son fauteuil.

— Que pensez-vous de Mlle Hannah ? demanda-t-il.

— Elle n'est pas ce qu'elle semble être. Je sais d'expérience que les suspects qui paraissent le plus inoffensifs sont souvent les plus actifs. En apparence, c'est une lady jusqu'au bout des ongles, même si elle est traitée comme une servante dans la maison de son oncle. Je suppose qu'elle est une parente pauvre.

Aurait-il perçu ce qu'il y avait sous la surface s'il ne l'avait pas cherché ? Il était entraîné à voir ce que les autres ne voyaient pas, cependant Mlle Hannah jouait si bien son rôle qu'il aurait pu lui aussi se laisser berner.

— Elle est étroitement liée au milieu de la contrebande locale, poursuivit-il. J'ignore quel est son rôle exact au sein de la bande, mais elle semble jouir d'une certaine autorité.

— Néanmoins, de la contrebande à la trahison, il y a un sacré pas à franchir.

— En effet. Mais, pour le moment, ma seule piste vers le traître est Mlle Hannah et les contrebandiers.

— Nous pourrions arrêter leur réseau, suggéra sir Charles. Cela éviterait que d'autres documents fuient vers la France.

— J'y ai pensé, monsieur.

Il avait examiné la situation sous tous les angles lors de ses longues nuits blanches à Thistledown.

— Mais fermer leur réseau alerterait le traître à Londres. Il pourrait disparaître ou cesser ses opérations en attendant de trouver d'autres voies de communication plus sûres. Nous risquerions de perdre sa trace.

— C'est un bon argument. Néanmoins, je me demande pourquoi ces informations sont retenues en Angleterre. Pourquoi les cache-t-elle au lieu de les envoyer en France ?

— Je l'ignore, monsieur.

Encore un autre aspect troublant.

— Le seul moyen de le savoir, c'est Mlle Hannah, reprit Julian. Nous avons développé une relation. Je pourrais m'en servir.

Ses propres paroles avaient un goût amer. Il déglutit et sentit une brûlure dans son estomac.

Sir Charles le dévisagea attentivement.

— Vous n'aurez pas de scrupules à jouer la carte de la séduction ?

— Je ne vois pas d'autre possibilité, monsieur.

Il soutint le regard de son supérieur, ignorant la brûlure et le soudain dégoût de lui-même qui l'avait envahi.

— Soit, trancha sir Charles en agitant la clochette sur son bureau. Merci de m'avoir apporté directement ces informations sans passer par les méthodes d'acheminement habituelles.

La porte s'ouvrit et son secrétaire, Miles Butler, apparut, l'air toujours aussi empressé.

— Monsieur Butler, ces documents doivent être livrés au ministre des Affaires étrangères immédiatement.

Sir Charles saisit une feuille vierge et sa plume.

— Attendez un instant, que je rédige une brève note pour les accompagner.

— Bien sûr, monsieur.

M. Butler saisit les documents avec un air ravi. Sir Charles acheva sa missive, la cacheta avec de la cire rouge et la lui tendit.

— Vous les remettrez au ministre personnellement. Ne laissez pas l'un de ses secrétaires les prendre ou vous retarder. Ils doivent lui être remis en main propre.

M. Butler se redressa, bombant le torse.

— Oui, monsieur. Tout de suite !

Lorsqu'il fut sorti, sir Charles expliqua à Julian :

— Je tiens à ce que le ministre des Affaires étrangères sache quelles informations ont fuité. Nous parviendrons peut-être à isoler la taupe à Londres.

— C'est ce qu'on appelle attaquer le problème par les deux bouts, commenta Julian.

— Précisément. Faites ce qu'il faut pour gagner la confiance de Mlle Hannah ou découvrir ses secrets. Utilisez le moyen qui vous paraîtra le mieux adapté.

— Bien, monsieur.

Il était un espion. C'était la seule chose qu'il savait faire. Néanmoins, il y avait toujours des limites, et il s'apprêtait à en franchir une.

8

— Mademoiselle Gracie, vous avez reçu une autre invitation.

Binkle déposa l'enveloppe sur un coin du secrétaire de Grace dans son petit bureau privé.

— Mon oncle a-t-il annoncé son intention d'accepter ? demanda-t-elle.

Elle repoussa les livres de comptes du manoir, soulagée d'interrompre sa tâche monotone.

— C'est pour un pique-nique organisé la semaine prochaine par sir Richard et son épouse, lady Elliott.

— Ah. Dans ce cas, il ira sûrement.

Elle lança un regard à l'invitation. Comme d'habitude, elle était adressée à la fois à lord Cannon et à elle-même. Elle sortit une nouvelle feuille de papier et reprit sa plume.

— Merci, Binkle. Je confierai la réponse à l'un des valets pour qu'il la porte à lady Elliott.

Le majordome retourna à ses tâches, et Grace trempa sa plume dans l'encrier. La main suspendue au-dessus du papier, elle hésita. Naturellement, elle ne pouvait pas y aller. Elle avait été suffisamment humiliée par Clotilde Wargell lors du bal de lady Hammond.

Une petite voix chuchota à son oreille : « Le comte de Langford ira-t-il ? » Elle n'avait aucun moyen de le savoir, à moins de poser directement la question. La voix chuchota de nouveau : « Cela a-t-il de l'importance ? »

Pour une raison ou une autre, la présence du comte en avait beaucoup. Peut-être était-ce parce qu'il avait le don de chasser le sentiment de solitude qui l'habitait. Ou peut-être avait-elle simplement besoin du contact physique d'un homme. Elle avait envie de le toucher, de le goûter... La force de ce désir était effrayante.

Elle en voulait plus. Plus de ses lèvres sur les siennes, plus de ses mains sur elle, plus de cette chaleur mâle qui dissipait les ténèbres autour d'elle. Elle sentit son pouls s'accélérer en imaginant ses doigts sur sa peau.

Avec un long soupir, elle baissa les yeux sur sa feuille. De l'encre avait goutté du bout de sa plume et formé un gros pâté. Elle décida d'écrire autour. Le papier coûtait cher, et son oncle serait furieux s'il apprenait qu'elle le gaspillait. Elle pencha la tête et écrivit avec application :

Lord Thaddeus Cannon et Mlle Grace Hannah acceptent avec joie votre invitation.

Elle se demanda si le comte de Langford avait lui aussi envie de la revoir. Ses voisins seraient stupéfaits qu'elle se montre de nouveau parmi eux. Naturellement, son oncle serait furieux.

Avec un frisson, elle se prépara à affronter la tempête.

Ce ne fut pas aussi terrible qu'elle l'avait craint.

Ce fut bien pire.

— Tu n'as pas le droit de venir, Grace ! rugit son oncle. Tu n'es qu'une parente pauvre.

— Je sais, mon oncle.

Elle se recroquevilla sur le petit canapé du salon, comme si son corps rétrécissait. C'était plus fort qu'elle. Elle tordait les plis de sa jupe. Elle avait choisi sa meilleure robe de jour, tout en sachant qu'elle ne serait jamais aussi élégante que les autres dames au pique-nique.

— Tu n'es que le rejeton d'un homme de basse extraction, cracha-t-il en se penchant sur elle. Tu n'es *rien* !

— Je n'ai pas choisi les circonstances de ma naissance, protesta-t-elle faiblement.

— Mais tu peux rester à ta place.

Il semblait enfler à vue d'œil, obstruant la lumière.

— Monte dans ta chambre immédiatement. Change de robe et retourne à tes tâches.

Elle commença à se lever pour obéir, puis un courant chaud la traversa et elle se rassit. Quelque chose en elle était en train de bouillir et de monter, menaçant de déborder. Son oncle la fixait en plissant les yeux.

— Je dois y aller, déclara-t-elle. Lady Elliott m'a expressément demandé de venir afin d'examiner un de ses fils qui est souffrant.

C'était un piètre mensonge. Elle était ahurie par son audace.

Il y eut un silence.

— Fort bien, grogna enfin son oncle, si lady Elliott te l'a demandé. Mais c'est la dernière fois. Si cela se reproduit, tu trouveras une excuse, me suis-je bien fait comprendre ?

Elle hocha la tête, étonnée qu'il ait accepté.

— La voiture part dans dix minutes. Tiens-toi prête.

Il tourna les talons et sortit de la pièce. Elle le suivit du regard, ne pouvant croire qu'elle allait vraiment au pique-nique ni qu'elle avait menti à son oncle en le regardant dans les yeux. Pourquoi prenait-elle soudain de tels risques ?

À cause des yeux si bleus du comte de Langford et de la lumière qui l'inondait quand il l'embrassait.

Lorsqu'ils arrivèrent chez sir Richard et lady Elliott, on leur fit traverser les salons et ressortir par la terrasse qui dominait les vastes jardins. Un trio de musiciens jouait dans un coin afin que la brise porte leur musique délicate dans le parc.

Son oncle lui lança un dernier regard torve, son épaisse moustache frémissant de dégoût, puis descendit les marches et s'éloigna, la laissant affronter seule la foule.

La nervosité rendait ses mains moites à l'intérieur de ses gants en chevreau. Les femmes dans de belles toilettes en mousseline de toutes les couleurs parsemaient les jardins, leurs ombrelles les protégeant du soleil vif, pendant que les hommes tournaient autour d'elles telles des abeilles assoiffées de nectar. Grace baissa les yeux vers sa robe, dont le ton lavande terne tirait vers le gris. Il n'y avait aucun moyen de la rendre plus jolie.

Elle rassembla son courage, ouvrit sa triste ombrelle grise et s'avança vers les invités. Des couvertures avaient été étalées sur l'herbe de part et d'autre d'un grand bassin sur lequel flottaient deux petites barques. Les convives allaient et venaient en portant des assiettes de nourriture et contemplaient les rameurs.

Sa présence fut vite remarquée. Les conversations s'interrompirent, puis reprirent avec des accents de surprise. Elle pouvait presque entendre les questions – « Que fait-elle ici ? », « Pourquoi est-elle venue ? »

Tenaillée par l'incertitude, elle continua d'avancer, s'efforçant désespérément de faire bonne figure. Son oncle l'aperçut et lui tourna le dos. Les autres l'imiteraient-ils ou viendraient-ils lui parler ? Allait-on la snober ? Faire comme si elle n'existait pas ?

Elle chancela. Jamais elle n'aurait dû accepter cette invitation. Elle n'était pas à sa place ici, parmi les barons et les propriétaires terriens. Son oncle avait raison. Elle n'était personne.

Elle était prête à tourner les talons et à rentrer à Cannon Manor, en sécurité, quand son hôtesse, lady Marie Elliott, se détacha du groupe avec lequel elle discutait et vint dans sa direction.

— Mademoiselle Gracie, s'exclama-t-elle avec un sourire chaleureux. Je suis heureuse que vous soyez venue !

Comme à son habitude, lady Elliott avait le regard triste et le ton doux. Des cernes de fatigue bordaient ses yeux.

— Merci de m'avoir invitée, lady Elliott, et...

Elle s'interrompit pour s'éclaircir la voix.

— ... et de m'avoir défendue l'autre jour chez lady Hammond. Mme Wargell est...

— ... mesquine, l'interrompit lady Elliott à voix basse.

Elle s'assura qu'on ne les écoutait pas avant de poursuivre :

— Nous savons tous qu'elle a tout fait pour éloigner Michael de vous et le séduire. Sans elle, vous seriez... euh...

Elle se dandina, mal à l'aise.

— Merci, répéta Grace. Vous vous êtes surpassée, lady Elliott.

Elle indiqua du regard les buffets savamment décorés et chargés de mets, les bouteilles de sherry et de vin, l'énorme coupe de punch entourée de plateaux à étages couverts de friandises.

— Vous êtes trop bonne, mademoiselle Gracie.

Elle examina les tables, évaluant ses arrangements avec le regard critique d'une hôtesse. Satisfaite, elle se tourna de nouveau vers Grace.

— Je dois avouer que je ne m'attendais pas que vous acceptiez mon invitation.

— Je suis ravie d'être là, répondit Grace, ignorant la lueur de curiosité dans les yeux de son interlocutrice. Comment vont vos enfants ?

— Toujours aussi remuants, répondit lady Elliott.

Son teint, déjà rendu pâle par sa robe jaune clair, acheva de se vider de toute couleur.

— Je ne sais pas comment Richard fait pour suivre nos fils. Je n'y arrive pas.

— C'est normal, ce sont des garçons. Ils débordent d'énergie et sont toujours un peu indisciplinés, prompts à faire des bêtises.

— Leur père tout craché, conclut lady Elliott d'un ton amer.

Grace jugea plus sûr d'orienter la conversation vers le sujet de prédilection de lady Elliott.

— Avez-vous pris les eaux cet été ?

— Je suis rentrée de Bath il y a un peu plus d'un mois. Cela m'a fait un bien fou, comme vous pouvez l'imaginer. Toutefois, avec cette chaleur, je crains que les effets des traitements ne durent pas longtemps. Je suis éreintée.

Grace posa la main sur son bras.

— Je sais, lady Elliott. L'été a été étouffant cette année.

— À qui le dites-vous ! soupira son hôtesse en sortant son éventail et en l'agitant devant son cou. Je n'ai même plus de cette teinture que vous m'aviez préparée, ce qui n'arrange rien.

— Je vous en apporterai une autre bouteille demain.

— Merci, mademoiselle Gracie. Je ne sais pas ce que je serais devenue sans vos teintures ces dernières années, ou sans votre compagnie. Mais je vous ai assez ennuyée avec mes jérémiades. Vous êtes ici pour vous amuser. Profitez-en bien.

Elle lui serra le bras, puis répondit d'un signe à d'autres convives qui l'appelaient. Alors qu'elle s'éloignait, lady Hammond et lady Lintell s'approchèrent de Grace, la première avançant de son pas imposant, la seconde papillonnant dans son sillage.

— Mademoiselle Gracie, quelle joie de vous voir de nouveau parmi nous ! déclara lady Hammond avec un large sourire.

— Absolument, mademoiselle Gracie, renchérit lady Lintell. Je disais justement l'autre soir à lady Hammond que vous vous faisiez beaucoup trop rare. Je ne comprends pas pourquoi lord Cannon vous garde enfermée dans ce manoir. Une aussi jolie fille devrait sortir avec des jeunes gens de son âge. Vous travaillez trop dur. Je n'arrête pas de le dire à lady Hammond, n'est-ce pas ?

— Oui, Minnie, vous n'arrêtez pas de me le dire.

Elles encadrèrent Grace et l'entraînèrent peu à peu au centre de la foule. Elle constata avec surprise qu'elle parvenait à participer aux conversations plus facilement que lors du bal de lady Hammond. Elle plaisantait même avec grâce. Il était déconcertant et étrangement excitant d'être accueillie aussi rapidement par la société dont elle avait été tenue à l'écart pendant si longtemps.

Les groupes se formaient, se dispersaient et se reformaient sur la pelouse. À un moment, Grace se retrouva seule au bord du bassin et se dirigea vers l'un des buffets afin de remplir une assiette et occuper ses mains. Alors qu'elle tendait les doigts vers un plat, une grande ombre recouvrit la table. Elle releva les yeux et découvrit le comte de Langford à ses côtés.

— Milord.

Elle ne put s'empêcher de baisser les yeux vers ses lèvres. Ah, les goûter de nouveau… À cette idée, elle sentit une onde de chaleur l'envahir.

— Je ne m'attendais pas à voir une telle beauté aujourd'hui, mademoiselle Hannah. Vous nous éblouissez.

— Vous oubliez les autres dames, milord. N'ont-elles pas droit elles aussi à vos charmantes platitudes ?

— Peut-être, répondit-il en la dévisageant attentivement, la tête inclinée sur le côté. Mais je n'ai d'yeux que pour ma contrebandière.

Elle sentit son pouls s'accélérer.

— Contrebandière ? Vous ne voulez pas plutôt dire la compagne d'un contrebandier ?

— Ah oui, notre jolie rêverie. Le capitaine contrebandier et sa compagne. Mais il n'y a plus de nuit pour nous cacher, n'est-ce pas ? ajouta-t-il en indiquant le ciel bleu.

— Il y a de grands jardins, monsieur le Comte Contrebandier.

D'autres convives devaient se promener sur les sentiers ou dans le labyrinthe, mais le parc abritait suffisamment de recoins et d'espaces isolés pour une conversation en tête à tête.

Et peut-être un baiser. Rien qu'un.

Il contempla les jardins au-delà des vastes pelouses. Lorsqu'il se retourna vers elle, ses yeux brillaient.

— Et si nous allions visiter les beaux jardins de sir Richard et de lady Elliott ?

Elle prit le bras qu'il lui offrait en orientant son ombrelle pour se protéger du soleil. Ils traversèrent le jardin à la française, croisant d'autres couples et groupes qui déambulaient dans les allées dallées bordées de massifs. Des éclats de rire et des bruits de conversation s'élevaient autour d'eux. Des ombrelles tournoyaient derrière les haies.

— Peut-être ma belle dame jardinière pourrait-elle me conseiller sur la meilleure manière de rajeunir les jardins de Thistledown ?

— Tout dépend du type de jardins que vous souhaitez, répondit-elle. Des roses de culture ou des fleurs sauvages ? Quelque chose d'ordonné et de formel, ou de spontané et de naturel ?

— Et vous, que préférez-vous ?

Elle examina les massifs autour d'eux. Ils étaient impeccables et géométriques, avec des rangées de fleurs ordonnées par couleur et par taille. Ils étaient superbes, mais ne l'attiraient pas.

— Des fleurs sauvages, répondit-elle. De la spontanéité. Une explosion de couleurs et de parfums pour nourrir les sens.

— C'est bien ce qui me semblait, murmura-t-il avec un petit sourire.

— Et vous ? Préféreriez-vous un jardin soigné et ordonné, ou exubérant et sauvage ?

Depuis quand parlait-elle sur un ton aussi suave et séducteur ? Cela ne lui était arrivé qu'une fois auparavant. Avec le comte, lors du bal de lady Hammond.

— Exubérant et sauvage, mademoiselle Hannah. Sans la moindre hésitation.

Il porta sa main à sa bouche, et ses belles lèvres pleines se posèrent sur la peau nue de son poignet juste au-dessus de son gant.

Elle déglutit avec peine, avant de lancer un regard derrière elle pour s'assurer qu'on ne les voyait pas. Ils s'étaient profondément enfoncés dans les jardins. Le pique-nique était hors de vue. Il n'y avait autour d'eux que de hautes haies, le bourdonnement des abeilles et l'odeur capiteuse des fleurs.

Le comte posait sur elle un regard sensuel. Il saisit la pointe de son gant au niveau du majeur et tira doucement dessus.

— Dans mon jardin, je veux des grottes et des bosquets secrets.

Le gant glissa sur sa main.

— Je veux des poches de verdure invisibles avec un feuillage luxuriant, où deux personnes peuvent se cacher à l'abri du reste du monde.

— Et que feraient ces deux personnes dans vos bosquets secrets ?

— Tout ce qu'elles voudraient.

Il retourna sa main et déposa un baiser au creux de sa paume avant d'ajouter d'une voix douce :

— Les lieux secrets recèlent des possibilités infinies.

— Les lieux secrets ont également des usages infinis, répondit-elle avec un demi-sourire. Surtout pour les contrebandiers et leurs compagnes.

— Et que savez-vous des lieux secrets et des contrebandiers, mademoiselle Hannah ?

Il approcha son index de sa bouche et l'embrassa. Quand il redressa la tête vers elle, elle vit dans ses yeux bleus ce à quoi elle s'attendait : un regard calculateur, pénétrant et dangereux.

Un frisson la parcourut. Elle inclina son ombrelle pour se cacher d'éventuels promeneurs et baissa la voix.

— Votre jardin serait l'endroit idéal pour un contrebandier. Il pourrait y cacher bien des choses.

Il baisa ses doigts un à un, sa langue décrivant de petits cercles chauds sur sa peau.

— En effet, convint-il. Il pourrait y cacher sa compagne, emprisonnée parmi les fleurs.

— Emprisonnée ?

Elle replia ses doigts pour retenir la sensation de ses baisers dans sa paume.

— Ce serait une cage dorée, remplie de plaisirs. Venez avec moi.

Sans lâcher sa main, il l'entraîna sur le sentier.

— Où allons-nous ?

— Dans le labyrinthe. Vous voulez bien ?

Elle songea à la lumière qui tourbillonnait en elle, à la chaleur qui l'habitait tout entière. À lui.

— Oui.

Ils longèrent des buissons remplis de couleurs. Partout autour d'eux, le vert des feuillages était parsemé de fleurs aux teintes vives. Le labyrinthe se dressait devant eux. Il trouva l'entrée et l'attira à l'intérieur, entre des rangées de hauts ifs.

Même s'ils n'étaient qu'à quelques mètres de l'entrée, le brouhaha de la fête s'était estompé, se fondant dans le bruissement des feuilles et des insectes. Ils étaient seuls.

La raison aurait voulu qu'ils fassent demi-tour. Elle jouait avec le feu. On pouvait les découvrir à tout moment. Elle, plus que toute autre, aurait dû avoir conscience du danger. Néanmoins, lorsqu'il écarta son ombrelle et la poussa doucement contre le mur de verdure, elle ne protesta pas. Son cœur palpitait, son sang bouillonnait. Elle était comme hypnotisée.

— Le contrebandier et sa compagne se retrancheraient dans leur lieu secret, murmura-t-il contre son oreille.

Ses doigts se promenèrent le long de son bras nu, embrasant sa peau.

— Il lui apporterait des présents, pour son seul plaisir. De fines soieries d'Orient qu'elle enroulerait autour de ses membres et qui caresseraient sa peau douce. Des rangs de perles et de joyaux à glisser autour de son cou de cygne.

Ses doigts effleurèrent le creux de sa gorge et coururent le long de ses clavicules.

Elle aurait dû l'empêcher de prendre de telles libertés. Mais elle voulait être séduite, voulait se noyer dans le miel de ses paroles. Son souffle s'accéléra tandis qu'elle attendait le prochain contact de ses doigts. Où se poseraient-ils ?

— Les fragrances les plus précieuses viendraient parfumer son cou, là où son pouls bat délicatement.

Il joignit le geste à la parole, caressant doucement l'angle de sa mâchoire puis son cou, et descendant jusqu'au col froncé de son corsage où ses seins se gonflaient de désir.

— Des joncs d'argent orneraient ses fins poignets et de petites clochettes des Indes tinteraient à ses chevilles.

Sa main encercla son poignet et l'attira doucement à lui. Elle se laissa faire, ses sens aiguisés par le murmure grave de sa voix et le contact de ses doigts. Être séduite par le comte était une expérience enchanteresse.

Elle en savourait chaque instant.

— Une tiare en diamants retiendrait ses boucles d'or, poursuivit-il en lissant une de ses mèches derrière son oreille. Ah, ma belle dame, j'ai eu envie d'enfouir mes mains dans votre chevelure depuis le premier instant où je vous ai vue.

— Un contrebandier prend ce qu'il veut, répondit-elle avec un sourire.

Il laissa échapper un grondement sourd, puis se mit à ôter une à une les épingles qui retenaient ses cheveux. Glissant les doigts dans ses longues mèches, il les écarta jusqu'à ce que la masse de sa chevelure se répande dans son dos.

— Comme une coulée de mercure, murmura-t-il.

Il sembla soudain perdre le contrôle de lui-même. Ou était-ce elle ? Ses lèvres s'emparèrent des siennes, chaudes et exigeantes, tandis que son poing se refermait dans sa chevelure. Elle se hissa sur la pointe des pieds pour lui répondre, et il introduisit sa langue en elle, l'explorant.

Elle s'agrippa à ses épaules. *Encore.* Elle en voulait plus. Plus de chaleur. Plus de lumière. Il chassait les ténèbres en elle, ne laissant que l'éclat du feu. Son feu à lui.

Puis un petit cri étranglé résonna entre les murs végétaux.

— Juste Ciel ! Mademoiselle Gracie ! Milord…

La voix suraiguë s'interrompit, cédant de nouveau la place aux gazouillis des oiseaux.

En se tournant vers l'entrée du labyrinthe, elle vit lady Hammond, lady Lintell et Mme Parker.

Ils avaient été découverts. Tout s'effondrait. Sa vie était bouleversée par un bref moment de passion.

Une fois de plus.

Grace voulut se libérer, mais le comte l'en empêcha, tenant son visage entre ses mains, rivant sur elle un regard intense et brûlant. Puis il s'écarta et laissa retomber ses bras, sans pour autant la quitter des yeux. Elle était entièrement sous son emprise, incapable de bouger jusqu'à ce que, enfin, il se tourne vers les nouvelles venues.

— Mesdames, j'ai l'immense plaisir de vous annoncer que Mlle Grace Hannah m'a fait l'honneur d'accepter d'être ma femme.

Grace resta sans voix. La situation dégénérait rapidement, exactement comme avec Michael. Un baiser, des témoins, une demande en mariage précipitée. Un poids s'abattit sur sa poitrine, l'empêchant de respirer.

— Ô mon Dieu ! s'exclama lady Lintell en battant des mains comme une écolière. Nous venions justement vous inviter à une soirée, mais nous devrions en faire une fête de fiançailles ! C'est absolument formidable ! Notre petite Gracie, une comtesse !

— Humph, fit Mme Parker.

Lady Hammond s'abstint de tout commentaire. Son regard perspicace allait de Grace au comte.

— Il faut absolument que j'aille prévenir lord Lintell, poursuivit lady Lintell, aux anges. Dire que nous sommes les premières à être au courant. Oh, comme c'est excitant !

— Non, dit Grace.

Elle avait à peine murmuré. Elle ne pouvait plus penser, plus réfléchir. Un bourdonnement sourd et continu lui emplissait la tête.

— Non ? répéta lady Hammond.

— Non.

Grace s'efforça de se ressaisir. Elle inspira profondément afin de contrôler sa respiration.

— Je n'épouserai pas le comte de Langford.

À ses côtés, le comte se raidit. S'interdisant de le regarder, elle garda les yeux rivés sur lady Hammond.

— Comment ? demanda lady Lintell. Vous n'épousez pas le comte ? Mais...

Elle était totalement désorientée, son front plissé crispant ses traits fins.

— Humph, fit encore Mme Parker en croisant les bras.

— Vous n'avez pas le choix, déclara lady Hammond.

— On a toujours le choix, rétorqua Grace.

Sa voix semblait séparée de son corps et provenir d'un lieu très lointain. Elle se frotta le cou. Ses doigts étaient comme engourdis.

— Je refuse qu'on m'enlève ce droit, ajouta-t-elle.
— Il ne s'agit pas de droit, protesta le comte.
Il avait parlé d'une voix basse, presque menaçante, dépouillée des accents séducteurs qu'elle lui avait entendus jusque-là. Il serrait les mâchoires d'un air déterminé.
— Je ne comprends pas ! glapit lady Lintell.
— Taisez-vous, Minnie, ordonna Mme Parker.
— Mais...
— Il y aura des rumeurs, observa lady Hammond.
Elle lança un bref regard vers lady Lintell, laissant entendre que celle-ci serait incapable de se taire.
— Même si ce n'est pas le cas, les faits demeurent, continua-t-elle. Le comte doit faire ce qu'il faut. Et vous aussi. Vous ne survivrez pas à un autre scandale.
— Et le mariage arrangera tout ? Ma réputation sera sauve ?
Mais ils n'iraient jamais jusqu'au mariage. Le comte se désisterait une fois qu'il aurait repris ses esprits.
— Le mariage arrange toujours tout, répliqua lady Hammond.
— Sa réputation ? interrogea lady Lintell.
Puis elle comprit enfin.
— Oh, doux Jésus ! Vraiment, milord. Vous devez absolument faire le nécessaire.
— C'est ce que je m'efforce de faire, grogna-t-il. Mademoiselle Hannah, Grace...
— Non !
Elle avait envie de courir, de faire cesser les battements frénétiques de son cœur.
— Si vous voulez bien m'excuser...
Elle prit la fuite. C'était lâche de sa part, mais, avec le bourdonnement assourdissant qui lui martelait le crâne, elle ne pouvait penser à rien d'autre.
Le comte cria son nom, mais elle remonta ses jupes et courut droit vers les écuries de lord Elliott. Dieu merci, elle connaissait bien le jeune palefrenier.

— Vite ! lança-t-elle d'une voix haletante en faisant irruption dans la salle. Sellez un des chevaux de sir Richard.

— Mademoiselle Gracie ?

Le jeune homme laissa tomber le harnais qu'il était en train d'huiler.

— C'est très urgent. J'ai besoin de l'un des chevaux de sir Richard.

Sa voix frôlait l'hystérie. Elle jeta un regard derrière elle. Aucun signe du comte de Langford. Pour le moment.

— S'il vous plaît, faites vite !

— Sir Richard va me tuer si je prête l'une de ses montures.

— Vous la récupérerez immédiatement. Un des palefreniers de Cannon Manor vous la ramènera dans l'heure.

Le voyant hésiter encore, elle implora :

— Je vous en prie !

— Très bien, dit-il enfin.

Il revint quelques instants plus tard en tirant une jument fougueuse.

— Surtout, ramenez-la vite.

— Merci.

Elle l'aurait presque serré dans ses bras. Elle grimpa sur le montoir, s'installa en selle et guida la jument vers l'allée qui s'éloignait de la maison.

Le comte de Langford l'y attendait, grand, mince et redoutable.

— Arrêtez-vous, ordonna-t-il. Nous devons parler.

— Il n'y a rien à dire.

Sentant sa nervosité, la jument fit un écart sur le côté. Grace tira sur les rênes pour la maîtriser, tout en s'efforçant d'adresser au comte un sourire indifférent.

— Je survivrai au scandale et vous pourrez rentrer à Londres. Ce n'est rien de bien grave.

— Rien de bien grave ! Lady Lintell répandra la nouvelle jusqu'aux confins du Devon et au-delà en moins d'une semaine !

— Peut-être. Mais je ne suis qu'une parente pauvre, milord. D'ici quinze jours, cela n'intéressera plus personne.

Elle éperonna sa monture et s'élança au galop, gardant les yeux rivés sur l'allée devant elle. Même lorsque les sanglots secouèrent ses épaules et que les larmes ruisselèrent sur son visage, elle refusa de lancer un regard derrière elle.

9

Julian ôta lentement sa veste et la posa sur le dossier de sa chaise. Il retira ensuite le couteau qu'il avait dissimulé dans sa botte et le déposa sur le bureau à côté d'un gant délicat en chevreau. Le gant de Grace. Il lui avait enlevé ce fourreau de cuir, avait embrassé le bout de ses longs doigts élégants. Il l'avait séduite.

Il avait causé sa perte.

Grace Hannah était-elle le traître qu'il recherchait ? C'était là tout son dilemme. Si oui, alors la scène dans le jardin n'avait pas d'importance. Il pouvait retirer sa demande en mariage. À vrai dire, ce ne serait même pas nécessaire. Elle serait simplement oubliée.

Et si elle était innocente ? Il sentit le nœud se resserrer autour de sa gorge et entendit le déclic du verrou tandis que le destin l'emprisonnait dans le mariage. Non, pas le destin, sa propre stupidité. Pire, son manque de sang-froid. Lorsqu'il l'avait embrassée, il avait oublié où ils se trouvaient, les invités, les jardins, l'enquête... Il n'avait plus pensé qu'à son goût, à son parfum et au désir irrépressible qu'elle lui inspirait.

Il caressa le gant, passant son pouce sur les coutures usées. Il n'avait pas eu d'autre choix que de lui demander sa main. À présent, assis dans la pénombre de son bureau, les rideaux tirés, il réfléchissait à son avenir conjugal.

Les espions faisaient des époux épouvantables. Ils avaient la fâcheuse habitude de mourir prématurément. Les hommes Travers étaient pires encore. Ils étaient portés sur le libertinage et le meurtre.

Leur mariage serait un échec.

Mais il y avait Grace. Son rire, son esprit. Son demi-sourire qui illuminait son visage. Son calme. Ses tenues masculines. Il sourit en la revoyant chevaucher Démon, les cheveux au vent. Quoi qu'il advienne entre eux, cette image resterait à jamais gravée dans sa mémoire.

Il saisit le couteau et le soupesa. L'esprit ailleurs, il vérifia si la lame n'était pas ébréchée. Il allait devoir interroger Grace. Bientôt. Dès qu'il trouverait un moyen d'être seul avec elle. Il n'y avait pas d'autre solution. En attendant, il ne pouvait la laisser sans fiancé. Ce serait rejeter la faute de ce moment d'égarement sur elle et lui causer un tort considérable.

S'il faisait cela, il serait exactement comme son père.

Il ravala la bile qui montait dans sa gorge et se demanda si la brûlure qu'il ressentait était le goût de la tromperie.

Il saisit une plume, la trempa dans l'encrier et commença d'écrire sur une feuille de papier. Son premier jet termina froissé dans la corbeille. Le deuxième atterrit dans le feu de la cheminée.

Il relut sa troisième version pendant que l'encre séchait.

Ma chère mademoiselle Hannah,

Je ne regrette pas notre relation, car j'ai pour vous une estime sans bornes. Néanmoins, je déplore que les événements de cet après-midi vous aient placée dans une situation intenable. Je comprends vos réserves devant la perspective d'épouser un homme que vous ne connaissez que depuis quelques semaines. Toutefois, mon offre tient toujours et ce, indéfiniment. Je vous enjoins à penser à votre réputation et aux conséquences pour vous si vous refusez d'être mon épouse.

Je serais honoré que vous acceptiez ma demande en mariage.

Votre dévoué,

Julian, comte de Langford

— Grace !

Le rugissement s'accompagna d'un bruit de verre qui se brisait.

— Grace ! Viens tout de suite !

Elle reposa la lettre du comte sur le secrétaire et pressa les doigts sur ses yeux. Apparemment, son oncle avait déjà en vent de ce qui s'était passé dans les jardins de lady Elliott la veille.

L'histoire se répétait.

Ou peut-être pas. Cette fois, elle avait refusé la demande en mariage au lieu de l'accepter dans un élan de honte. Certes, elle avait fui, ce qui était honteux en soi. Elle était compromise, perdue et célibataire. Mais, cette fois, c'était parce qu'elle l'avait choisi, et non à cause d'un rejet et d'une trahison.

Lord Cannon hurla de nouveau, son beuglement ponctué d'un martèlement rythmique sur le plancher. Avec un soupir, Grace quitta son refuge. Elle n'eut aucun mal à localiser son oncle. Elle l'entendait aller et venir d'un pas lourd dans son bureau.

Elle s'arrêta sur le seuil, redressa les épaules et lissa son tablier. Puis elle prit une grande inspiration et poussa la porte.

Son oncle était en train de se verser un cognac de contrebande dans un verre en cristal. Il fit volte-face en l'entendant, la carafe à la main.

— Quelle mouche t'a piquée ? rugit-il.

— Pardon, mon oncle ?

Joignant les mains, elle s'efforça de rester calme.

— Je rentre de Beer. Non seulement tu as été surprise dans une position compromettante avec le comte de Langford, mais, en plus, tu as rejeté sa demande en mariage !

Il reposa brutalement la carafe sur la table, renversant du liquide ambré sur le chêne poli. Puis il saisit son verre et se mit à arpenter la pièce.

— Je suis désolée, mon oncle, répondit-elle machinalement.

Elle s'avança et essuya la flaque de cognac avec son tablier. Que pouvait-elle répondre d'autre ? Son oncle disait vrai.

— C'est intolérable ! tonna-t-il. Quand tu es venue vivre ici, je t'ai expliqué que j'attendais que tu respectes certaines règles et que tu restes à ta place.

— Oui, mais...

Fascinée, elle regarda ses narines se dilater.

— Tu as essayé de t'élever au-dessus de ton rang en te faisant passer pour ce que tu n'es pas. Tu n'es rien !

Il émit un ricanement de dédain avant d'ajouter :

— Ou plutôt, tu *n'étais* rien. À présent, tu es une putain.

Grace encaissa le coup sans broncher. Elle aurait dû s'y attendre. Ce n'était pas la première fois qu'il lui jetait ce mot à la figure.

— Je t'ai laissée vivre sous mon toit après que tu t'es jetée au cou de Michael Wargell comme une dévergondée.

— J'aimais Michael.

Les mots lui avaient échappé, laissant dans sa gorge un goût amer.

— Aimer ? Peuh ! fit-il en s'esclaffant.

— Je l'aurais épousé.

Un élan de tristesse l'envahit. Oh oui, elle l'avait aimé. De tout son cœur.

— Je ne t'ai laissée rester ici que par pitié. Mais c'est fini ! Tu accepteras la demande du comte ou tu partiras de chez moi.

Il retourna vers le bureau et se resservit copieusement de cognac.

— Dans un cas comme dans l'autre, je ne veux pas d'une putain sous mon toit, ajouta-t-il.

— Vous ne pensez pas ce que vous dites.

— Oh que si ! Si tu acceptes d'épouser le comte, tu pourras rester ici jusqu'à la publication des bans et la cérémonie. Sinon, tu peux faire tes bagages et partir aujourd'hui. Tout de suite, même !

— Je…

Elle s'accrocha de toutes ses forces au bord de la table, sentant ses genoux mollir.

— Je ne sais pas… Je…

— Tu as dix minutes pour te décider.

Son verre toujours à la main, son oncle sortit, faisant claquer les talons de ses bottes sur le parquet du couloir.

Grace tituba vers une chaise et s'y laissa tomber, le regard perdu dans le vide. Les mots du comte résonnaient dans sa tête : « J'ai pour vous une estime sans bornes… », « Mon offre tient toujours et ce, indéfiniment… », « Je serais honoré que vous acceptiez ma demande en mariage… »

Si elle refusait, elle devrait quitter Cannon Manor. Elle n'avait pas d'autre parent, nulle part où aller. Peut-être pourrait-elle rester à Beer jusqu'à ce que l'orage soit passé… Non. Son oncle l'avait mise à la porte. En restant, elle perdrait toute respectabilité.

Elle se vit marchant dans la rue principale. Les regards se détourneraient à son approche ; les nez se pinceraient ; les passants s'écarteraient ; on chuchoterait dans son dos. Elle sentit ses joues s'empourprer. Elle ne pouvait revivre ça. Avec Michael, les gens avaient considéré qu'elle était jeune et naïve, facile à manipuler. Peut-être avait-ce été le cas. Elle était plus âgée à présent et nettement moins crédule.

Elle ne pouvait éconduire le comte et rester à Beer.

Alors, que faire ? Aller à Londres et chercher une position rémunérée de dame de compagnie ou de gouvernante ? Elle trouverait un nouveau foyer et recommencerait à zéro.

Un frisson glacé la parcourut. Elle ne pouvait quitter le Devon et laisser ses amis sans protection. Elle avait promis aux contrebandiers de trouver le traître et de le livrer aux autorités. Autrement, l'un d'eux servirait de bouc émissaire à la place du vrai coupable.

Elle tressaillit lorsque la porte se rouvrit. Lord Cannon se tenait sur le seuil, son regard froid aussi vide que son verre en cristal.

— Tu as pris ta décision ?

Grace baissa les yeux sur ses mains jointes. Elle les étala lentement sur ses cuisses. Elle avait été imprudente et s'était laissé emporter. Il ne lui restait plus qu'à accepter son sort.

Elle redressa le dos.

— J'épouserai le comte de Langford.

— Je vais entamer les négociations. Naturellement, ton père ne t'a pas laissé de dot. J'en fournirai une, afin que Langford ne se rende pas compte qu'il s'est fait avoir.

Il pivota sur ses talons et disparut.

Grace continua de fixer ses mains glacées.

Qu'ai-je fait ?

10

Dans l'obscurité de la nuit, Julian étudiait la façade du *Joyeux Contrebandier*. Du lierre grimpait jusqu'au premier étage qui abritait quatre chambres à louer, deux petites et deux grandes. À l'arrière se trouvait un petit cottage. Le bâtiment était simple, sans ornement, avec une enseigne qui le fit sourire : deux hommes assis dans une barque trinquaient avec deux chopes de bière, tandis que de hautes vagues se soulevaient autour d'eux.

Comme si on buvait de la bière dans une barque en pleine tempête ! Mais il était vrai que ce genre d'embarcation servait à transporter des marchandises entre un navire et le rivage. Elle avait la taille idéale pour un ou deux contrebandiers voulant passer inaperçus – et savourer un verre par la même occasion.

On ne pouvait reprocher à Jack Blackbourn de manquer d'humour. Les renseignements envoyés par Londres indiquaient qu'il s'était retiré de la contrebande, mais il l'avait déjà fait au moins deux fois par le passé avant de reprendre du service.

L'important était de découvrir s'il était le traître.

Julian l'espérait. Cela expliquerait le rôle de Grace dans l'affaire. Peut-être Blackbourn exerçait-il des pressions sur elle, auquel cas elle n'était que la victime innocente d'un criminel. Julian s'en voulait pourtant de penser cela. Il ne souhaitait pas la mort d'un inconnu, pas plus qu'il n'avait envie de découvrir que Grace était coupable de trahison.

Crispant les mâchoires, il chassa ces pensées. Sa seule mission pour le moment était d'identifier le traître. Il refusait de penser aux raisons qui le poussaient à vouloir innocenter Grace, alors que son innocence le condamnerait au mariage.

Il rajusta la veste en laine grossière qui lui servait de déguisement. Son pistolet cognait contre sa hanche. Il n'avait pas besoin de s'assurer que son couteau était toujours dans sa botte. Il était tellement habitué à le sentir qu'il aurait aussitôt remarqué son absence.

Il poussa la porte de la taverne et s'avança dans la salle enfumée qui sentait la bière. Une douzaine d'hommes – des ouvriers, à en juger par leurs tenues – étaient assis aux tables. Des rires et des voix emplissaient l'atmosphère, tout comme une odeur de bonne cuisine. Il huma l'air. En fait, cette odeur était plus qu'appétissante, elle était délicieuse.

Derrière le bar se tenait un homme de petite taille aux cheveux en désordre et à la mâchoire carrée. Il riait avec deux clients tout en acceptant les pièces qu'ils lui tendaient pour payer leurs bières. Ce devait être le fameux Jack Blackbourn.

Julian alla s'accouder au comptoir, attendant patiemment que sa proie vienne à lui quand elle en aurait fini avec ses clients. Lorsque Blackbourn s'approcha pour prendre sa commande, il souriait toujours.

— Que désirez-vous ? demanda-t-il en essuyant le comptoir devant Julian avec un grand chiffon gris.

— Une pinte de bière, mon brave homme.

Il indiqua du menton les clients.

— Il y en a du monde, ce soir !

— Oui, répondit Blackbourn en déposant une chope devant lui. Mais ce sont des habitués. Ils se connaissent tous. En revanche, je ne crois pas vous avoir déjà vu.

— Vous vous souvenez de tous vos clients ?

Blackbourn s'accouda à son tour de l'autre côté du bar.

— Un bon tavernier doit connaître ses habitués et se souvenir de leurs goûts. Et je suis bien sûr de ne vous avoir jamais vu avant.

— En effet.

Julian but une gorgée de bière, n'en disant pas plus en dépit du regard interrogateur de son interlocuteur.

Une jeune serveuse aux longues boucles blondes et au sourire espiègle s'approcha.

— Jack, une autre pinte pour Ned, et Mike voudrait un bol de ragoût.

— Ça marche, Mary.

Blackbourn entrouvrit une porte derrière le bar et beugla dans ce qui devait être la cuisine :

— Un bol de ragoût !

— Comment je m'en sors pour mon premier soir, Jack ? lui demanda la serveuse quand il fut revenu.

— Pas mal, répondit-il en poussant une chope pleine vers elle. Personne ne te donne de fil à retordre ? Pas de mains baladeuses ?

— Ils savent bien que ce n'est pas permis dans ta taverne, Jack. C'est pour ça que maman me laisse travailler chez toi. Et puis, ils me connaissent tous.

Elle rejeta ses cheveux en arrière et sourit à Julian.

— Sauf vous. Je ne crois pas vous avoir déjà vu, monsieur.

Elle était d'une candeur émouvante. Cela le surprit. Pourquoi Blackbourn employait-il une jolie jeune fille et s'assurait-il que les hommes ne la harcelaient pas ? D'ordinaire, les taverniers recrutaient des serveuses pour attirer les clients.

— Si j'avais su qu'il y avait une telle beauté ici, je serais venu plus tôt au *Joyeux Contrebandier*, répondit-il.

Il s'inclina et lui baisa la main comme à une dame de la haute société.

— Peuh, vous me faites marcher !

Elle éclata d'un rire joyeux et juvénile, puis elle rejeta de nouveau sa chevelure en arrière et s'éloigna d'un pas guilleret en portant la chope sur un plateau.

— Vous avez mis Mary en joie pour la soirée, on dirait, observa Blackbourn en la suivant des yeux.

Julian leva son verre dans sa direction.

— Si un homme ne sait plus faire rougir une fille avec un compliment, il n'a plus qu'à se ranger des voitures.

Le tavernier s'esclaffa et donna une tape sur le comptoir.

— Ma foi, c'est bien vrai ! Tenez, je vous offre le verre, pour avoir mis un sourire sur la jolie bouche de Mary et m'avoir fait rire.

— Merci, Blackbourn. J'aimerais vous payer quand même, mais pour un autre service. J'ai besoin d'une information.

Blackbourn se redressa, l'air soudain grave.

— Une information ? Désolé, mais je ne donne pas d'information, que ce soit à l'œil ou pour de l'argent.

— Tout le monde a un prix, Blackbourn, dit Julian en baissant la voix.

— Pas moi.

— Ah non ? Même pas celui-ci ?

Julian glissa un gros billet sur le bar et poursuivit :

— Je cherche quelqu'un qui pourrait transporter quelque chose de l'autre côté de la Manche, sans poser de questions et pour une somme généreuse. Je reviendrai dans une semaine. D'ici là, vous aurez peut-être pensé à un nom.

Il finit sa bière d'un trait, reposa sa chope sur le comptoir et se dirigea vers la porte.

— Vous nous quittez déjà, monsieur ? lança Mary qui passait par là.

— Oui, même si cela revient à laisser le soleil derrière moi, car aucun astre ne peut éblouir autant que votre beauté.

Il s'inclina avec un moulinet du bras et sortit de la taverne accompagné par le rire joyeux de Mary.

Dès qu'il fut dehors, il retrouva son sérieux. Il contourna l'établissement et se dirigea vers le petit cottage à l'arrière.

Construit en bois et recouvert d'un toit de chaume, il était relié au bâtiment principal par une petite galerie. Il n'y avait aucune lumière derrière les fenêtres. Il supposa que toute la famille travaillait dans la taverne – Blackbourn derrière le bar, sa femme dans la cuisine, et les enfants, s'ils en avaient, là où on avait besoin d'eux. Cela signifiait donc que le cottage était désert.

Le cadenas qui fermait la porte était rudimentaire. Blackbourn aurait aussi bien pu le jeter. Quiconque s'y connaissant vaguement en serrurerie en aurait fait son affaire. Julian, lui, était expert en la matière. Avant d'ouvrir la porte, il sortit son couteau de sa botte. C'était une arme plus silencieuse que le pistolet, même s'il ne s'attendait pas à devoir utiliser l'un ou l'autre.

Sur le seuil, il tendit l'oreille, écoutant la nuit. Il entendait le ronflement sourd de l'océan, des voix dans la taverne. Aucun bruit dans le cottage.

Il entra et laissa ses yeux s'accoutumer à l'obscurité. Le mobilier était simple, la décoration spartiate. Pourtant, l'atmosphère était accueillante. Des rideaux pendaient aux fenêtres, et un bouquet de fleurs sauvages dans un broc en terre cuite était posé sur l'unique table. Des courtepointes aux couleurs joyeuses recouvraient les matelas en paille dans les chambres.

Il n'alluma pas de chandelle. Un homme qui connaissait son affaire savait se débrouiller dans le noir. En une demi-heure, il avait passé le cottage au peigne fin et examiné tous les documents personnels de Blackbourn. Il chercha des murs creux, des tiroirs secrets, des malles à double fond et trouva un certain nombre d'articles intéressants, y compris du cognac coûteux et d'autres alcools cachés sous des lattes du parquet.

Puis il découvrit les livres de comptes. Au bout de quelques minutes, son opinion sur le rôle de Blackbourn dans cette affaire de trahison était faite.

11

— Comme c'est gentil à vous d'être venue, lady Elliott !

Grace regarda la visiteuse s'enfoncer dans le canapé du salon de Cannon Manor. Ses yeux tristes étaient cernés, ses joues creusées. Elle ne lui avait jamais vu l'air aussi épuisé.

— Le thé sera prêt dans quelques instants.

— Merci, dit lady Elliott en lissant ses jupes. J'ai appris la nouvelle de votre mariage.

— Comme tout le Devon, répondit Grace. Cannon Manor a reçu plus de visites depuis la publication des bans il y a deux jours qu'au cours des cinq dernières années.

— Je n'en suis pas surprise. On ne parle plus que de cela : Mlle Gracie qui épouse le Comte Errant.

Elle posa la main sur le bras de Grace et demanda gravement :

— Comment allez-vous ?

— Je vais bien, répondit Grace.

Sauf qu'elle avait envie de pleurer. Mais elle refoula ses larmes. Les dés étaient jetés. Elle ne pouvait plus faire marche arrière.

— Il faudra juste que je m'habitue à ma nouvelle situation, ajouta-t-elle.

— J'imagine. Surtout quand vous partirez à Londres après la cérémonie. Le comte voyage beaucoup. L'accompagnerez-vous sur le continent ?

Une lueur de curiosité remplaça momentanément la tristesse dans les yeux de lady Elliott.

— Ah... Nous n'avons pas encore discuté en détail de nos projets.

C'était tout ce qu'elle pouvait dire sans mentir. L'angoissante vérité était qu'elle ignorait totalement ce qui l'attendait.

— Je vois, dit lady Elliott avec un regard compatissant. Ce genre de chose prend toujours un certain temps.

— En effet, répondit Grace d'un ton absent.

Elle pensait à son avenir. Devrait-elle quitter le Devon ? S'installer à Londres ? Sur le continent ?

Elle serait à la merci d'un homme qu'elle connaissait à peine.

— Mon mari a croisé le comte alors qu'il se promenait et l'a invité à prendre le thé. Il a fait la connaissance de nos fils.

Lady Elliott s'interrompit, l'air perplexe, avant de poursuivre :

— Il a paru sincèrement intéressé par leur conversation. Je n'aurais jamais pensé qu'un gentleman aussi mondain prendrait plaisir à discuter avec des garçons aussi... remuants. D'ailleurs, il les a même accompagnés dans les écuries pour voir leurs nouveaux poneys.

Une servante entra en poussant la table roulante. Elle disposa les tasses et la théière, ainsi qu'une assiette remplie de gâteaux au carvi. Grace la remercia avec un sourire, puis, quand la jeune fille fut partie, servit le thé.

— Comment vont sir Richard et les enfants ? demanda-t-elle en tendant une tasse à sa visiteuse.

— Oh, ils vont bien.

Lady Elliott haussa ses frêles épaules.

— Sir Richard passe son temps avec ses partenaires en affaires ou ses chevaux. Les garçons... eh bien, je n'ai pas besoin d'entrer dans le détail.

— J'ai remarqué que le bras de Bryan se remettait correctement, la dernière fois que je l'ai vu.

— Je me tue à répéter à mes fils que de jeunes gens bien élevés ne montent pas à cru et ne font pas d'acrobaties sur le dos d'un cheval, soupira lady Elliott, le regard rivé sur les gâteaux au carvi. C'est leur père qui est responsable du bras cassé. Il ne cesse de les pousser à l'imprudence.

— En tout cas, ils semblent bien s'amuser, observa Grace en saisissant un gâteau.

— C'est vrai.

Le regard de lady Elliott suivit, transfiguré, la trajectoire du gâteau jusqu'aux lèvres de Grace.

— J'espérais que, avec le temps, ils finiraient par s'intéresser à quelque chose de sérieux ou, du moins, qu'ils prendraient leurs études plus à cœur.

Grace mordit dans le gâteau. Lady Elliott pâlit et déglutit péniblement. Elle semblait avoir du mal à respirer.

— Que se passe-t-il, lady Elliott ?

— Je crois que je vais être malade, répondit-elle en pressant la main sur sa bouche.

Grace vint aussitôt s'asseoir à côté d'elle sur le canapé et passa le bras autour de ses épaules.

— Respirez lentement par le nez. Méthodiquement. Inspirez, expirez… inspirez, expirez…

Lady Elliott serra sa main et s'exécuta. Bientôt, un peu de couleur revint sur son visage, et elle se cala contre le dossier du canapé. Ses mouvements étaient lents et prudents.

— Que vous arrive-t-il, lady Elliott ? Pouvez-vous me le dire ? Êtes-vous souffrante ?

Lady Elliott fixa ses mains jointes un long moment avant de relever vers elle des yeux brillants.

— Je suis enceinte.

— Oh. Oh ! C'est merveilleux, je suis si heureuse pour vous !

Elle serra de nouveau les mains de lady Elliott, sincèrement ravie.

— Je ne le sais que depuis quelques semaines, alors ce n'est pas...

Elle s'interrompit pour prendre une longue inspiration.

— J'espère que c'est une fille, cette fois. Une gentille petite fille.

Elle émit un petit rire.

— C'est à cause des gâteaux au carvi, Gracie. C'est très étrange, mais je ne les supporte plus. La seule idée d'y goûter me rend malade. Lorsque j'attendais les garçons, je n'ai rien connu de ce genre, mais, avec ce bébé, certains aliments me retournent l'estomac.

— Vous avez l'air heureuse.

— Oh, je le suis. Je le suis. J'ai attendu si longtemps !

— Pour avoir une fille ?

Lady Elliott ouvrit la bouche pour répondre mais se figea soudain, le regard tourné vers la porte.

— Lord Langford ! Quel plaisir de vous voir !

Le sang de Grace se glaça dans ses veines. Le comte de Langford se tenait sur le seuil, ses larges épaules et sa haute taille emplissant l'encadrement de la porte. Vêtu d'une veste en drap bleu et d'une culotte en nankin, il était aussi élégant qu'à son habitude.

— Lady Elliott, mademoiselle Hannah, dit-il en s'inclinant. Lady Elliott, vous êtes très en beauté aujourd'hui. Vos yeux sont remplis de soleil.

La jeune femme pouffa de rire.

— Milord, vous exagérez !

Elle était néanmoins aux anges.

— Milord, fit Grace en se levant.

Il prit sa main et la baisa. Il y avait une lueur diabolique dans son regard. Sans lâcher sa main, il demanda à lady Elliott :

— Comment vont vos fils ?

Grace aurait voulu tirer sur ses doigts, mais elle craignait d'attirer l'attention sur elle.

— Toujours aussi agités, répondit lady Elliott. En fait, je devrais partir. Non, Gracie, ne me raccompagnez pas, je connais le chemin. Au besoin, je demanderai à Binkle.

Elle agita la main dans leur direction et, l'instant suivant, elle était sortie, les laissant seuls, sans chaperon.

Grace ne pouvait détacher ses yeux de ceux du comte, qui la fixaient avec une telle intensité. Nerveuse, elle se libéra et croisa les mains devant elle, cherchant désespérément un sujet de conversation. Que disait-on à l'homme qui vous avait compromise ?

— Voulez-vous faire une promenade dans le jardin ? proposa-t-il.

— Oui, répondit-elle, soulagée.

Il lui offrit son bras, et elle enroula ses doigts autour de son coude, consciente de sa présence physique de toutes les fibres de son être. Bientôt, ils échangeraient plus que des baisers volés. S'il ne l'abandonnait pas avant, naturellement.

Ils s'avancèrent dans la lumière dorée du soleil de septembre. Il n'y avait pas un souffle d'air, même si la fraîcheur de l'automne commençait déjà à se faire sentir. Elle inspira profondément, laissant le parfum des fleurs l'envahir et apaiser sa tension.

— Vous avez rencontré les fils de lady Elliott ? demanda-t-elle, abordant le premier sujet qui lui venait à l'esprit.

— Oui, répondit-il en riant. Une sacrée paire de galopins !

— Vous semblez les avoir appréciés, s'étonna-t-elle.

— En effet.

Cet intérêt pour les enfants, particulièrement pour ces deux garnements turbulents et indisciplinés, cadrait mal avec son image de séducteur et avec la lueur froide de calcul qu'elle décelait parfois dans ses yeux.

Que savait-elle au juste de ce comte, au-delà de son charme redoutable ?

— Je suppose que vous étiez aussi chahuteur quand vous étiez enfant.

Il se tut un long moment avant de répondre.

— Non, je n'ai jamais été comme ces deux garçons. Avec un père tel que le mien, je ne pouvais être enjoué et insouciant.

— Votre père était-il… Pardon.

Il continuait d'avancer d'un pas nonchalant, mais, sous ses doigts, Grace sentait la tension dans son bras.

— Tout le monde sait que mon père était une ordure, mademoiselle Hannah. Il était l'essence même de l'homme Travers.

— Je suis désolée. Je n'ai aucun droit de vous poser ce genre de question.

— Ah non ? Pourtant, j'ai bien été informé de votre parenté.

Elle ferma les yeux. Naturellement, elle aurait dû savoir que son oncle se ferait un plaisir de lui raconter son histoire. Son malaise s'accrut encore. Elle s'écarta pour examiner un massif de bétoines mauves. Saisissant par la tige une mauvaise herbe qui se cachait entre les grappes de petites fleurs en trompette, elle creusa la terre riche et fraîche jusqu'à en trouver la racine.

— Je suppose qu'oncle Thaddeus voulait s'assurer que vous saviez à quoi vous vous engagiez en m'épousant ? demanda-t-elle sans cacher son amertume.

— Lord Cannon a estimé que c'était son devoir, au cas où vous me donneriez un héritier.

Elle tira d'un coup sec, et la racine jaillit en projetant une pluie de terre.

— Ma mère a épousé un homme d'une classe inférieure à la sienne, expliqua-t-elle. Si inférieure que sa famille l'a reniée.

— Je crois que le terme employé par votre oncle était « un ouvrier de basse extraction ».

Elle frissonna et rejeta l'herbe sur le côté.

— Ma mère avait une rente très modeste que lui avait laissée ma grand-mère. Mes parents ont déménagé dans le Kent, où mon père avait de la famille, et ils y ont été très heureux. Moi aussi, j'y ai été heureuse.

Elle le dévisagea en relevant le menton, comme pour le mettre au défi de la contredire.

— Je n'en doute pas, dit-il.

Il l'étudiait attentivement, les mains croisées dans le dos.

— Si vous souhaitez revenir sur votre parole... commença-t-elle.

— Pourquoi ?

Il lui tendit la main et l'aida à se relever.

— Parce que je suis la fille d'un ouvrier de basse extraction. Je ferai une terrible comtesse.

Elle n'avait pas pris conscience de sa peur avant de l'exprimer à voix haute. Elle recula dans l'allée.

— Ce n'est pas comme si nous nous mariions par choix, ajouta-t-elle.

— Vous ne voulez pas m'épouser ? Ah, je sais.

À la lueur malicieuse dans son regard, elle comprit qu'il allait la taquiner.

— Je n'ai pas su conquérir votre cœur parce que je ne suis pas contrebandier. Que dois-je faire pour gagner votre affection, belle dame ? Vous offrir un coffre rempli des plus belles soieries de contrebande ? Peut-être alors pourrai-je rivaliser avec le fameux Jack Blackbourn.

Elle se mit à rire malgré elle.

— Si vous voulez rivaliser avec Jack, il vous faudra piloter votre propre navire et vous rendre en France en personne. C'est ce qu'il ferait.

Elle se laissa faire lorsqu'il glissa de nouveau sa main sous son coude. Ils reprirent leur marche.

— Hélas, je n'ai pas de navire ! Je suppose que je ne serai jamais le premier dans votre cœur. Drôle de manière de débuter notre mariage !

— Soyez sérieux un moment.

Elle avait du mal à cacher son sourire.

— Le dois-je vraiment ?

— Oui. Nos conversations virent toujours à l'absurde.

— Force m'est de le reconnaître. Très bien, soupira-t-il. Ne vous inquiétez pas, belle dame. Je ne vous abandonnerai pas au pied de l'autel.

Elle sursauta. En observant ses traits devenus soudain sérieux, elle se demanda si elle pouvait réellement lui faire confiance. Tant d'obstacles se dressaient entre eux ! Une fois qu'ils seraient mariés, elle ne pourrait lui cacher ses activités de contrebandière, mais comment lui dire la vérité ? Elle était une délinquante. Elle s'éclaircit la gorge et décida de commencer par le plus simple.

— Il y a certains aspects de notre avenir dont nous devrions discuter, notamment ce que vous attendez exactement de cette union.

— Sincèrement, mademoiselle Hannah, j'en attends peu. De fait, j'en attends uniquement ce qui vous conviendra.

Il s'arrêta et se tourna vers elle.

— Je ne comprends pas.

— Vous pourrez vous installer à Thistledown pour toute la durée de notre mariage, ou à Londres, ou dans n'importe laquelle de mes autres propriétés. Si vous souhaitez ne jamais me revoir, cela peut s'arranger. Si vous le souhaitez, vous partagerez mon lit, ou pas. Comme il vous plaira.

Il marqua une pause avant de poursuivre, comme s'il choisissait minutieusement ses mots :

— Comme je vous l'ai écrit, je regrette que mes actes vous aient contrainte à cette situation, mais je ne peux changer le passé. J'aimerais que nous soyons amis, mademoiselle Hannah – amants si vous y consentez, mais, au moins, amis.

Grace l'observait en essayant de concilier l'image de cet homme grave et sérieux avec celle du séducteur rieur qu'il lui avait montrée jusque-là.

— J'ai toujours pensé qu'il y avait beaucoup plus en vous que l'apparence que vous présentez au monde. Maintenant, j'en suis convaincue.

— Il y a toujours autre chose sous la surface. Vous, par exemple... dit-il en caressant sa joue du bout du pouce. Sous cette peau lisse et diaphane, cette chevelure dorée, cette expression sereine, il y a tant de passion cachée.

Il posa sa main sur sa joue, et elle ne put s'empêcher de tourner la tête jusqu'à ce que ses lèvres rencontrent sa paume.

— Je veux cette passion, murmura-t-il. Mais je ne prendrai rien de plus que ce que vous accepterez de me donner.

Il s'empara de ses lèvres. Son baiser était ardent et avide, même un peu possessif. Il prit sa tête entre ses mains et dévora sa bouche.

Elle s'abandonna dans ses bras, laissant le désir l'envahir. Une onde de chaleur s'enroula dans son bas-ventre tandis qu'il caressait sa nuque. Ses lèvres remuaient sur les siennes, comme ivres. Elle s'agrippa à ses épaules et enfouit la main dans ses cheveux épais, répondant à son baiser avec la même ardeur.

Lorsqu'il s'écarta, elle poussa un soupir déçu.

— Mademoiselle Hannah...

— Appelez-moi simplement Grace ; ces formalités sont inutiles à présent.

Surtout quand il l'enlaçait toujours et que ses lèvres portaient encore la trace de ses baisers.

— Ah.

Il caressa de nouveau sa joue, cette fois avec une profonde tendresse.

— Grace, murmura-t-il.

L'espace d'un instant, une ombre de regret passa sur son visage, vite remplacée par le masque impassible qui la mettait mal à l'aise.

— Il y a un autre élément important dont nous devons discuter, déclara-t-il. Un élément qui pourrait changer la nature de notre mariage.

— Il s'agit de Michael, n'est-ce pas ? demanda-t-elle en sentant son ventre se nouer. Vous vous demandez ce qui s'est passé avec lui.

— Mademoiselle Gracie ! Mademoiselle Gracie !

L'appel paniqué la fit sursauter. Elle se libéra et pivota sur ses talons. Binkle traversait la pelouse en courant. L'angoisse la saisit. Oubliant le comte, elle releva ses jupes et s'élança à sa rencontre.

— Que se passe-t-il ?

— C'est Fanny, la femme de Jem. Le bébé arrive.

— C'est trop tôt, gémit-elle. Qui est avec elle ?

— Personne. Jem est à Seaton pour la journée.

Elle se rappela le visage grave et inquiet de Jem le soir où ils s'étaient retrouvés au *Joyeux Contrebandier* pour parler trahison devant une chope de bière. Puis elle vit la jolie et jeune Fanny, le ventre rond et les traits radieux, et pria pour que la mère et l'enfant survivent.

— Qui vous a prévenu ?

— Le fils du fermier Harris a entendu Fanny crier et est entré chez elle. Apparemment, ça durait depuis des heures, et Fanny ne pouvait sortir demander de l'aide.

— Faites seller Démon, ordonna-t-elle. Je vais chercher mon équipement.

— Démon est déjà prêt et vous attend. La cuisinière est partie rassembler vos affaires.

— Parfait. Elle sait ce dont j'ai besoin.

— Faites amener mon cheval également, lança une voix grave à ses côtés.

Elle se tourna, incrédule. Le comte se hâtait de la rejoindre, à peine essoufflé, sa veste déboutonnée pour faciliter ses mouvements. Elle l'avait oublié. Il devrait attendre. Elle n'avait pas le temps de s'occuper de lui.

— Je suis pressée, lâcha-t-elle sans cesser de courir.

Parvenue dans l'allée devant Cannon Manor, elle glissa sur le gravier et faillit tomber.

Démon l'attendait devant le montoir, ses rênes tenues par un jeune palefrenier. La cuisinière se trouvait à ses côtés. Elle avait déjà attaché la sacoche de Grace à sa selle. La jeune femme grimpa sur Démon et remonta ses jupes jusqu'à mi-mollet. Elle n'avait pas le temps de monter enfiler sa culotte, ni de chevaucher tranquillement en amazone. Elle devait faire vite, et au diable les convenances !

Démon piaffait, et ses muscles frémissaient, comme s'il sentait l'angoisse qui l'habitait.

— Allez chercher ma monture, demanda le comte au palefrenier.

Ce dernier hocha la tête et fila vers les écuries.

— Vous n'avez pas besoin de venir et je n'ai pas le temps de vous attendre, milord, lui dit Grace.

En outre, le comte de Langford n'avait que faire de l'épouse d'un pêcheur sur le point d'accoucher.

Elle fit décrire un demi-cercle à Démon, l'éperonna et partit en flèche.

Une maigre volute de fumée s'échappait de la cheminée de la chaumière du pêcheur. D'autres petits bâtiments parsemaient la campagne environnante. Tout autour, le feuillage des arbres commençait à virer du vert au doré, avec quelques touches de roux ici et là.

Le spectacle aurait été pittoresque si un cri de douleur n'avait déchiré l'air.

Grace sauta de selle avant même que Démon se soit arrêté. Elle s'empressa de l'attacher et de récupérer sa sacoche avant de se précipiter dans la maisonnette.

Une femme gisait sur une paillasse devant la cheminée. Il ne restait dans l'âtre que quelques braises qui projetaient une lueur rouge sur son ventre rond. Fanny renversa la tête en arrière et hurla de nouveau, ses jolis traits fins tordus par la douleur.

Grace s'agenouilla à ses côtés sur la terre battue et palpa son ventre dur.

— Fanny, c'est moi, Grace.

— Gracie ? Vous êtes venue, Dieu merci ! Il est trop tôt ! Le bébé arrive trop tôt !

La malheureuse avait le visage baigné de larmes.

— Quand les douleurs ont-elles commencé ?

— Il y a des heures, répondit Fanny, haletante, au milieu de la matinée. D'abord, c'étaient juste des tiraillements, puis elles sont soudain devenues horribles. Horribles.

Prise d'une contraction, elle agrippa la main de Grace si fort que celle-ci crut entendre ses os craquer. Fanny se tendit, se contorsionna, s'arc-bouta. Elle tenta vaillamment de souffler en rythme, puis capitula et se remit à hurler.

Lorsque ce fut fini, elle se laissa retomber sur la paillasse en pantelant.

— Je suis si fatiguée, Gracie. Si fatiguée.

— Je sais, répondit Grace en lui caressant la joue. Je vais vous aider.

Elle s'agenouilla entre les genoux fléchis de Fanny et l'examina.

Sa gorge se noua. *Je vous en prie, ne les laissez pas mourir.*

— Vous êtes prête, Fanny, annonça-t-elle en écartant les cheveux du visage moite de la jeune femme. Mais le bébé est dans une mauvaise position.

— Qu'est-ce que ça veut dire ?

— Il faut que je le tourne.

— Ô Seigneur !

Elle se remit à sangloter. « Elle est trop pâle, pensa Grace. Trop pâle et trop épuisée. Je vais les perdre tous les deux. »

La porte de la chaumière s'ouvrit brusquement derrière elle. *Dieu soit loué, de l'aide !*

Tournant la tête, elle découvrit le comte de Langford sur le seuil, cachant la lumière du jour. Il baissa les yeux vers la femme en travail, et une expression déterminée se peignit sur ses traits. Avec stupeur, Grace vit le bel aristocrate déboutonner sa veste.

Il l'avait suivie. Alors qu'il avait une occasion de s'échapper, une excuse légitime pour ne pas venir, il l'avait suivie.

12

Le gémissement de Fanny la rappela à l'ordre. Elle plaça la main sur le ventre de la jeune femme. Il ondula, durcit, puis Fanny se remit à crier.

Le comte s'accroupit en face d'elle. Il avait ôté sa veste, sa cravate et retroussé ses manches.

— Que puis-je faire ?

— J'ai besoin de mes affaires.

Grace serra la main de Fanny, puis se releva et s'éloigna de la jeune femme afin de pouvoir parler au comte sans être entendue. Il la suivit.

— Que se passe-t-il ? demanda-t-il.

— Vous feriez mieux de partir, milord.

Il devait en avoir envie, pensa-t-elle en ouvrant sa sacoche, d'où elle sortit une lame aiguisée, une aiguille et des linges.

— Je reste.

Il lui prit le poignet, la forçant à s'arrêter. À voix basse, il lui glissa à l'oreille :

— Dites-moi seulement ce que je dois faire.

Elle sonda son regard si bleu et si intense. Il ne pouvait comprendre le miracle et la terreur de l'accouchement, ni la lutte pour la vie qui allait se jouer. Il ne pouvait se sentir concerné.

Un sanglot s'éleva derrière eux. Elle n'avait pas le choix, il lui fallait de l'aide.

— Le bébé se présente par le siège, milord. Si je ne le retourne pas, il ne pourra pas naître.

Elle leva les yeux vers lui et sut qu'il lisait l'impuissance dans son regard.

— J'ai besoin que vous teniez Fanny. Cela va être très douloureux.

Il hocha la tête tandis qu'un nouveau hurlement s'élevait.

— Elle va se débattre et crier, chuchota Grace. Mais si je ne le fais pas, ils mourront tous les deux. Même ainsi, il n'est pas sûr qu'ils s'en sortent. J'ai besoin de vous, je n'y arriverai pas toute seule.

— Vous ne serez pas seule. Elle non plus.

Il retourna auprès de Fanny et s'agenouilla, tournant le dos à Grace. Elle l'entendit murmurer. Elle ne distinguait pas ses paroles, mais son ton était doux et calme. Il lui paraissait impossible que le comte se trouve dans cette masure avec ses habits élégants, tentant d'apaiser une pauvre femme en couches.

Pourtant, il était bien là.

Elle rassembla ses forces pour l'épreuve à venir, puis redressa les épaules et alla s'agenouiller de l'autre côté de la jeune femme. Elle tendit la main vers son ventre.

Une autre main s'y trouvait déjà.

Celle du comte. Ses longs doigts hâlés massaient doucement le ventre nu de Fanny, décrivant des cercles lents même là où la peau étirée était striée de fines raies argentées. Son autre main tenait celle de Fanny, ses doigts d'aristocrate enlacés à ceux, rêches et calleux, de la jeune femme.

Émue, Grace releva les yeux vers lui et croisa son regard. Saisie d'une émotion aussi douce que douloureuse, elle posa la main sur la sienne. Le bébé remua en faisant onduler le ventre de Fanny, comme pour leur dire qu'il leur était reconnaissant de leur présence.

Le comte sursauta et cligna des paupières tel un homme retrouvant la lumière après un long séjour dans les ténèbres. Grace sentit les larmes lui piquer les yeux.

— Je crois que le bébé demande à sortir, déclara le comte.

Fanny gémit, et il se pencha pour lui chuchoter à l'oreille :

— Mettons au monde votre bel enfant, Fanny.

— Oui, murmura Fanny en remuant à peine ses lèvres gercées.

Grace refoula son angoisse et ordonna d'une voix ferme :

— Installez-vous derrière elle, milord.

Leurs regards se croisèrent de nouveau, et un courant puissant passa entre eux. Il acquiesça, l'air résolu, et elle se plaça de façon à pouvoir tourner l'enfant.

Fanny hurlait tant que sa voix était éraillée. Ses cris inhumains trahissaient une telle souffrance que le cœur de Grace était en morceaux. Le comte la maîtrisait, la forçant à endurer la douleur tout en lui parlant doucement, en l'encourageant et en essuyant son front avec un linge humide.

Une heure plus tard, une fille était née. Elle était faible, épuisée et minuscule, mais en bonne santé. Lorsque son petit corps bleu apparut à l'air libre et que son premier cri déchira l'air, Grace regarda le comte. Il paraissait soulagé et euphorique.

Grace lava le nouveau-né, l'enveloppa dans une serviette propre et le déposa dans les bras de sa mère. Fanny se remit à pleurer, de joie cette fois.

Quelques minutes plus tard, la porte s'ouvrit avec fracas et Jem fit irruption dans la pièce.

— Fanny ! s'écria-t-il en titubant vers la paillasse.

Puis il vit le petit paquet dans les bras de sa femme.

— Tu as une fille, chuchota Fanny, encore éreintée.

— Mais… c'est trop tôt. Es-tu… Est-elle…

Grace posa la main sur son épaule.

— Elle est en bonne santé, Jem. Saine et magnifique.

— Félicitations, papa, dit le comte en plaçant sa main sur son autre épaule.

— Merci, mon Dieu !

Jem se laissa tomber à genoux devant sa femme et sa fille.

— Non, remercie plutôt Gracie et Sa Seigneurie, rectifia Fanny.

Grace et le comte reculèrent pour laisser un peu d'intimité au jeune couple, regardant le nouveau père toucher délicatement le crâne duveteux de sa fille avec émerveillement puis caresser les cheveux de son épouse. La joie qu'il éprouvait était presque palpable.

— Vous pleurez, Grace. Encore.

— Pardon ?

Elle sursauta lorsque le pouce du comte effleura sa pommette. Elle sentit alors les larmes chaudes et leur goût salé sur ses lèvres.

— Vous avez pleuré durant tout l'accouchement. Et voilà que vous remettez ça.

— Je ne m'en suis pas rendu compte, dit-elle en s'essuyant les yeux.

Heureusement, quand elle releva la tête, le comte regardait les jeunes parents.

— Comment allez-vous l'appeler, Fanny ? demanda le comte.

— Grace. Et... quel était le prénom de votre mère, milord ?

— Elizabeth.

— Alors, ce sera Grace Elizabeth.

Le comte paraissait aussi épuisé que Fanny. Ses traits étaient creusés. Il avait du sang sur les mains et sur le devant de sa chemise, sa culotte luxueuse était tachée de terre aux genoux, mais un sourire radieux illuminait son visage.

— Starkweather, je serai dans la bibliothèque. Je ne veux pas être dérangé.

— Très bien, milord.

Julian referma la porte et se dirigea vers la console sur laquelle se trouvait la carafe de cognac. Il se servit un verre, qu'il vida d'un trait et remplit aussitôt. Cette fois, il prit le temps de faire tournoyer un peu le cognac dans le verre.

Baissant les yeux, il examina ses vêtements souillés. Les taches de sang ne partiraient jamais, mais la perte de ses habits coûteux était un faible prix à payer pour la vie de cette enfant. Il avait été émerveillé en voyant le petit corps bleu virer au rose quand elle avait pris sa première inspiration. Grace Elizabeth. Un beau bébé en bonne santé amené au monde par la douleur d'une mère, ainsi que par les connaissances d'une guérisseuse compétente. Une guérisseuse pleine de compassion.

Grace ne savait même pas qu'elle pleurait avec Fanny pendant qu'elle retournait le bébé, des larmes silencieuses coulant sur son visage tandis que ses mains sanglantes accomplissaient un miracle.

À cet instant, Julian n'avait jamais vu de femme aussi belle que Grace Hannah. Qu'elle soit contrebandière, traîtresse ou innocente, elle s'était démenée pour mettre au monde cette enfant, les sauvant, elle et sa mère.

Il s'en voulait. Il aurait dû parler à Grace dans les jardins de Cannon Manor, avant de l'embrasser. Il savait pourtant qu'une fois qu'il aurait posé ses lèvres sur les siennes, ce serait trop tard, qu'il perdrait son sang-froid et sa meilleure occasion de connaître la vérité. Mais il n'avait pu s'en empêcher. Elle était trop tentante. Il ne savait d'ailleurs pas lui-même pourquoi elle l'attirait autant.

Ses doigts se crispèrent autour du verre en cristal. Si elle était innocente, il tiendrait parole, ferait son devoir et l'épouserait.

Il baissa les yeux sur sa chemise tachée de sang. Un mariage signifiait des enfants. Des petits Travers. Il sentit le spectre de son père chuchoter par-dessus son épaule, lui dire qu'il élèverait sa progéniture comme un Travers, ainsi que son père l'avait fait et son grand-père avant lui.

Non. Son enfant serait peut-être un Travers, mais il ne verrait jamais son père battre sa mère, violenter une servante ou s'exhiber avec sa dernière maîtresse.

Son enfant ne douterait jamais un instant d'être aimé.

Julian quitta la bibliothèque et grimpa l'escalier jusqu'aux portes sculptées de la chambre de son père. Il n'avait pas encore pu se résoudre à y dormir, préférant occuper une chambre d'amis.

Des nymphes s'ébattaient sur les panneaux en chêne massif des portes. Il saisit la poignée ciselée et l'abaissa.

Cette chambre était remplie de fantômes.

Les rideaux étaient tirés, la pièce plongée dans la pénombre. L'atmosphère était étouffante, et Julian desserra sa cravate pour mieux respirer. Il contempla le lit. Son père l'avait commandé à un artiste peu avant la mort de sa mère. De lourdes tentures cramoisies pendaient au baldaquin, dont les colonnes représentaient des femmes nues dans des poses lascives. Leurs longues chevelures s'enroulaient autour de leurs seins et de leurs cuisses. Leurs hanches étaient tendues en avant d'une manière suggestive, et leurs lèvres esquissaient des sourires lubriques.

Il était tiraillé entre la fureur, la haine et la honte, un mélange volcanique qui mettait à mal son sang-froid. D'un geste rageur, il posa son verre de cognac sur un guéridon, puis se dirigea vers le lit.

Attrapant une tenture des deux mains, il tira dessus d'un coup sec. Le tissu était épais, doux et moelleux entre ses doigts. Courant presque de l'autre côté du lit, il arracha les autres.

Laissant le damas cramoisi en tas sur le sol, il s'en prit ensuite aux lourds rideaux bruns devant les fenêtres et les arracha à leur tour, les envoyant rejoindre la pile d'étoffe par terre. Une lumière vive et purificatrice inonda la pièce et le força à mettre sa main en visière.

Peu lui importait comment la chambre serait redécorée tant qu'elle ne conservait aucune trace de son père. Il la viderait de tout souvenir du précédent comte, de son penchant pour l'infidélité et la violence.

Il tira nerveusement sur la sonnette jusqu'à ce que Starkweather arrive au pas de course.

— Apportez-moi une hache, ordonna-t-il.

— Une hache, milord ?

— Tout de suite.

Pendant qu'il attendait le retour du majordome, il ôta sa chemise souillée et se tint torse nu dans la lumière vive du soleil. Il se mit à arpenter la pièce, impatient de commencer, puis s'arrêta devant la porte qui communiquait avec les appartements voisins.

Grace serait bientôt la nouvelle comtesse. La plupart des couples dormaient dans des chambres séparées. Elle aurait besoin d'un lit, d'un espace à elle. Une douleur monta derrière son sternum et y demeura, lancinante.

Pas dans cette chambre. Elle appartenait à sa mère.

Il tourna le dos aux appartements de la comtesse au moment où Starkweather revenait avec une hache au long manche en bois. Julian lui prit l'outil et retourna vers le lit.

Chaque femme nue soutenait un coin du ciel de lit d'un bras levé, l'autre reposant sur sa hanche. Prenant son élan, Julian frappa de toutes ses forces à la jonction entre la main et le cadre. Il frappa une deuxième fois, puis une troisième, jusqu'à ce que la colonne se sépare du châssis. Avec un grognement de satisfaction, il s'attaqua aux chevilles de la femme, et la colonne en bois tomba sur le parquet avec fracas.

Dans un coin de son champ de vision, il apercevait Starkweather sur le seuil, la bouche grande ouverte. Il ne lui prêta pas attention et s'en prit à la deuxième, à la troisième puis à la quatrième colonne, jusqu'à ce que le ciel de lit s'effondre bruyamment sur le sommier.

Après avoir réduit la carcasse en éclats de bois, il se concentra sur le matelas. Il le tira hors du sommier avec une force décuplée par la rage et le taillada à coups de hache, faisant voler des plumes autour de lui.

Il revoyait le visage de son père, ses yeux froids, son sourire cruel. Une terrible émotion qu'il ne pouvait nommer lui lacérait la poitrine, brûlait son corps et son esprit. Il frappa le matelas encore et encore, essayant d'effacer cette horrible douleur.

Rien n'y faisait. Lorsqu'il laissa retomber la hache, elle était toujours là, presque insoutenable.

— Maître Julian...

Il se tourna et vit Mme Starkweather qui avait rejoint son mari sur le seuil. Elle l'observait avec une telle expression de pitié et de compassion qu'il crut qu'il allait s'effondrer.

— Brûlez-moi tout ça, ordonna-t-il d'une voix rauque. Non, donnez plutôt tout ce qui est combustible à des métayers pauvres pour qu'ils se chauffent. Ils pourront utiliser les tissus et les plumes pour faire des oreillers, peu m'importe. Veillez seulement à ce qu'il ne reste plus rien dans cette chambre demain matin. Je ne veux plus voir la moindre tapisserie, table ou tenture.

La douleur l'oppressait. Il avait besoin d'air frais. Il passa devant les Starkweather et sortit de la maison. Une fois dans la cour, il se plia en deux, les mains sur les genoux, et inspira profondément.

13

Le comte de Langford a intercepté nos deux dernières communications. Le Premier ministre et le ministre des Affaires étrangères ont été informés de notre localisation. Nous devons faire preuve de la plus grande prudence et mettre en place des mesures d'évacuation. Envoyez les informations ci-jointes selon la procédure habituelle et détruisez ce message. Il n'y aura aucune réunion ni aucune autre dépêche avant que ladite évacuation soit achevée. Une fois les nouvelles mesures mises en œuvre, vous recevrez les instructions finales.

Nos plans doivent être abandonnés, mais l'espoir demeure.

Liberté, égalité, fraternité, ou la mort !

14

— Alors, ma belle ? Vous êtes venue prendre un peu de bon temps avec Jack ?

Le tavernier fit un clin d'œil à Grace tandis qu'elle approchait du comptoir du *Joyeux Contrebandier* et s'asseyait sur un haut tabouret.

— Voyons, Jack Blackbourn, que dirait votre femme ?

Elle s'accouda au comptoir. Jack était toujours le même, avec des touffes de cheveux hérissées sur les tempes alors que le reste de sa chevelure était retenu par un lacet sur sa nuque. Un tablier recouvrait sa bedaine, et il avait retroussé ses manches de chemise.

— Elle dirait que j'ai bon goût en matière de femmes, puisque je suis parvenu à l'épouser.

— Un verre de vin, s'il vous plaît, demanda Grace en riant. Ensuite, j'ai quelques questions à vous poser.

— J'ai votre cuvée française préférée, comme promis lors de votre dernière visite.

Il disparut derrière une porte et revint quelques instants plus tard avec un verre rempli d'un liquide couleur rubis.

— Je la garde en réserve rien que pour vous. Pour quelle autre raison Mlle Gracie viendrait-elle au *Joyeux Contrebandier* ?

— Pour voir mon tavernier préféré, pardi ! C'est plus fort que moi, je ne peux pas m'empêcher de revenir.

Elle déposa plusieurs pièces sur le comptoir. Jack les ramassa et les remplaça par le verre.

— À la lueur dans vos beaux yeux, j'ai comme l'impression que vos questions sont sérieuses, observa-t-il.

Grace prit une gorgée et laissa le vin à l'arôme piquant et sucré s'enrouler autour de sa langue avant de l'avaler.

— Elles le sont, répondit-elle en baissant la voix. Vous n'avez rien trouvé d'autre dans les carrières, n'est-ce pas ?

Il posa le coude sur le bar et se pencha vers elle.

— Les hommes ne m'ont rien apporté. Toutefois j'ai reçu une visite intéressante. Un homme est venu à la taverne il y a quelques jours. Tout en buvant sa bière, il m'a demandé si je connaissais un pêcheur qui transporterait quelques articles douteux de l'autre côté de la Manche sans poser de questions.

— Qui était-ce ?

— Je n'en sais rien. Il était grand et jeune. Il portait une casquette, si bien que je n'ai pas vu la couleur de ses cheveux, et il avait les yeux bleus. Il était vêtu comme un ouvrier, mais ça ne veut rien dire.

— Ce pourrait être n'importe qui.

— En effet.

— Mais pas un homme de la région, autrement vous l'auriez reconnu.

Elle se détendit. Ce n'était donc pas l'un de leurs amis, ni l'un des nobles des environs.

— Compte tenu de mon précédent métier, je m'y connais en déguisements, dit-il avec un sourire. Ce n'est pas si difficile de se faire passer pour ce qu'on n'est pas. Le problème, ce sont les yeux. On ne peut pas les changer.

— C'est vrai, approuva Grace en songeant à la lumière dans les yeux couleur de ciel d'été du comte de Langford.

— Notre visiteur doit revenir dans une semaine pour connaître ma réponse.

Elle tapota son verre du bout d'un ongle, réfléchissant.

— Et si vous lui disiez que vous êtes prêt à le faire vous-même ? Nous pourrions le prendre la main dans le sac, si l'on peut dire.

— C'est une idée, ma belle.

— Bien. Prévenez-moi quand il reviendra.

Une voix de ténor s'éleva au-dessus du brouhaha. Grace pivota sur son tabouret. Un homme se tenait debout au milieu de la salle, une main sur le cœur, l'autre brandissant haut une chope de bière. L'ivresse rendait son élocution pâteuse, et il chantait faux.

— « S'il arrive que des femmes mariées cèdent à un inconnu,

Ma moitié d'orange n'a rien à craindre pour sa vertu,

Jamais elle ne me fera cocu, mon petit bijou,

Dès qu'ils la voient, ils prennent leurs jambes à leur cou. »

Les autres clients rugirent de rire. Le chanteur avala une gorgée de bière, puis s'essuya les lèvres sur sa manche.

Grace s'esclaffa.

— Juste Ciel, c'est John le forgeron ! Il n'est pas marié depuis six mois. Sa pauvre épouse ! Il a l'air complètement soûl.

John l'aperçut et lui fit un signe de la main.

— Hé, mais c'est Mlle Gracie ! Salut !

Il s'approcha en titubant et s'accrocha au comptoir. Ses yeux et ses joues étaient rouges, mais il paraissait très joyeux.

— Comment se porte votre jeune épouse, John ?

— Fort bien, mademoiselle Gracie. Jolie comme un jour d'été et, en plus, elle me vénère. Si j'avais su, je me serais marié plus tôt !

— Je vous avais bien dit qu'il n'y avait rien à craindre.

— C'est que je me réservais pour vous, mademoiselle Gracie, répondit-il avec un clin d'œil.

— Je vous avais dit que je vous épouserais en juin. Juin est venu, puis passé, et vous ne m'avez pas fait la cour.

— Oh, c'est pas juste, mademoiselle Gracie... protesta-t-il.

— Je reste donc vieille fille et heureuse de l'être, déclara-t-elle en riant.

John leva sa chope, puis, constatant qu'elle était vide, demanda à Jack :

— Une autre, s'il te plaît, et un autre verre pour Mlle Gracie.

Jack prit sa chope et la posa sur le côté.

— Dis, tu ne crois pas que tu devrais rentrer chez toi ? Tu as une jolie petite femme qui t'attend.

— Tiens, c'est vrai.

— Elle risque de vous étrangler à mains nues en vous voyant arriver dans cet état, ajouta Grace.

— C'est vrai, répéta John avec un large sourire. Mais je saurai me faire pardonner. Au fait, vous devez pas vous marier, vous aussi ? Avec le grand type aux yeux incroyables ? J'en avais encore jamais vu des comme ça. On dirait qu'ils voient à travers vous.

Derrière le bar, Jack haussa les sourcils.

— Vous devriez rentrer, John, lui dit Grace. Avant que votre femme ne vienne vous chercher.

— Ouais, vous avez raison. Bonne nuit, mademoiselle Gracie, Jack.

Penchant dangereusement vers la droite, John parvint jusqu'à la porte et disparut dans la nuit.

Jack remplit le verre de Grace, le regard pétillant de malice et d'humour.

— Qu'ai-je entendu ? Qu'est-ce que cette histoire de mariage ?

— Je me suis mise dans de sales draps, Jack.

— Il était grand temps ! Et si vous n'allez pas convoler avec John, autant que ce soit avec le comte. Vu sa réputation, je suppose qu'il s'y connaît en femmes.

Grace faillit s'étrangler avec sa gorgée. Même si Jack était un bon ami, elle ne tenait pas à avoir ce genre de conversation avec lui.

— Peu importe son expérience avec les femmes. Ce sont les conséquences de ce mariage qui m'inquiètent.

— Vous auriez pu tomber sur pire que sur un comte, ma belle. Ou vous auriez pu vous enfuir avec moi et vivre dans le péché.

Elle se mit à rire, même si le cœur n'y était pas. Si son mariage avec le comte ne fonctionnait pas, s'ils se détestaient, elle perdrait toute chance de connaître l'amour. Une vie tout entière sans amour, cela pouvait paraître long.

Elle avala les dernières gouttes de vin et reposa son verre.

— Je rentre au manoir, Jack, annonça-t-elle.

Elle se pencha par-dessus le comptoir et l'embrassa sur la joue.

— Oh, ne soyez pas aussi prodigue de vos baisers, ma belle. Je suis un homme marié.

Il lui avait déjà lancé cette boutade une bonne douzaine de fois, si bien qu'elle connaissait par cœur sa réplique.

— Alors, je suis condamnée à rester vieille fille et à me languir de vous jusqu'à la fin de mes jours.

Elle lui donna une autre bise pour ponctuer ses paroles. Le rire tonitruant de Jack l'accompagna jusqu'à la porte, qui s'ouvrit au même moment. Elle ne reconnut pas le premier homme qui entra, ni les trois suivants, mais il n'était pas rare qu'un groupe d'inconnus vienne à la taverne. Ceux-ci étaient trapus, avec un regard froid, sauf un, un beau jeune homme avec des cheveux bouclés et ébouriffés. Elle allait sortir quand elle entendit l'un d'eux demander qui était Jack.

— C'est moi, répondit Jack en riant. Un petit verre, les gars ?

— Jack Blackbourn, vous êtes en état d'arrestation pour trahison envers la Couronne.

Elle se figea. Les sons s'atténuèrent soudain et la lumière se fit plus crue. Elle dévisagea Jack, horrifiée. Ce n'était pas possible. Jack n'était pas un traître. Un contrebandier, certes, mais pas un traître.

Il bondit. L'instant suivant, il avait disparu par la porte derrière le bar. L'esprit tétanisé par la stupeur, Grace ne parvenait pas à comprendre pourquoi il s'était enfui, ni pourquoi les nouveaux venus se précipitaient à ses trousses.

Puis elle retrouva brutalement ses esprits. Elle sauta sur un tabouret, glissa sur le comptoir et courut vers la porte de la cuisine.

Le chaos régnait. Des cris retentissaient. Jack luttait avec l'un des inconnus, tandis que son épouse, la patiente et affable Anna, s'interposait entre son mari et un autre homme, qu'elle menaçait de sa louche et d'un poêlon en fonte.

Deux servantes étaient recroquevillées dans un coin. William, le fils de Jack, se tenait devant elles pour les protéger, serrant les poings.

— Jack ! cria Grace en se lançant dans la mêlée.

Un des hommes la plaqua au sol. Elle atterrit lourdement au sol, l'impact lui coupant le souffle, sous une pluie de vaisselle qui se brisa sur les dalles en pierre. Des éclats l'atteignirent au front et à la pommette.

Son agresseur se releva avant elle.

— Dégainez vos armes ! rugit-il.

Alors qu'elle se mettait à genoux, elle vit Jack rouler sur le sol avec deux des hommes. Le troisième tenait Anna par la taille en tentant d'esquiver ses coups d'ongles au visage. Grace s'apprêtait à bondir pour l'aider quand un coup de feu retentit.

Tout le monde se figea et se tourna vers le jeune homme bouclé. Il était adossé au mur, un pistolet fumant dans une main, un pistolet non armé dans l'autre. L'odeur âcre de la poudre saturait l'air. Elle regretta de ne pas avoir pensé à sortir sa propre arme plus tôt. À présent, elle était face à la gueule noire d'un canon.

— Reculez, lui ordonna le jeune homme d'une voix mal assurée.

Il s'éclaircit la gorge, puis reprit :

— Mettez-vous là-bas avec l'autre femme.

Il désigna Anna. L'homme qui tenait cette dernière la lâcha, sortit son propre pistolet et le pointa sur William et les deux servantes. L'une d'elles poussa un petit cri aigu, puis rabattit son tablier sur sa tête.

— Nous ne voulons que Blackbourn, dit le jeune homme bouclé. Vous autres, vous restez ici.

— Non ! cria Anna.

Deux hommes maîtrisèrent Jack, lui retenant les bras dans le dos. Il saignait du nez, mais, à part ça, paraissait indemne.

— Ne t'inquiète pas, Anna, lança-t-il. Il ne m'arrivera rien. Je n'ai rien fait de mal, cette fois.

— Il n'a pas commis de trahison, intervint Grace. J'en suis certaine.

— Nous avons trouvé chez lui des preuves qu'il achemine des informations militaires en France.

Le jeune homme bouclé gardait son arme braquée sur elle et Anna pendant que ses compagnons poussaient Jack vers la porte de service.

— Ce n'est pas possible. Vous faites sûrement erreur.

— Il n'y a pas d'erreur. J'ai découvert les preuves moi-même.

Il paraissait nerveux. Il recula vers la porte à son tour, les gardant toujours dans sa ligne de mire.

— Attendez !

Elle leur donnerait les porte-documents cachés dans sa réserve, et ils libéreraient Jack. Il le fallait. Elle entendait des cris dans la salle. Les clients allaient-ils se précipiter dans la cuisine ? Et si quelqu'un était blessé ou tué ?

Il fallait qu'elle mette un terme à cette affreuse méprise. Tout de suite.

— J'ai des documents qui prouvent...

Le jeune homme bouclé visa Anna.

— Vous bougez encore d'un pas, et cette femme meurt.

Grace se figea. Ses doigts la démangeaient de sortir son arme.

— Jack n'est pas le traître. J'ai...

Trop tard. Il était parti, les laissant seules au milieu des débris de vaisselle et de l'odeur de ragoût brûlé. Anna sanglotait en silence.

Grace aurait voulu galoper pour apaiser ses nerfs à vif, mais des nuages bas cachaient la lune, plongeant le chemin vers Cannon Manor dans l'obscurité. Elle ne pouvait prendre le risque de tomber ou de blesser Démon. Elle s'efforça donc de retenir ce dernier tout en luttant contre sa propre humeur noire.

Jack avait disparu avec ses agresseurs dans la nuit. Elle avait tenté de les suivre, mais elle ne savait pas quelle direction ils avaient prise, ni même s'ils avaient quitté Beer. L'emmenaient-ils à Londres ? Si oui, elle n'avait aucun moyen de savoir s'ils longeraient le littoral ou couperaient par l'intérieur des terres.

Elle était donc revenue consoler Anna pendant près d'une heure. Tremblant elle-même d'incrédulité et de fureur, elle n'avait guère été efficace.

Elle serra nerveusement ses rênes. Il lui fallait un plan. Jack serait certainement emprisonné jusqu'à son procès. Elle emporterait les porte-documents à Londres. Quelqu'un finirait bien par entendre raison.

S'il était jugé coupable, Jack serait condamné à mort.

Démon accéléra le pas et releva la tête, les naseaux dilatés. Grace sentit les poils sur sa nuque se hérisser.

Elle n'était pas seule.

De hauts pins se dressaient de part et d'autre du chemin. Elle scruta les ombres profondes entre les troncs, se concentrant sur les bruits des animaux, les odeurs de bois humide et d'herbe. Elle n'entendait, ne voyait, ne sentait rien d'inhabituel. Aucun martèlement de sabot, aucun mouvement qui sortît de l'ordinaire. Pourtant, elle sentait une présence dans le noir, juste au-delà de son champ de vision.

Mal à l'aise, elle continua d'avancer en se demandant si celui qui la suivait était un ami ou un ennemi. Le chemin à travers le bois était un raccourci bien connu entre deux routes de campagne, mais il était isolé, au milieu de nulle part et, la nuit, désert.

Elle crut entendre un hennissement et tira sur les rênes. Démon s'arrêta à contrecœur. Elle tendit l'oreille, retenant son souffle. Une minute passa, puis deux. Peut-être avait-elle tout imaginé.

Sous elle, Démon s'impatientait et grattait le sol du sabot. Elle sentait ses muscles contractés, le savait prêt à bondir. Elle refoula sa propre envie de fuir au triple galop.

Une silhouette émergea soudain d'entre les arbres. Un homme, grand et svelte, s'avança vers elle sur le chemin, lui barrant la route. Dans l'obscurité, sous l'épais toit de feuillage, ses traits étaient indistincts.

Une goutte de sueur froide coula dans son dos. Pourtant, en dépit de sa peur, elle parvint à parler d'une voix ferme.

— Qui va là ?

— Tiens, tiens, mais c'est Mlle Hannah !

La voix, à peine un murmure, n'était pas identifiable.

— Que faites-vous donc seule dans les bois à presque 3 heures du matin ?

— Cela ne vous regarde pas.

Elle remua légèrement sur sa selle jusqu'à ce que sa veste s'ouvre. Elle voulait pouvoir accéder facilement à son pistolet.

— Mmm, fit l'homme en s'approchant.

Ce n'était pas un mouvement menaçant, mais il se déplaçait avec une autorité certaine.

— Quel genre de polissonnerie une dame bien née peut-elle bien faire au milieu de la nuit ? Aller retrouver un amant, peut-être ?

Son chuchotement se changea en caresse sensuelle dans l'obscurité.

Elle connaissait cette voix, sentait son timbre résonner en elle.

— Que voulez-vous, milord ? demanda-t-elle froidement.

Langford vint se placer sur sa droite. Il semblait se fondre dans les troncs d'arbres, ombre parmi les ombres. L'appréhension nouait le ventre de Grace. Son fiancé l'avait surprise errant dans les bois au milieu de la nuit, en tenue d'homme, seule.

Elle pouvait dire adieu au mariage. Encore une fois.

— La dame aurait-elle des activités clandestines ? demanda-t-il. De la contrebande, peut-être ?

Elle sentit sa gorge s'assécher. *Il savait*.

Soudain, il bondit et l'arracha de sa selle, ses mains puissantes lui enserrant la taille. Elle cria et tenta de le repousser. Comment avait-il pu bouger si vite ?

Il la balança sur son épaule, la tenant fermement d'un bras sous la courbe de ses fesses. Sa main libre saisit les rênes de Démon et les enroula agilement autour d'une branche basse qui pendait au-dessus du chemin.

Son épaule musclée lui rentrait dans le ventre, l'empêchant de respirer. Elle frappa contre son dos large. Il ne réagit pas.

— Milord, reposez-m...

Il la fit rebondir sur son épaule pour mieux la tenir, ses os s'enfonçant dans ses côtes et lui coupant un peu plus le souffle. Cette fois, Grace vit rouge. Jack, l'arrestation, les porte-documents, la trahison, et maintenant le comte... Cela commençait à faire trop.

— Reposez-moi !

Elle lui martela le dos de coups de poing et eut enfin la satisfaction de l'entendre grogner. Tant mieux ! Elle espérait qu'il aurait des marques.

— Vous n'êtes pas en position de me donner des ordres.

Il parlait d'un ton implacable, qui semblait appartenir à un autre homme. Un homme plus dur.

Il obéit néanmoins. Fléchissant un genou, il la libéra, la laissant chancelante. Il la rattrapa par les poignets et la retint prisonnière en les serrant dans ses grandes mains puissantes.

Grace sentit la panique monter en elle. Cet homme n'était pas le Langford qu'elle connaissait. Elle se débattit, sans succès. Il la poussa alors en arrière jusqu'à l'acculer contre un arbre, lui leva les poignets au-dessus de la tête et la plaqua contre le tronc. Même à travers sa chemise et sa veste, elle sentait l'écorce s'enfoncer dans son dos.

— C'est ainsi que vous traitez les dames, milord ? lança-t-elle. Avec brutalité ?

En vérité, ses mains étaient fermes mais douces autour de ses poignets, et son corps ne la touchait pas tout à fait.

— C'est ainsi que je traite les contrebandières et les traîtresses.

— Quoi ?

Elle tenta de le repousser, mais il la cloua contre l'arbre, son torse pressé contre ses seins. Il dégageait une chaleur torride.

— Je ne suis pas une traîtresse, cria-t-elle.

— Ah non ? En tout cas, vous n'êtes pas innocente. Une femme qui chevauche seule dans les bois la nuit ne fait pas une promenade. Une femme qui rencontre des hommes dans la taverne locale et des contrebandiers dans une carrière abandonnée ne passe pas prendre le thé. Une femme qui porte une culotte d'homme n'est pas une dame.

— Je n'ai rien fait dont je doive avoir honte, répliqua-t-elle.

— Ce qui en dit long sur vos principes.

Il la lâcha et recula d'un pas. Sans la quitter des yeux, il glissa la main sous sa veste et en sortit un objet. Relié dans un cuir sombre et lisse, il était terriblement familier.

— Où l'avez-vous trouvé ?

Elle était hors d'haleine, comme si elle avait reçu un coup en plein ventre. Elle releva les yeux vers son visage, mais ses lèvres pincées et son regard neutre ne révélaient rien.

— Dans votre réserve, au fond d'un tonnelet rempli de pétales de roses, répondit-il avec un sourire carnassier. Vous allez encore prétendre que vous n'êtes pas une traîtresse ?

15

— Je ne suis pas une traîtresse, répéta-t-elle, furieuse.

— Vous mentez.

Il referma son poing sur ses cheveux et la tira vers lui. Elle cria, non de peur mais de rage. Martelant de nouveau son torse de coups de poing, elle le repoussa de toutes ses forces, mais il paraissait enraciné dans le sol.

— Vous connaissez le châtiment pour les traîtres ?

Son ton menaçant lui glaça le sang.

— Je dis la vérité !

Elle se débattit de plus belle. Il laissa tomber le porte-documents et utilisa ses mains pour la maîtriser, la pressant contre l'arbre. Les deux bras coincés, Grace ne pouvait plus bouger. La panique la faisait haleter.

— Je sais que vous mentez parce que je vous ai suivie, cracha-t-il. Je vous ai vue entrer au *Joyeux Contrebandier,* puis cacher les premiers documents sous les pétales de roses. Je vous ai observée dans les carrières, d'où vous êtes revenue avec un second porte-documents que vous avez enfoui dans votre malle.

— C'est vous que j'ai aperçu au bord de la falaise l'autre soir ? Vous me surveilliez ? M'espionniez ?

Elle était indignée et profondément choquée. Son intimité avait été violée. Elle se sentait souillée, comme si une couche de crasse la recouvrait.

— Parfaitement. Étant espion, épier les autres est ce que je fais de mieux.

Il tordit les lèvres dans un sourire moqueur, tout en accentuant la pression sur ses poignets.

— Un espion, répéta-t-elle d'une voix faible.

Elle aurait dû être surprise. Pourtant, au fond, cela lui correspondait bien. Sous ses paroles charmantes et flatteuses, elle avait senti le prédateur tapi en lui.

On ne peut pas changer les yeux.

Elle se trémoussa. Il la lâcha enfin et glissa ses mains autour de sa taille. De toute manière, elle n'aurait pas tenté de s'enfuir. Elle était retenue par sa seule proximité, par son odeur, par sa présence virile. Son pouls s'accéléra. Comment pouvait-elle désirer cet homme ? Il n'était rien de ce qu'elle avait cru. C'était un espion.

— Si vous n'avez pas trahi, comment avez-vous obtenu ces documents ?

Il était penché si près d'elle que leurs souffles se mêlaient, ses lèvres à quelques centimètres des siennes.

— Vous comptez me soutirer des informations en me séduisant ? rétorqua-t-elle, résistant au désir qu'il lui inspirait.

— Dites-le-moi !

— Qu'attendez-vous de moi ? Que je vous dise tout ce que je sais ? Que je vous livre tous mes secrets ? Je vous connais à peine, milord. Qui êtes-vous, le Comte Errant ou un autre ?

Elle le repoussa et s'éloigna. Elle apercevait Démon à quelques mètres de là, indifférent à leur échange tendu.

— Comme je vous l'ai dit, je suis un espion, répondit-il. Le Comte Errant n'est qu'un déguisement.

Il s'appuya contre le tronc dans une posture nonchalante, mais son regard était vif.

— Ma mission est de démasquer un traître qui transmet des informations militaires aux Français.

Nous pensons qu'il utilise le réseau de contrebande de cette région pour acheminer ses documents de l'autre côté de la Manche. Ce qui m'amène à vous. Je suis venu dans le Devon pour enquêter sur vous.

— Sur moi.

Elle sentit la terre s'ouvrir sous ses pieds. Cela n'avait été qu'un mensonge. Le bal, le pique-nique, la séduction, la demande en mariage.

— Cela ne vous a pas été trop difficile de feindre le désir ? demanda-t-elle d'un ton amer.

— Pardon ?

Il écarquilla les yeux. Puis il se redressa et la rejoignit en une enjambée.

— Auriez-vous vraiment poussé la comédie jusqu'au mariage ? demanda-t-elle encore.

Elle se retint à un tronc d'arbre, les doigts crispés, ses ongles s'enfonçant dans l'écorce.

— Grace...

Il la prit par les épaules, les yeux rivés sur ses lèvres.

— Ne faites pas semblant ! s'écria-t-elle en s'écartant.

— Si seulement je faisais semblant... ce serait tellement plus simple, répondit-il d'une voix sans timbre.

Il l'attira à lui et l'embrassa. La chaleur de son baiser la prit de court, puis la remplit. *On ne peut pas feindre ça.* Son esprit se vida tandis que ses lèvres la possédaient et que sa langue l'explorait. Elle était assaillie de sensations, des éclats de lumière fusant jusqu'au bout de ses orteils.

Il lui ôta sa casquette, la jeta sur le sol, et sa chevelure, simplement relevée sous son couvre-chef, retomba librement dans son dos. Il enfouit les doigts sous ses cheveux d'un geste impatient. Enroulant ses bras autour de ses épaules, elle se pressa contre lui et sentit son érection contre son bas-ventre. Constater qu'elle pouvait provoquer cela, qu'il la désirait vraiment, la grisa.

Lorsqu'il arracha sa bouche à la sienne, elle était hors d'haleine et se retenait à ses épaules.

— Je ne fais pas semblant, murmura-t-il contre ses lèvres. Je ne peux pas changer ce qui s'est passé entre nous, pas plus que je ne peux changer ce que nous sommes.

— Vous n'êtes pas que le comte de Langford, vous êtes un espion.

Elle se libéra de son étreinte. Elle avait besoin de réfléchir.

— Et vous n'êtes pas que la parente pauvre d'un lord, vous êtes une contrebandière.

Il écarta un pan de la veste qu'elle portait et désigna du doigt la crosse de son petit pistolet. Elle recula, se mettant hors de sa portée.

— Que voulez-vous ?

— Vous. Vos liens avec les contrebandiers et Jack Blackbourn sont la seule piste dont je dispose pour retrouver le traître.

Jack. Une petite boule glacée se forma au creux de son ventre. Leurs regards se rencontrèrent.

— Jack a été arrêté ce soir, lui dit-elle.

Une sonnette d'alarme retentit dans la tête de Julian, aiguë et insistante.

— Que s'est-il passé ?

— Quatre hommes sont entrés dans la taverne et l'ont emmené de force.

— Qui ? demanda-t-il en lui prenant le bras.

Ce ne pouvait être des agents de sir Charles : ils seraient forcément passés par Thistledown pour l'informer à l'avance de l'arrestation.

À moins que sir Charles ne le considère déjà comme retraité. Ses doigts se crispèrent sur le bras de Grace, lui arrachant un gémissement. Il la lâcha.

— Je n'en sais rien, répondit-elle en reculant de nouveau. Ils semblaient investis d'une certaine autorité, puisqu'ils l'ont arrêté devant sa femme et son fils. Dieu merci, les plus jeunes n'ont pas assisté à la scène.

Elle ferma brièvement les yeux.

— Ils n'ont pas arrêté le bon coupable. Jack n'est pas le traître.

— Vous ne pouvez en être sûre.

Lui-même ne pouvait en être sûr, pas plus qu'il ne pouvait être certain que Grace n'était pas sa complice, même si son instinct lui disait qu'elle était innocente.

— Si !

Elle pivota vers lui, faisant voler ses mèches comme autant de cordes d'argent qui l'attachaient à elle. Peut-être était-ce son désir qui la voulait innocente, et non son instinct.

— Ce n'est pas lui, insista-t-elle. Jack a fait de la contrebande pour gagner de l'argent et s'amuser un peu, mais il ne trahirait jamais son pays. Je jure qu'il est innocent.

Elle baissa les yeux sur le porte-documents qui gisait au sol, avant d'ajouter :

— Et moi aussi.

Il ouvrit la bouche pour répondre, puis la referma. Il devait garder pour lui ce qu'il savait sur Jack. Il n'avait aucune preuve de l'innocence de Grace. Pourtant, elle avait un regard affligé, et un léger pli s'était formé entre ses sourcils délicats. Quelque chose en lui voulait la protéger et chasser ses peurs.

Il ramassa le porte-documents et le retourna entre ses mains comme si la reliure en cuir détenait les solutions à son combat intérieur.

— Dites-moi comment vous avez obtenu ces documents.

Même s'il avait parlé doucement, cela sonnait comme un ordre.

— Non.

— Vous ne me faites pas confiance ?

— Pourquoi le devrais-je ?

Elle ramassa sa casquette et marcha entre les arbres, attirant le regard de Julian sur ses longues jambes sveltes.

— Comment puis-je avoir la certitude que vous travaillez réellement pour le gouvernement et non pour quelqu'un d'autre ? lança-t-elle dans son dos.

— Je ne peux pas le prouver. Je ne peux que vous demander de vous fier à moi.

Ses paroles parurent ridicules même à ses propres oreilles. Il la suivit, la rejoignant rapidement.

— Mais bien sûr ! s'exclama-t-elle en s'esclaffant et en se tournant vers lui. Je devrais me fier à l'homme qui m'a menti, a violé mon intimité, m'a espionnée, m'a attaquée dans les bois. Un homme qui affirme être un espion, ce qui n'est pas franchement la profession qui inspire le plus confiance.

Elle marqua une pause, les sourcils haussés, avant de demander d'un ton acerbe :

— Cela signifie-t-il que vous n'aurez plus besoin d'emprunter mon cheval pour votre seconde carrière, monsieur le Comte Contrebandier ?

Il fut amusé malgré lui.

— Vous avez décidément une langue acérée. Je ne sais pas pourquoi, mais cela me plaît.

Il l'embrassa de nouveau, partagé entre le désir et l'irritation. Elle lui rendit son baiser, ses lèvres fermes, dures et également pleines de colère. Puis il recula et croisa les bras.

— Il s'agit de trahison, Grace. Pas d'une plaisanterie.

— Et les gens concernés ne sont pas des pions. Ils ne méritent pas d'être arrêtés pour trahison.

— C'est vrai, s'ils sont innocents. Néanmoins, je ne peux pas prouver leur innocence tant que je n'ai pas arrêté le traître.

Elle hésita. Il semblait être parvenu à la désarçonner.

— J'ai besoin d'informations, insista-t-il.

Elle renversa la tête en arrière et inspira longuement. Il attendit, sachant qu'elle allait céder.

— Très bien, dit-elle enfin. Je vous donnerai des informations sur les porte-documents et les grottes, mais je ne vous révélerai aucun nom. J'ai promis à mes amis que je les protégerais et je tiendrai parole.

— Ce sont des contrebandiers.

— Moi aussi.

— Un fait qui pourrait vous valoir d'être arrêtée.

— Vous comptez me faire chanter ? Et si nous nous marions ? Vous arrêterez votre femme ?

— Nous nous marierons, Grace. Je n'ai pas changé d'avis à ce sujet.

C'était le moins qu'il pût faire après l'avoir compromise en public. Elle était à lui, désormais. Il était responsable d'elle.

Elle se planta devant lui.

— Vous avez demandé ma main alors que vous me soupçonniez de trahison ?

— Naturellement.

— Vous épouseriez une contrebandière ?

— Et vous un espion. Nous serons fort bien assortis.

— Vous avez peut-être raison, dit-elle avec un petit rire. Mais je ne divulguerai pas pour autant l'identité des autres contrebandiers.

— D'accord, concluons un marché – et j'espère de tout cœur que notre vie conjugale sera plus simple que ça ! La loyauté est une qualité admirable et rare et, bien que je croie la vôtre mal placée…

Il leva la main pour faire taire ses protestations.

— … je promets de ne pas trahir les contrebandiers. Je garderai pour moi toute information à leur sujet que j'aurai obtenue lors de mon enquête. S'ils sont arrêtés par les autorités d'une autre manière – un risque qu'ils acceptent de prendre en pratiquant la contrebande –, je n'interviendrai pas pour les faire libérer. Mais je ne les dénoncerai pas. Sauf, naturellement, si ce sont des traîtres.

— Vous me donnez votre parole ? demanda-t-elle doucement.

— Je ne vous la donne pas en tant que Travers, car elle ne vaudrait pas grand-chose. Mais je le jure sur la tête de ma mère.

— Je ne peux pas vous demander plus.

— C'est tout ce que j'ai à offrir. Maintenant, si nous rentrions ? J'ai besoin de marcher.

Il se dirigea vers Démon et entendit les pas de Grace derrière lui sur le sol de la forêt. Après avoir détaché le cheval, il le guida sur le chemin. Grace le rejoignit et marcha à ses côtés.

— Les porte-documents ont été trouvés dans les grottes où les contrebandiers entreposent leurs marchandises, commença-t-elle. Ils étaient cachés dans des malles qui devaient être expédiées en France.

— Qui les a trouvés ? Jack Blackbourn ?

— Non, mais il est au courant.

Elle tendit la main vers les rênes de Démon.

— Je le tiens, déclara-t-il.

— C'est mon cheval.

Elle lui lança un regard de biais. Constatant qu'il n'avait aucune intention de lui rendre les rênes, elle soupira.

— Trois contrebandiers sont venus me trouver avec le premier porte-documents parce qu'ils ne savaient pas quoi en faire et parce que…

— Parce que quoi ?

— Ils ne voulaient pas se faire arrêter.

— Alors, ils vous l'ont donné pour que vous soyez arrêtée à leur place ? Quelle galanterie !

— Ils me l'ont donné parce que j'occupe un rang social plus élevé que le leur et que j'aurai plus de chances d'être écoutée, corrigea-t-elle. Même si je ne suis que la parente pauvre d'un lord, ma parole aura plus de poids que la leur.

Ils étaient sortis du bois. La lune avait réapparu, n'étant plus cachée par le toit de feuillage.

— Quel est le rôle de Jack dans tout ça ? demanda-t-il.

— Aucun. Il dirigeait autrefois le réseau de contrebande. Lorsque les hommes ont trouvé les documents, il en a naturellement été informé.

Elle fourra sa casquette dans sa poche et secoua la tête pour démêler ses cheveux avant de reprendre :

— J'ignore ce que les hommes qui l'ont arrêté ont trouvé chez lui, mais Jack est innocent.

— Je l'ignore également. Quoi qu'ils aient découvert, ce n'était pas dans son cottage il y a quelques jours.

— Comment le savez-vous ?

— J'ai mené ma petite enquête. Je me suis rendu au *Joyeux Contrebandier,* j'ai posé quelques questions à Blackbourn sur l'acheminement d'articles clandestins vers la France, puis j'ai fouillé sa maison.

— Pauvre Jack ! Il sera vexé d'apprendre que vous l'avez berné.

— Je suis un bon espion, répliqua-t-il. Quoi qu'il en soit, j'ai trouvé quelque chose qui confirme son innocence.

— Dieu merci ! Quoi ?

Il hésita, mal à l'aise à l'idée de lui confier des secrets.

— Les registres financiers de la taverne. Blackbourn est très endetté, et ses créditeurs commencent à s'impatienter. À ce rythme, il sera contraint de fermer son établissement avant la fin de l'année, sinon plus tôt.

— Oh non ! Anna et Jack espéraient démarrer une nouvelle vie avec cette taverne. Ils ont dépensé tout ce qu'ils avaient pour l'acheter. Mais en quoi cela prouve-t-il qu'il est innocent ?

— Blackbourn est bien connu. Il fait de la contrebande purement pour le profit, et non pour des raisons politiques ou religieuses particulières. Pour autant qu'on le sache, il n'a pas ce genre de convictions. Par conséquent, s'il acheminait des documents vers la France, ce serait pour de l'argent, pas pour un idéal.

— Et il aurait de quoi conserver sa taverne, acheva-t-elle. Mais s'il est innocent, quelles preuves ceux qui l'ont arrêté ont-ils trouvées chez lui ?

— Bonne question. Qui d'autre est au courant de l'existence des porte-documents ?

Elle réfléchit, le regard fixé sur la campagne sombre.

— Hormis les trois hommes qui me les ont donnés, les autres contrebandiers ne savent rien, du moins à notre connaissance. Nous ne croyons pas qu'ils soient des traîtres.

— Comment pouvez-vous en être sûrs ?

— Nous n'en avons pas la preuve, certes, mais les documents sont rédigés dans une écriture impeccable et raffinée. Ce n'est certainement pas celle d'un fermier ou d'un marin. Les hommes que je connais savent à peine lire et écrire. L'auteur de ces textes appartient forcément aux classes supérieures ou, du moins, a été éduqué par un précepteur ou une gouvernante. Donc, il vient d'une famille aisée. Aucun de mes amis n'a reçu ce genre d'instruction formelle.

— Je veux bien admettre qu'aucun de vos « amis » n'ait rédigé ces documents, mais l'un d'eux peut les avoir placés dans la grotte sur l'ordre de quelqu'un d'autre.

Il vit les épaules de Grace s'affaisser et poursuivit :

— Un fermier ou un ouvrier journalier n'aurait pas de lien direct avec quelqu'un du ministère des Affaires étrangères, d'où proviennent les informations. Il doit donc y avoir un intermédiaire qui apporte les documents à Beer, puis dans les carrières.

Elle lança un regard vers la poche de sa veste.

— Qu'allez-vous faire du porte-documents ?

— Je le garde.

— Et l'autre ? Celui que j'ai dissimulé dans la malle ?

Il esquissa un sourire.

— Quelques heures après que vous l'avez caché, j'ai remplacé les documents qu'il renfermait par d'autres contenant des informations sans importance, tout comme j'ai remplacé ceux de ce porte-documents. J'ai les originaux depuis des semaines. Les vôtres sont des faux.

— En d'autres termes, je me suis inquiétée pour rien, soupira-t-elle.

— En effet. Les contrebandiers cherchent-ils d'autres porte-documents de ce genre ?

— Ils vérifient chaque malle, tonneau et caisse que nous transportons afin de s'assurer qu'aucune autre information ne passe en France.

— Zut.

— Quoi ? Qu'y a-t-il ?

— J'ai commis une erreur tactique.

Il aurait dû le prévoir. Il n'était pourtant pas un débutant, à l'instar de Miles Butler. Il avait emporté les documents à Londres en croyant Grace coupable, sans penser qu'elle avait pu vouloir intercepter les messages du traître.

— Vous avez interrompu la voie de communication du traître, expliqua-t-il. Si ces informations ne parviennent pas en France, il saura qu'il a été découvert.

— Il s'enfuira ?

C'était difficile à dire. Certains prenaient la fuite, d'autres se terraient. Il pouvait également trouver un autre réseau pour transmettre ses missives.

— Y a-t-il d'autres contrebandiers dans la région à qui il pourrait faire appel ? demanda-t-il.

— Ce n'est pas ce qui manque. Ils sont des centaines le long de la côte. Rien qu'à Beer, il y en a deux douzaines.

Ils s'engagèrent dans la grande allée de Cannon Manor.

— Il a forcément un intermédiaire, marmonna Julian.

Le traître n'en formerait probablement pas un nouveau tant que l'actuel n'avait pas été compromis.

— Il doit résider dans la région, continua-t-il. Peut-être pas à Beer, mais à Seaton, à Sidmouth, peut-être même à Lyme Regis.

Un endroit d'où l'on pouvait se rendre partout en quelques heures.

— Cela représente néanmoins une grande partie de littoral.

— J'ai besoin d'aide, déclara-t-il. D'une autre paire d'yeux et d'oreilles avec des contacts dans le milieu de la contrebande. Quelqu'un qui peut poser des questions sans paraître suspect.

Elle frissonna lorsqu'il effleura sa nuque du bout des doigts.

— Je demanderais bien à Jack de vous aider, mais il est en prison, répondit-elle. Et le meilleur moyen de le libérer est de démasquer le vrai traître.

— Je connais un agent qui a des liens avec des contrebandiers plus au nord sur la côte, aux alentours de Weymouth, de Portsmouth et de l'île de Wight. L'Ange pourra peut-être infiltrer leurs rangs là-bas.

— L'Ange, répéta-t-elle en prenant la main qui caressait ses cheveux. Son nom figurait dans les premiers documents.

— En effet, et il est soulagé que son nom et son identité n'aient pas été divulgués aux Français. Grâce à vous.

Lui-même n'avait pas eu autant de chance.

Ils approchaient du manoir. Un palefrenier sortit des écuries et courut à leur rencontre. Il avait dû attendre le retour de Grace.

— Milord, mademoiselle Gracie, les salua-t-il en prenant les rênes de Démon.

Impassible, ne laissant rien paraître de ce qu'il pensait de sa corvée nocturne, il conduisit le cheval à sa stalle.

— La porte de la cuisine est ouverte, indiqua Grace.

Alors qu'ils suivaient le sentier en gravier qui menait dans cette direction, elle observa :

— L'intermédiaire n'est pas nécessairement un contrebandier. D'autres hommes connaissent l'emplacement des grottes. Des gentlemen.

Il se tourna vers elle et l'observa à la lueur du clair de lune. Les épaules basses, elle gardait les yeux rivés sur le sol. Il aurait aimé voir son visage.

— Je ne comprends pas, dit-il. Comment les gens ne connaîtraient-ils pas ces carrières ? Elles sont exploitées depuis des siècles.

— Nous ne nous en servons pas vraiment, expliqua-t-elle. Nous entreposons notre marchandise dans les grottes naturelles de la falaise, puis nous utilisons un sentier qui descend jusqu'à la mer. De là, nous la transportons à bord de lougres qui partent vers la France. Les grottes sont reliées aux carrières par une série de galeries naturelles, elles-mêmes communiquant avec des tunnels artificiels qui font partie des carrières. Certaines de ces dernières servent encore, d'ailleurs. Tout le monde sait qu'elles existent, mais peu de gens connaissent les grottes.

— Qui, alors ?

Elle ne répondit pas tout de suite. Ils tournèrent à l'angle de la maison.

— Dites-le-moi, Grace, insista-t-il.

Elle prit une profonde inspiration.

— Lord Stuart Paget, sir Richard Elliott et mon oncle.

Sa voix se brisa, et elle dut s'éclaircir la gorge avant de continuer :

— Lorsqu'ils étaient jeunes, ils ont formé une sorte de club Hellfire. Jack m'a dit qu'à l'époque où il a commencé la contrebande ils se réunissaient dans les grottes. N'importe lequel d'entre eux a pu deviner que de la marchandise illégale y était encore entreposée. C'est une cachette très pratique et, jusqu'à présent, les agents des douanes ne l'ont pas découverte.

— Nous avons donc notre liste de suspects potentiels, conclut-il. Je suppose que si votre oncle était l'auteur de ces textes, vous auriez reconnu son écriture ?

— Oui. Il n'a pas écrit les informations contenues dans ces porte-documents.

— Vous reconnaîtriez l'écriture des deux autres ?

— Non. Mais il y a encore une autre possibilité.

Embarrassée, elle croisa les mains et fixa ses doigts entrelacés.

— Michael Wargell connaît ces grottes. Et il sait que j'y cache de la marchandise de contrebande.

16

— Milord, vous avez de la visite.

Julian pesta. Il avait projeté de se servir un cognac afin de réfléchir tranquillement, et l'annonce de Starkweather contrariait ses plans. Il avait passé la matinée et une bonne partie de l'après-midi à tenter d'en savoir plus sur l'arrestation de Jack Blackbourn. À présent, il n'aspirait qu'à se détendre dans un fauteuil au coin du feu afin d'analyser les informations fournies par Grace.

Il s'arrêta sur le seuil de la bibliothèque, la main sur la poignée de la porte.

— Qui est-ce, Starkweather ?

— Il n'a pas voulu me donner son nom, milord, répondit le majordome en fronçant les sourcils. C'est un jeune homme assez nerveux. Il a dit qu'il attendrait aussi longtemps qu'il le faudrait. Je l'ai installé dans le petit salon.

Julian se tendit. Ce devait être un émissaire envoyé par Londres. Il pivota sur ses talons et longea les couloirs jusqu'au salon, dont il poussa doucement la porte.

Miles Butler, le secrétaire de sir Charles, était en train de se servir un cognac de contrebande. Ses vêtements élégants étaient froissés et couverts de poussière. Sa main tremblait tandis qu'il soulevait la carafe et versait le liquide ambré dans un verre.

— Monsieur Butler.

Le jeune homme sursauta, renversant du cognac sur la table.

— Langford ! glapit-il. Je ne vous ai pas entendu entrer.

Ses boucles d'ordinaire savamment coiffées à la dernière mode partaient dans tous les sens. Julian l'observa plus attentivement, remarquant aussi les cernes sous ses yeux.

— Vous m'apportez des nouvelles ? demanda-t-il en s'avançant dans la pièce.

À sa surprise, il vit Butler vider son verre d'un trait. Ce n'était pas bon signe.

— Blackbourn s'est échappé.

Butler passa des doigts tremblants dans sa chevelure.

— C'est vous qui l'avez arrêté ?

Son irritation augmenta encore d'un cran. Il n'était pas du ressort de ce gamin d'arrêter des suspects.

— Sur les ordres de sir Charles, bien sûr ! affirma Butler. Enfin, plus ou moins.

Il reposa son verre sur la table et se servit de nouveau avant de poursuivre :

— Le bruit courait à Londres que Blackbourn avait repris du service et était prêt à transporter absolument n'importe quoi entre la France et l'Angleterre. Je devais l'interroger. Puis, quand les agents qui m'accompagnaient ont découvert la preuve dans sa maison…

Il s'interrompit et se laissa tomber dans un fauteuil comme s'il était à bout de forces.

Julian s'approcha et se pencha sur lui.

— Quelle preuve ? J'ai fouillé son cottage moi-même et n'ai rien trouvé.

S'il y avait eu quelque chose, il l'aurait repéré. Toutefois, plusieurs jours s'étaient écoulés depuis son passage.

— Ils ont mis la main sur des documents contenant des décomptes de troupes et d'armements.

— Dans quoi étaient-ils ?

— Dans un porte-documents en cuir, avec un long lacet étroit. Les informations étaient exactes, pour autant que je puisse en juger, car je n'ai pas accès à toutes les données sensibles.

Le même type de porte-documents ! Une décharge d'adrénaline traversa Julian, l'excitation de la traque.

— Où sont ces documents à présent ? Nous devons les apporter à sir Charles sur-le-champ.

Butler posa ses coudes sur ses genoux, l'air abattu.

— Impossible. Blackbourn les a emportés quand il s'est évadé.

Julian ferma les yeux et inspira profondément pour se retenir d'insulter Butler. Quand il rouvrit les paupières, le jeune homme se tenait la tête dans les mains et fixait le sol.

Julian soupira et s'assit à son tour dans un fauteuil. Pauvre petit idiot ! Il ne faisait pas le poids face au rusé Jack Blackbourn. Refoulant sa colère, il demanda :

— Comment et quand s'est-il échappé ? L'avez-vous cherché ?

— Naturellement ! s'exclama Butler, indigné, en relevant la tête. Je n'ai pas fermé l'œil depuis l'autre soir. Nous sommes allés jusqu'à Dorchester et avons passé la nuit dans une auberge. Les autres sont descendus dans la salle commune, et j'ai enfermé Blackbourn à clé dans la chambre que nous avions louée. Quand je suis revenu, il n'y était plus.

Il reprit son verre, avala le reste de cognac et poursuivit :

— Nous avons fouillé Dorchester de fond en comble avant de revenir à Beer. Mais il pourrait être parti n'importe où !

— La porte était-elle déverrouillée à votre retour ?

— Non, toujours fermée à clé. Je ne comprends pas comment il a pu s'évader.

— Par la fenêtre ? suggéra Julian d'un ton caustique.

— Je ne crois pas. La chambre se trouvait à l'étage, répondit Butler sans remarquer son sarcasme.

Julian se releva et se mit à faire les cent pas dans la pièce.

— Si je comprends bien, sir Charles ne vous a pas donné l'ordre d'arrêter Blackbourn, n'est-ce pas ?

— Non. Enfin, si. C'est-à-dire que… Je devais l'interroger, et s'il…

Butler s'interrompit et fixa le fond de son verre.

— Je voulais simplement lui montrer de quoi j'étais capable, reprit-il. C'est à cause de mon père, voyez-vous. C'était un héros, selon ma mère et sir Charles. Il était agent double et travaillait en France.

Il releva des yeux tristes vers Julian.

— C'est difficile de vivre dans l'ombre de son père.

Julian ressentit un élan de compassion pour le jeune homme. Oui, il pouvait comprendre, même si Butler vivait dans l'ombre d'un héros, et lui, dans celle d'un assassin.

— Comment vais-je expliquer cela à sir Charles ? gémit Butler. Que puis-je faire ? J'ai laissé le traître s'échapper. Nous devons le retrouver.

— Taisez-vous, ordonna Julian, agacé. Vous ne retrouverez pas Blackbourn. Il peut rester caché des mois s'il le veut. En outre, je ne pense pas que ce soit notre traître.

Butler releva aussitôt la tête, le regard brillant de soulagement et d'espoir.

— Ah bon ? Mais, s'il est innocent, pourquoi s'est-il évadé ?

— Parce que vous avez trouvé des documents compromettants chez lui, pardi ! répliqua Julian. Toutefois, s'il est effectivement innocent, reste à savoir comment ces papiers ont atterri dans son cottage.

— Vous pensez qu'il reviendra à Beer ? Nous pourrions poster un homme pour surveiller sa taverne.

— Blackbourn n'est pas idiot, rétorqua Julian. Il ne retournera pas à sa taverne avant que son nom soit blanchi. Toutefois, je crois savoir où le trouver.

— Où ? s'exclama Butler en bondissant sur ses pieds. Nous devons y aller. Tout de suite.

— Pas vous, moi, décréta Julian.

Il se dirigea vers la porte, Butler sur ses talons. Ce morveux s'imaginait-il vraiment qu'il le laisserait l'accompagner après son fiasco ?

— Mais, lord Langford...

— Monsieur Butler, j'ai développé des relations avec ce milieu et saurai justifier ma présence. En revanche, je ne pourrais pas expliquer la vôtre.

Il quitta Thistledown au galop et coupa à travers champs jusqu'aux falaises. Après avoir attaché sa monture dans la petite bâtisse où Grace avait laissé Démon, il descendit le sentier jusqu'à l'entrée des grottes.

Les galeries étaient désertes, ce qui n'avait rien de surprenant, car il était encore tôt. Toutefois, une cargaison avait dû arriver dans la journée. Le sol irrégulier était parsemé de flaques d'eau, signe qu'il y avait eu des allées et venues depuis la mer. Des malles de soieries, des tonneaux de vin et des caisses de tabac étaient empilés au fond de l'une des grottes.

Blackbourn n'était pas là. Julian avait espéré trouver les vestiges d'un feu, peut-être des aliments et des couvertures. Mais, si le contrebandier se cachait dans les grottes, il n'avait laissé aucune trace.

Grace fixait les tentures de son lit à baldaquin, écoutant le vent gémir et la pluie cingler sa fenêtre. Elle se tourna, fit bouffer son oreiller et essaya de se détendre.

Elle avait les muscles noués, les nerfs à fleur de peau. Peut-être était-ce simplement l'orage. Des éclairs illuminaient la nuit au-dehors, des éclats de lumière bleue apparaissant dans la fente entre les rideaux. Les grondements du tonnerre et le vent furieux ébranlaient les vitres et le châssis de son lit. La tempête semblait faire écho au tumulte d'inquiétude, de confusion et de peur qui l'agitait.

Elle aurait dû se démener pour Jack au lieu de rester au lit. Mais que pouvait-elle faire, hormis débusquer le traître ? Elle ne savait pas comment procéder. Elle roula de nouveau sur le dos et s'efforça de penser à autre chose.

Julian. Naturellement. À qui d'autre pouvait-elle penser ? L'excitation qu'il avait fait naître en elle venait s'ajouter à son inquiétude pour Jack, accentuant encore sa nervosité. Ils seraient bientôt mariés. Cependant, cette perspective la perturbait moins qu'avant. Était-il un espion impitoyable et sans cœur, ou un aristocrate charmant ? Il était les deux, tout comme elle était la parente pauvre d'un lord et une contrebandière.

En outre, alors qu'il connaissait ses secrets, il ne l'avait pas rejetée. Il semblait apprécier son esprit, qui n'était qu'un reflet d'elle-même. Lorsqu'il l'avait surprise dans le bois, elle n'avait pas hésité à dire ce qu'elle pensait et n'avait pas cédé à ses désirs. Elle avait été elle-même. Et elle lui plaisait malgré tout ! C'était libérateur.

Toutefois, elle avait encore un dernier secret à lui révéler avant leur nuit de noces.

Elle se figea en entendant un son sous le vacarme de l'orage, comme le frottement d'un objet contre la pierre. Elle attendit, mais il ne se reproduisit pas. En revanche, elle en perçut un autre, comme un déclic. Les tentures autour de son lit frémirent, puis s'immobilisèrent de nouveau.

Quelqu'un était entré dans sa chambre. Toujours allongée, elle scruta la pièce sombre. Elle crut percevoir un mouvement dans un coin, mais elle ne voyait que des ombres.

Elle se passa la langue sur les lèvres, refoulant la peur qui lui nouait le ventre. Il n'était pas question qu'elle se cache sous les draps. D'un geste brusque, elle repoussa son épaisse courtepointe. Alors qu'elle était agenouillée au bord du lit, elle fut soudain illuminée par un éclair.

Une voix susurra dans le noir :

— Mes yeux me jouent-ils des tours ? Ma dame contrebandière serait-elle l'incarnation même de la tentation ?

Le cœur de Grace fit un bond, puis s'accéléra.

— Julian ! Comment êtes-vous entré ?

— Par le toit. Malheureusement, vous n'avez pas de treillage sous votre fenêtre ni d'arbre suffisamment proche.

Il s'avança. Un nouvel éclair illumina son profil, dessinant les contours de son menton ferme, de ses pommettes et de ses lèvres sensuelles qui esquissaient un petit sourire.

— Il est près de minuit, dit-elle.

Elle était incapable de bouger. Toujours à genoux au bord du lit, elle le regardait approcher telle une panthère.

— Minuit est l'heure des espions, ma belle dame. C'est aussi l'heure des amants.

Des amants. Elle retint son souffle. Comment pouvait-on sentir la passion monter en soi aussi vite ? Comment sa peau pouvait-elle être soudain aussi brûlante ?

— Vous m'avez espionnée. Une fois de plus.

Il rit doucement, comme s'il savait exactement l'effet qu'il avait sur elle.

— Non, pas cette nuit. Je pars pour Londres. Je dois transmettre des informations à mes supérieurs et je ne peux pas me fier à nos méthodes de communication habituelles. Il faut que je m'en aille tout de suite, afin d'être de retour pour notre mariage.

— Qu'y a-t-il de si important que vous deviez partir au milieu de la nuit par ce temps ?

La pluie crépitait contre la fenêtre, tandis que le vent s'enroulait autour du manoir en sifflant furieusement.

— Jack s'est évadé.

— Jack ?

Elle se raidit, ses doigts serrant nerveusement les draps.

— Calmez-vous, il n'a rien. Il s'en sortira très bien. Ce n'est pas la première fois qu'il échappe aux autorités. Il saura se rendre invisible.

— Oui, Jack sait très bien se cacher. Mais pourquoi devez-vous absolument aller à Londres ?

Un nouvel éclair illumina la nuit, rapidement suivi d'un grondement sourd.

— Les hommes qui ont arrêté Jack étaient envoyés par mon supérieur.

— Oh non !

— Malheureusement, ils ont outrepassé ses ordres. Les preuves qu'ils affirmaient détenir ont disparu avec Jack, ce qui le rend d'autant plus suspect. La situation est complexe, et je dois en discuter directement avec mon chef.

Il s'avança encore, ses jambes heurtant le bord du matelas. Même si le corps de Grace la poussait vers lui, son esprit voulait reculer à l'abri.

— Vous pensez pouvoir le disculper ? demanda-t-elle.

— Je n'en sais rien. Et, pour être honnête, je ne suis pas certain qu'il soit innocent.

— Mais je vous ai dit…

— Et je vous ai écoutée. Je ne peux rien prouver avant d'avoir démasqué le vrai traître. Je dois informer mon supérieur de l'état de mon enquête.

— Je comprends.

Il se tenait à quelques centimètres d'elle. Sa chaleur et son odeur l'enveloppaient. Le désir la tenaillait, comme un ronronnement sourd qui faisait écho à la pluie au-dehors.

Elle entendait son souffle saccadé dans le noir, sentait la tension dans ses muscles. Un courant passa entre eux, puissant, sexuel et aussi élémentaire que l'orage.

— Il ne reste plus que quinze jours avant notre mariage, Grace.

Il tendit la main et toucha sa joue en une caresse aussi douce que le battement d'ailes d'un papillon.

Elle tourna la tête et effleura sa paume des lèvres.

— L'espion et la contrebandière, dit-elle.

— Mari et femme.

Ses doigts caressèrent sa tempe et ses mèches tirées en arrière.

— Détachez vos cheveux, demanda-t-il d'une voix rauque.

Un autre éclair illumina les angles de son visage. Il paraissait féroce, presque sinistre, le regard intense. Une à une, elle ôta les épingles qui retenaient sa chevelure. Sans la quitter des yeux, il écarta sa main de son visage. Elle voyait son torse se soulever et s'affaisser.

Une étrange énergie se mit à vibrer en elle. Derrière l'aristocrate charmant, derrière l'espion, il y avait un homme qui la désirait ardemment. Il était enivrant de savoir que, au-delà de ses paroles mielleuses de séducteur, il avait vraiment envie d'elle.

Elle lui adressa un léger sourire entendu, un sourire de sirène, et laissa ses cheveux retomber autour d'elle.

Il sembla alors perdre le contrôle de lui-même. Un nouvel éclair illumina ses traits, ses yeux écarquillés, ses lèvres entrouvertes. La saisissant par les épaules, il l'attira à lui.

Sa bouche s'écrasa sur la sienne, sauvage, vorace, et Grace gémit. Il sentait l'homme, le grand air, la pluie. Il sentait Julian.

Elle enroula les bras autour de son cou et enfouit les doigts dans les cheveux épais à la base de sa nuque.

Sa veste mouillée trempait sa fine chemise de nuit, mais elle s'en moquait. Ses seins durcirent contre le tissu froid et humide.

Il promena ses mains fortes et chaudes le long de son dos, de sa taille, puis les glissa sous ses fesses, et ce fut comme si elles la marquaient au fer rouge. Elle l'entendit grogner de plaisir par-dessus un grondement de tonnerre.

— Grace, murmura-t-il. Grace...

Il n'y avait que la fine couche de sa chemise entre son corps et ses mains, mais c'était encore trop. Elle voulait supprimer cette barrière, voulait sentir sa peau sur sa chair. De toute manière, n'était-elle pas déjà compromise ? Au diable les conséquences !

— Prenez-moi, Julian. S'il vous plaît.

Il y eut un silence durant lequel le temps sembla suspendre son vol. Puis il chuchota d'une voix caressante :

— Comme vous voudrez, ma belle dame.

Il la poussa en arrière et grimpa à son tour sur le lit, si bien qu'ils se retrouvèrent tous deux agenouillés en son centre. Tout en l'embrassant, il chercha à tâtons le bas de sa chemise, qu'il remonta, centimètre après centimètre. L'air frais caressa ses hanches, son ventre. Elle ravala son souffle lorsque ses doigts effleurèrent ses seins. Puis la chemise disparut, et elle se retrouva nue devant lui.

Elle aurait dû être gênée par sa nudité, mais il n'en était rien. Elle se sentait libre, sans entrave et remplie de lumière. Une force nouvelle palpitait en elle.

Un éclair bleu emplit la chambre et, l'espace d'un instant, ils se virent.

— Que vous êtes belle, souffla-t-il.

Puis le noir revint, et ils ne furent plus que des ombres.

Il laissa glisser son index le long de sa clavicule, de son épaule jusqu'à la courbe de son sein, caresse qui envoya une décharge de désir dans tout son corps.

Lorsque son doigt titilla la pointe de son mamelon durci, elle hoqueta et se cambra, pressant son sein contre sa main.

Il émit un petit rire sourd qui s'éleva dans l'obscurité et la réchauffa. Puis, plaçant les mains sous ses seins, il frotta ses pouces contre leurs pointes. Sa poitrine était merveilleusement lourde et pleine dans ses paumes. Il pencha la tête et les caressa avec sa langue, son souffle brûlant sur sa peau. Grace gémit, puis, mue par le besoin de s'accrocher à lui, prit sa tête entre ses mains, glissa les doigts dans ses cheveux.

Il se redressa et prit de nouveau sa bouche, pour un baiser auquel elle répondit goulûment, sauvagement, prête pour quelque chose qu'elle ne pouvait nommer. Sa veste mouillée râpait agréablement ses seins et son ventre, mais elle voulait sentir sa peau contre la sienne, le toucher partout comme il la touchait. Ses doigts fébriles cherchèrent ses boutons et les défirent les uns après les autres. Elle repoussa le vêtement en arrière sur ses épaules, ensuite s'attaqua à sa chemise jusqu'à ce que celle-ci disparaisse à son tour.

Alors, posant les mains à plat sur son torse nu, elle savoura le relief de sa musculature et sa peau lisse et chaude. Elle l'entendit déglutir lorsqu'elle caressa son ventre dur et plat. Ses muscles sursautaient et se contractaient sous ses doigts.

Un sentiment de pouvoir purement féminin l'envahit.

Avec un petit rire de ravissement, elle releva les yeux vers son visage. Ses traits étaient indistincts dans le noir, mais elle le connaissait suffisamment maintenant pour deviner son expression. Son sourire était aussi ravi que le sien.

Tandis qu'un autre grondement de tonnerre déchirait la nuit, elle entendit ses bottes tomber sur le plancher. Puis il dénoua les lacets de sa culotte et la retira.

Enfin, il était aussi nu et exposé qu'elle. Fascinée par les muscles noueux et les angles qu'elle discernait dans la lumière des brefs éclairs, elle promena ses mains sur tout son corps, avant de refermer les doigts autour de son membre dur. Le gémissement qu'il ne put réprimer la fit sourire dans le noir, et elle approcha son visage du sien pour l'embrasser de nouveau.

Oh, comme elle le désirait ! Elle le voulait tout entier.

Elle entendait son souffle saccadé qui faisait écho au martèlement de son propre cœur. Doucement, il la renversa sur le lit. Lorsque ses doigts caressèrent la partie la plus intime d'elle-même, un éclair jaillit derrière ses yeux et le tonnerre rugit en elle. Elle s'agrippa à ses épaules et sentit une coulée de lave se répandre entre ses cuisses.

Lorsqu'il glissa en elle et franchit la barrière de sa virginité, une douleur vive la saisit, et elle se raidit. Cela ne dura qu'un moment, mais il se redressa sur ses coudes et la dévisagea.

Son secret était dévoilé.

Un éclair illumina la chambre et, dans ce bref instant, elle vit l'expression dans ses yeux. Possessive. Satisfaite.

Elle y lut aussi quelque chose de si profond, de si intense, qu'elle en pleura presque.

— Grace…

Il l'embrassa doucement avant de demander :

— Pourquoi ne m'avoir rien dit ?

— Cela aurait-il changé quelque chose ?

— Non.

Il l'embrassa encore, plus fougueusement cette fois, plus profondément.

— Dites-moi si je vous fais mal, chuchota-t-il.

Il remua lentement, très lentement, l'émoustillant, la titillant. Autour d'eux et entre eux, la passion vibrait, lumineuse et puissante. Pourtant, il était doux, procédant avec une tendresse qui achevait de la conquérir.

Elle frémit, puis s'arc-bouta tandis qu'une tension en elle grimpait en flèche, en rythme avec l'orage qui se déchaînait à l'extérieur. Tandis que ses sens s'embrasaient, le monde au-dehors palpitait, rugissait et explosait en éclairs aveuglants de lumière bleue.

Lorsque, pantelante, elle lâcha ses épaules et laissa retomber ses bras, se sentant toute molle, il se mit à rire.

— Ce n'était que le début, ma belle dame.

Il partit au petit matin, avant même les premières lueurs grises de l'aube. Grace resta couchée, totalement repue. En guise d'adieu, il lui donna un dernier baiser torride et étourdissant, la laissant à la fois apaisée et excitée.

Des heures plus tard, elle sentait encore l'empreinte de ses lèvres sur sa bouche. Son corps continuait à vibrer de leurs ébats et de la sensation de sa chair dans sa chair.

Elle releva les yeux de la teinture qu'elle était en train de préparer. L'orage était passé, laissant derrière lui un ciel limpide et un soleil radieux. Celui-ci, désormais bas dans le ciel, baignait la pièce de ses rayons obliques. Alors qu'elle achevait ses dernières tâches de la journée, Grace prenait enfin le temps de se demander si sa nuit d'amour l'avait transformée. Elle ne le pensait pas. Personne ne semblait avoir remarqué de changement en elle.

Pourtant, elle se sentait différente. Il lui semblait être investie d'une nouvelle connaissance, initiée, puissante... et cette découverte l'avait laissée avide d'autres plaisirs. Son corps était détendu, ses muscles souples. Même si personne n'était au courant de ce qui lui était arrivé, elle savait. Elle était définitivement compromise.

— Je reviendrai avec une autorisation spéciale, Grace, avait-il murmuré contre ses lèvres après son dernier baiser. Nous pourrons nous marier dans la semaine.

Et ils se marieraient, parce que Julian n'était pas Michael Wargell. Elle contempla les derniers feux du soleil teinter les nuages de rose et d'orange.

Elle était en train de tomber amoureuse de Julian.

Pas complètement... pas encore. Mais elle se sentait chuter de la falaise et se demandait ce qui l'attendait en bas. De la passion, certainement. Peut-être de la satisfaction, voire du bonheur.

On frappa légèrement à la porte qui donnait sur le jardin, l'arrachant à ses rêveries. Elle examina la teinture qui bouillonnait devant elle, huma la vapeur et estima qu'il restait dix minutes de cuisson. Tout en se dirigeant vers la porte, elle lança un regard en direction de la fenêtre. Le crépuscule avait cédé la place à la nuit.

Après avoir tiré le verrou, elle appuya sur la poignée et ouvrit. Elle écarquilla les yeux, puis poussa un petit cri ravi et se jeta dans les bras de Jack. Il tiqua mais lui rendit son étreinte, lui tapotant doucement le dos comme pour la réconforter.

— Chut, fit-il. Puis-je entrer ?

— Oui, bien sûr.

Sans hésiter, elle recula pour le laisser passer. Elle jeta un dernier regard au-dehors mais ne vit rien dans le potager silencieux. Il n'y avait pas un bruit. Elle referma la porte extérieure et la verrouilla, ainsi que les portes donnant sur la cuisine et les couloirs. Elle se tourna vers Jack et l'examina, à la recherche de blessures.

Son visage était maculé de boue, et il y avait des fragments de feuilles dans sa chevelure hirsute. Une ecchymose violette marbrait sa pommette ; ses mains étaient écorchées, et sa veste et sa culotte déchirées et crasseuses. Cela mis à part, il paraissait indemne et...

— Jack, vous empestez.

Il se mit à rire.

— Je sais, ma jolie.

— Sinon, vous allez bien ?

— Ça peut aller.

Il se laissa tomber lourdement sur un tabouret avant de demander :

— Vous avez vu Anna ? Les enfants ?

Elle aurait aimé l'étreindre de nouveau, mais se contenta de lui caresser le bras.

— Oui, ils vont bien eux aussi. Anna est folle de rage.

— Cela ne m'étonne pas de mon Anna, dit-il fièrement. Je ne peux pas retourner à la taverne pour la voir. Ils la surveillent sûrement. J'ai besoin que vous lui portiez un message, que vous lui disiez que je me suis échappé et que je suis indemne. Enfin, presque.

Il se frotta la pommette.

— Oui, bien sûr.

Anna serait soulagée, cependant Grace doutait que la nouvelle calme ses craintes. Maintenant qu'il s'était évadé, Jack serait traqué avec encore plus d'ardeur, à moins qu'ils ne parviennent à prouver son innocence.

— Vous avez faim ? lui demanda-t-elle.

— Je ne dirais pas non à une petite bière et à une assiette.

— Je reviens tout de suite. Refermez la porte à clé derrière moi.

Une fois sur le seuil, elle se retourna, revint en arrière et déposa une bise sur sa joue crasseuse en murmurant :

— Je suis heureuse que vous soyez sain et sauf, Jack.

— Allons donc, ma jolie !

Il la chassa d'un geste, mais elle eut le temps de voir son sourire ému.

Elle fit vite. Elle brisa une miche de pain, remplit un pichet de bière, découpa du fromage et du rôti froid resté du dîner. Quelques minutes plus tard, elle était de retour dans la réserve. En le voyant engloutir la nourriture, elle se demanda depuis combien de temps il n'avait pas mangé.

— Où vous cachez-vous, Jack ? De nouveau dans les grottes ?

— Pas cette fois, répondit-il entre deux bouchées. Elles ne sont pas sûres.

— Où, alors ?

— Dans la cabane du vieux Mick. Ce n'est pas franchement confortable.

Grace s'esclaffa.

— Je veux bien vous croire ! D'après ce qu'on m'a dit, le vieux Mick est mort depuis une vingtaine d'années.

— Cela fait encore plus longtemps. Mais sa cabane se trouve loin des routes. Elle a deux sorties et une cave cachée sous le plancher en cas de besoin.

— D'ailleurs, comment vous êtes-vous évadé ?

— Ah, ça, ma jolie, c'est une sacrée histoire ! dit-il en se frappant la cuisse. Le blanc-bec qui m'a arrêté est un benêt. Il m'a enfermé seul dans une chambre. J'en ai profité pour me cacher dans le conduit de la cheminée. Quand ses hommes et lui sont revenus, ils ne comprenaient pas comment j'avais pu sortir avec la porte fermée à clé ! J'ai eu du mal à me retenir de rire en les entendant chercher partout. Je suis resté planqué dans cette cheminée une bonne heure pendant qu'ils retournaient l'auberge de fond en comble ! Une heure dans ce conduit crasseux, c'est long, mademoiselle Gracie.

Elle était pliée en deux, l'imaginant coincé dans l'espace sombre et noir de suie, à écouter ses geôliers organiser les recherches.

— Je ne devrais pas rire, dit-elle en haletant. Ce n'est pas gentil.

— Bah, les contrebandiers se fichent des convenances, comme vous l'avez prouvé vous-même avec le comte de Langford, répondit-il avec un clin d'œil. Alors, ce mariage, c'est pour quand ?

Grace cessa de rire.

— Jack...

Elle s'interrompit, se demandant ce qu'elle pouvait lui dire.

La profession de Julian était un secret qu'elle n'avait pas le droit de révéler. La confiance qui les liait était aussi fragile et délicate qu'une toile d'araignée. En dévoilant à Jack l'activité de Julian, elle la briserait...

Mais Julian était pratiquement dans le camp de Jack, et il représentait sa meilleure chance d'être blanchi un jour.

— Julian... n'est pas seulement un comte, reprit-elle d'une voix hésitante. Je veux dire, il... il travaille pour... C'est un espion.

Jack s'étrangla avec sa gorgée de bière et faillit lâcher sa chope. Il se martela le torse du poing.

— Grands dieux, mademoiselle Gracie ! Ne me faites pas ce genre de blague !

— Je ne plaisante pas. J'aimerais que ce ne soit pas vrai.

Non, ce n'était pas tout à fait exact. Si Julian n'avait pas été espion, il ne serait pas revenu dans le Devon et n'aurait pas cherché à la connaître. Elle ne l'aurait pas rencontré et n'aurait jamais découvert la sensation de son corps glissant contre le sien, le goût de sa bouche ni l'odeur de sa peau. Elle n'aurait jamais su ce que c'était que de faire l'amour et de tomber amoureuse.

Elle finit par raconter à Jack ce qu'elle savait de l'enquête, omettant uniquement ce qui s'était passé la nuit précédente. Toutefois, elle pouvait voir à sa tête qu'il le devinait. Tremblant de rage, il se leva.

— Le fumier, grogna-t-il. Il vous a séduite, vous a utilisée.

— Arrêtez, Jack. Écoutez-moi.

Elle appuya sur ses épaules pour le forcer à se rasseoir.

— Il en répondra ! aboya-t-il.

— Pas à vous, rétorqua-t-elle fermement.

Il sonda son visage, puis, l'air méfiant, se rassit.

— Nous avons conclu un accord, Jack. Il n'est pas comme Michael Wargell. Julian est peut-être un espion, mais il y a en lui plus d'honneur et de compassion que je n'en ai jamais vu chez Michael. Je m'illusionnais, je faisais semblant de lui trouver ces qualités afin de justifier l'attirance qu'il exerçait sur moi. Or il ne s'intéressait qu'à la conquête et aux apparences.

Un goût amer monta dans sa gorge.

— Êtes-vous sûre, absolument sûre, que vous voulez épouser cet homme ? Votre oncle...

— Ne m'a pas laissé le choix. Soit j'épouse le comte, soit je suis chassée de Cannon Manor, reniée et déshonorée.

— C'est lui, la pire des ordures, grommela Jack. Vous pouvez venir vivre avec Anna et moi. Nous vous préparerons une chambre au-dessus de la taverne. Enfin, Anna. Parce que je ne sais pas quand je pourrai rentrer chez moi.

— C'est très gentil de votre part, Jack.

Elle ne pouvait aller vivre avec eux. Si Julian ne s'était pas trompé au sujet des comptes de la taverne, ils n'avaient pas les moyens de nourrir une bouche supplémentaire. Cela ne les empêcherait pas de l'accueillir au sein de leur famille, pourtant elle ne pouvait leur imposer un tel fardeau.

— Merci, Jack, mais non.

Elle était donc de nouveau face à l'ultimatum de son oncle : se marier avec Julian ou quitter le Devon et aller chercher fortune ailleurs. Sans réputation ni lettre de références pour décrocher un poste de gouvernante ou de dame de compagnie.

En revanche, un mariage avec le comte... avec Julian... était chargé de promesses.

— Oui, je veux l'épouser, dit-elle.

C'était la première fois qu'elle parvenait à le dire sans réserve. Elle espérait ne pas le regretter.

— Si vous changez d'avis, allez trouver Anna, répondit-il. À présent, qu'est-ce que ce foutu comte a à voir avec mon arrestation ?

Sa voix avait monté d'un cran, et il tentait de lisser en arrière ses cheveux rebelles.

Grace réprima un rire. Cela ressemblait bien à Jack de se préoccuper du sort des autres avant de s'inquiéter du sien.

— C'est lui qui m'a dénoncé ? demanda-t-il.

— Non. Il ne savait même pas que vous aviez été arrêté jusqu'à ce que je l'en informe.

— Que lui avez-vous dit ? Vous lui avez donné des noms ? Vous lui avez montré les grottes ?

Il avait arraché un morceau de pain et l'agitait nerveusement sous son nez.

— Non, et je ne lui ai donné aucun nom.

Les soupçons de Jack étaient blessants, mais il avait le droit de l'interroger, tout comme il avait le droit d'être en colère contre elle, même si cela lui faisait mal. Après tout, elle avait amené Michael dans les grottes.

— Je crois que vous devriez rencontrer Julian, déclara-t-elle.

— Je vous l'ai dit, ne jouez pas avec ce genre d'homme, répliqua-t-il en repoussant son assiette. Je ne me jetterai pas dans la gueule du loup.

— Il vous croit innocent.

Elle allait en dire plus, puis se ravisa. Elle ne voulait pas blesser la fierté de Jack en lui apprenant qu'elle savait sa taverne au bord de la faillite.

— C'est ce qu'il affirme, mais je n'ai aucune garantie, ma jolie. Je ne me laisserai pas pendre pour un crime que je n'ai pas commis. Vous faites peut-être suffisamment confiance au comte pour l'épouser, en revanche je ne mettrai pas ma vie et le bien-être de ma famille entre ses mains.

Il se releva péniblement en manquant de renverser le tabouret derrière lui.

— Jack...

— Comme on fait son lit, on se couche, n'est-ce pas ? Je suis soulagé que le comte se comporte honorablement et vous épouse. Cela en dit long sur lui. Néanmoins, il n'est pas le seul en cause dans cette affaire. Si je vais le trouver, il pourrait m'envoyer à quelqu'un d'autre et je serais de nouveau arrêté. Je vous soutiens dans votre décision, mademoiselle Gracie, mais je ne lui confierai pas ma vie.

Elle ne pouvait le lui reprocher.

— Je comprends.

— Ne dites pas au comte que je suis de retour à Beer. Je ne veux pas qu'il me traque ou, pire, qu'il aille chercher des noises à Anna.

— Il ne ferait pas ça.

Elle se rendit soudain compte qu'elle ne pouvait en être certaine. En dépit de son désir pour Julian, de l'honneur qu'elle pensait voir en lui, elle ignorait ce qu'il ferait passer en premier, la compassion ou l'espionnage.

— Ne lui dites pas où je suis, mademoiselle Gracie, insista Jack. Je vous en prie.

Il laissa retomber ses épaules, et les restes desséchés d'une feuille morte voletèrent jusque sur le plancher.

Grace contempla ces fragments jaunis. Cette simple feuille morte lui donnait envie de pleurer sans qu'elle puisse s'expliquer pourquoi. Elle joignit les mains et se tordit les doigts. Jack lui demandait de mentir à son mari, car Julian et elle seraient sûrement mariés avant que le traître soit démasqué et son ami disculpé.

Un mensonge par omission demeurait un mensonge.

Elle vit alors les cernes noirs sous les yeux de Jack, des rides autour de sa bouche qu'elle n'avait encore jamais remarquées. Le Jack rieur qu'elle connaissait avait cédé la place à un homme beaucoup plus vieux.

Elle n'avait pas le choix, elle mentirait. Même si Julian se battait pour prouver l'innocence de Jack, il n'y avait aucune garantie que son supérieur le croirait.

Elle ferma les yeux et expira longuement.

— Je ne lui dirai rien, Jack.

17

Le perron de la chapelle du village se dressait devant Grace, large, imposant, redoutable. L'air vif de septembre et le gazouillis joyeux des oiseaux ne changeaient rien à l'angoisse qu'elle éprouvait.

Elle se voyait entrer dans une chapelle vide et n'entendre que ses propres pas résonner entre les hauts murs de pierre.

Si elle était de nouveau abandonnée ?

Elle déglutit avec peine et essaya d'inspirer profondément. L'air resta coincé dans sa gorge, la laissant étourdie. Par réflexe, elle se raccrocha à l'homme qui se tenait à ses côtés. Celui-ci la repoussa vivement, si bien qu'elle perdit l'équilibre et trébucha contre la première marche.

— N'espère pas te défiler, tu iras jusqu'au bout, ma fille, grogna son oncle. Je ne veux pas d'une putain sous mon toit.

— Je ne voulais pas… Je n'avais pas l'intention de…

Il s'était déjà éloigné, grimpant les marches et pénétrant dans l'édifice avant elle.

Grace sentit ses joues s'empourprer. Elle refusait de se retourner pour voir si quelqu'un dans la rue avait entendu sa remarque. Relevant le menton, elle finit de monter les marches et s'avança devant les grandes portes en chêne.

Julian l'attendait-il à l'intérieur ?

Peu importait. Elle y serait. Le dos droit, elle poussa la porte.

L'intérieur de la chapelle était frais et silencieux, contrastant avec l'agitation qui régnait dans la rue. Le bâtiment était plongé dans la pénombre, et il lui fallut quelques instants avant que ses yeux s'y accoutument. Elle releva alors le regard vers l'allée centrale qui menait à l'autel et sentit son pouls s'accélérer, son cœur battant telles des ailes de papillon sous son sein.

Il était là.

Grand, mince, les traits détendus et le sourire aux lèvres. Ses beaux yeux rencontrèrent les siens, et tout le reste disparut. Elle savait que son oncle se tenait quelque part dans la chapelle et elle reconnut vaguement les Starkweather debout sur le côté, mais, en cet instant, un seul être comptait : Julian.

Le soleil, resté caché derrière les nuages une grande partie de la matinée, choisit ce moment pour faire son apparition. Ses rayons pénétrant par les vitraux projetèrent des arcs-en-ciel sur les bancs et la nef. Elle s'avança dans ces taches de lumière brillante, et ce fut comme si elle marchait dans un tourbillon de chaleur et de couleurs. Du rouge flamboyant, du bleu turquoise, du vert luxuriant, du jaune solaire.

Puis il ne fut plus qu'à un pas. Il tendit la main vers elle, et elle la saisit. Elle ne s'était même pas rendu compte qu'elle avait parcouru toute l'allée. À présent, elle se tenait si près de lui qu'elle voyait la couleur de ses yeux.

— Allons-y, qu'on en finisse, aboya son oncle.

L'enchantement fut brisé. L'incertitude la reprit et lui noua les entrailles. Ils allaient se marier ; Julian avait tenu parole. Et ensuite ?

— Mes chers frères et sœurs...

Les doigts de Julian serrèrent les siens, chauds et rassurants.

— ... pour le meilleur et pour le pire, à partir de ce jour et jusqu'à ce que la mort vous sépare...

C'était pour toujours. Elle serait liée à cet homme jusqu'à son dernier souffle. C'était à la fois excitant et terrifiant.

Ils se tournèrent l'un vers l'autre. La lumière bigarrée qui jouait sur son visage changea lorsqu'il lui sourit. Oh, que son sourire était malicieux !

Et ce fut terminé. Les vœux avaient été échangés, les prières et les bénédictions prononcées. Lord Cannon quitta la chapelle pendant que les Starkweather étreignaient Grace, puis Julian lui prit la main et l'entraîna vers la sortie. Plusieurs dizaines de villageois s'affairaient dans la rue. Des cris résonnèrent, une cacophonie de vœux de bonheur et de rires.

Julian la guida jusqu'au pied des marches contre lesquelles elle avait buté un peu plus tôt. Il répondit aux félicitations des villageois en agitant la main et en souriant, et elle l'imita en dépit du brouillard qui lui obscurcissait l'esprit. Elle ne parvenait pas à croire qu'elle était mariée. Il lui semblait avoir été emportée par une force qui la dépassait. Pourtant, ce n'était pas Julian.

Ce devait être le destin.

Elle aperçut Anna Blackbourn dans un coin, ses enfants l'entourant telles de petites sentinelles. L'épouse de Jack agita la main, et Grace lui répondit d'un signe de tête et d'un sourire. Comme ce devait être dur pour elle de savoir que son mari se trouvait à quelques kilomètres de là mais ne pouvait rentrer à la maison ! Elle lança un regard à Julian, grand, fort, le dos droit tandis qu'il l'aidait à monter dans la voiture qui les attendait. Leur voiture, désormais.

Ils étaient mari et femme. Elle n'était plus simplement Grace Hannah. Elle était Grace, comtesse de Langford.

C'était déroutant.

Tandis que la voiture traversait le village, elle lissa sur ses genoux sa simple jupe jaune pâle, gardant les yeux rivés sur les cottages et les bâtiments de pierre qui défilaient derrière la vitre. Ses nerfs étaient à vif. Elle ne trouvait pas le courage de se tourner vers Julian.

Elle sentait son odeur par-dessus celle du cuir, entendait sa respiration légère. C'était la première fois qu'elle le revoyait depuis qu'ils avaient fait l'amour, et elle ne pouvait penser qu'à la sensation de sa peau contre la sienne.

— Grace ?

Elle rassembla son courage et se tourna vers lui.

— Vous pouvez vous détendre à présent.

— Pardon ?

— Vos épaules remontent presque jusque sous vos oreilles et vos mains sont crispées l'une autour de l'autre. Vous êtes nerveuse et mal à l'aise.

Il esquissa un sourire sensuel et ajouta :

— L'idée de vous rendre un peu nerveuse ne me déplaît pas, en revanche que vous soyez mal à l'aise n'est pas très flatteur pour ma vanité masculine.

— Ah.

Elle s'efforça d'abaisser ses épaules, desserra ses mains, mais ses doigts restaient raides. Elle les contempla un moment en les écartant.

— La cérémonie était sympathique, hasarda-t-elle.

— La cérémonie était mortelle.

Elle retint un petit rire et sentit ses muscles se détendre.

— C'est vrai que le pasteur était un peu ennuyeux, non ?

— J'ai failli m'endormir à mon propre mariage. Quoique je me sois réveillé un peu lorsqu'il a dit que l'épouse devait obéissance à son époux.

Il s'adossa à la portière et l'examina en plissant les yeux.

— Y a-t-il une chance pour que cela se produise, mon épouse contrebandière ?

— Mmm. Je préfère garder le silence.

— C'est bien ce qu'il me semblait, répliqua-t-il avec des yeux rieurs.

Quand il se redressa sur la banquette, elle aperçut une forme sous sa veste.

— Vous avez apporté un pistolet à notre mariage.

— C'est une accusation ?

— Non, une affirmation.

— Je suis un espion, Grace, dit-il avec une expression indéchiffrable. Je porte toujours une arme. Souvent plus d'une.

Elle n'aurait pas dû être surprise. Ni rassurée, d'ailleurs. En lançant un regard vers la vitre, elle vit qu'ils approchaient de Thistledown.

— Y aura-t-il beaucoup de monde à la réception ? demanda-t-elle.

— Assez, oui. Votre oncle a invité une intéressante galerie de personnages.

Son ton avait changé, devenant lisse et grave, avec une pointe de menace.

— Ils seront tous là, n'est-ce pas ? devina-t-elle. Tous vos suspects. Lord Paget, sir Richard et lady Elliott, les Wargell.

— Oui.

Le regard qui l'avait suivie avec une telle intensité quand elle avançait vers l'autel était à présent sérieux et mesuré. Une lueur prédatrice y brillait.

— J'aurais dû m'en douter, murmura-t-elle, déstabilisée par ce changement subit. Ce sont ses plus proches amis.

— Vous êtes une amie de lady Elliott, n'est-ce pas ?

— Plus ou moins.

— Utilisez vos relations avec elle.

— Je ne peux pas. Ce serait déloyal.

— C'est, malheureusement, l'essence même de l'espionnage. Nous devons trouver le lien entre Londres et les grottes, et ce lien pourrait être sir Richard.

Il marqua une pause avant de préciser :

— Je suis allé voir les grottes, Grace.

— Quoi ?

— Je cherchais Jack, mais elles étaient désertes – hormis pour la marchandise de contrebande, bien sûr. Je n'ai trouvé aucun signe qu'il campait là-bas.

Heureusement que Jack avait pensé à la cabane du vieux Mick ! La promesse qu'elle avait faite à son ami résonnait dans ses oreilles.

— Il pourrait être n'importe où, déclara-t-elle d'une voix qu'elle espérait neutre.

Ses paroles fausses lui lacéraient la gorge. Mais elle avait donné sa parole.

— Peut-être n'est-il même pas dans le Devon, ajouta-t-elle.

— Peut-être. Cela me paraissait pourtant la cachette la plus plausible.

Julian l'observait attentivement, les paupières mi-closes.

Un mensonge par omission demeure un mensonge.

Elle refoula son malaise et regarda à l'extérieur.

— Que voulez-vous que je demande à lady Elliott ?

Il resta silencieux un moment. Elle aurait aimé le dévisager pour tenter de déchiffrer ses pensées, mais craignait que sa propre expression ne la trahisse et qu'il ne voie le mensonge dans ses yeux. Elle se concentra donc sur le flou de feuillage vert, doré et orange de l'autre côté de la vitre.

— Interrogez-la sur Londres, sur ce qu'ils y font, sur la famille et les amis proches de sir Richard, finit-il par répondre. Tout ce qui pourrait indiquer un lien avec le ministère des Affaires étrangères.

Elle hocha la tête. Il faisait chaud dans la voiture, en dépit de l'air frais à l'extérieur.

— Je suis désolé, Grace.

— Pourquoi ? demanda-t-elle en se tournant enfin vers lui.

— J'ai apporté la trahison à nos noces. À présent, vous êtes de nouveau tendue, vous serrez vos doigts.

Elle baissa les yeux. Il avait raison. Toutefois, ce n'était pas la trahison qui la mettait sur les nerfs, mais les secrets et les mensonges.

Soudain, il se retrouva à ses côtés. Son odeur l'enveloppa. Il prit sa main et l'embrassa, un geste qui l'émut. Lorsque ses lèvres se pressèrent de nouveau sur ses doigts, elle sentit son pouls s'accélérer.

— Ah, pardonnez-moi, ma belle dame.

— Ce n'est rien, Julian.

— Mais si. Une jeune mariée devrait être heureuse lors de ses noces. J'ai failli à mon devoir d'époux, et ce n'est que le premier jour de notre mariage. La première heure. Je me jette à vos pieds et implore votre clémence.

Elle éclata de rire, sentant ses propos absurdes dissiper la tension entre eux.

— J'ai l'impression d'être exhibée dans une foire, chuchota Grace à l'oreille de Julian tandis qu'ils traversaient les salons de Thistledown.

— C'est le cas, lui glissa-t-il. Notre mariage fait sensation, dans un village où il ne se passe jamais rien.

Elle se pencha vers lui, son parfum de lavande et son odeur féminine lui titillant les sens.

— Tous ces gens sont sans doute sous le choc, dit-elle. La parente pauvre de lord Cannon épouse le comte.

— Et avec une autorisation spéciale car nous ne pouvions même pas attendre la fin des bans.

Tandis qu'ils déambulaient de salle en salle, Julian étudiait les invités, mémorisant les visages, cataloguant les groupes et les couples. Chacun de ceux qu'il croisait était un traître potentiel, certains étant plus suspects que d'autres.

L'un des hommes au sommet de sa liste se tenait près de l'entrée principale, l'air pincé, acceptant les félicitations des invités qui entraient dans les salons. L'habit de lord Thaddeus Cannon était étiré sur son ventre proéminent, les grands boutons en cuivre menaçant de sauter. Julian l'avait rarement vu autrement qu'en tenue de chasse, ce qui expliquait sans doute qu'il lui paraisse aussi emprunté dans cet accoutrement. Il arborait un air renfrogné, et son épaisse moustache ne cessait de se tordre d'un côté puis de l'autre.

Un sonore « Félicitations ! » détourna son attention. Il pivota et se retrouva face à face avec un autre de ses suspects, sir Richard Elliott. Son épouse, lady Elliott, était derrière lui, les yeux baissés.

Sir Richard rejeta en arrière sa chevelure broussailleuse et lui tendit une large main.

— Vous voilà enfin avec la corde au cou, hein ? dit-il en lui broyant les doigts avec enthousiasme. Notre Mlle Gracie est un petit ange. Vous vous êtes trouvé une excellente épouse.

Julian lança un regard vers Grace. Elle parlait avec la menue lady Elliott, une main sur son bras. Le regard de cette dernière alla de Grace à son époux, puis se riva de nouveau sur le sol, tandis qu'elle esquissait un sourire en réponse à ce que son interlocutrice lui disait.

— Oui, une excellente épouse, répondit Julian sans la quitter des yeux.

— Une bonne épouse, c'est comme un bon verre de cognac et un bon cheval, déclara sir Richard en lui donnant une tape sur l'épaule. D'ailleurs, je me suis acheté un nouveau cheval de chasse la semaine dernière à Tattersall. Une affaire en or. Je l'ai eu pour une bouchée de pain.

L'instinct de Julian prit aussitôt le dessus.

— Ah, vous êtes allé à Londres récemment ? observa-t-il.

Près de lui, il sentit Grace se raidir et tourner la tête, tendant l'oreille dans leur direction.

— Quelles nouvelles de la capitale ? poursuivit-il. Y a-t-il quelques nouveaux scandales mondains ou politiques ? Non que la politique m'intéresse, mais j'apprécie un bon scandale de temps à autre.

— Je ne m'intéresse ni à l'un ni à l'autre, répondit sir Richard avec un geste de dédain. Je laisse tout ça à mon cousin. Il est sous-secrétaire dans je ne sais quel ministère. Pour ma part, je suis juste allé à Tattersall, j'ai passé quelques heures à mon club, je suis allé voir mon bottier, puis je suis rentré à la maison.

Le lord corpulent se balança sur ses talons et bomba le torse.

— Laissez-moi vous parler de ma nouvelle acquisition. Une vraie beauté !

Tout en posant des questions polies et en félicitant dûment sir Richard pour son achat, Julian s'efforçait d'écouter la conversation entre Grace et lady Elliott.

— Avez-vous accompagné sir Richard à Londres ? demandait Grace.

— Oh non ! L'air de la ville ne me convient pas. Surtout en ce moment. J'en ai profité pour retourner à Bath.

— Cela semble vous avoir fait le plus grand bien. Vous avez une mine superbe.

Elle avait raison. Les yeux de lady Elliott conservaient cette tristesse qui ne la quittait jamais, mais elle paraissait en meilleure santé. Elle semblait même plus heureuse que les fois précédentes où il l'avait vue. Prendre les eaux lui avait réussi.

Julian se tourna de nouveau vers sir Richard, qui continuait à faire l'éloge de son nouveau cheval. Il entendit à peine sa description dithyrambique. Sir Richard avait un cousin au gouvernement. Il semblait s'en soucier comme d'une guigne, mais ce pouvait n'être qu'une façade. Sous-secrétaire de quoi ? Quelques questions bien placées le lui apprendraient facilement.

Ses pensées furent interrompues par un autre groupe de convives venus les féliciter. Sir Richard et lady Elliott s'éloignèrent quelques minutes plus tard, puis le nouveau groupe fut remplacé par un autre. Quand ils reprirent leur chemin, Julian se retrouva momentanément seul avec son épouse.

— Grace ?

— Oui ?

— Je suis désolé, murmura-t-il.

Il baissa les yeux vers les longs doigts gracieux posés sur sa manche et les caressa doucement.

Des yeux d'argent sondèrent les siens. Elle paraissait résignée, mais elle comprenait.

— Que vous faut-il ?

— Ma belle dame, vous êtes décidément l'épouse la plus compréhensive qui soit.

Il porta sa main à sa bouche et la baisa, tandis que son autre main s'enroulait autour de sa taille pour l'attirer contre lui. Ses doigts s'attardèrent, caressant le bord de son ventre. Il la sentit déglutir et esquissa un sourire satisfait.

— Je dois profiter de l'occasion pour faire plus ample connaissance avec lord Paget et Michael Wargell. Puis, quand nos invités partiront…

Il s'approcha et lui susurra à l'oreille :

— … il n'y aura plus que vous et moi, Grace.

Son frisson déclencha une vague de désir dans tout son être. Il connaissait la sensation de ce corps sous le sien, avait touché cette peau délicate. Il savait que sous cette apparence calme et mesurée se cachaient des tourbillons de passion. Il voulait les libérer, se plonger dedans.

— J'ai l'intention de vous faire respecter cette promesse, répondit-elle.

Elle balaya le salon du regard, puis désigna du menton un coin de la pièce.

— Clotilde Wargell est là-bas, assise sur le canapé. Elle porte une robe dorée.

La foule s'écarta, et Julian aperçut une très belle femme à la chevelure auburn, la tête penchée sur le côté vers une autre dame qu'elle faisait mine d'écouter.

Toutefois, à son air blasé et supérieur, il était clair qu'elle se souciait peu de ce qu'elle lui disait. Elle se trouvait au sein d'un groupe de femmes qui bavardaient entre elles pendant que leurs époux se tenaient légèrement à l'écart, discutant de choses sérieuses.

— Michael est debout devant la cheminée, un verre de cognac à la main.

Julian lança un regard à Grace. Sa voix était neutre, ses traits dénués d'expression. Il n'aimait pas l'idée de la faire souffrir, mais il n'avait pas le choix.

Il examina l'ancien fiancé de son épouse. Séduisant, avec des cheveux bruns qui commençaient à grisonner, il paraissait aussi blasé que sa femme. Julian ne lui avait pas prêté beaucoup d'attention lors de leur première rencontre – il n'était alors pour lui que l'homme qui avait compromis Grace avant de l'abandonner devant l'autel. Ce n'était guère galant de sa part, mais cela ne suffisait pas à le soupçonner de trahison.

— Oui, je me souviens d'eux, dit-il. Leur connaissez-vous des relations politiques ou diplomatiques ?

— Non, mais Clotilde et moi ne sommes pas proches. Quant à Michael, je ne saurais le dire. Il ne m'en a jamais parlé.

Julian se demanda de quoi ils avaient pu discuter au juste. Puis il repensa à sa nuit avec Grace, et, saisi d'un élan de possessivité, il songea à ce dont Michael et elle n'avaient pas parlé, mais surtout à ce qu'ils n'avaient pas fait. En dépit des commérages sur sa réputation, il connaissait la vérité. Grace était à lui et à lui seul.

Il lui prit la main et la coinça sous son bras.

— Jouons aux jeunes mariés convenables et allons saluer nos invités.

Il l'accompagna jusqu'au groupe de dames, échangea quelques amabilités avec ces dernières, puis rejoignit les hommes devant la cheminée. Son attention était concentrée sur Michael Wargell.

— Félicitations pour votre mariage, Langford, déclara celui-ci d'une voix suave.

— Je vous remercie.

Il inclina la tête en soutenant le regard de Wargell, lequel ne sourcilla pas. Visiblement, il n'éprouvait pas la moindre gêne concernant la relation qu'il avait entretenue avec Grace.

— Retournerez-vous à Londres après les noces ?

Wargell lança un bref regard interrogateur vers Grace, ce qui agaça profondément Julian.

— Je ne peux croire que vous réussirez à la convaincre de se rendre à la capitale, poursuivit Wargell. Elle est bien trop enracinée ici, à Beer.

— C'est la raison pour laquelle vous vous êtes rétracté à la dernière minute ? demanda Julian. Parce qu'elle ne voulait pas aller à Londres ?

Les hommes autour d'eux se turent. Il sentait les regards sur lui. La tension dans l'air était palpable.

Wargell resta silencieux un long moment, les yeux rivés sur son verre, les traits dénués de toute expression. Ensuite il déclara sèchement :

— Nous n'étions pas faits l'un pour l'autre. Elle n'est pas ce qu'elle paraît.

— En effet, répliqua Julian. Elle est bien plus que cela. Un vrai gentleman s'en serait vite rendu compte.

Wargell ouvrit la bouche, la referma. Puis il vida son verre avant de commencer :

— Clotilde et moi...

— Allons, allons, l'interrompit lord Stuart Paget en tapant le parquet de sa canne. On dirait deux coqs se chamaillant pour une poule. Ne faites pas d'esclandre. Il suffit déjà que vous ayez organisé cette réception pour étaler vos erreurs, Langford.

Julian serra le poing, se retenant de justesse de l'envoyer dans la figure émaciée du vieux bougre. Il ravala sa fureur et attendit que s'estompe le rugissement dans ses oreilles.

Puis il sourit à lord Paget. Du moins, il s'efforça de lui sourire. Cela devait plutôt ressembler à un rictus.

— À votre place, je m'abstiendrais de qualifier mon mariage d'erreur le jour même de mes noces. Ce serait d'une grossièreté sans nom.

— Tout ce que je veux dire, c'est que la moitié des invités essaie d'entendre votre conversation avec lord Wargell. Restez courtois.

Il s'appuya sur sa canne, ses yeux de fouine allant de Wargell à Julian.

Ce dernier lança un regard à Grace. Elle l'observait, ses yeux d'argent énigmatiques. Elle était trop loin pour les avoir entendus, mais elle serrait les mains, ses phalanges blanches. Il reprit conscience du silence tendu des hommes autour de lui. Tant mieux, qu'ils soient mal à l'aise !

Il déclara à Wargell :

— Il semble que nous sachions chacun à quoi nous en tenir sur l'autre. Messieurs, si vous voulez bien m'excuser...

Il se dirigea vers Grace. Toujours près du canapé, elle écoutait Clotilde Wargell.

La colère de Julian monta encore d'un cran lorsqu'il entendit la voix doucereuse de Mme Wargell.

— Naturellement, nous savons tous que le comte vous a compromise, *milady*. Autrement, vous seriez encore simplement Mlle Gracie, n'est-ce pas ?

Il saisit la main de Grace et la baisa. Puis il la dévisagea langoureusement, laissant le désir qu'il éprouvait pour elle transparaître au grand jour, et la vit rosir.

— Ma belle dame, mon univers s'obscurcit lorsque vous n'êtes pas près de moi pour l'éclairer.

Elle rougit encore un peu plus.

— Milord, vous vous souvenez de Mme Clotilde Wargell ?

Il adressa à cette dernière un bref signe de tête.

— Mes excuses, madame Wargell. Je suis tellement ébloui par mon épouse que je ne vois rien d'autre.

Il glissa un bras autour de la taille de Grace et l'attira contre lui.

— Bien sûr, répondit Mme Wargell. Tout homme le serait.

Il sentit que Grace voulait s'écarter et la retint fermement.

— Vraiment ? dit-il. Il me semble plutôt que les hommes ici sont remarquablement myopes.

Il baisa de nouveau les doigts de Grace, s'attardant un instant sur eux. Alors il se retourna vers Clotilde Wargell et la regarda droit dans les yeux.

— J'ai passé beaucoup de temps sur le continent, madame. Si les hommes de la région y allaient plus souvent, ils auraient reconnu en mon épouse le joyau qu'elle est, au lieu de se satisfaire de... moins.

Il lança un regard entendu en direction de Michael Wargell.

De petits rires étouffés s'élevèrent derrière lui, et il sut qu'il avait été entendu. Sa colère apaisée, il entraîna Grace ailleurs sans même prendre congé poliment.

18

Le repas était terminé, et Julian se tenait sur le perron, saluant les derniers invités à quitter les lieux. Grace, seule dans le hall, croisa les bras et regarda lentement autour d'elle.

Elle était désormais la maîtresse de Thistledown. Une comtesse. Que faisaient les comtesses ? D'ailleurs, que faisait une épouse ? En tournant la tête vers la porte d'entrée, elle vit Julian traverser la cour en direction des écuries. Elle ignorait ce qu'il attendait d'elle. Peut-être qu'elle se rende dans leur chambre afin qu'il puisse exercer son devoir conjugal ?

Un frisson la parcourut. C'était là un devoir auquel elle se soumettrait volontiers. Après tout, elle avait déjà découvert toute une nouvelle gamme de plaisirs. Le contact de sa peau sur la sienne était tellement divin, son goût si délicieusement viril ! Elle sentit son cœur s'accélérer en voyant son mari revenir sur l'allée de gravier. Sa démarche était fluide, ses mouvements gracieux et néanmoins déterminés. Le soleil jouait sur ses traits, les illuminant ; le vent d'automne ébouriffait ses cheveux. Il était si beau, si fort...

Et il était à elle.

Le désir bouillonnait en elle, lui échauffant le sang. À compter de ce jour, Julian Travers lui appartenait.

Lorsqu'il franchit de nouveau la porte d'entrée, échevelé et joyeux, elle était prête pour lui. Elle lui tendit la main avec un sourire provocant.

— Milord ? Si nous nous retirions dans nos appartements ?

Elle vit aussitôt ses yeux s'emplir de désir. Il lui rendit son sourire, l'air espiègle.

— Si tôt, milady ? Il est à peine 15 heures.

Elle sentit ses joues s'empourprer. Était-elle censée attendre le soir ?

— Je crois vous l'avoir déjà dit, Julian, mais une contrebandière fera une effroyable comtesse.

Il prit sa main et la baisa tout en la dévorant du regard. Elle sentit la chaleur de ses lèvres remonter le long de son bras, se concentrer dans le creux de son ventre, et son souffle resta coincé quelque part entre ses poumons et sa gorge. Elle savait précisément à quoi ressemblait le contact de ces lèvres sur son corps nu.

Gardant sa main dans la sienne, il l'entraîna vers le grand escalier.

— Ma belle dame, vous n'imaginez pas à quel point je suis ravi d'avoir épousé une contrebandière, car, en cet instant précis, je n'aspire qu'à me retirer dans nos quartiers avec vous.

Soulagée, elle se mit à rire. Parvenu au premier étage, il s'arrêta devant une double porte qu'il ouvrit en grand. Une lumière vive les inonda.

— Julian, les fenêtres ! Comment...

Il y en avait partout, comme si les murs avaient disparu et qu'elle était entourée d'arbres, de verdure et de ciel.

Non, pas tout à fait, corrigea-t-elle pendant que Julian refermait les battants derrière eux. Certes, il y avait plus de fenêtres qu'il n'y aurait dû en avoir. Entre et autour d'elles étaient accrochés des dizaines de tableaux représentant la mer, les tropiques, des jardins luxuriants et des champs s'étirant à l'infini.

Elle se tourna vers lui, le regard interrogateur.

— Cette chambre était trop sombre, expliqua-t-il nonchalamment. J'ai fait venir des maçons et des vitriers pour ajouter des fenêtres et j'ai acheté quelques tableaux quand j'étais à Londres.

Il fronça les sourcils en s'avançant vers elle.

— Mais on peut en changer si ça ne vous plaît pas.

— C'est magnifique, s'exclama-t-elle, et si...

Elle chercha le mot juste. Libérateur n'était pas le bon. Ouvert, spacieux, aérien.

— Tant mieux, dit-il.

— La chambre de la comtesse est-elle aussi lumineuse ? Oh, le lit...

Comment avait-elle pu ne pas voir cette montagne de blanc, de bleu et d'or ? Un doux frisson d'anticipation la parcourut.

— Ah oui, le lit. Mon acquisition préférée.

Il l'attira à lui, sa main reposant dans le creux de ses reins.

— Quel est votre tableau favori, ma belle dame ?

— Je ne sais pas, il y en a tant... Et tous représentent un décor différent.

Elle regarda autour d'elle, examinant les paysages. Il décrivait de petits cercles dans son dos, très légèrement, mais cela suffisait à la faire frissonner de désir.

— Celui-ci, dit-elle enfin.

Ils se dirigèrent vers le tableau en question, traversant les faisceaux de lumière.

— Une île au milieu de l'océan, murmura-t-il à son oreille.

Il se tenait juste derrière elle, se pressant contre son dos, sa cravate chatouillant sa nuque nue.

— Vous ne préférez pas les côtes verdoyantes de l'Angleterre ? demanda-t-il en glissant les bras autour de sa taille et en posant les mains sur son ventre.

— Non.

Elle caressa la toile du bout de l'index, suivant la côte, la ligne d'eau turquoise et le sable d'un blanc lumineux.

— C'est tellement exotique, si différent de ce que je connais. Les palmiers, la verdure, les fleurs tropicales aux couleurs vives... Tout est si sauvage, si vibrant.

— Peut-être le Comte Contrebandier devrait-il y emmener sa compagne ?

Elle sourit au souvenir de leur premier baiser, lorsqu'il avait prétendu être un capitaine contrebandier.

Des lèvres effleurèrent son épaule, pressant la peau sensible à la naissance de son cou. Elle avait du mal à respirer, son corps tout entier en alerte, consciente du moindre de ses souffles. Elle inclina la tête en arrière, et les lèvres si habiles de Julian se promenèrent sur sa peau jusqu'à parvenir juste sous sa mâchoire.

— Peut-être est-elle prête à se laisser emmener, chuchota-t-elle.

— Sur une île des mers du Sud, où le sable est blanc et chaud, où l'océan est aussi bleu qu'une campanule.

Elle se retourna et se pressa contre lui, lui offrant ses lèvres tout en contemplant ses beaux traits virils et ses yeux. Oh, comme elle aimait ses yeux !

— J'aurais dit d'un bleu brillant comme le ciel au milieu de l'été, répondit-elle.

Il parut perplexe un instant, puis son expression changea lorsqu'elle se hissa sur la pointe des pieds et l'embrassa voracement. Elle avait faim de lui, de son corps, de son rire, de sa lumière. Tandis qu'elle touchait le drap fin de sa veste, elle sentit des doigts agiles déboutonner le dos de son corsage. Sa robe devint lâche, son corsage se détachant de sa poitrine. Il lui aurait suffi de se trémousser légèrement pour que le vêtement glisse sur le sol.

Il baissa les yeux vers le renflement de ses seins, et elle vit ses lèvres se retrousser très légèrement dans une expression de plaisir. Une puissante chaleur se répandit sur sa peau, dans son sang, dans tout son corps. Alors, elle se trémoussa et se retrouva dans sa fine chemise en coton.

Elle entendit son souffle devenir rauque tandis qu'il la contemplait, les yeux brillants de désir.

— Que feraient-ils sur leur île tropicale ? demanda-t-elle doucement. Montrez-moi.

— Il la prendrait dans ses bras.

Il la souleva, si rapidement qu'elle eut juste le temps de se raccrocher à son épaule. Elle s'émerveilla de se retrouver dans ses bras et se trouva un peu sotte de prendre tant de plaisir à sentir la force et la fluidité de ses muscles élancés.

— Il la déposerait dans les vagues chaudes et salées, à l'endroit où elles embrassent le rivage.

Il la déposa délicatement sur le lit, sur la courtepointe dorée au milieu des oreillers moelleux. Le matelas s'enfonça sous elle, épousant son corps. Elle le regarda se déshabiller. Un à un, ses vêtements tombèrent sur le sol ; sa veste, sa chemise, puis sa culotte.

— Il la rejoindrait dans les vagues et ils se laisseraient ballotter par la mer, murmura-t-elle avec un sourire.

Elle tendit la main vers lui.

Il s'allongea près d'elle, se soutenant sur un coude. Du bout du doigt, il souleva un bord de sa chemise.

— Il exposerait son corps nu au baiser du soleil et embrasserait sa peau douce et crémeuse.

Lorsque ses lèvres se posèrent sur sa clavicule, elle laissa échapper un soupir. Il abaissa sa chemise le long de ses bras, dévoilant sa poitrine. Elle entendait un feu crépiter doucement dans la pièce ; pourtant, l'air était frais sur sa peau brûlante.

Ses mamelons durcissaient, délicieusement sensibles à la caresse de l'air. Il les frotta doucement du bout des pouces, exerçant une torture exquise, puis en prit un dans sa bouche. Avec un gémissement d'extase, elle glissa ses doigts dans sa chevelure.

Il releva la tête pour susurrer :

— L'eau caresserait les pieds de sa compagne, ses mollets, ses cuisses.

Des doigts chatouillèrent ses orteils, puis remontèrent lentement le long de ses chevilles. Son toucher était doux, pourtant elle sentait la surface râpeuse de ses cals. Il effleura son genou, puis sa main se faufila sous sa chemise. Elle sentait sa chair trembler sous ses mains.

Elle voulait se tortiller, se frotter contre lui. Elle voulait *quelque chose*. Posant les mains sur son torse, elle joua doucement avec ses petits poils frisés. Sous sa peau chaude et ses muscles, elle sentait son cœur battre aussi frénétiquement que le sien.

— Vous entendez le rythme de l'océan ? murmura-t-elle.

Elle lui prit la main et la posa sur son sein en ajoutant :

— Vous l'entendez palpiter ?

— Oh, Grace, gémit-il.

Ses lèvres reprirent les siennes, avides et assoiffées. L'instant suivant, il lui ôta sa chemise. Lorsqu'il s'étendit sur elle, il plongea les yeux dans les siens et ne la quitta plus du regard, même en l'embrassant. Bouche contre bouche, peau contre peau.

Cœur contre cœur.

Quand il la pénétra, un puissant courant la parcourut. Il emplissait son cœur et son corps. L'émerveillement de cette sensation lui coupait le souffle.

Elle prit son visage entre ses mains et l'embrassa avec toute la tendresse qu'elle portait en elle. Enroulant les jambes autour de ses hanches, elle répondit avec volupté à chacun de ses assauts, l'accueillant et l'accompagnant à chaque coup de reins jusqu'à ce qu'ils soient tous les deux submergés par la houle et le rugissement de l'océan.

Pelotonnée contre Julian, réchauffée par la chaleur de sa peau, Grace se réveilla dans le noir.

Ils avaient fait l'amour une première fois, une deuxième fois, puis une troisième, après avoir pris un dîner froid dans leur chambre. À présent, elle se sentait apaisée et savourait le contact du corps de Julian contre le sien, son torse contre son dos. Son souffle caressait son oreille. Son cœur battait contre elle, lent et régulier.

Comme c'était étrange ! Chair contre chair. Une position si intime.

Il ne restait plus que quelques braises dans l'âtre. Douillettement nichée sous la courtepointe en soie et dans les bras de Julian, elle ne sentait pas l'air froid de la nuit.

Leurs cœurs battaient à l'unisson, ce qui paraissait impossible. Pourtant, en cet instant, elle ne s'était jamais sentie aussi proche d'un autre être.

C'était excitant, terrifiant et merveilleux.

Les bras de Julian glissèrent autour de son ventre et se resserrèrent, l'attirant plus près de lui.

— Tout va bien ?

Sa voix endormie était à peine audible.

— Oui, répondit-elle en caressant son bras.

— Tant mieux.

Il déposa un baiser sur son épaule nue. Avec un soupir d'aise, elle se cala confortablement contre lui. Elle sombrait de nouveau dans le sommeil lorsqu'elle entendit les bruits.

Un raclement, suivi d'un coup sourd.

Les muscles de Julian se tendirent. Il avait entendu les bruits, lui aussi. Il remua, et ses lèvres effleurèrent son oreille.

— Ne bouge pas.

Il repoussa la courtepointe et s'écarta d'elle, ne laissant derrière lui que l'air froid de la nuit. Elle roula sur le côté et le regarda descendre du lit sans un bruit. Nu, il traversa la chambre jusqu'à la pile de ses vêtements. Ses mouvements étaient précis et silencieux. Il enfila sa culotte, puis se pencha de nouveau pour prendre un objet.

L'éclat d'une courte lame luisit dans le clair de lune.

Elle écarquilla les yeux. D'où sortait-il ce couteau ? L'avait-il sur lui durant la cérémonie ?

Puis il se tourna vers elle, et elle cessa de penser. Elle ne pouvait distinguer la couleur de ses yeux, mais l'intensité de son regard, pénétrant, rusé, dur, la cloua sur place. Ce n'était pas le regard doux de l'homme qu'elle avait épousé ce matin-là, ni de celui qui lui avait fait l'amour.

C'était celui d'un espion.

Il se fondit dans les ombres de la chambre. À présent, elle n'entendait plus rien, pas même son souffle. C'était comme si elle était seule dans la pièce. Le corps tout entier tendu, elle attendit. Des minutes interminables s'écoulèrent sans qu'elle perçoive d'autre bruit que le martèlement de son propre cœur.

Elle frémit en voyant Julian réapparaître soudain devant la porte-fenêtre qui donnait sur l'étroit balcon de leur chambre. Sa silhouette se détacha à contre-jour quand il ouvrit la porte et se glissa à l'extérieur. Il y eut à peine un léger déclic lorsqu'il la referma derrière lui, et il s'évanouit dans les ténèbres de l'autre côté de la vitre.

Ne bouge pas. Elle comprenait qu'il lui avait donné cet ordre dans l'intention de la protéger, mais elle ne pouvait pas rester dans le lit, nue et vulnérable, à se ronger les sangs.

Elle se glissa hors du lit et traversa la chambre, s'efforçant d'être aussi discrète que lui. Dans la nuit silencieuse, le moindre son résonnait. Après avoir enfilé une robe de chambre en coton, elle s'approcha d'une fenêtre. Écartant légèrement le rideau, elle scruta la nuit au-dehors.

Le balcon en calcaire blanc se détachait dans le noir, ses contours anguleux contrastant avec le paysage indistinct au-delà, où les pelouses et les arbres n'étaient que des formes sombres. Des étoiles scintillaient derrière des nuages gris, et un croissant de lune bas frôlait les cimes au loin.

Elle chercha Julian des yeux. Le balcon faisait trois mètres de long, mais moins d'un mètre de large. Il ne pouvait être allé bien loin.

Puis elle aperçut une silhouette noire qui escaladait la balustrade. Ce n'était pas Julian. La forme s'accroupit, et sa tête remua d'un côté et de l'autre comme si elle observait la terrasse en contrebas. Elle n'osait pas respirer, de peur de faire remuer le rideau. Elle attendit, se demandant où étaient ses malles. Son pistolet se trouvait au fond de la plus petite d'entre elles, enveloppé dans un châle.

Une autre silhouette apparut, se détachant un instant contre le ciel nocturne. Cette fois, c'était bien Julian. On eût dit une volute de fumée, sombre, svelte et agile, une ombre sinueuse flottant au-dessus du calcaire blanc, se déplaçant avec une gracieuse fluidité.

L'ombre bondit.

Grace ravala son souffle en voyant Julian tomber sur l'intrus et le projeter contre la balustrade. Ce dernier se redressa rapidement, repoussa Julian et leva le bras pour le frapper. Esquivant le coup, Julian lui lança son pied dans le ventre. L'homme se plia en deux, mais ne tomba pas. Julian en profita pour s'élancer sur lui de nouveau.

Les deux ombres s'étreignirent, tournant sur elles-mêmes en échangeant des coups dans un pas de deux macabre. Les adversaires semblaient d'une force équivalente, ni l'un ni l'autre ne parvenant à prendre l'avantage.

Folle d'angoisse, Grace recula. Que pouvait-elle faire ? Elle s'approcha de la porte-fenêtre, puis s'arrêta, sa main moite sur la poignée.

Elle lança un regard derrière elle dans la chambre, en quête d'une arme. Elle envisagea une demi-douzaine d'objets qu'elle rejeta avant que son regard ne s'arrête sur un lourd bougeoir posé sur le manteau de la cheminée. Se précipitant dans cette direction, elle se saisit de cette arme de fortune, et la bougie tomba sur le sol. Elle la laissa, courut vers la porte-fenêtre et l'ouvrit.

L'air froid balaya son visage tandis qu'elle se précipitait sur l'étroit balcon. Elle entendait les grognements des hommes et l'impact des coups. Elle brandit haut le bougeoir au-dessus de sa tête, attendant une ouverture.

— L'Ombre ! haleta l'intrus avant de recevoir le poing de Julian dans l'estomac. Langford !

Les deux hommes se figèrent soudain, leur danse interrompue.

— Ange ? demanda Julian.

Ils s'écartèrent l'un de l'autre, pantelants.

— Par tous les saints, j'ai bien failli te tuer !

L'autre homme se massa le ventre en grimaçant.

— Oui, je m'en suis rendu compte.

Perplexe, Grace laissa retomber ses bras. Qui était cet homme ? Elle ne distinguait que des traits aiguisés et une épaisse chevelure retombant sur de larges épaules.

— Julian ? demanda-t-elle.

Son époux se retourna et lui tendit la main.

— Grace ! Rentrons. Ange, tu nous suis ?

— Bien sûr.

L'inconnu avait une voix grave et suave. Grace sentait son regard intrigué braqué sur elle.

Lorsque Julian referma la porte-fenêtre derrière eux, Grace reposa le bougeoir sur la cheminée, remit la bougie à sa place et l'alluma, ainsi qu'une autre.

En se retournant, elle lança un regard vers le nouveau venu et retint de justesse un mouvement de surprise. Elle n'avait jamais vu d'homme aussi beau. Ses traits étaient superbes, sa peau dorée, ses cheveux couleur de miel et ses yeux fauves. Comment Julian l'avait-il appelé ? Ange ? Ce n'était probablement pas son vrai nom, mais il lui allait comme un gant.

Et c'était un espion, lui aussi. Elle n'en doutait pas.

Elle resserra sa fine robe de chambre autour d'elle et regarda Julian s'avancer, la main tendue. Se rendait-il compte qu'il était torse nu ?

— Tu te relâches, Ange, dit-il. Non seulement je t'ai entendu, mais ma femme également.

Il serra vigoureusement la main de l'autre homme.

— Et tu te ramollis, ajouta-t-il. Encore une minute, et je te clouais au sol sur le dos.

Ange haussa les sourcils, un grand sourire aux lèvres.

— Ta femme ?

— Elle sait qui je suis et ce que je fais dans le Devon.

— Je vois. J'ignorais que tu t'étais marié.

— C'est tout récent. Pour ne rien te cacher, tu interromps notre nuit de noces.

— Ah, fit Ange, le regard pétillant. Je suis navré. Enchanté de faire votre connaissance, milady.

— Moi de même, répondit Grace.

Encore sous le choc de cette intrusion nocturne, elle se demanda ce qu'elle devait dire. « Bienvenue dans ma chambre » ? « Mettez-vous à votre aise » ?

Il s'inclina et lui baisa la main.

— J'ignorais que l'on trouvait de telles beautés au fin fond du Devon.

— On se calme, Ange, dit doucement Julian. Tu t'adresses à mon épouse.

— Sans doute, répondit Ange avec un sourire soyeux destiné à Grace, mais il est difficile de ne pas s'extasier devant une dame aussi exquise.

Elle plissa les yeux.

— J'ai comme l'impression que vous n'êtes pas vraiment un ange.

— Un ange déchu, peut-être, milady.

Il sourit de nouveau, d'un sourire qui devait faire tomber toutes les femmes à ses pieds.

— Mais je ne voudrais en aucun cas être un vrai ange, ajouta-t-il. Ce doit être bien ennuyeux.

— Assurément.

— Et vous êtes enfin parvenue à dompter l'Ombre, milady ?

— L'Ombre ?

Elle se tourna vers Julian, qui lui fit signe de ne pas tenir compte de la remarque d'Ange. Cela n'empêcha pas ce dernier d'expliquer à Grace :

— L'Ombre était le meilleur agent de Sa Majesté – après moi, bien sûr – jusqu'à ce qu'il prenne sa retraite.

Le visage de Julian s'était figé. Il semblait taillé dans le marbre, avec des yeux couleur de givre. Quelle était cette lueur qu'elle discernait au fond de son regard ? De la détermination ? Du désespoir ?

— Je ne suis pas encore à la retraite, rétorqua-t-il.

— En effet, dit Ange en retrouvant son sérieux. C'est sir Charles qui m'envoie, comme tu t'en doutes.

Julian se détendit légèrement.

— Oui, je lui ai demandé de l'aide.

Grace observa Julian tandis qu'il ramassait sa chemise en soie. Ses mouvements étaient secs, heurtés, aux antipodes de son agilité et de sa grâce habituelles. Les muscles de son dos étaient noués lorsqu'il enfila le vêtement, et elle se retint d'aller poser ses lèvres sur le point vulnérable entre ses omoplates

Après avoir glissé les pans de sa chemise froissée dans sa culotte, il alluma une autre bougie et dit à Ange :

— Je te proposerais bien d'aller discuter dans un des salons, mais nous risquerions de croiser un domestique, et je préférerais que personne ne soit au courant de ton arrivée.

Il lui indiqua un fauteuil près de la cheminée.

— Je t'en prie, assieds-toi. Un cognac ?

Ange acquiesça et prit place. Lorsque Julian se dirigea vers la console où étaient posés la carafe et les verres, Grace le suivit et chuchota :

— S'agit-il de Jack ?

— Oui, ainsi que du traître.

— Dans ce cas, je reste.

Il releva la tête et la dévisagea. Ses lèvres ne formaient qu'une mince ligne sombre. Toutefois, il ne la contredit pas.

— Si tu souhaites passer une robe, nous pouvons nous retirer quelques instants dans le dressing-room. Je te servirai de camériste.

Elle avait oublié qu'elle était nue sous sa robe de chambre. Se sentant soudain vulnérable, elle en rabattit les revers sur son cou.

— Reste avec ton collègue. J'irai dans la suite de la comtesse et trouverai une robe simple que je peux enfiler toute seule.

— Non.

— Je n'aurai pas besoin d'aide

Elle se tourna, mais il la retint par le poignet.

— *Non.*

Il avait parlé à voix basse, d'un ton sec et autoritaire. Sa main serrait son poignet comme un étau, lui faisant presque mal.

Elle baissa des yeux incrédules sur ses doigts. Quand elle les releva, elle croisa son regard. Il était rempli d'une fureur froide. Elle voulut reculer, mais il ne la lâcha pas.

— Tu n'entreras pas dans cette chambre. Je te l'interdis.

Elle sentit sa propre colère monter, menaçant de déborder. Puis elle vit autre chose dans le regard de Julian. Une peur panique. Elle fut déconcertée. La main qui serrait son poignet tremblait-elle ? Cela paraissait impossible.

Elle lança un regard derrière elle. Ange était accroupi devant le feu, qu'il tisonnait pour le ranimer. Même s'il paraissait ne pas les entendre, elle savait qu'il n'avait pas perdu une miette de leur conversation.

— Très bien, chuchota-t-elle en libérant son bras. J'utiliserai ton dressing-room. Pour le moment.

Elle battit en retraite dans la petite pièce. Ses malles s'y trouvaient. Les ayant préparées elle-même, elle savait exactement laquelle renfermait ses tenues les plus simples. Quelques minutes plus tard, elle avait enfilé une chemise propre et une robe en coton. Sa colère était retombée tandis qu'elle s'habillait. La réaction de Julian avait été irrationnelle, instantanée et donc instinctive, même si la raison lui en échappait encore.

Elle regarda la porte qui communiquait avec les appartements de la comtesse. Bien que simple et taillée dans un bois commun, elle lui parut aussi mystérieuse que la nuit.

Mais elle n'avait pas le temps de se préoccuper de cela pour l'instant. Il y avait un deuxième espion dans la chambre de Julian, et elle ne voulait rien perdre de ce qu'ils se disaient. Démasquer le traître passait avant tout. Plus important encore, la liberté de Jack passait avant tout.

Elle drapa un châle autour de ses épaules et retourna dans la chambre. Les deux hommes tournèrent la tête vers elle et se levèrent.

— Je vous en prie, continuez, dit-elle en leur faisant signe de se rasseoir.

Elle rassembla ses jupes et se glissa sur le canapé près de Julian. Celui-ci lui adressa un regard, puis reporta son attention sur Ange.

— As-tu des contacts que tu pourrais utiliser ? lui demanda-t-il.

— J'en ai un sur un cotre qui fait de la contrebande entre Lyme Regis et Guernesey. Il vient rarement jusqu'ici, en revanche, comme c'est le capitaine et qu'il me doit un service, je pourrais le convaincre de me trouver une place sur son bateau. Après quelques nuits avec l'équipage, ma couverture devrait être assez solide.

Julian but une gorgée de cognac et déclara, comme s'il réfléchissait à voix haute :

— Quelqu'un, quelque part, entretient des liens avec le ministère des Affaires étrangères. Je dois juste trouver qui.

— Ces gentlemen dont tu m'as parlé, ceux qui faisaient partie d'un club Hellfire et qui connaissent les grottes, se rendent-ils souvent à Londres ?

Grace pouvait lui répondre.

— De fait, la plupart y sont allés récemment, mais ils n'y vont pas régulièrement.

— Il se peut que vous ne soyez pas au courant de tous leurs déplacements, souligna Ange.

— Certes, mais s'ils s'étaient absentés un certain temps, je l'aurais sans doute appris. Il faut trois jours pour se rendre à Londres depuis Beer.

— Si on voyage en voiture, précisa Julian. Un cavalier seul va plus vite.

— En outre, un homme occupé à trahir son pays agirait furtivement, déclara Ange en reposant son verre et en s'approchant du feu. Il se déplacerait vite, de préférence de nuit. N'importe qui pourrait se rendre rapidement à Londres s'il en avait besoin. Il ne réussirait probablement pas à le cacher à sa famille et à son personnel, mais ses voisins ne se rendraient compte de rien.

— Sans compter qu'il n'aurait pas besoin d'aller jusqu'à Londres, ajouta Julian. Un intermédiaire pourrait venir à Beer, ou encore le rencontrer à mi-chemin, à une journée de voyage par la route.

— Ou par la mer, ajouta Ange. Êtes-vous certains que les contrebandiers qui ont trouvé les porte-documents ne sont pas impliqués ?

Julian se tourna vers Grace.

— Oui, dit-elle.

— Même Jack Blackbourn ?

— Oui.

Elle baissa les yeux vers la main de Julian, qui se posa sur la sienne.

— Je suis d'accord avec Grace, déclara-t-il. Il est peu probable que Blackbourn ait quelque chose à voir là-dedans. Néanmoins, j'aimerais savoir où il se terre.

Comme ses doigts s'enlaçaient aux siens, Grace sentit son ventre se nouer. Elle n'osait pas le regarder en face ; il aurait pu lire la vérité dans ses yeux. Ses doigts étaient glacés entre les siens, chauds.

Elle libéra sa main et se leva, incapable de le toucher intimement alors qu'elle se sentait si mal à l'aise. Tournant le dos aux hommes, elle entreprit de refaire le lit et lissa lentement la contrepointe sous ses paumes froides. Derrière elle, elle entendit Ange déclarer :

— Si vous êtes sûrs qu'il est innocent, il est inutile de gaspiller notre énergie à le traquer. Je vais parler à mon contact et voir s'il peut engager provisoirement un nouveau matelot. S'il se trame quelque chose de louche, ses marins le sauront peut-être.

— Si tu parviens à gagner leur confiance, ils te permettront éventuellement de t'infiltrer dans d'autres réseaux de contrebande auxquels nous n'avons pas accès, suggéra Julian.

Il s'interrompit, et Grace sentit son regard dans son dos. Elle se garda de se retourner.

— Je vais continuer à enquêter sur chacun des membres du club Hellfire, reprit-il. Ainsi que sur Michael Wargell.

— Comment ?

Il y eut un tintement de cristal et le bruit d'un liquide qu'on versait dans un verre.

— Je crois qu'une visite de leurs demeures s'impose, en tout cas des pièces susceptibles d'abriter des documents compromettants.

Grace perçut des bruits de pas derrière elle, puis le crépitement d'une nouvelle bûche dans la cheminée.

— Il faudrait également fouiller les grottes des contrebandiers, déclara Ange.

À ces mots, elle se retourna brusquement.

— Les grottes ?

— Bien sûr, dit Ange en étudiant son visage. Cela vous étonne, milady ?

Pinçant les lèvres, elle fit non de la tête.

Julian posa la main sur son épaule.

— Il le faut, dit-il doucement. J'aurais déjà dû effectuer une recherche plus approfondie.

— Mes amis et Jack les ont déjà fouillées de fond en comble.

— Ils ont pu rater quelque chose, souligna Ange. Ils ne sont pas entraînés à ce genre d'examen.

Julian laissa glisser sa main le long du bras de Grace, l'effleurant du bout des doigts. Sa caresse était autant une excuse qu'une question.

— Ils ont confiance en toi, Grace. Présente-les-moi. Conduis-moi aux grottes.

En elle, la peur le disputait aux scrupules.

— Je veux que tu me promettes que tu ne les arrêteras pas et que tu ne livreras aucune information sur eux à tes supérieurs.

Il se passa la main dans les cheveux.

— Tu sais bien que je ne peux pas te promettre cela.

— Alors, je ne le ferai pas, dit-elle en relevant le menton. Je ne sacrifierai pas mes amis. Pas pour tous les traîtres du monde.

— Milady... commença Ange.

— Non, je veux des garanties, l'interrompit-elle en croisant les doigts. Si j'accepte et leur demande de se fier à vous, je mettrai ma relation avec eux et leur confiance en moi en péril. Si vous les trahissez, ce sera comme si je les trahissais moi-même. Je ne pourrai plus rester ici et les regarder dans les yeux.

— J'ai un devoir envers mon pays, dit Julian.

— Et moi envers mes amis.

Avec un soupir résigné, il se dirigea vers la porte-fenêtre. Il ouvrit les rideaux, regarda à l'extérieur, puis les referma.

— Très bien, je te le promets, une fois de plus : je protégerai leur identité autant que faire se peut. Mais s'ils sont arrêtés par un autre que moi, je ne pourrai pas les aider.

19

Les yeux fermés, Grace se retourna sur l'oreiller. Les ténèbres sous ses paupières se parsemèrent d'éclats d'or tandis que le soleil réchauffait son visage. Elle flotta un instant dans cet espace éblouissant, quelque part entre le sommeil et l'éveil, où ses seules préoccupations étaient la soie fraîche sous sa joue et l'agréable langueur dans ses membres.

Cela ne pouvait durer éternellement. Avec un soupir, elle ouvrit les yeux.

La place dans le lit à ses côtés était vide. Elle passa la main dessus. Elle était froide. Julian devait être debout depuis un certain temps déjà.

En bâillant, elle se redressa et contempla son nouvel environnement. Sa robe de chambre était étalée au pied du lit. Julian devait l'avoir placée là pour elle. Elle se leva et l'enfila pour se protéger de la fraîcheur du matin, puis s'approcha de la porte-fenêtre. Au-delà du balcon, les arbres et les buissons s'étaient parés d'orange et de jaune avec, ici et là, quelques taches d'un rouge flamboyant. Le ciel limpide au-dessus offrait une parfaite toile de fond pour le feuillage d'automne. Un ciel aussi bleu que les yeux de Julian.

Même quand la colère durcissait ses traits.

Elle se détourna du charmant paysage et lança un regard vers le dressing-room et, au-delà, vers les portes des appartements de la comtesse. Elles étaient d'une simplicité élégante. Des portes que Julian lui avait interdit de franchir.

Interdit. Un mot impérieux, autoritaire, qui piquait sa curiosité.

Elle se mordit la lèvre, les yeux toujours rivés sur ces portes. C'était tentant. Très tentant. Elle pouvait les ouvrir, jeter un coup d'œil dans la chambre de la comtesse et les refermer aussitôt. Cela ne lui prendrait que quelques secondes. Julian n'en saurait jamais rien.

Elle s'en approcha à pas de loup, le cœur battant. Arrivée devant les portes, celles-ci lui parurent à la fois mystérieuses et intimidantes. La poignée semblait énorme, même si elle savait que ce n'était qu'une déformation de son esprit. Elle posa la main dessus et la trouva lisse et froide.

Sa paume moite glissait sur le métal. Il lui suffisait d'appuyer et la porte s'ouvrirait, lui révélant la pièce derrière. Mais elle ne pouvait pas faire cela. Elle n'en avait pas le droit. S'il le lui avait interdit, il devait avoir une bonne raison.

Elle se souvenait de son regard voilé par la panique, une émotion qu'elle ne s'était pas attendue à voir chez lui. L'homme qu'elle connaissait, l'espion, ne paniquait pas. Il plaisantait, commandait, se montrait même impitoyable si nécessaire. Mais il ne paniquait pas.

En entrant dans cette chambre, elle mettrait en péril leur union naissante. Elle le sentait d'instinct. En dépit des circonstances de leur mariage, ils avaient commencé à construire une relation. Si elle poussait ces portes, la confiance et l'affection entre eux s'évanouiraient comme si elles n'avaient jamais existé. Car ce qu'il y avait dans cette chambre remuait quelque chose au plus profond de lui.

Elle laissa retomber sa main. Retournant dans la chambre du comte, elle se dirigea vers le petit meuble sur lequel étaient posées une bassine et une aiguière. Elle se débarbouilla, puis enfila la robe simple qu'elle avait mise la veille. Alors qu'elle boutonnait le devant de son corsage, une jeune fille entra et lui adressa un sourire radieux.

— Oh, vous êtes réveillée ! Sa Seigneurie m'a demandé de venir vous servir pendant qu'il descendait prendre son petit déjeuner.

— Bonjour, Mae. Je suis réveillée et morte de faim !

Apparemment, faire l'amour (et un peu d'espionnage) creusait l'appétit.

— Je vais donc vous préparer pour que vous alliez prendre le petit déjeuner avec votre nouvel époux.

Mae baissa les yeux vers sa robe.

— Oh, vous auriez dû me sonner, mademoiselle Gracie. Je vous aurais trouvé une plus belle toilette.

Elle s'interrompit.

— Oh, pardon, vous n'êtes plus Mlle Gracie. Je dois vous appeler « milady » désormais, n'est-ce pas ?

Grace sursauta. Mae avait raison, même si elle trouvait étrange qu'on lui donne du « milady ».

— Cette robe fera l'affaire, Mae, dit-elle en lissant sa jupe.

— Mais, mademoiselle… milady, c'est votre premier matin de femme mariée. C'est presque aussi important que le jour de vos noces. Vous devez être parfaite pour Sa Seigneurie.

Mae se glissa dans le dressing-room et ouvrit l'une des malles.

— Je vais vous en repasser une pendant que vous faites votre toilette, et vous pourrez rejoindre Sa Seigneurie en un rien de temps.

— Je vous assure que cette robe me convient parfaitement.

Les jolis traits de Mae s'affaissèrent.

— Comme vous voudrez, milady.

Puis elle eut un regain d'espoir.

— Sa Seigneurie a donné des instructions pour que vos malles soient déballées rapidement. Dès cet après-midi, vous pourrez choisir parmi tout un tas de robes pour le dîner.

Grace la remercia d'un sourire. Mae était si enthousiaste qu'elle n'avait pas le cœur de lui dire qu'elle ne possédait qu'une toilette susceptible de convenir à un dîner. Elle lança de nouveau un regard vers les appartements de la comtesse

— Où seront entreposées mes tenues et mes affaires personnelles ?

Mae regarda ailleurs.

— Dans le dressing-room de Sa Seigneurie, milady.

Elle se replongea dans les malles, et Grace n'insista pas. Qu'elle ait ou non accès aux appartements de la comtesse n'était pas un sujet qu'elle tenait à aborder avec une domestique. Ce n'était pas une question de statut. Jusqu'à son mariage, elle avait été plus proche elle-même d'une servante que d'une comtesse. Simplement, c'était un problème qui ne regardait que son époux et elle.

Elle descendit dans la salle du petit déjeuner. Julian était déjà attablé, un journal ouvert devant lui. Il redressa la tête en l'entendant entrer et, repoussant son journal, se leva pour l'accueillir.

— Bonjour, ma belle dame. J'espérais que mon humble repas serait illuminé par votre présence.

Qu'il était beau, même de si bon matin !

— Je me demande ce qui pourrait illuminer plus que ce beau soleil.

— Toi seule.

Il saisit sa main et la baisa. Elle sentit la caresse de ses lèvres jusqu'au bout de ses orteils.

— Assieds-toi, reprit-il. Je vais te servir.

Elle lança un regard à son assiette, qui contenait un œuf poché et des rognons grillés.

— Mange tranquillement, Julian. Je me servirai toute seule, répondit-elle en se dirigeant vers le buffet pour se préparer une assiette.

Elle sentait le regard de Julian dans son dos. Mal à l'aise, elle se demanda si c'était la trahison ou la chambre de sa mère qui se dressait entre eux. Ou peut-être était-ce le fait qu'il avait été en elle la nuit précédente, par trois fois. Le seul fait d'y penser la faisait rosir et lui picotait la peau.

Elle voulait retrouver cette sensation, l'intimité qu'elle avait ressentie alors qu'il la possédait, son regard sur elle, leurs corps et leurs cœurs enlacés.

Lorsqu'elle s'assit à table, il se pencha vers elle.

— Ma belle dame a-t-elle bien dormi ?

— Tu veux dire, abstraction faite de notre visiteur nocturne ?

Julian balaya la pièce du regard avant de répondre :

— Oui.

— C'est qu'il y a eu quelques autres interruptions de... euh... notre nuit de noces.

Elle mordit dans sa tartine et sentit un peu de confiture de myrtilles sur sa lèvre supérieure. Elle la lécha consciencieusement, prenant son temps.

— Ah oui, ces interruptions, répéta-t-il d'un air songeur.

Son regard était rivé sur sa bouche avec cette intense concentration qu'elle trouvait excitante.

— Mon épouse s'est vite délurée.

— C'est vrai, dit-elle avec un sourire. Sans doute attend-elle que son capitaine contrebandier l'enlève.

— Alors, il agira à la première occasion, répondit-il en repoussant son assiette vide. Je propose même qu'il le fasse immédiatement après le petit déjeuner.

Elle pencha la tête sur le côté, feignant d'y réfléchir.

— J'ai entendu dire que les efforts physiques n'étaient pas recommandés après un repas. C'est mauvais pour la digestion.

— Ah, dans ce cas, avant le déjeuner ? Cela nous ouvrira l'appétit.

Elle pouffa de rire, ravie de constater qu'elle pouvait flirter ainsi avec son mari.

— Et que ferons-nous entre-temps ?

— J'ai quelques affaires à régler concernant le domaine, ce qui me désole car je préférerais infiniment rester auprès de mon épouse. Tu es libre de faire ce qui te plaît. Il y a les jardins, bien sûr ; je sais que tu les aimes. Tu peux refaire la décoration, peut-être. De nombreuses pièces auraient bien besoin d'être rafraîchies. Bon nombre d'entre elles n'ont pas été occupées depuis des années.

Il semblait d'excellente humeur, et ses yeux étaient rieurs. Peut-être était-ce le bon moment pour aborder la question qui la taraudait.

— Je me demandais si…

Elle hésita.

— Qu'y a-t-il, Grace ?

— Qu'en est-il de la chambre de la comtesse ?

Il s'immobilisa, son regard devenant glacial.

— Personne ne doit toucher à cette chambre, dit-il d'une voix dénuée d'émotion.

— Julian…

— Non. Cette pièce demeurera fermée.

Il enroula ses doigts autour de son bras. Il ne le serrait pas et ne lui faisait pas mal, mais sa main était aussi ferme que son ordre. Elle secoua son épaule pour se libérer, et il sembla redevenir lui-même.

Ne sachant trop que dire, elle resta assise tandis qu'il se levait et se mettait à arpenter la pièce.

— Je vois que ce sujet te perturbe, reprit-elle en lissant un pli de la nappe. Tu ne veux pas me dire ce qui s'est passé ?

— C'est une affaire privée.

— Et tu refuses de la partager avec moi.

Il émit un petit rire sans joie.

— Nous ne sommes mariés que depuis vingt-quatre heures, lui rappela-t-il.

La pique était blessante.

— Ne me tiens pas à l'écart, Julian. Dis-moi ce qui te trouble.

— Tout ce que tu as besoin de savoir, c'est que tu ne dois pas entrer dans cette pièce.

— Tu comptes ne rien me confier de ce qui te préoccupe ?

La colère montait en elle, tout comme la confusion. Elle maîtrisa la première de ces émotions et se releva lentement, ses doigts agrippés au bord de la table. Sa confusion, elle, se lisait sur son visage, et il la voyait certainement.

— Tu peux utiliser toutes les pièces de cette demeure, mais pas celle-ci, insista-t-il.

— Ce n'est pas une réponse.

— C'est la seule que je puisse te donner.

— Je ne comprends pas.

— Tu n'as pas à comprendre, uniquement à obéir.

Là-dessus, il sortit.

Laissant exploser sa fureur, Grace lança sa tartine, qui alla s'écraser contre le dossier du siège qu'il venait de quitter. Elle aurait voulu faire une scène, le provoquer jusqu'à ce qu'il lui explique pourquoi elle ne pouvait entrer dans la chambre de la comtesse.

Elle contempla le dossier taché de confiture de myrtilles, ne pouvant croire à ce qu'elle venait de faire. Pressant ses doigts contre ses yeux, elle se laissa retomber sur sa chaise. Elle se comportait comme une folle furieuse, tout cela parce que son mari ne voulait pas lui révéler son secret. Parce qu'il l'écartait, l'excluait.

Parce que, à cause de lui, elle se sentait comme une moins que rien.

Sa fureur retomba, et ses épaules s'affaissèrent. Elle n'était rien. L'impuissance et la solitude l'aspirèrent dans un gouffre noir. Non. Elle ne retomberait pas là-dedans. Elle inspira profondément et se hissa hors du trou. Elle n'était pas rien. Elle valait forcément quelque chose.

La porte s'ouvrit, et elle tourna brusquement la tête, s'attendant à voir Julian. Ce n'était que Starkweather. Il paraissait préoccupé. De profondes rides lui barraient le front.

— Qu'y a-t-il ? demanda-t-elle.

— Une des femmes de chambre de lord Paget est tombée malade. Une fièvre, d'après le valet qui a apporté la nouvelle.

Grace se leva aussitôt, repoussant ses soucis du moment.

— Faites seller un cheval, s'il vous plaît. Je monte chercher mes remèdes.

— Bien, milady.

Elle hâta le pas vers le grand escalier et releva ses jupes pour gravir les marches quatre à quatre. Une fois dans la chambre du comte, elle se débarrassa de sa robe et enfila une culotte. Elle trouva sa sacoche de médecine et en inspecta le contenu. Malheureusement, elle avait dû laisser de nombreux ingrédients essentiels dans sa réserve à Cannon Manor. Son oncle n'en avait pas besoin, mais il ne l'avait autorisée à emporter que ce avec quoi elle était venue, à l'exception de ses vêtements. À présent, il lui manquait un grand nombre d'herbes, de toniques et d'onguents.

Elle espérait que les domestiques de lord Paget avaient leur propre pharmacie. Sinon, la boutique de l'apothicaire de Beer n'était pas trop mal fournie. Elle devrait faire avec.

En sortant du manoir, elle découvrit avec stupeur son cher Démon qui l'attendait devant les marches.

— Comment es-tu arrivé là ? lui dit-elle en le caressant tandis que l'étalon lui poussait l'épaule du museau. Comment Julian est-il parvenu à convaincre oncle Thaddeus de te laisser partir ?

Elle lissa sa crinière et tapota son encolure. Démon hennit doucement et lui souffla dans les cheveux.

Un palefrenier attendait à côté sur un autre cheval.

— Vous n'avez pas besoin de m'accompagner, lui dit-elle en attachant sa sacoche à la selle.

— Je vous demande pardon, mademoiselle Gracie. Euh… je veux dire milady.

— Vous pouvez continuer à m'appeler « mademoiselle Gracie », si vous voulez.

— Oui, mademoiselle Gracie. Sa Seigneurie a dit qu'on devait vous accompagner si vous aviez besoin de sortir.

— Je n'ai pas besoin d'un gardien, marmonna Grace en grimpant en selle.

— Non, milady.

Il était inutile de discuter. Elle ne pouvait réprimander le palefrenier pour obéir aux ordres. Éperonnant Démon, elle s'éloigna au trot.

La femme de chambre de lord Paget avait effectivement de la fièvre, ainsi que des courbatures et une faiblesse générale. Grace diagnostiqua une grippe. Elle la mit en quarantaine, l'installa aussi confortablement que possible et lui ordonna de se reposer.

Elle quitta la minuscule chambre de la jeune fille en sachant qu'elle avait fait de son mieux. Le temps dirait si son état empirerait ou s'améliorerait. Elle descendait par l'escalier des domestiques, avec l'intention de sortir par la porte de service, quand une idée lui vint.

Elle se trouvait dans la demeure de lord Paget. S'il était le traître, elle devait pouvoir dénicher des preuves chez lui. Elle regarda autour d'elle, essayant de se repérer. Le bureau de Paget n'était pas loin. C'était le lieu logique par où commencer. Elle pouvait le fouiller rapidement et discrètement, et personne n'en saurait rien.

Elle tourna les talons et se dirigea d'un pas rapide vers le bureau. À son grand soulagement, elle ne rencontra personne. Une fois devant la porte, elle s'efforça de calmer les battements frénétiques de son cœur. Elle pressa l'oreille contre le bois et écouta, à l'affût d'un son indiquant une présence. Rien. Mais Paget pouvait aussi bien être assis dans un fauteuil en train de lire, sans faire aucun bruit.

Plus elle attendait, plus elle courait de risques d'être découverte.

Tout en essayant de ne pas penser à ce qui arriverait si elle était surprise, elle poussa la porte et se faufila à l'intérieur. À son grand soulagement, la pièce était déserte. Elle attendit quelques instants, le temps de rassembler son courage, examinant les murs vert foncé et le mobilier masculin, puis se dirigea droit vers le bureau.

Elle ouvrit le premier tiroir et parcourut des liasses de papier à lettres. Que cherchait-elle ? Elle l'ignorait et espérait qu'elle le saurait quand elle le découvrirait. Les feuilles étaient vierges, attendant d'être utilisées. À côté se trouvaient un bâton de cire à cacheter et un sceau. Rien d'intéressant.

Elle referma le tiroir et en ouvrit un autre. Il y avait là quelques bouts de papier sur lesquels étaient griffonnés des messages anodins – « Écrire au bottier » et « Discuter du vote avec le vicomte Lyndon ». Elle en saisit un. Était-ce la même écriture que sur les papiers découverts dans les porte-documents ? C'était difficile à dire sans pouvoir les comparer côte à côte.

Elle contempla le papier. Ce n'était que trois mots, rédigés à la hâte pour se rappeler quelque chose. Ce genre de papier n'était pas important et pouvait facilement se perdre.

Elle le glissa dans la poche intérieure de sa veste, puis passa au troisième et dernier tiroir. Plus profond que les deux autres, il contenait une pile de registres. Elle sortit le premier et le feuilleta, glissant le doigt le long des colonnes de chiffres et de descriptions. Il semblait s'agir d'investissements en Bourse.

Elle le rangea et en sortit un autre, le parcourant également en suivant les colonnes du doigt.

— Peut-on savoir ce que fait la nouvelle comtesse de Langford dans mon bureau ?

Le sang de Grace se figea dans ses veines. Elle releva lentement les yeux et croisa le regard froid de lord Stuart Paget. Il se tenait sur le seuil, élégamment vêtu de noir, sa main noueuse appuyée sur sa canne.

— Ah… euh… Je…

Son esprit se vida totalement. Elle était incapable d'expliquer sa présence. Elle aurait dû réfléchir à un prétexte avant de commencer sa fouille.

Paget s'avança dans la pièce. Grace lâcha le registre d'une main tremblante et recula d'un pas tandis qu'il contournait le bureau, l'air menaçant. La fureur devait lui redonner de la vigueur, car il ne s'appuyait même pas sur sa canne.

Il lui agrippa l'avant-bras, ses doigts squelettiques s'enfonçant dans sa chair. Elle poussa un cri quand il la tira violemment et la plaqua contre le mur. Puis il leva sa canne à deux mains et la pressa contre sa gorge. Elle hoqueta et cessa de se débattre, s'efforçant plutôt de respirer sous la pression du bâton.

Il se pencha vers elle jusqu'à ce que son visage soit à quelques centimètres du sien. Elle voulait appeler à l'aide, mais ne parvenait qu'à émettre un faible râle.

— Que faisiez-vous ici ?

Son haleine était rance et désagréablement chaude. Elle eut soudain une inspiration.

— Je laissais un message, croassa-t-elle.

Il relâcha légèrement la pression sur sa gorge, et elle reprit son souffle.

— De la part de mon mari. Je…

Quoi, quoi ? La panique revint et elle la refoula, se concentrant sur la recherche d'une excuse.

— Je cherchais un morceau de papier pour vous l'écrire.

Une lueur d'incertitude traversa le regard du vieillard.

— Mon mari souhaite donner un dîner pour mon oncle, afin de le remercier d'avoir veillé sur moi toutes ces années. Nous voulions…

Elle déglutit.

— Nous voulions vous inviter.

Paget scruta son visage en plissant les yeux. Elle s'efforça de garder une expression impassible, puisant dans tout son sang-froid pour que ses traits ne trahissent pas sa peur.

— J'ai du mal à vous croire, mademoiselle Gracie.

Le regard de Paget se porta sur le côté, et Grace vit qu'il avait repéré sa sacoche de médecine. Il recula soudain, laissant retomber sa canne.

Elle inspira profondément et se massa le cou.

Paget saisit sa sacoche, l'ouvrit, la retourna et vida tout son contenu sur le parquet.

Grace poussa un cri d'effroi en voyant ses fioles, ses sachets et ses flacons s'éparpiller sur le sol. Un rouleau de gaze se déroula, et un bocal d'herbes sèches se brisa, dégageant une odeur âcre de bétoine.

Elle s'accroupit, essayant fébrilement de récupérer ses précieux biens. Il y eut un sifflement dans l'air, et la canne s'abattit sur le plancher, à quelques millimètres de ses doigts. Elle se releva lentement et soutint le regard de Paget. Il la toisa un instant, puis se pencha de nouveau vers le sol, écartant les objets du bout de sa canne.

— Ôtez votre veste, ordonna-t-il.

— Lord Paget, je…

— Tout de suite !

Les doigts tremblants, elle commença à se déboutonner, priant pour qu'il ne lui demande d'ôter que sa veste. S'il exigeait plus, elle prendrait la fuite, hurlerait, se battrait.

Soudain, elle sentit monter en elle une colère sourde. Ses doigts s'immobilisèrent.

— Non, je refuse.

Paget parut interloqué, puis furieux.

— Je vous ai ordonné de…

Plantant fermement ses talons dans le sol, Grace s'arma de courage. Elle releva le menton et écarta les pans de sa veste.

— Vous vous imaginez que je vous ai volé quelque chose ? Des cuillères en argent, peut-être ? Un chandelier ? Vous croyez que j'ai besoin de vos misérables breloques maintenant que je suis comtesse ?

Elle émit un petit rire de dédain, en espérant de tout son cœur qu'il était crédible.

— Vous voyez mes poches intérieures ? poursuivit-elle en passant la main sur la doublure lisse. Vous remarquez une bosse ? Je ne vous ai rien pris.

Pitié, faites qu'il ne trouve pas le message !

Elle se tint droite, sa veste ouverte mais toujours sur son dos. Paget examina attentivement la surface du tissu, scrutant ses moindres recoins, puis releva les yeux vers elle, l'air toujours aussi suspicieux.

— Satisfait ? lança-t-elle.

Elle était elle-même surprise par son aplomb. Elle se reboutonna, en espérant qu'il ne remarquerait pas ses doigts tremblants.

— Pas tout à fait, répondit-il.

Il lui lança sa sacoche, qu'elle rattrapa de justesse par la bandoulière. S'agenouillant de nouveau, elle fourra hâtivement les fioles, les flacons et le bandage en vrac dans le sac. Des éclats de verre lui entaillèrent les doigts lorsqu'elle tenta de ramasser les feuilles de bétoine et les fragments de bocal.

— Laissez ça, dit Paget avec une moue de dégoût.

Il traversa la pièce et ouvrit grande la porte.

— J'ignore ce que vous faisiez ici, *milady*, mais ne vous méprenez pas : je vous ai à l'œil.

Elle s'enfuit. Son cœur battait encore à tout rompre lorsqu'elle arriva au galop dans la cour de Thistledown.

Elle avait une marque violacée au-dessus des clavicules. Elle eut beau essayer toutes sortes d'accessoires, aucun ne parvenait à la masquer. Impossible de cacher la vérité à Julian.

Elle lança un regard vers les portes des appartements de la comtesse. Ce n'étaient pas des mensonges qui se dressaient entre eux, mais des demi-vérités, des omissions et des secrets.

Elle quitta la chambre et descendit vers l'aile gauche jusqu'à arriver au petit salon. Julian s'y trouvait déjà, un verre de cognac à la main et un feu de cheminée crépitant à ses pieds. Elle ne l'avait pas revu depuis qu'ils s'étaient quittés en colère le matin.

Il sourit en la voyant entrer, même si son sourire ne parvenait pas jusqu'à ses yeux. Il s'approcha et lui baisa la main.

— Ah, ma belle dame, après une journée morne, votre beauté...

Il s'interrompit en voyant sa gorge et son sourire disparut.

— Que s'est-il passé ?

Ses doigts s'étaient contractés autour des siens. Elle posa sa main libre sur son cou sans parvenir à cacher la marque.

— Nous allons peut-être savoir si l'un des suspects est le traître, répondit-elle.

— Raconte-moi.

Sa voix était grave, son expression sévère.

Elle voulut libérer ses doigts, mais il les retint. Il scrutait son regard, ses yeux plus bleus que jamais. Puis il la lâcha enfin.

— Je suis allée chez lord Paget.

Elle s'écarta et, allant et venant dans la pièce, lui raconta succinctement ce qui s'était passé. L'angoisse formait un nœud dans son ventre.

Elle l'entendit inspirer bruyamment, puis expirer très lentement. Son visage était impassible, ses yeux froids. Un muscle tressautait dans sa mâchoire, seul signe extérieur de sa réaction.

— Je le tuerai.

Il avait parlé d'une voix mesurée, comme s'il pesait ses mots, ce qui était d'autant plus effrayant.

— Julian !

— Je le tuerai pour t'avoir touchée.

Il reposa brutalement son verre, projetant des éclaboussures ambrées, et se dirigea vers la porte d'un pas décidé.

— Arrête !

Elle s'élança et se mit en travers de son chemin.

— Écarte-toi, Grace.

— Non, écoute-moi. Si tu vas le trouver à présent, tu ne feras qu'aggraver la situation.

Elle le vit baisser les yeux vers sa gorge et posa la main sur son bras.

— Paget m'a laissée partir. Ce n'est qu'un bleu.

— Je ne supporte pas qu'il t'ait blessée. As-tu mal ?

Il effleura l'ecchymose du bout des doigts.

— Non, mentit-elle. J'ai appliqué un baume.

La colère avait fait rougir les pommettes de Julian, dont le regard s'attardait sur la marque. Elle l'observa tandis qu'il s'efforçait de se calmer.

Quels que soient les secrets qui se dressaient entre eux, elle savait désormais une chose.

— Merci de t'inquiéter autant, murmura-t-elle en posant la main sur sa joue.

Il inclina sa tête contre sa paume et inspira profondément. Une lueur intense brûla brièvement dans ses yeux.

— Merci de te soucier de moi, répéta-t-elle.

— Je ne peux pas m'en empêcher, bon sang !

La frustration dans sa voix la fit sourire.

— Allons dîner, suggéra-t-elle. Nous pourrons discuter de ce que j'ai trouvé aujourd'hui et réfléchir à ce qu'il convient de faire.

Elle lui tendit la main, pensant que l'orage était passé.

Elle se trompait. Il prit sa main et l'attira brusquement à lui. Sa bouche se plaqua sur la sienne, ferme, sauvage, furieuse. Il la fit reculer jusqu'à ce qu'elle soit adossée à la porte, la pressant contre le battant de son corps dur.

— Tu es à moi, chuchota-t-il à son oreille avant de mordiller son lobe.

— Non, gémit-elle. Tu es à moi.

Elle l'embrassa avec toute la passion désespérée qu'elle ressentait. Leurs langues et leurs souffles se mêlèrent tandis qu'ils s'abandonnaient au désir irrépressible qui vibrait entre eux.

Elle enfouit les doigts dans ses cheveux, les agrippant, pendant qu'il promenait des mains possessives sur son corps, sur ses hanches, sur ses seins. Ses doigts s'immiscèrent sous son décolleté, effleurant un mamelon, avant de s'immobiliser. Il retira sa main, et elle sentit un objet gratter la peau sensible de sa poitrine.

— Qu'est-ce que c'est ? demanda-t-il.

— Quoi ?

Encore étourdie, elle regarda le morceau de papier plié qu'il tenait.

— Qu'est-ce que c'est ? répéta-t-il en le dépliant.

— Je l'ai pris dans le bureau de lord Paget.

— Je suppose que c'est pour avoir un échantillon de son écriture, car je ne vois pas en quoi le fait qu'il ait contacté son bottier nous concerne.

Elle s'efforça d'ignorer les battements précipités de son cœur.

— Nous pouvons le comparer avec l'écriture sur les documents.

Il glissa le papier dans sa poche.

— Je suis toujours en colère contre toi, Grace, pour t'être introduite dans le bureau de Paget et l'avoir fouillé. Et contre lui, pour avoir osé lever la main sur toi.

— Ce n'est rien. Je ne peux pas effacer la marque ni l'incident, mais nous pouvons retourner là-bas et effectuer une recherche plus poussée.

— Tout d'abord, je ne veux pas que tu participes à d'autres fouilles, dit-il en retournant vers la table où il avait laissé son verre. Ensuite, je crois que Paget sera trop méfiant. Désormais, le moindre objet déplacé attirera son attention. Il pourrait même poster des gardes.

— En d'autres termes, j'ai gâché nos chances d'effectuer une autre fouille.

— Si Paget est le traître, tu as peut-être compromis toute l'opération.

En entendant la colère et la résignation dans sa voix, elle se sentit terriblement coupable.

— Nous avons au moins un échantillon de son écriture, dit-elle. Si elle ne correspond pas, nous pourrons en prélever chez les autres gentlemen.

— À moins que Paget ne les ait alertés, ce qui est fort possible, répliqua-t-il.

— Ce n'est pas certain.

— Oh, mais si, dit-il en contemplant le fond de son verre. Si tu découvrais quelqu'un fouillant dans tes dossiers financiers, ce quelqu'un étant la nièce de ton vieil ami, n'informerais-tu pas celui-ci ? Ainsi que tes autres amis proches ?

— Si.

Elle ferma les yeux, assimilant l'ampleur de son erreur, puis demanda :

— Que faisons-nous, à présent ? Comment procédons-nous ?

— *Je* fouillerai leurs maisons à la recherche d'autres échantillons. Moi, Grace. Tout seul. Si j'ai besoin d'aide, je demanderai à Ange.

— Je peux t'aider.

— C'est trop dangereux et tu n'as pas d'expérience. Imagine que tu sois de nouveau prise la main dans le sac. La prochaine fois, tu n'échapperas pas aux conséquences.

— Mais si je suis avec toi…

— Je serai distrait, je m'inquiéterai trop pour toi et je commettrai des erreurs.

Il avait raison. Elle se passa l'index entre les deux yeux et soupira.

— D'accord. Je comprends.

— Mais cela ne te plaît pas.
— Cela te plairait, à toi ?
— Non.
Il saisit son index et le porta à ses lèvres.
— Ma belle dame, je ne pense qu'à votre sécurité.
Soutenant son regard, il embrassa son majeur, puis son annulaire.
— Tu cherches surtout à détourner mon attention.
— Tu es trop perspicace, dit-il en souriant. J'y parviens ?
Elle se mit à rire.
— Oui. Pour le moment.

Un bref cri aigu réveilla Grace en sursaut. Il retentit de nouveau, et elle s'aperçut qu'il provenait de Julian. Il remuait près d'elle, repoussant les couvertures. Elle se redressa sur un coude. Il était recroquevillé en chien de fusil, les genoux contre le torse, lui tournant le dos.
— Non, je vous en prie…
La peur dans sa voix était déchirante et glaçante.
Elle posa la main sur son épaule.
— Julian.
Elle le secoua légèrement. Comme il ne se réveillait pas, elle haussa la voix.
— Julian, réveille-toi.
Il fut parcouru d'un violent frisson et haleta. Seigneur, à quoi rêvait-il ? Quelles horreurs revivait-il au plus profond de la nuit ? Elle le secoua de nouveau, plus fort cette fois.
— Je suis désolé.
Il gardait les yeux fermés. Il dormait toujours.
— Je suis tellement désolé.
Il y avait tant de chagrin dans ses mots qu'elle sentit les larmes lui piquer les yeux.
— Oh, Julian…

Désemparée par la détresse qui le tenaillait, elle passa par-dessus lui et se coucha contre lui, l'attirant à elle.

Il se blottit contre elle et enfouit son visage dans son cou. Des frissons continuaient à le parcourir, mais il ne pleurait pas.

— Grace, murmura-t-il.

Ses bras s'enroulèrent autour d'elle, et il la serra jusqu'à ce qu'elle ne sache plus où finissait son corps et où commençait le sien.

— Grace, répéta-t-il. Reste avec moi.

— Je suis là, chuchota-t-elle.

Elle ne savait pas quoi dire d'autre. Elle caressa son dos comme si ses mains pouvaient chasser ses souffrances.

— Je suis là, je te le promets.

Elle aurait voulu ajouter « mon amour », mais ne le pouvait pas. Et cela lui déchirait le cœur.

20

— De quoi as-tu rêvé cette nuit ?

Dans la faible lumière de l'aube, Grace scrutait les profondeurs des yeux de son mari. Son visage, à quelques centimètres du sien, ne portait aucune trace des démons qui l'avaient hanté.

— Rêvé ?

Ils étaient étendus l'un en face de l'autre dans le lit. Un bras posé sur sa hanche, il caressait paresseusement son dos. Il plissa légèrement le front, réfléchissant à la question.

— Mmm, je ne m'en souviens pas.

Puis une lueur rieuse illumina son regard.

— J'ai sûrement rêvé de toi, car une telle beauté est le rêve de tout homme.

— S'il te plaît, sois sérieux, Julian.

Elle ne put néanmoins s'empêcher de sourire. Puis elle se souvint des frissons qui l'avaient agité tout entier.

— Tu as fait un terrible cauchemar.

— Sûrement pas. J'ai une réputation à entretenir. Aurais-tu oublié ma seconde carrière ?

Il déposa un baiser sur ses lèvres, avant de poursuivre :

— Je me dois de rester à tout moment fringant, dangereux et aventureux. Un contrebandier ne fait pas de cauchemars.

Elle refusa de rire.

— Quoi que ce soit, tu peux m'en parler.

Contrarié, il pinça les lèvres.

Elle posa un doigt sur sa bouche pour tenter d'effacer son irritation.

— Tu étais tout retourné. Et je me demandais...

Elle lança un regard en direction des appartements de la comtesse, profondément consciente que ces portes se dressaient entre eux.

— Je me demandais s'il s'agissait de ta mère.

— Non.

Toutefois, elle vit l'ombre d'un doute dans son regard.

— Si j'ai fait un cauchemar, il s'est dissipé avec le lever du soleil, reprit-il. Ce n'était donc pas important. En revanche, mes fantasmes sont nettement plus intéressants.

Il glissa la jambe par-dessus la sienne et la fit rouler sur lui. Elle croisa les bras sur son torse, puis reposa son menton sur ses mains. Devait-elle insister ou changer de sujet ? *Laisse-lui du temps*. Oui, il avait besoin de temps pour lui faire confiance.

— Parle-moi de tes fantasmes, alors. Vers quelle contrée le capitaine contrebandier et sa compagne voguent-ils à présent ?

— Aujourd'hui, elle n'est pas sa compagne, mais une belle Écossaise, grande, svelte et forte. Il l'emmène dans les montagnes des Highlands, là où l'air est pur et vif.

— Je croyais qu'il pleuvait tout le temps en Écosse ?

— En effet, cela peut arriver, répondit-il en riant.

Il l'embrassa dans le cou, sa barbe naissante la chatouillant agréablement.

— Mais aujourd'hui, c'est une pluie douce, silencieuse et purificatrice. Il cueille de la bruyère mauve dans les champs et en fait une couche sous les arbres pour sa belle.

Il rabattit la courtepointe par-dessus leurs têtes. La lumière filtrait à travers la fine soie et projetait des ombres sur son visage.

— Il l'enveloppe dans son tartan et la réchauffe avec son corps. Ils peuvent ainsi se cacher, protégés des gouttes et enveloppés dans le parfum de la bruyère. Il n'y a qu'eux deux, à l'abri, sans personne pour les déranger.

Elle caressa sa poitrine, jouant avec la toison de son torse.

— Et que font-ils sous le tartan ?

Il prit sa tête entre ses mains et glissa ses doigts sur ses pommettes, puis sur ses lèvres.

— Il l'embrasse. D'abord sur la bouche, cet endroit si irrésistible, dit-il en effleurant ses lèvres des siennes. Ensuite sur les yeux, sur les joues, sur le nez...

Il joignait le geste à la parole, baisant chaque œil tour à tour, puis ses joues. Ses mains exploraient son corps, se promenant sur sa peau chaude.

— Tout là-haut dans les hauteurs de l'Écosse, il l'explore, visitant ses monts, ses vallées, ses lieux secrets.

Tout doucement, afin de ne pas écarter la courtepointe, ils roulèrent l'un sur l'autre de façon qu'il se retrouve au-dessus d'elle. Se redressant sur les coudes, il embrassa son cou et le creux de ses clavicules. Elle retint son souffle lorsqu'il laissa traîner sa langue sur un mamelon, puis se cambra et gémit de plaisir quand il prit ses seins dans sa bouche, l'un après l'autre.

L'air sous la courtepointe était réchauffé par la passion qui les habitait. Grace soupira lorsque les doigts de Julian descendirent sur sa peau sensible et s'attardèrent entre ses cuisses. Il semblait découvrir son corps de nouveau. Elle haletait, déjà proche de la jouissance lorsqu'il glissa en elle. Enroulant ses bras autour de ses épaules, elle s'ouvrit à lui, l'accueillant.

Toujours cachés sous la courtepointe, ils remuèrent ensemble dans un rythme aussi vieux que le temps. Chaque caresse, chaque soupir, chaque battement de cœur était une nouvelle découverte. Elle laissa son corps s'abandonner aux sensations, s'offrant à lui, jusqu'à ce qu'elle soit à la fois perdue et trouvée dans le monde qu'il avait créé.

Grace brisa une grappe de crocus en dormance, séparant minutieusement les bulbes beiges avant de les planter. Elle les déposa près de ceux qu'elle avait déjà enfouis dans la terre retournée. Absorbée par sa tâche, elle n'entendit pas les crissements du gravier derrière elle.

— Grace.

Elle sursauta et laissa retomber les crocus, qui roulèrent sur le sol. Une main sur son cœur pour en calmer les battements, elle se retourna. Des bottes de chasse semblaient avoir poussé dans l'herbe près d'elle. Des éraflures et des taches marquaient le cuir. Des éraflures et des taches qu'elle connaissait bien.

— Oncle Thaddeus !

Se sentant à son désavantage agenouillée sur le sol, elle se releva. Lord Cannon n'offrit pas de l'aider. Elle secoua sa jupe pour faire tomber les herbes et les feuilles.

— Je peux faire quelque chose pour vous ? demanda-t-elle.

— Tu peux rapporter ce que tu as volé chez lord Paget, cracha-t-il avec un air de dégoût.

Grace croisa les mains, baissa la tête et fixa la pointe de ses bottines. Elle se sentait rétrécir.

— Je n'ai rien volé.

Sa protestation paraissait faible même à ses propres oreilles.

— Tu as forcément pris quelque chose. Paget m'a dit qu'il t'avait trouvée dans son bureau. Pourquoi te serais-tu introduite dans cette pièce, sinon pour voler ?

— Je n'ai rien pris, je vous assure.

Elle se dandina sur place, regardant toujours ses pieds.

— Je voulais déposer une invitation pour un dîner. Mon mari et moi...

— Je ne te crois pas.

Grace serra les doigts, se détestant un peu plus à chaque instant. Il n'avait aucune prise sur elle, et pourtant l'angoisse la saisissait aux tripes et lui asséchait la gorge.

— Mon oncle...

— Je ne fais aucune confiance aux putains.

Quelque chose se cassa en elle, une brisure sèche et nette. Il l'avait déjà insultée de la sorte. De nombreuses fois. Elle avait accompli son devoir envers sa famille, s'occupant de la maison, servant de gouvernante et d'infirmière, lavant, raccommodant, organisant les repas, faisant les comptes. Elle était même devenue sa secrétaire. Pendant des années, elle avait courbé l'échine, subissant ses règles et son dédain.

Et pourtant, à ses yeux, elle ne valait toujours rien.

Un besoin de se libérer la submergea, puissant et irrésistible. Elle en avait assez de n'être rien. Les braises de sa colère avaient été ranimées. La tension qui s'était accumulée en elle explosait enfin.

Elle le regarda en face, espérant que sa fureur se lisait dans ses yeux.

— Lord Paget vous a-t-il dit ce qui avait été dérobé ?

— Non.

Cannon la dévisagea avec une moue irritée. Sa cravache battait contre sa jambe à petits coups impatients.

— La seule raison pour laquelle il ne t'a pas encore accusée publiquement, c'est qu'il n'arrive pas à trouver ce que tu lui as pris. Pas encore.

— Dans ce cas, jusqu'à ce que vous déteniez une preuve, vous aurez l'obligeance de vous abstenir de m'accuser de vol.

Les battements de cravache s'accélérèrent.

— Ne me parle pas sur ce ton, Grace, gronda-t-il. Tu peux te faire appeler comtesse si tu veux, mais cela ne change pas le fait que tu n'es rien.

— En effet, un titre ne changera pas qui je suis.

Elle bomba le torse et s'avança d'un pas, poursuivant :

— Je n'ai jamais été autre chose que moi-même, et cela ne vous a jamais suffi. Me haïssez-vous tant parce que ma mère a fait une mésalliance ?

— Ton père n'était qu'un ouvrier, cria-t-il. Tu n'es qu'une morveuse du petit peuple, et je me suis retrouvé avec toi sur les bras quand tes parents sont morts.

— Vous n'étiez pas obligé d'accepter ! rétorqua-t-elle.

— Quoi, et refuser l'argent de ton éducation ? Je ne suis pas sot à ce point !

— Quel argent ?

— Juste assez pour que cela vaille la peine de te garder quelques années.

La « garder », comme si elle n'était qu'un chiot.

— Ce n'était sans doute pas assez d'argent pour que j'aie droit à votre affection.

— Et puis quoi encore ? s'écria-t-il avec un ricanement. Au moins, tu t'es rendue utile.

— Utile, répéta-t-elle rageusement. Je suppose que j'ai au moins mérité le gîte et le couvert.

— À peine. Tout le temps que tu as vécu à Cannon Manor, tu l'as passé à te balader à travers le Devon, servant des ouvriers, des pêcheurs et d'autres hommes de la classe de ton père. Tu t'es sans doute prostituée avec eux comme tu l'as fait avec Michael Wargell et le comte de Langford. Tu es une honte pour la famille. Mais c'est fini, tu m'entends ? Plus question de faire ta traînée avec les villageois et de jouer leur servante avec tes potions, tes toniques, tes...

— Mes quoi ?

— Je n'ai pas envie que ton mari demande le divorce et qu'il te rende à moi, encore plus déshonorée.

— Qu'il me rende ? répéta Grace, médusée.

— Dorénavant, tu n'auras plus aucun contact avec ces gens.

— J'aurai des contacts avec qui bon me semble, répliqua-t-elle. Ces « gens » sont mes amis.

— Grace, tonna-t-il. Je t'interdis...

— Vous n'avez plus aucun droit de m'interdire quoi que ce soit.

Elle se hissa sur la pointe des pieds, approchant son visage à quelques centimètres du sien.

— Je ferai ce qui me plaît, dit-elle avec véhémence. Et vous savez ce que vous pouvez faire de vos ordres.

Il écarquilla les yeux, puis leva la main comme s'il allait la frapper.

Elle ne pouvait le laisser faire. Elle para le coup avec son avant-bras et le poussa en arrière. Déséquilibré, il recula d'un pas chancelant. Il était peut-être plus grand qu'elle, mais elle ne le laisserait pas la rabaisser. Plus jamais. Elle se pencha vers lui, ignorant son haleine fétide.

— Je vous ai servi. J'ai dirigé votre maison. J'ai été la gouvernante de votre fille capricieuse et la nurse de vos fils mal élevés, mes propres cousins ! Vous m'avez toujours traitée comme une domestique.

— Tu ne vaux pas mieux qu'une servante, cracha-t-il.

Néanmoins, derrière son agressivité, elle percevait un soupçon de panique. Elle ne s'était jamais sentie aussi forte.

— J'ai toléré vos insultes et vos abus, lança-t-elle. Mais c'est terminé.

Elle l'attrapa par la chemise, serra le poing et plongea les yeux dans les siens. Il avait un regard apeuré.

— Quittez ma propriété sur-le-champ, ordonna-t-elle, ou je vous ferai escorter jusqu'à la grille.

Elle tourna les talons et franchit l'entrée des jardins de Thistledown. Se refusant à regarder derrière elle, elle se dirigea vers l'entrée du manoir la plus proche. C'était la terrasse en pierre et la porte-fenêtre du bureau de Julian.

Une main sur la poignée, elle se retourna enfin et poussa un cri en apercevant un homme sur la première marche de la terrasse. Elle crut que son oncle l'avait suivie, avant de reconnaître Julian.

Le vent soulevait ses cheveux et les pans de sa veste, mais il ne semblait pas le remarquer. Immobile, il l'observait, le regard dur.

Pressant une main sur son cœur, elle prit une grande bouffée d'air froid, avant d'expliquer :

— J'étais dans les jardins.

— Je sais, je t'ai vue.

— Alors, tu as dû voir oncle Thaddeus aussi.

— Je suis arrivé trop tard pour l'arrêter. Il t'a touchée ?

— Non, répondit-elle fièrement. C'est moi qui l'ai touché.

— Il a osé lever la main sur toi, dit-il d'une voix basse et menaçante. Rien que pour ça, je devrais le tuer.

— Ce ne sera pas nécessaire. Je doute qu'il revienne.

Le souvenir de la peur dans le regard de son oncle l'emplit de satisfaction.

— Rentrons, proposa-t-elle.

Il hésita, son regard balayant les jardins.

— Je n'en ai pas fini avec ton oncle.

Elle tendit la main pour l'attirer dans le bureau.

— Moi si. Je lui ai dit tout ce que j'avais à lui dire.

— Pas moi.

Il se laissa néanmoins entraîner à l'intérieur. Un petit feu brûlait dans la cheminée. En quelques minutes, il le raviva jusqu'à ce que des flammes dansent dans l'âtre.

Il revint vers elle et lui prit le menton.

— Tu es toute rouge, observa-t-il.

— Ah oui ? dit-elle en pressant ses mains contre ses joues brûlantes.

— Que t'a dit Cannon ?

— Oh, rien de bien important, au fond.

Elle s'écarta, et il laissa retomber ses mains.

— Si ce n'était pas important, tu ne serais pas dans cet état. Tes yeux ne brilleraient pas de colère. Il n'aurait pas essayé de te frapper.

— Il ne m'a rien dit que je ne sache déjà. Que j'étais un fardeau pour lui. Que mon père était un roturier, comme moi. Que je n'étais rien.

L'espace d'un instant, le trou noir se rouvrit en elle, menaçant de l'engloutir. Elle le repoussa, le comblant avec le plaisir sombre d'avoir tenu tête à son oncle.

— Tu ne crois pas cela, j'espère.

— Plus maintenant.

Elle se plaça devant la fenêtre et contempla les nuages gris qui parsemaient le ciel. Ils projetaient leur pâleur sur les jardins.

— Selon mon oncle, je ne suis qu'une pauvre fille de basse extraction qui sert les classes inférieures. Il a raison au sujet des circonstances de ma naissance, comme tu le sais. Et, oui, je sers les classes inférieures. Ce sont de braves gens.

— Les circonstances de notre naissance sont un accident. Seule la personnalité importe.

— Ce n'est pas un point de vue courant dans notre classe.

Elle lui lança un regard par-dessus son épaule. Le comte de Langford, si beau, si élégant, baignant dans une aura indéfinissable de richesse et de privilèges. En le voyant, personne ne pouvait douter d'avoir affaire à un aristocrate.

— J'aurais dû dire, de ta classe, corrigea-t-elle.

— C'est aussi la tienne.

Il leva la main pour couper court à ses protestations et continua :

— Je ne suis pas en train de te contredire, Grace. Peu m'importe qui était ton père. C'est toi qui comptes pour moi. Et tu n'es pas « rien ».

— Je suis juste...

— Une femme pleine de bonté et de compassion pour ceux qui sont dans le besoin, acheva-t-il pour elle. Tu es aussi têtue, vive et courageuse.

Elle s'esclaffa, incrédule

— Courageuse ? Je sais ce qu'est la peur, Julian.

— Je n'ai pas dit sans peur, j'ai dit courageuse. Ce sont deux choses très différentes. La première est idiote, la seconde admirable.

— Peut-être.

— Ne laisse pas ton oncle te gâcher la vie, Grace.

Dans la vitre, elle vit son reflet s'approcher. Ses mains chaudes et lourdes s'enroulèrent autour de sa taille.

— Il ne gâchera plus rien. Plus maintenant.

Elle frissonna en sentant ses lèvres dans son cou.

— Ne pensons plus à lui, suggéra-t-elle. Je lui ai déjà consacré beaucoup trop de temps.

— Comme tu voudras. J'ai un cadeau pour toi. Je comptais attendre un peu, car il n'est pas complètement terminé...

Elle se retourna dans ses bras.

— Un cadeau ? Mais pourquoi ?

— Ne sois pas si surprise, dit-il en riant. Cela te plaira, je crois. Et je te l'offre maintenant parce que tu en as besoin aujourd'hui.

Il la prit par la main et l'entraîna dans le couloir.

— Je n'ai pas besoin d'un cadeau.

— Bien sûr que si. Tout le monde a besoin de cadeaux. En outre, tu dois te détendre un peu avant notre excursion de ce soir.

— Ah oui, les grottes.

Elle avait oublié. Elle rassembla son courage et s'efforça de se concentrer sur leur mission.

— J'ai promis de te présenter aux contrebandiers, et je tiendrai parole.

— Merci.

Il lui baisa les doigts et s'effaça pour la laisser entrer dans la cuisine.

Une délicieuse odeur de pain frais flottait dans l'air. Des miches aux formes élaborées étaient alignées sur un des comptoirs, leurs motifs pincés et tressés d'une belle couleur dorée. Deux jeunes servantes engagées depuis peu travaillaient devant un autre comptoir, les mains enfouies dans la pâte, leurs visages saupoudrés de farine. La cuisinière, également une récente recrue, les observait les bras croisés, donnant des instructions. La dictatrice régnant sur son domaine.

Julian glissa un bras autour de la taille de Grace. Lorsque la porte battante se referma derrière eux, les servantes relevèrent la tête.

— Milord ! s'exclama la cuisinière.

Sa bouche se mit à s'ouvrir et à se fermer comme celle d'une carpe hors de l'eau.

— Bonjour, lança joyeusement Julian.

Il se pencha sur l'une des miches et la huma.

— Mmm, du pain d'épice ! Mon préféré.

— Oui, milord. Mlle Gracie... euh... Sa Seigneurie nous a dit que vous l'aimiez.

— Et le vôtre est excellent. D'ailleurs, j'ai constaté que notre table regorgeait de délicieux pains, cakes et scones depuis peu. Je ne vais plus pouvoir m'en passer. Ce sont vos propres recettes ?

— Oui, milord, répondit la cuisinière en rosissant de plaisir. Mais j'ai eu de l'aide.

Elle indiqua les deux servantes d'un geste. L'une d'elles tremblait et était blême ; l'autre était devenue aussi rouge que la cuisinière.

— Je vois que vous êtes bien secondée. Je n'avais pas mangé de scones aussi délicieux depuis longtemps. Je vous en remercie.

Les trois femmes rayonnaient de fierté. Grace lança un regard à Julian. Il était parfaitement sincère.

— À présent, j'ai une surprise à dévoiler à ma femme, reprit-il. Si vous voulez bien nous excuser.

Il entraîna Grace vers une petite porte ordinaire dans un angle de la pièce. S'arrêtant, il prit ses deux mains dans les siennes. Il paraissait excité.

— Ferme les yeux, ordonna-t-il.

— Julian...

— Ferme les yeux.

Elle poussa un soupir avant d'obtempérer. Puis, immobile, elle leva le visage vers lui afin de lui montrer qu'elle ne trichait pas.

— Maintenant, laisse-moi te guider.

Elle entendit la poignée tourner, puis le grincement d'un gond lorsque la porte s'ouvrit. Il la tira doucement en avant, lui faisant franchir le seuil. Un mélange d'odeurs l'assaillit. De la poussière, de l'humidité, du renfermé, des émanations âcres et douceâtres d'herbes et de fleurs séchées. Ces senteurs paraissaient vagues et anciennes.

— Je peux rouvrir les yeux ?

Il baisa doucement ses doigts, ses lèvres s'attardant un instant.

— Oui.

Grace battit des paupières. Les nuages gris s'étaient éloignés, et le soleil se déversait dans la pièce à travers les grandes fenêtres. Ses rayons éclairaient les particules de poussière en suspension, doraient les longues tables et les étagères, faisaient étinceler les rangées de bocaux et de flacons.

Elle n'avait vu cette pièce qu'une fois, des années plus tôt. Elle s'en souvenait néanmoins. La distillerie de Thistledown était spacieuse et lumineuse. Lors de sa première et dernière visite, elle était abandonnée et en piteux état. Or elle avait été débarrassée de décennies d'encombrement et de poussière. Un vieil alambic trônait encore dans un coin. Une grande cheminée occupait la majeure partie de l'un des murs. Des casseroles, des seaux et des bouilloires en fonte avaient été rangés avec une précision méticuleuse.

— Mme Starkweather et moi avons passé les quinze derniers jours à la préparer pour toi. Cela fait bien vingt-cinq ans que cette pièce n'a pas servi – sans doute plus, même, car ma mère ne l'utilisait pas. Il a fallu des jours pour enlever la poussière et les toiles d'araignée. J'ai ajouté tout ce qui m'a semblé pouvoir te servir. Tu trouveras des pots, des bocaux, deux jeux de mortier et pilon… J'ignorais quel type il te fallait, mais Mme Starkweather m'a dit que ceux fabriqués par Wedgewood ne se tachaient pas et ne retenaient pas les odeurs. C'est donc là que je les ai commandés. Si tu en préfères d'autres, nous les achèterons au village ou nous les ferons venir de Londres.

Il lui prit la main et, l'entraînant dans un coin de la pièce, lui montra des livres et des registres empilés sur une table.

— Je suis sûr que tu as déjà des exemplaires de la plupart de ces ouvrages.

Il posa la main sur le haut de la pile et glissa un doigt le long des tranches, récitant :

— *Le Médecin anglais*, de Nicholas Culpeper, *L'Herbier ou l'Histoire générale des plantes*, de John Gerard. Certains contiennent des annotations rédigées à la main que tu trouveras peut-être utiles. Figure-toi que l'un de mes lointains ancêtres s'intéressait aux vertus médicinales des plantes, et il a laissé plusieurs registres avec des recettes. Tu pourras peut-être y ajouter les tiennes ; c'est pour ça que j'ai acheté tous ces cahiers vierges et…

Des larmes coulaient sur les joues de Grace. Elle ne pouvait les arrêter. Quelque chose s'était contracté douloureusement en elle, puis s'était relâché brusquement.

— Ma belle dame, j'espère que ce sont des larmes de joie ?

Il sortit un mouchoir de sa manche et le lui offrit avec un moulinet du bras.

Honteuse, Grace le prit et s'essuya les yeux.

— C'est magnifique, Julian.

— Tu en es sûre ? Les larmes d'une dame sont parfois difficiles à interpréter.

— J'en suis certaine, répondit-elle avec un petit rire larmoyant.

Il prit sa main libre et la baisa. Puis il s'avança et la serra contre lui. Son regard redevint sérieux.

— Je veux que tu te sentes ici chez toi. Il suffit simplement de réarranger le mobilier à ta convenance.

— C'est absolument parfait, murmura-t-elle.

— Tant mieux, dit-il en l'embrassant. À présent, montons dans notre chambre.

Grace sentit son pouls s'accélérer, déjà émoustillée. Elle protesta néanmoins pour la forme :

— Mais il n'est même pas midi !

— Je ne vois pas le rapport, répondit-il en riant.

Il l'embrassa de nouveau, fougueusement.

— Montons, répéta-t-il en la libérant.

Leurs doigts s'enlacèrent, et il prit de nouveau sa bouche, ses lèvres chaudes et séductrices.

— Viens avec moi et je t'emmènerai au loin.

Malgré ce qui se dressait entre eux, en dépit des secrets qui les séparaient, il lui donnait tout ce dont elle avait besoin. Émue aux larmes, elle sourit.

— Et où irons-nous aujourd'hui, mon capitaine ?

Des odeurs de foin, de crottin et de poussière saturaient l'air des écuries de Cannon Manor. Julian laissa ses yeux s'accoutumer à la pénombre et examina les stalles. Presque toutes étaient occupées. Il y avait des yearlings, des juments, des hongres. Tous avaient des allures de pur-sang.

Des palefreniers et des garçons d'écurie s'affairaient, portant des harnais, des seaux ou des sacs de fourrage. Lord Cannon allait et venait parmi eux, aboyant des ordres. Il s'arrêta en apercevant Julian. Sa moustache s'agita et il plissa les yeux.

— J'ai à vous parler, lord Cannon, déclara Julian d'un ton peu amène.

Le regard de Cannon allait de droite à gauche, cherchant une issue.

— Langford. Euh... Je suis pressé. J'ai un rendez-vous et...

— Maintenant, l'interrompit Julian. Dehors.

Il tourna les talons et ne se retourna même pas pour s'assurer que Cannon le suivait. Les tyrans capitulaient toujours lorsqu'ils tombaient sur plus fort qu'eux.

Le vent froid d'octobre soufflait du nord, cinglant son pardessus. Il tourna à l'angle du bâtiment. Cannon le suivit quelques instants plus tard, sa bedaine le précédant.

Le poing de Julian vola, propulsé par la fureur noire qui bouillait en lui. Il émit un bruit agacé en constatant qu'un seul coup avait suffi à envoyer Cannon sur le dos, les quatre fers en l'air.

— Corbleu ! jura Cannon à travers le sang qui coulait de son nez.

Il peinait à se relever. Julian l'attrapa par les revers de sa veste et le remit debout, sa rage décuplée par la passivité de son adversaire. « Frappe-moi ! hurlait-il intérieurement. Donne-moi un bon prétexte ! »

— Langford... Oumph !

Les yeux de Cannon se révulsèrent dans leurs orbites lorsque Julian le projeta contre le mur des écuries.

— Si vous la touchez de nouveau, si vous osez même penser à la toucher, ce ne sera pas simplement mon poing que vous goûterez. Je vous traquerai comme l'animal que vous êtes.

— Grace... commença Cannon d'une voix éraillée.

— Est mon épouse, l'interrompit Julian. Ne l'oubliez jamais.

Il le lâcha et le regarda avec dégoût glisser lentement jusqu'au sol.

21

Lord Langford,

Le ministère des Affaires étrangères a autorisé votre réintégration. Vos futures missions seront limitées géographiquement. Toutefois, nous avons besoin de vous sur le continent en ce moment. Achevez votre enquête dans le Devon le plus rapidement possible et rentrez à Londres pour recevoir de nouvelles instructions.

Mes salutations respectueuses,

Sir Charles Flint

Julian était euphorique.

Il reprenait du service.

Il reposa la missive contre son encrier et releva les yeux vers Ange et Miles Butler, les messagers de la bonne nouvelle.

— Tu étais au courant ? demanda-t-il à Ange.

Ange hocha la tête, faisant retomber devant ses yeux la chevelure dorée qui lui avait valu son nom de code.

— Sir Charles m'a prévenu. Ce sera bien de t'avoir de nouveau sur le continent. Nous avons besoin de toi.

— Sir Charles est ravi, renchérit Miles Butler avec un sourire enthousiaste. Et moi de même.

Julian sentait s'ouvrir la porte de sa cage. On lui rendait sa liberté. La liberté de voyager, de travailler, de se rendre utile pour son pays. Il refréna sa joie pour se concentrer sur les paroles d'Ange.

— Sir Charles espérait que nous aurions avancé davantage dans l'enquête, expliquait celui-ci. Il suit plusieurs pistes au ministère des Affaires étrangères et aimerait que nous continuions à chercher le contact du traître dans le Devon. Il m'envoie pour t'aider.

Une énergie fébrile courait dans les veines de Julian. Il se leva et arpenta le salon.

— Malheureusement, il n'y a pas grand-chose à faire pour le moment.

Il leur raconta ce qui était arrivé à Grace dans le bureau de lord Paget.

— À part ça, rien de nouveau. J'espère en apprendre plus ce soir quand Grace me présentera aux contrebandiers.

— De mon côté, je n'ai rien appris de mes contacts sur la côte, déclara Ange. Selon plusieurs sources, un homme est venu poser des questions et traîner autour des bateaux de pêche, mais je n'ai pas pu obtenir de description précise.

— Nous sommes donc dans une impasse. Une fois de plus.

Frustré, Julian lança un regard par la fenêtre et aperçut Grace qui remontait l'une des allées des jardins. Sa seule vue le calma. Avec le vent frais qui teintait ses joues de rose et sa chevelure relevée sous un bonnet, elle formait un tableau ravissant parmi les feuilles d'automne et les buissons vert sombre.

Il ressentit une pointe de regret, de chagrin, puis de panique. Lorsqu'il reprendrait ses missions, il devrait la laisser derrière lui.

Comme s'il avait lu dans ses pensées, Ange demanda doucement :

— Que feras-tu d'elle quand tu retourneras sur le continent ?

— Je l'ignore.

— Elle ne pourra pas t'accompagner.

— Je sais.

Ses pensées défilaient à toute allure. Grace n'était pas une dame guindée de la haute société. C'était une contrebandière qui portait une culotte et un pistolet. Elle n'avait pas froid aux yeux. Peut-être pourrait-il l'emmener, du moins de temps en temps. Oui, elle devait venir avec lui.

Car l'idée de se retrouver sans elle lui était insupportable.

Pour la première fois depuis une décennie, il se demanda à quoi ressemblerait sa vie s'il n'était pas espion.

— Mon père a tenté d'emmener ma mère avec lui, déclara Miles Butler. Ils pensaient que ce serait une bonne idée, puisqu'il était un agent double, et elle, une émigrée française. Ç'a été un désastre. Elle ne supportait pas d'être loin de ses amis, de sa vie, de son enfant. Le besoin de maintenir constamment une façade l'usait.

Julian percevait la douleur derrière ses paroles.

Au-dehors, Grace s'accroupit devant un massif de fleurs, sa jupe gonflant autour d'elle. Elle enfouit la main entre les plantes et arracha quelque chose, sans doute une mauvaise herbe. La jetant sur le côté, elle se releva et tourna son visage vers le ciel. Elle inspira profondément, et il vit sa poitrine se soulever, puis s'abaisser. Elle ferma les paupières et esquissa un sourire de contentement.

Non, il ne pourrait pas l'emmener avec lui. Il devrait faire un choix.

Le mariage ou l'espionnage.

Le clair de lune qui filtrait entre les nuages projetait une lueur terne sur l'entrée des grottes. Julian scruta l'ouverture, puis se tourna vers sa femme. Elle l'observait attentivement, sondant son visage.

— Tu m'as donné ta parole, lui rappela-t-elle.

— Et je la tiendrai.

Il avait parlé plus sèchement qu'il ne l'avait voulu. Grace avait simplement besoin d'être rassurée.

— Ils n'ont rien à craindre de moi, reprit-il plus doucement. Je ne m'intéresse pas à la contrebande. Je suis ici pour trouver un traître.

Apparemment satisfaite, elle se dirigea vers la galerie et s'y engouffra. Il la suivit. Il devait marcher presque plié en deux tandis qu'il se faufilait entre les parois crayeuses, le regard rivé sur le joli derrière de son épouse.

Lorsque le tunnel s'élargit et déboucha sur une immense caverne, il se redressa et regarda autour de lui. Quelques petites chandelles brillaient. Leurs lueurs dansantes projetaient des ombres sur les caisses et les tonneaux sans parvenir à éclairer le haut plafond ni à pénétrer les recoins sombres.

— Jem et Thomas sont déjà là, indiqua Grace.

Alors qu'ils s'avançaient dans la grotte, deux hommes se levèrent des fûts sur lesquels ils étaient assis. Julian reconnut facilement le premier, puisqu'il avait aidé à mettre sa fille au monde. Le second était maigre et sombre. Il se trouvait dans la taverne le soir où Grace avait reçu le premier porte-documents.

Il les examina rapidement des pieds à la tête, cherchant une arme éventuelle, mais ne vit rien qui sortît de l'ordinaire. Il ne se détendit pas pour autant. C'était quand un homme relâchait son attention qu'il se retrouvait avec un couteau dans le ventre.

— Pourquoi l'avez-vous amené, mademoiselle Gracie ? demanda Jem avec un regard mauvais vers Julian.

Sa voix résonnait dans la salle. Apparemment, Julian ne devait pas s'attendre à de la sympathie de sa part, en dépit de son aide lors de l'accouchement de sa femme.

— Tout va bien, affirma Grace. Vous pouvez lui faire confiance. Il travaille pour le ministère des Affaires étrangères.

Ce n'était pas tout à fait la vérité, mais ce n'en était pas loin. Le bureau qui l'employait n'avait pas de nom.

Thomas se hérissa.

— Vous avez amené quelqu'un du gouvernement ici ?

— Nous sommes fichus, gémit Jem. Il va nous livrer aux douaniers.

— Je ne m'occupe pas de contrebande, Jem, dit Julian en se plaçant entre eux et Grace. Je ne vous dénoncerai à personne. Je ne peux rien promettre si quelqu'un d'autre vous arrête, mais ce ne sera pas moi. Celui que je recherche est bien plus dangereux qu'un contrebandier.

Il soutint le regard de l'autre homme, lui laissant voir sa détermination.

— Le traître, cracha Thomas. Il est revenu dans nos grottes.

Grace lui agrippa le bras.

— Que s'est-il passé ?

— Les grottes ont été fouillées, répondit Thomas en plaçant sa main sur la sienne et en la serrant brièvement.

— Vous en êtes sûr ? demanda Julian.

— Sûr et certain, répondit l'autre fermement.

— Comment savez-vous qu'il s'agit du traître ? interrogea Grace. C'était peut-être un simple voleur. Quelque chose a disparu ?

— Pas même une seule bouteille de cognac, répondit Jem.

— Cela veut dire qu'il ne s'agit pas d'un voleur, conclut Julian. Cet homme cherchait quelque chose de précis.

— Mais si rien n'a été dérobé et que vous n'avez pas trouvé de nouveaux porte-documents, comment savez-vous que les grottes ont été visitées ? demanda Grace.

Jem désigna d'un geste vague une malle sur laquelle plusieurs fûts étaient posés.

— La marchandise n'est pas comme on l'avait laissée. Deux fûts ont été déplacés, apparemment pour accéder à cette malle. Je l'ai examinée. Les soies étaient toutes retournées.

— Les tissus ont pu bouger pendant le transport, suggéra Julian.

— Pas à ce point, répondit Jem en se grattant le crâne. Ils étaient sens dessus dessous, comme si on avait fouillé la malle de fond en comble. Ce sont les fûts qui ont attiré mon attention. Je les avais posés sur le sol hier soir afin de m'installer sur la malle pour me reposer et manger le casse-croûte que Fanny m'avait préparé. J'étais le dernier à quitter les grottes la nuit dernière, et j'ai été le premier à arriver ce soir.

Julian examina les fûts en question. De simples petits tonneaux en bois, usés et éraflés.

— C'est la première fois que vous remarquez que des objets ont été déplacés ?

— J'en parlais justement à Jem avant votre arrivée, milord, répondit Thomas. Je n'y avais encore jamais réfléchi auparavant. Après tout, quelques malles et tonnelets qui changent de place, pourquoi s'en étonner ? Des hommes vont et viennent ici toutes les nuits. Néanmoins, oui, c'est déjà arrivé, au moins cinq ou six fois.

— Je ne l'avais jamais remarqué non plus, dit Jem en fronçant les sourcils. Je comptais demander à John le forgeron s'il s'était aperçu de quelque chose. Je l'ai croisé dans la rue tout à l'heure et il m'a dit qu'il se rendait aux grottes. Il s'est chamaillé avec sa femme et avait besoin de se mettre au vert pendant quelques heures.

Julian retint un petit rire. Il avait connu son lot de femmes en colère.

— Sauf que John n'est toujours pas là, conclut Jem. Il a plus d'une demi-heure de retard.

L'instinct de Julian prit le dessus. Quelque chose clochait. Il s'efforça de contrôler sa voix afin de ne pas affoler les autres.

— Jem, je vous demande de réfléchir attentivement.

Les yeux du jeune père s'écarquillèrent néanmoins.

— Oui, milord ?

— Quand, exactement, avez-vous vu John pour la dernière fois ?

— Il y a près de deux heures.

— Julian ? demanda Grace d'un ton inquiet.

Il ne se tourna pas vers elle, ne voulant pas qu'elle lise son pressentiment dans son regard.

— John vous a dit qu'il venait directement ici, dans les grottes, c'est bien ça, Jem ?

— Oui, répondit Jem en lançant des regards autour de lui. D'ailleurs, je pensais le voir à mon arrivée.

— Vous croyez que... commença Thomas.

— Je ne crois rien pour le moment.

Julian compta le nombre de galeries qui partaient de la caverne où ils se trouvaient.

— Jusqu'où s'étendent ces grottes ? demanda-t-il avec un signe vers la galerie la plus proche.

Ce fut Grace qui lui répondit. Malgré son ton calme, il perçut l'angoisse dans sa voix.

— Les grottes naturelles s'étendent sur environ huit cents mètres, peut-être un peu plus. Ensuite, elles communiquent avec les carrières. Certaines sont encore exploitées, mais les autres sont abandonnées.

— Fouillez-les, ordonna-t-il à Jem et à Thomas. Examinez les grottes naturelles et les carrières abandonnées. Ne vous occupez pas de celles en service pour l'instant.

Le visage sombre, les deux hommes disparurent dans les tunnels, chacun équipé d'une lanterne tenue à hauteur de visage. Julian en prit une parmi la douzaine alignée au pied d'une paroi et l'alluma avec une bougie.

— Grace ? dit-il en lui tendant la main.

Des doigts glacés se glissèrent dans les siens.

— Et si... commença-t-elle.

— N'y pense pas, l'interrompit-il. Contente-toi de chercher autour de toi. Bloque ta peur, bloque ton inquiétude. Concentre-toi uniquement sur ta tâche.

C'était le seul conseil qu'il pouvait lui donner. Il sentit ses doigts se crisper, puis elle releva le menton et passa devant lui.

La lanterne projetait une lumière dorée sur les parois de craie. Grace s'enfonça dans l'une des galeries. Elle pouvait marcher debout, alors qu'il était obligé de baisser la tête et de voûter les épaules. L'air froid et humide s'infiltrait dans ses os.

— Parle-moi de John, demanda-t-il. Est-il souvent en retard ?

— Non. C'est l'un des contrebandiers les plus fiables.

Ne pense pas. Cherche. Il leva sa lanterne plus haut pour inspecter les petites galeries latérales et leurs ramifications. De l'eau gouttait quelque part, rebondissant sur la pierre.

Puis ils entendirent un cri, suivi d'un autre. Elle lâcha sa main, et ils rebroussèrent chemin en courant. Les bottes de Grace résonnaient sur le sol pratiquement à l'unisson des siennes.

Jem se tenait à l'entrée d'un tunnel, le teint blême.

— J'ai trouvé John.

Il pivota sur lui-même et les guida dans la galerie.

Julian sentit la mort avant de la voir. La mort violente avait une odeur particulière, celle du sang mêlé à quelque chose de fétide et d'écœurant. Il se plaça devant Grace pour lui masquer la vue.

— Reste ici, ordonna-t-il.

Elle ne lui répondit même pas. Elle haussa les sourcils et, après un regard entendu, le contourna.

Avec un juron, il se retourna et tenta de la rattraper par les épaules. Trop tard. Elle avait fait à peine deux pas quand elle poussa un cri aigu. Elle devint livide et ses pommettes semblèrent saillir de son visage. Prise de panique, elle suffoquait.

— Respire, Grace. Calmement. Inspire, expire.

Il était repassé devant elle et voyait son regard vide.

— Mais John...

— On ne peut plus rien pour lui.

Il n'avait qu'entraperçu le corps du forgeron, toutefois cela lui avait suffi.

— Inspire, expire... Voilà, comme ça.

Prenant de longues et lentes inspirations, elle retrouva lentement son souffle. Il la voyait lutter, la gorge nouée et les lèvres pincées, tentant de refouler l'effroi et la nausée.

Il s'en voulait. Il aurait dû l'obliger à rester en arrière jusqu'à ce qu'il ait évalué la situation. Il avait vu de nombreux cadavres au cours de sa carrière. Même s'il ne s'y faisait toujours pas, cela ne le choquait plus. Mais Grace n'avait encore jamais rien vu de la sorte.

Jusqu'à ce jour.

Il observa ses joues blêmes et ses yeux qui paraissaient trop grands pour son visage. L'espionnage n'avait pas de place dans sa vie.

Lorsqu'il fut certain qu'elle s'était remise, il la laissa pour aller examiner le corps de John.

La cause de la mort était claire : un coup porté à la tête. Il s'accroupit, toucha la peau de la victime, puis étudia l'arme, la plaie, le sang. Le forgeron n'était pas mort depuis longtemps. Son assassin pouvait encore se trouver dans les grottes avec eux.

— Il est tombé ? demanda Grace derrière lui.

Elle posa la main sur son épaule et l'y laissa.

— Il est tombé et s'est heurté la tête ? répéta-t-elle.

Il valait mieux lui mentir. La mort était toujours épouvantable, mais un meurtre dévastait les proches de la victime. Il pouvait au moins lui épargner cette douleur.

Toutefois, les doigts sur son épaule s'enfoncèrent dans sa chair comme des dagues, et il sut qu'elle avait compris. Son esprit essayait simplement de nier la réalité.

— Non, il n'est pas tombé.

Il pointa le doigt vers une pierre tachée de sang jetée à quelques mètres de là.

— Quelqu'un lui a fracassé le crâne avec ça.

La pierre ne s'était pas détachée du plafond, pas plus que le tueur n'avait accidentellement heurté John avant de prendre la fuite. Les plaies multiples indiquaient des coups répétés, lesquels dénotaient la détermination. Et la rage.

Mais ça, elle n'avait pas besoin de le savoir.

— Mon Dieu, la pauvre femme de John, murmura-t-elle. Comment vais-je le lui annoncer ?

— Nous le lui dirons, déclara Thomas.

Il vint se poster près d'elle, contemplant le corps ensanglanté.

— Nous irons tous, ajouta Jem en se plaçant de l'autre côté de Grace.

Thomas posa la main sur l'épaule de Julian.

— Ramenons-le à sa femme.

Julian glissa les mains sous les épaules du forgeron, Thomas lui prit les chevilles, et ils le transportèrent à travers les grottes, Grace et Jem derrière eux.

Dehors, les nuages cachaient la lune et une pluie glacée s'était mise à tomber. Remonter le corps inerte de John le long du sentier trempé qui grimpait au sommet de la falaise ne fut pas une mince affaire. Julian ne lança qu'un regard à Grace. Elle pleurait en silence, et il sentit son ventre se nouer. Il aurait voulu la prendre dans ses bras et chasser ses larmes.

22

L'obscurité de la nuit oppressait Julian. La chambre qu'il avait minutieusement réaménagée pour chasser ses démons ne parvenait pas à l'apaiser. Grace était couchée sur le flanc, le souffle lent et régulier.

Elle s'était endormie en pleurant dans ses bras. Ne sachant comment la réconforter, il s'était contenté de la tenir contre lui. Rien de ce qu'il aurait pu lui dire ne l'aurait consolée. La mort était définitive, le meurtre une atrocité. Il était bien placé pour le savoir.

Quand elle remua, un parfum de lavande et de pluie lui chatouilla les narines. Il attendit, se demandant s'il devait l'attirer contre lui ou la laisser tranquille.

Elle choisit pour lui, repoussant les couvertures et se levant. Intrigué, il resta immobile et la regarda disparaître dans le dressing-room. Il entendit un froissement d'étoffe, un objet qui tombait sur le parquet, puis elle réapparut quelques minutes plus tard vêtue d'une culotte et tenant une paire de bottes à la main.

Il retint un juron. Ne remuant pas un cil, il s'efforça de respirer sans bruit. Elle traversa la chambre sur la pointe des pieds, saisit la poignée de la porte et lança un regard dans sa direction par-dessus son épaule.

L'espace d'un instant, il crut qu'elle allait lui parler. Une lueur de regret traversa son visage avant qu'elle n'abaisse la poignée et ne disparaisse dans le couloir.

Dès qu'il entendit le déclic de la clenche, il bondit et se précipita dans le dressing-room. Il savait s'habiller rapidement et en silence. Il enfila une culotte, attrapa une chemise, une veste, une casquette, puis glissa un pistolet sous sa ceinture tout en tenant son couteau entre ses dents. À l'instar de Grace un peu plus tôt, il prit ses bottes à la main. Contrairement à elle, il n'avait pas besoin de marcher sur la pointe des pieds. Il n'avait pas d'épouse à tromper.

Il courut jusqu'à la porte, puis acheva de s'habiller en traversant la maison, enfonçant les pans de sa chemise dans sa culotte, enfilant sa veste, coiffant sa casquette. Parvenu devant la porte de service, il mit ses bottes et glissa son couteau dans celle de droite.

La pluie s'était réduite à une bruine qui lui coulait dans le cou. Il examina les alentours, puis, supposant qu'elle allait seller Démon, se dirigea vers les écuries. Il se figea en entendant le gravier crisser. Il attendit, scrutant les ténèbres, puis la vit. Elle s'éloignait à pied sur l'allée centrale de Thistledown.

Il fronça les sourcils. Ce n'était pas vraiment le chemin le plus discret. Sans doute ne s'attendait-elle pas à être observée.

Elle n'aurait pas dû épouser un espion.

Évitant le gravier afin de ne pas faire de bruit, il la suivit en se faufilant entre les arbres. Elle ne se rendait pas au village ni aux grottes, car ils étaient trop loin pour les rejoindre à pied. Qui allait-elle retrouver ? Au bout de l'allée de Thistledown, elle prit une route sur la droite, puis un chemin plus étroit, et enfin un sentier en terre à peine assez grand pour laisser passer une charrette.

Le cottage en ruine vers lequel elle se dirigeait semblait pencher sur ses fondations. Le toit était affaissé, et il ne restait que des fragments de vitres aux fenêtres.

Le canon d'un tromblon apparut soudain hors de l'une d'elles. Julian bondit par-dessus un tronc couché, courut sur le sentier, puis s'arrêta net en entendant un juron.

— Palsambleu, ma jolie ! Vous cherchez à vous faire tuer ?

Le tromblon fut remplacé par une tête carrée et hirsute.

— Je suis navrée, Jack, répondit Grace à voix basse. J'ai des nouvelles. Je peux entrer ?

— Je ne vais pas vous laisser sur le pas de la porte, même si j'espérais avoir une bonne nuit de sommeil, grommela Jack.

La tête de Blackbourn disparut, puis la porte s'ouvrit et il se tint sur le seuil.

— Entrez, ma jolie. Je vais rallumer le feu.

— Inutile, Jack. Je ne peux pas rester longtemps.

La porte se referma sur elle.

L'espace d'un instant affreux, Julian fut aveuglé par la jalousie. Grace le trompait-elle ? Mariée depuis quelques jours, elle allait déjà voir ailleurs ? Il ferma les yeux et s'efforça de se raisonner. Non. Il savait bien qu'elle n'avait pas d'amant. Certainement pas Jack Blackbourn.

Il regarda par la fenêtre et vit Blackbourn prendre sa femme dans ses bras.

Sa jalousie remonta en flèche. Les preuves étaient accablantes. « Je suis perdu », pensa-t-il.

Il serra le poing contre sa cuisse et observa le couple à travers la fenêtre. Blackbourn tapotait le dos de Grace comme il aurait consolé une enfant en pleurs. De même, le baiser qu'il déposa sur sa tempe était purement platonique.

Julian refoula sa jalousie et son ressentiment. Lorsqu'il les regarda de nouveau, il était plus calme. Toutefois, la colère bouillait toujours en lui. Si Grace n'était pas infidèle, elle lui avait tout de même menti. Elle connaissait la cachette de Blackbourn.

Marchant sur des feuilles et des aiguilles de pin mouillées pour étouffer le bruit de ses pas, il s'approcha et s'accroupit dans les fougères sous une fenêtre. Au-dessus de lui, le faible clair de lune faisait luire les vestiges des vitres. Les voix étaient parfaitement audibles à l'extérieur.

— Je suis désolée, Jack. Je sais que John et vous étiez proches.

— Oui, grommela Blackbourn d'une voix triste. C'était un brave type.

— En effet.

Un poing s'abattit sur une surface dure.

— Fichtre ! La femme de John. A-t-elle été avertie ?

— Oui. Nous lui avons apporté le corps de son mari.

— Et le salaud qui a fait ça, vous l'avez trouvé ?

— Non, nous ignorons qui c'est. Mais je crois... Enfin, Julian croit que c'est le traître.

Des pieds de chaise raclèrent le sol, puis il y eut des bruits de pas.

Julian écarta une fougère trempée qui lui chatouillait le cou. Il se pencha en avant, tendant l'oreille. Grace murmura quelque chose qu'il ne comprit pas, mais son ton était clairement apaisant.

Il attendit, fulminant de rage.

Elle lui avait menti. Pas ouvertement, certes. Avec le recul, il se souvint qu'elle n'avait pas affirmé ignorer où se trouvait la cachette de Blackbourn. Elle avait simplement omis de lui répondre. Elle ne lui avait pas fait confiance.

« Pourquoi l'aurait-elle fait ? » chuchota une petite voix en lui. Parce qu'il était son mari, pardi ! La petite voix reprit, pernicieuse, prononçant des paroles qui le transperçaient : « Tu es un espion et un Travers, pas vraiment de quoi inspirer confiance. » Il se força à l'étouffer et se concentra de nouveau sur le cottage.

Il ne comprenait plus les mots qui flottaient hors de la fenêtre, n'entendait que les accents doux de Grace et le grondement bas de Blackbourn. Toutefois, il ne lui en fallait pas plus. Il en avait assez appris.

Il repartit à reculons, battit en retraite dans les buissons puis se releva pour voir à travers la fenêtre. Deux silhouettes se tenaient voûtées devant un misérable feu qui émettait juste assez de lumière pour les distinguer, mais certainement pas assez pour repousser le froid de cette nuit d'automne.

Ne cherchant plus à étouffer ses pas, il s'élança vers la porte et l'ouvrit d'un coup d'épaule. Blackbourn se précipitait déjà vers son tromblon. Grace glissa la main sous sa veste, mais il était trop tard.

— Ne bougez pas, ordonna Julian.

Il pointa son pistolet droit sur le cœur de Jack Blackbourn.

— Julian ! Dieu merci, j'ai cru que...

Grace s'interrompit en constatant qu'il n'abaissait pas son arme.

— Julian ?

Dieu qu'il avait envie d'appuyer sur la détente ! Il avait beau être certain que Blackbourn n'avait pas commis de trahison, son instinct le poussait à le transpercer d'une balle.

Fais-le. C'est ta femme. Ta propriété. C'était la voix de son père. Non pas un fantôme ni une apparition, mais cette part de son père qui vivait en lui. Il fit taire la voix et soutint le regard de Blackbourn.

— Ma jolie, je crois que c'est entre le comte et moi, dit ce dernier lentement. Vous feriez mieux d'attendre dehors.

— Non, répondit-elle en s'élançant devant lui.

— Mademoiselle Gracie, insista Blackbourn sans quitter Julian des yeux. Allez-vous-en.

Il s'interrompit en voyant Julian abaisser son pistolet.

— Je pourrais encore changer d'avis, dit celui-ci. Mais, pour le moment, vous n'êtes pas en danger.

— Vous m'en voyez ravi, milord. Après avoir échappé tant de fois aux douaniers, je trouverais franchement déshonorant d'être abattu par un mari jaloux.

— Un mari jaloux ? s'écria Grace en écarquillant les yeux. As-tu perdu la raison, Julian ? C'est Jack, pour l'amour de Dieu ! Tu sais très bien que je ne ferais jamais... je ne pourrais jamais...

— Ce qui est la raison pour laquelle vous êtes tous les deux encore debout, rétorqua Julian.

Son doigt sur la détente le démangeait toujours.

— Tu connaissais la cachette de Jack depuis le début, ajouta-t-il.

— Oui.

Elle prit un air coupable, puis se ressaisit et releva le menton.

— Oui, je savais qu'il se cachait ici.

Cette fois, il n'y avait aucun remords dans ses beaux yeux d'argent, uniquement du défi.

— C'est tout ce que j'ai besoin de savoir, dit-il.

— Non, ce n'est pas tout, intervint Blackbourn. C'est moi qui...

— Peu m'importe, coupa Julian. J'ai travaillé pour blanchir votre nom. Le traître essaie de vous incriminer pour brouiller les pistes. Restez caché jusqu'à ce que je vous dise que vous pouvez sortir d'ici.

Il passa devant Grace et saisit Blackbourn par sa chemise.

— Ne vous enfuyez pas de nouveau, dit-il en approchant son visage à quelques centimètres du sien. Si j'apprends que vous avez pris la fuite, je vous traquerai.

Il sentait les mains de Grace qui tiraient sur son bras et entendait vaguement ses cris. Il serra le poing, pris du besoin de frapper quelque chose. Ou quelqu'un. Le souffle de Blackbourn était saccadé, mais son regard résigné. Julian se vit lui martelant le visage de coups.

Blackbourn n'avait pas mérité cela.

Il devait sortir de ce cottage avant de faire quelque chose qu'il regretterait. Lâchant la chemise de Blackbourn, il se dirigea vers la porte et lança derrière lui :

— Je vous avertirai lorsque toutes les charges qui pèsent sur vous auront été abandonnées. Grace, je t'attends dehors pour te raccompagner à Thistledown.

L'air froid de la nuit lui brûla les poumons. Il se pencha en avant, les mains sur les genoux, avec la sensation que sa poitrine était comprimée par un poids insupportable. Il aurait dû pouvoir se contrôler. Il était bien entraîné, avait une longue expérience. Il aurait dû...

La porte du cottage s'ouvrit et se referma en claquant. Il sursauta et se redressa brusquement. Il vit Grace le chercher des yeux, puis elle l'aperçut et se raidit. Lorsqu'elle redressa les épaules et leva le menton, il émit un son moqueur. Ah, madame était en colère ? Elle n'était pas la seule.

Il marcha vers elle.

— Grace.

— Milord.

— Nous reprenons les formalités ?

— Oui, quand tu te montres autoritaire, arrogant et grossier.

— Tu m'as menti.

— Oui, et je mentirais de nouveau s'il le fallait. Tu ne sais pas tout ce que je dois à Jack.

Elle passa devant lui, ses bottes éparpillant des aiguilles de pin.

— Mais c'est moi que tu as épousé.

Ses pieds ralentirent, s'arrêtèrent puis reprirent leur chemin.

« Fort bien, pensa-t-il sombrement. Qu'il en soit ainsi. »

La grande main de Julian glissa l'invitation sur le plan de travail. La tension qui n'avait pas quitté Grace depuis une semaine lui noua les épaules. Elle prit un air neutre et baissa les yeux sur le carton à l'écriture élégante qui s'était arrêté à côté du bol dans lequel elle préparait ses toniques.

... ont l'honneur de requérir votre présence au dîner...

Elle n'avait pas besoin d'en lire plus.

— Encore un dîner pour accueillir les jeunes mariés dans le saint des saints ? demanda-t-elle.

En relevant la tête, elle croisa le regard de Julian. Il était distant, voire froid, comme c'était le cas depuis des jours. La petite fiole qu'elle tenait glissait dans sa main moite et elle la serra plus fort, avant de verser son contenu dans le bol.

— En effet.

Il s'accouda au comptoir et croisa les chevilles. Il était d'une élégance si naturelle, si masculine, qu'elle aurait voulu passer la main sur ses larges épaules ou l'angle ferme de sa mâchoire.

Ce geste lui était impossible désormais, aussi sûrement que s'il s'était trouvé de l'autre côté d'une porte close.

— Devons-nous vraiment y aller ?

— Dois-tu vraiment poser la question ?

— Non.

Elle s'efforça de conserver un ton léger et naturel.

— Je me sens simplement submergée par cette soudaine abondance d'invitations. Rien que cette semaine, nous avons déjà assisté à un pique-nique, à un dîner et à une promenade en groupe à Beer.

Toutefois, ces événements la sortaient un peu des couloirs froids et sinistres de Thistledown, et de son lit tout aussi froid. Julian et elle ne s'étaient pas touchés depuis la nuit où il l'avait trouvée dans le cottage de Jack. Depuis, ils se comportaient comme deux étrangers vivant sous le même toit et partageant le même lit.

— Nous devons y aller, déclara-t-il d'un ton catégorique. C'est une invitation des Wargell.

Elle sursauta, projetant des gouttes brunes sur le comptoir.

— Très bien.

Décidant que ses mains n'étaient pas assez assurées pour travailler avec un liquide, elle repoussa le bol et, prenant son mortier, réduisit l'ingrédient suivant en une poudre soluble. Sa peau la picotait. Du coin de l'œil, elle voyait Julian l'observer. Il ne parlait pas, ne bougeait pas, se contenant de la regarder. Elle lutta contre l'envie de dire quelque chose, n'importe quoi pour briser le silence.

Ce malaise entre eux était insupportable ; cette distance lui faisait physiquement mal. Le lien ténu qu'ils avaient tissé s'était brisé aussi facilement que s'il n'avait été qu'une illusion.

Elle s'éclaircit la gorge puis demanda :

— Pourquoi crois-tu qu'ils nous invitent après que tu as snobé Clotilde ? Sans parler du fait que tu as été à un cheveu de provoquer Michael en duel.

— Pour préserver les liens sociaux. Nous sommes appelés à nous croiser régulièrement, ici ou à Londres.

Il reprit l'invitation et la tapota contre sa paume.

— Je dois en profiter pour obtenir un échantillon de l'écriture de Wargell.

— Comment t'y prendras-tu ?

— Généralement, quand on la guette, l'occasion se présente d'elle-même. Mais elle peut également être provoquée. Je devrais pouvoir trouver un prétexte pour m'éclipser et fouiller son bureau.

Il se pencha en avant et huma l'épaisse mixture brune qu'elle était en train de préparer à son arrivée.

— Qu'est-ce que c'est ? demanda-t-il.

— Du sirop contre la toux.

— Ça sent les œufs pourris et les fruits fermentés, commenta-t-il en feignant un frisson. Pouah !

Lorsque leurs regards se croisèrent de nouveau, un courant passa entre eux, et elle eut l'impression que la porte s'était entrouverte. À peine.

Elle cessa de moudre.

— Je te dois une explication, dit-elle doucement.

Le sourire de Julian s'effaça, et son regard redevint froid. Elle ne se laissa pas démonter.

— À propos de Jack, ajouta-t-elle.

— Tu as fait ton choix.

Il pivota, lui tournant le dos.

— S'il te plaît, Julian. Écoute-moi.

Il la regarda par-dessus son épaule, ses yeux insondables.

— Cela n'a pas d'importance, Grace. Tu seras sans doute heureuse d'apprendre que Blackbourn a été déclaré innocent de toutes les charges de trahison. J'ai reçu la missive ce matin et suis allé l'en informer dans son cottage.

— Oh.

Elle baissa les yeux sur ses doigts qui tenaient mollement le pilon. Son soulagement était si intense qu'il faisait trembler ses genoux.

— Merci, Julian.

— Je n'ai rien fait de particulier. J'ai simplement donné mon avis à mes supérieurs et leur ai remis mes preuves.

— Je dois quand même t'expliquer. Je...

— Grace, dit-il en se retournant enfin. Cela n'a pas d'importance pour moi. C'est le passé et cela n'affecte pas ce moment. Ni les choix que tu fais aujourd'hui.

— Ah non ? Le passé ne dicte-t-il pas certains aspects de ton présent ? Tu es qui tu es à cause de ce que tu as déjà vécu.

Elle déglutit pour soulager sa gorge sèche. Il la dévisageait attentivement, une lueur méfiante dans ses beaux yeux.

— Je dois tant à Jack ! Lorsque je suis arrivée ici après la mort de mes parents, j'étais perdue. Je n'avais jamais été aussi seule. Oncle Thaddeus était... disons qu'il n'était pas très accueillant. Je n'ai rencontré Jack que quelques années plus tard. Grâce à lui, j'ai enfin trouvé ma place. Une communauté où je pouvais simplement être moi-même.

Elle releva la tête vers lui, redoutant ce qu'elle lirait dans ses yeux.

Ils étaient clairs, brillants, et exprimaient une curiosité prudente.

— Comment l'as-tu rencontré ?

— Il avait coulé sa marchandise afin de la récupérer plus tard parce que les douaniers l'avaient repéré. Lorsqu'il a accosté, ils l'ont pourchassé. Il est parvenu à s'enfuir, comme d'habitude, mais il a reçu une balle dans la jambe. Il s'est caché dans les grottes et m'a envoyé chercher, car il ne pouvait pas aller chez le médecin sans se faire prendre.

— Tu l'as soigné.

— J'y suis allée tous les jours durant des semaines avec des onguents, des cataplasmes et des provisions.

Elle sourit à ce souvenir.

— Jack a beau avoir l'air charmant, c'est un patient épouvantable, poursuivit-elle. Quoi qu'il en soit, lorsque ses camarades ont repêché sa cargaison et l'ont apportée dans la grotte, ils ont eu besoin de quelqu'un pour faire l'inventaire et répartir les bénéfices. D'ordinaire, Jack s'en chargeait.

— Et ils t'ont donc demandé de prendre sa place.

Le ton de Julian était toujours sec, mais il tendit la main vers elle pour écarter une mèche de cheveux échappée de sa coiffure et la glissa derrière son oreille. Sa main s'attarda sur sa joue.

Elle avait envie de pleurer, de presser son visage dans sa paume tendue et d'y déverser ses larmes. Elle inspira profondément et se ressaisit.

— Je me suis simplement trouvée dans la grotte au moment où la cargaison est arrivée. Ç'a été aussi simple que ça, et aussi déterminant. Jack et sa femme Anna m'ont accueillie dans leur famille. Jack me rappelait qui j'étais et d'où je venais. Sans eux, je me serais noyée dans ma propre solitude.

Cette fois, elle ne put retenir ses larmes.

Un mouchoir apparut au bout des doigts de Julian. Une soie fine essuya ses yeux. Puis ses lèvres se posèrent sur son front, douces et chaudes, et ses bras s'enroulèrent autour de sa taille.

— Quand Jack m'a fait promettre de ne pas révéler sa cachette, j'ai dû choisir entre mes anciennes loyautés et mes nouvelles.

— Et tu as choisi Jack.

— J'ai choisi les anciennes loyautés. Qu'aurais-tu fait à ma place, Julian ?

— Tu aurais dû avoir confiance en moi.

— Confiance ?

Elle écarta les bras qui l'enlaçaient, le forçant à reculer d'un pas.

— Tu as encore fait un cauchemar la nuit dernière. Si tu as confiance en moi, pourquoi ne me dis-tu pas de quoi il s'agit ?

Un muscle tressauta dans la mâchoire de Julian.

— Parce que tu n'as pas besoin de le savoir.

— Si, j'en ai besoin.

Elle lui tourna le dos et, reprenant son pilon, se remit à broyer l'herbe avec des mouvements secs et nerveux.

— Si je dois dormir à tes côtés jusqu'à la fin de mes jours et me réveiller en t'entendant crier, j'ai besoin de savoir pourquoi.

— Ne me le demande pas, Grace.

Elle abattit le pilon dans le mortier avec une telle force qu'elle s'étonna que la pierre ne se brise pas.

— Tu veux que je te fasse confiance, poursuivit-elle, que je te livre aveuglément mes amis, ma vie, mon corps, alors que tu ne me confies rien !

Les yeux de Julian projetaient des flammes bleues.

— Ce n'est pas vrai. Moi aussi, je me suis livré à toi corps et âme. Je t'ai révélé mon travail pour le gouvernement.

— Parce que tu n'as pas eu le choix ! Mais quand il s'agit de nous, de toi, de moi, de notre mariage, tu me retires ta confiance. Il y a un mur entre nous. Non, pas un mur, une porte. Elle se dresse entre nous toutes les nuits dans notre chambre, quand je regarde les appartements de ta mère et que je t'écoute sangloter dans ton sommeil.

Il se raidit, et son teint s'empourpra.

— Si je t'empêche de dormir, je trouverai une autre chambre.

— Non, ce n'est pas ce que je demande. Je veux...

Le désarroi l'étranglait.

— Que veux-tu, Grace ?

Ton cœur. Ton amour. Mais les mots restèrent coincés dans sa gorge. Comment pouvait-elle demander son cœur quand elle ne lui donnait pas le sien ?

— Je ne sais pas, répondit-elle tristement.

— Quoi que ce soit, il semblerait que ce ne soit pas moi.

Il se passa la main dans les cheveux, l'air impuissant.

— Je ne te demande pas d'être autre chose que toi-même, dit-elle.

Elle ne pouvait lui donner son cœur, pensa-t-elle de nouveau. Pas sans se mettre en danger. En revanche, elle pouvait lui offrir la tendresse et l'affection qu'il avait fait naître en elle.

— Je suis profondément attachée à toi, Julian. Je peux porter ce fardeau avec toi. Dis-moi ce qui te hante.

Quand elle tendit la main vers lui, il s'écarta, et les doigts de Grace ne rencontrèrent que le vide. Il se dirigea vers la porte d'un pas martial, ses bottes faisant un bruit assourdissant dans la pièce silencieuse.

La peine et la colère la tiraillaient, leurs minuscules griffes lui lacérant la gorge et lui coupant le souffle.

Il s'arrêta devant la porte, la main sur la poignée.

— Je déménagerai mes affaires de notre chambre cet après-midi, annonça-t-il.

Il ne lui adressa pas un regard et referma la porte derrière lui, la laissant seule dans la distillerie.

23

— Je trouverai un moyen d'attirer Wargell dans son bureau, déclara Julian.

Il tira sur sa cravate en soie qui l'étranglait. Son valet l'avait trop serrée, certainement.

— Très bien, répondit poliment Grace, les traits tendus.

— Ne dis rien qui pourrait laisser deviner que ce n'est qu'un prétexte.

— Bien sûr que non.

Elle parut offensée un instant, avant de retrouver son expression impassible et de tourner la tête vers la fenêtre.

Le silence retomba dans la voiture. Julian serra les dents, refoulant l'envie de le combler. Au cours des deux derniers jours, Grace n'avait ouvert la bouche que pour répondre à des questions directes, et encore, par monosyllabes.

Il s'agita sur la banquette, mal à l'aise. Il avait passé les deux dernières nuits sur le canapé de la bibliothèque et son dos s'en ressentait, comme son esprit. Ses cauchemars avaient empiré. À présent, il ne voyait plus seulement sa mère, mais aussi Grace. Il se réveillait en nage, avec l'envie de la toucher. Il voulait la voir endormie près de lui.

« Je suis profondément attachée à toi », lui avait-elle dit. Il n'avait pas réagi.

C'était mieux ainsi. Cela rendrait son choix plus facile.

Au cours du dîner, il l'observa de l'autre côté de la table des Wargell. Il ne pouvait détacher son regard de ses joues pâles et de ses lèvres pleines, qu'elle pinçait constamment. Ses doigts s'agitaient nerveusement autour de son assiette. Elle ne parlait presque à personne.

Assise à côté de Julian, lady Lintell, elle, jacassait sans discontinuer.

— Je suis sûre que notre Gracie est la meilleure des épouses. Elle prendra grand soin de vous et de Thistledown, milord.

Lord Lintell se pencha sur la table, sa fourchette en l'air.

— Je ne sais pas pourquoi, dès qu'elles se marient, les femmes doivent toujours redécorer toute la maison. Surtout les jeunes épouses. Naturellement, je ne parle pas de vous, Gracie. Vous n'êtes plus une jeunette.

Julian faillit s'étrangler avec sa bouchée d'épinards à la crème. Près de lui, Mme Wargell pouffa derrière sa main. Un peu plus loin, lady Hammond marmonna :

— Vraiment, Archie, ce que vous êtes maladroit !

Grace se contenta de sourire poliment à lord Lintell.

— Vous avez raison, je ne suis plus toute jeune.

Sir Richard planta sauvagement sa fourchette dans une petite pomme de terre ronde comme si celle-ci tentait de s'enfuir avec sa tranche de bœuf.

— Et comment va Thistledown ? demanda-t-il. Cette vieille bâtisse est restée vide pendant, quoi, vingt ans ? Vingt-cinq ans ?

— C'est vrai, Gracie, ajouta Mme Wargell, vous retrouver comtesse doit être bien différent du rôle que vous occupiez à Cannon Manor.

— Pas vraiment, répondit Grace.

— Compte tenu du petit cottage où vous êtes née, diriger une aussi grande maison doit vous paraître une tâche bien complexe, n'est-ce pas ? Vous n'avez pas été éduquée pour cela. Et puis, il vous faut encore vous habituer au titre et aux obligations qu'il entraîne.

C'en est assez.

— Lady Langford a pris les rênes de Thistledown d'une main de maître, corrigea Julian d'une voix suave.

Lady Lintell, qui paraissait ne jamais remarquer les sous-entendus, s'exclama :

— Je n'en suis pas étonnée. Notre Gracie sait tout faire. Je suis sûre qu'elle s'en sortira très bien après votre départ.

Julian se tendit.

— Mon départ ?

Grace, qui portait sa fourchette à ses lèvres, se raidit un bref instant.

Lady Lintell but une gorgée de vin avant de reprendre :

— Eh bien, vous rentrerez sûrement à Londres bientôt, puis vous irez sur le continent. Le Comte Errant, et tout et tout !

Le visage impassible de Grace le torturait. Elle reposa lentement sa fourchette et son couteau sur son assiette. C'était comme de la voir rendre les armes.

Elle semblait se moquer qu'il parte ou qu'il reste. Cependant, sans elle, il n'avait aucune raison de s'attarder dans le Devon. Il aurait voulu l'arracher à cette table et l'emmener loin, quelque part où le reste du monde les laisserait en paix, où ils seraient seuls tous les deux, sans rien pour se dresser entre eux.

Il lutta pour chasser cette vision et se concentrer sur sa mission. Il était venu à ce dîner avec un objectif précis.

Il croisa le regard de Michael Wargell et répondit d'un ton léger :

— Quoi, quitter mon épouse et ses charmes si vite ? J'en doute fort. Nous irons sans doute à Londres une fois la saison commencée, mais, pour le moment, nous restons ici. J'ai dans l'idée de me lancer dans l'agriculture.

— Comme c'est intéressant, murmura Mme Wargell.

Il regarda Grace, espérant une réaction qu'il pourrait déchiffrer, mais elle continuait à fixer son assiette.

— Vous vous êtes décidé à nous rejoindre, nous autres propriétaires terriens, Langford ? lança sir Richard.

Il se cala contre le dossier de sa chaise et s'essuya bruyamment les lèvres avec sa serviette. À ses côtés, lady Elliott grimaça et détourna la tête.

— Avez-vous eu l'occasion d'examiner les champs au sud de vos terres ? poursuivit sir Richard. S'ils sont comme les miens l'étaient, ils ne rendent pas assez. Parlez-en à notre ami Wargell, ici présent. Grâce à ses conseils, j'ai augmenté ma production.

Assis en bout de table, Wargell l'observait d'un air méfiant.

— Voilà qui est passionnant, opina Julian.

Wargell se détendit légèrement et fit signe aux valets que le repas était terminé avant d'expliquer :

— J'ai développé plusieurs théories qui, jusqu'à présent, semblent porter leurs fruits. Je les ai envoyées à la Société agraire, où elles ont été chaleureusement accueillies. J'ai reçu un certain nombre de lettres enthousiastes de la part de ses membres.

— J'aimerais beaucoup entendre vos théories et lire ces lettres, déclara Julian d'un ton neutre. Si cela ne vous ennuie pas.

— Dans ce cas, laissons les dames à leur tisane et prenons notre porto dans mon bureau, répondit Wargell en se levant de table. Je vous montrerai ces lettres. Messieurs, si cela vous intéresse également ?

C'était l'occasion qu'il attendait. En se levant à son tour, il lança un regard à Grace. Elle avait compris son jeu, mais il n'y avait rien dans ses yeux pour lui.

— Le dîner était délicieux, madame Wargell, déclara lady Hammond par-dessus sa tasse en porcelaine rose. Comme toujours chez vous.

— Absolument, absolument, renchérit lady Lintell en s'agitant sur sa chaise. Lord Lintell et moi-même adorons vos dîners, surtout la partie musicale qui les suit. Vous avez une si jolie voix, madame Wargell.

— Merci, milady, répondit Mme Wargell avec un sourire condescendant. Mais peut-être ce soir changerons-nous d'interprète, puisque notre petit comité accueille de nouveaux invités. Vous chantez, Gracie ?

— Cela m'arrive.

Elle espérait qu'on ne lui demanderait pas une démonstration.

— Oh, formidable ! s'extasia lady Lintell en battant des mains. Je vous accompagnerai. Je suis une excellente pianiste, mais je n'oserais jamais le dire devant tout le monde.

— Non, bien sûr, ma chère, dit lady Hammond, à la fois indulgente et amusée.

— Je pourrais moi aussi vous accompagner, Grace, déclara lady Elliott d'une voix hésitante. Je joue un peu de piano. Vous voulez venir avec moi chercher un air qui vous convient ?

Grace posa sa tasse et la suivit vers le piano. Lady Elliott parcourut une liasse de partitions, puis lui tendit une jolie ballade paysanne.

— Que dites-vous de cette chanson, Grace ?

— Très bien, répondit Grace en y jetant à peine un regard.

Profitant de ce qu'elles s'étaient éloignées des autres, elle se pencha vers lady Elliott et lui demanda à voix basse :

— Comment vous sentez-vous ? Je vous trouve bien pâle.

— Je suis juste fatiguée, Grace. Ce bébé m'épuise. Lorsque j'attendais les garçons, ce n'était pas aussi éreintant.

Grace posa ses mains sur les doigts nerveux de lady Elliott. Cette dernière avait de lourds cernes sous les yeux et le regard las.

— Vous dormez suffisamment ? Vous devez prendre soin de vous avant de prendre soin du bébé.

— J'essaie, mais je m'inquiète pour tant de choses, y compris pour l'enfant.

Ses yeux s'emplirent soudain de larmes, et elle renifla.

— Oh, lady Elliott... Marie, dit doucement Grace en lui caressant le dos. L'enfant se portera bien, et vous aussi. Vous n'avez eu aucun problème avec les deux garçons ; il n'y a aucune raison de penser qu'il en ira autrement cette fois. Vous avez besoin de repos. Êtes-vous allée à Bath ? Je sais combien les eaux vous font du bien.

— Non, je n'ai pas pu, répondit lady Elliott en reniflant de nouveau. Et Richard... Il n'est pas encore au courant au sujet de l'enfant. Je vous en prie, ne lui dites rien.

— Je vous le promets, mais vous devriez l'en informer. Il pourra peut-être vous aider.

— Non, il ne fera qu'empirer les choses, dit-elle avec une soudaine véhémence. Je le hais, Grace.

Estomaquée, Grace étudia le visage de lady Elliott. Elle comprenait ses larmes, à présent. Être enceinte et mariée à un homme que l'on détestait devait être terrible. Pire encore qu'un mariage sans amour, pensa-t-elle amèrement.

Elle serra la main de lady Elliott et lança un regard vers les autres femmes. Lady Lintell bavardait bruyamment, racontant quelque chose au sujet des fleurs dans l'église. Lady Hammond l'écoutait en buvant sa tisane. Clotilde Wargell, elle, les regardait fixement, lady Elliott et elle, les yeux pleins de malveillance.

— Lady Elliott, reprit Grace à voix basse. Je ne sais pas quoi vous dire, si ce n'est que je veux vous aider. Dites-moi comment.

— Oh, si seulement vous pouviez être là à mon accouchement, Gracie.

Son chuchotement se rapprochait dangereusement d'un gémissement.

— Pourquoi ne le serais-je pas ? s'étonna Grace.

— Parce que je ne serai probablement pas à Beer. Je ne sais pas encore où j'irai. Peut-être à Londres, ou à Bath. Mais je doute de rester ici.

— Ces dames ont choisi leur musique ? demanda Clotilde Wargell d'une voix suave en s'approchant. Vous êtes prêtes à nous régaler de vos charmants talents ?

Elle aperçut le visage défait de lady Elliott.

— Oh, ma chère, que vous arrive-t-il ?

— Je ne me sens pas très bien, répondit lady Elliott en se tapotant les yeux avec un mouchoir.

— J'en suis navrée.

Le regard de Mme Wargell se tourna vers Grace.

— Décidément, il semblerait que vous passiez toutes les deux une mauvaise soirée. Je constate que les roses de votre mariage sont déjà fanées, Grace.

Avec un sourire félin, elle s'accouda langoureusement au piano, satisfaite d'elle-même.

Grace se raidit.

— Je vous demande pardon ?

— Oh, ce sont des choses qui arrivent dans ces circonstances, surtout quand le jeune marié est un homme du monde comme le comte.

Elle agita la main en l'air, faisant glisser son châle sur l'épaule.

— Quelles circonstances ? demanda Grace en plissant les yeux.

— Vous avez été compromise, Grace. Tout le Devon le sait.

Elle effleura les touches du piano en ajoutant :

— Il n'y a pas trente-six manières de soutirer une demande en mariage.

La colère de Grace grimpa en flèche. La petite main de lady Elliott se posa sur son bras, la mettant en garde, mais elle l'ignora. Elle en avait assez de tolérer ces insinuations pernicieuses.

— Pourquoi ? C'est ainsi que vous avez soutiré la sienne à Michael ? demanda-t-elle.

Les doigts de Mme Wargell s'immobilisèrent un instant, puis reprirent leur exploration du clavier.

— Je n'en ai pas eu besoin. J'ai reçu beaucoup de demandes en mariage. En fait, je n'avais que l'embarras du choix.

— Et pourtant, vous avez choisi un homme sans titre ?

Les traits de Mme Wargell se durcirent.

— Pour des raisons qui ne vous concernent pas, répliqua-t-elle. Au moins, contrairement à vous et à Langford, Michael et moi appartenons au même monde. C'est le fils cadet d'un pair du royaume.

Grace haussa un sourcil hautain.

— Ah, dans ce cas, il semblerait que je vous aie battue. J'ai épousé un pair.

Le bureau de Michael Wargell était sombre et masculin. Contrairement au décor chargé et sophistiqué du reste de la maison, cette pièce était utilitaire et reposante.

Michael Wargell servit des verres de porto à ses invités, dont la plupart s'étaient affalés dans des fauteuils confortables. Une fumée parfumée flottait dans l'air, des cigares ayant été distribués à la ronde. Un feu douillet crépitait dans la cheminée.

S'il y avait une chose que Julian devait reconnaître à son hôte, c'était qu'il savait mettre ses invités à leur aise. Tellement à leur aise que lord Hammond piquait déjà du nez dans son fauteuil, les mains croisées sur son ventre proéminent.

— Cela fait du bien de s'éloigner un peu des dames, pas vrai ? déclara sir Richard d'un air satisfait en acceptant un verre. C'est assommant de devoir toujours épargner leur sensibilité. On est tellement mieux entre nous !

Julian acquiesça d'un air neutre tout en buvant une gorgée de porto.

— Avoir une épouse a ses avantages, répondit Wargell en s'asseyant dans le fauteuil derrière le bureau.

— Sans doute, convint lord Lintell. Autrement, pourquoi un célibataire s'embarrasserait-il des désagréments d'un mariage ?

— Bien vu, approuva Julian en étirant ses jambes devant lui.

Il contempla d'un air absent la surface du bureau, cherchant un morceau de papier portant l'écriture de Wargell. Malheureusement, il était trop loin pour distinguer quoi que ce soit clairement.

Lord Hammond grogna dans son sommeil. Tous les regards se rivèrent sur lui, puis se détournèrent en le voyant s'enfoncer un peu plus dans son fauteuil.

— Pour ma part, j'aime retrouver une épouse bien disposée après avoir passé la journée dans les champs, à la chasse ou à négocier avec mes métayers, déclara lord Lintell. Je suis sûr qu'il en ira de même pour vous si vous restez dans le Devon, lord Langford.

— Je n'en doute pas, répondit Julian avant de réorienter la conversation sur le but de sa visite. Monsieur Wargell, j'ai hâte d'entendre vos conseils pour mes champs. Vous avez dit que la Société agraire avait bien accueilli vos idées ?

— Oui, répondit Wargell.

Il fouilla dans une liasse de papiers et en extirpa un.

— C'est une question de drainage, aboya sir Richard. Mes champs s'inondaient, et M. Wargell a trouvé une solution.

Julian prit le document que Wargell lui tendait et le parcourut. L'écriture grêle et torturée ne correspondait pas à celle, épaisse et ample, des documents. Mais ce n'était pas non plus celle de Wargell, la lettre étant signée d'un membre de la Société agraire. Il lança un regard vers les autres feuilles empilées devant son hôte. S'il pouvait s'en approcher suffisamment, il parviendrait peut-être à effectuer une première comparaison.

— C'est très intéressant, déclara-t-il.

Il reposa la lettre sur le bord du bureau, puis la lâcha. Comme prévu, elle tomba en voletant au pied du bureau.

— Toutes mes excuses.

— Ce n'est rien, milord, répondit Wargell.

Julian se leva et se pencha pour ramasser la feuille. Quand il la reposa sur le bureau, il balaya du regard les papiers éparpillés. Puis il recula, se rassit et demanda :

— Avez-vous testé vos théories sur vos propres champs ?

Comme il l'avait espéré, sa question déclencha une avalanche d'explications et de commentaires. N'écoutant que d'une oreille les gentlemen discuter de fossés, de main-d'œuvre et de plantations, il tira ses premières conclusions.

Michael Wargell n'avait pas rédigé les messages contenus dans les porte-documents. Son écriture en pattes de mouche était à peine lisible, un fouillis de bâtonnets, de points et de lignes verticales. Cela ne signifiait pas cependant qu'il n'était pas impliqué dans la trahison.

Julian était déçu. Il aurait aimé que Wargell soit le traître. Il s'imagina le maîtrisant et l'arrêtant. Cette vision s'évanouit rapidement. Ses motivations étaient purement égoïstes et sans fondement.

Des éclats de voix retentirent dans le hall, interrompant la conversation. Lord Hammond se réveilla en sursaut, sa perruque de travers.

— Je suis désolé, *monsieur*[1], dit la voix du majordome. M. Wargell ne peut vous recevoir pour le moment.

1. En français dans le texte. (*N.d.T.*)

Tous les regards s'étaient tournés vers Wargell. Il s'était à moitié levé de son fauteuil, les deux mains à plat sur son bureau.

— Non, répondit une voix en français. C'est important. Je dois le voir. Maintenant !

Des bruits de pas agités s'élevèrent dans le couloir. Tous les gentlemen se tournèrent vers la porte, s'attendant visiblement qu'elle s'ouvre sur le visiteur.

— Vous ne pouvez pas entrer dans cette pièce ! s'écria le majordome. M. Wargell a des invités !

Les pas cessèrent. Il y eut un silence, puis l'intrus reprit avec un fort accent français :

— Soit. J'attendrai. Prévenez-le de ma présence et dites-lui bien que c'est urgent. *S'il vous plaît*[1].

— Excusez-moi, messieurs, dit Wargell en se levant.

Julian observa son visage. Il était tendu. On y lisait de la colère et... autre chose. Le pli qui s'était creusé entre ses sourcils et ses gestes saccadés dénotaient-ils de la peur ?

Wargell disparut rapidement dans le hall. On entendit des chuchotements inintelligibles. Lorsqu'il revint, leur hôte se confondit en excuses, insistant sur l'urgence de la situation. Il devait absolument s'entretenir avec le visiteur.

Peu importait, Julian avait l'information qu'il était venu chercher, et plus encore. Il jubilait intérieurement de savoir que Wargell recevait un visiteur français.

Le majordome raccompagna les gentlemen au salon. Sir Richard fit irruption dans la pièce devant Julian. Quant à lord Lintell et à lord Hammond, ils avançaient lentement derrière eux, Hammond s'appuyant lourdement sur sa canne.

Les dames étaient assises sur les chaises et les canapés, des tasses posées sur les guéridons à leurs côtés. Les boucles de lady Lintell rebondissaient tandis qu'elle bavardait avec une lady Elliott toujours aussi mélan-

1. En français dans le texte. (*N.d.T.*)

colique. Lady Hammond les écoutait d'un air songeur, un sourire amusé sur ses lèvres de matrone. Deux taches de colère coloraient de rouge les hautes pommettes de Mme Wargell.

Quant à Grace, sa ravissante et calme Grace, elle était assise au milieu de ces dames, parfaitement sereine. Elle ne serrait pas les doigts, ses phalanges n'étaient pas blanches. Une de ses mains était posée sur son genou, tandis que l'autre caressait le relief de sa tasse d'un air absent.

Leurs regards se croisèrent, et il ressentit un pincement au cœur. Les yeux de Grace s'étaient vidés de toute expression, comme si elle ne le voyait pas. Mais l'avait-elle jamais vraiment vu ? Il y avait quelque chose en lui qu'elle ne comprendrait jamais. Quelque chose qu'il ne pouvait lui montrer.

Mme Wargell lissa sa chevelure en arrière et ronronna :

— Messieurs, déjà de retour ?

— Pour le moment, répondit Julian. Votre mari a été appelé ailleurs.

Il se dirigea vers le canapé et tendit la main à Grace. Ses doigts étaient chauds, sa peau douce comme des pétales de rose. Quand il la hissa debout, un parfum féminin de lavande se leva avec elle.

— Y a-t-il un problème ? demanda-t-elle comme si elle s'adressait à un inconnu.

— M. Wargell reçoit un visiteur. Une affaire urgente, ai-je cru comprendre.

Il se tourna vers Mme Wargell.

— Votre mari a indiqué qu'il serait retenu un bon moment. Mon épouse et moi allons donc prendre congé.

Les autres invités exprimèrent le même sentiment.

— Devez-vous tous partir si tôt ? protesta Mme Wargell avec une moue boudeuse.

— Pour ce soir, répondit Julian. Il n'est pas nécessaire de nous raccompagner jusqu'à la porte, madame.

Nous trouverons notre chemin. Transmettez nos respects à votre mari.

— Nous nous croiserons probablement à la capitale, milord. Comme vous, nous ne pouvons rester trop longtemps loin des divertissements du beau monde. Gracie vous laissera sûrement vous échapper de Thistledown.

Avant qu'il ait pu ouvrir la bouche, Grace répondit derrière lui :

— Dans ce cas, Sa Seigneurie et moi vous verrons à Londres, *Clotilde*.

Julian se tourna vers son épouse calme et discrète. Elle dévisageait Mme Wargell avec un mélange d'amusement et de pitié.

Le majordome leur apporta leurs manteaux, et ils partirent au milieu d'un tourbillon de manchons, de pelisses et d'invités. Grace mourait de curiosité, mais elle attendit qu'ils soient dans la voiture qui les ramenait vers Thistledown avant de demander à Julian ce qui s'était passé dans le bureau.

— Wargell a reçu une visite intéressante, répondit son mari, songeur.

— C'est ce que j'avais compris. Qui était-ce ?

Son souffle formait des nuages de vapeur argentée.

— Il n'a pas donné son nom et je ne l'ai pas vu. Mais je l'ai entendu parler un mélange d'anglais et de français au majordome.

— De français ?

Elle se redressa, sa colère contre lui oubliée. La couverture tomba de ses genoux, mais elle s'en rendit à peine compte.

Julian la ramassa et la lui remit autour de la taille. Ses mains frôlèrent ses hanches, et elle sentit son ventre se nouer. Le temps resta suspendu un instant, puis il s'écarta.

— Qu'a dit le Français ? demanda-t-elle.

Elle s'efforçait d'oublier le contact de ses mains, mais autant essayer d'ignorer les battements de son propre cœur.

— Apparemment, il est entré chez les Wargell sans être invité. Le majordome l'a intercepté près du bureau. Il a dit qu'il avait des informations urgentes et qu'il attendrait que Michael Wargell puisse le recevoir.

— C'est une preuve.

— Peu concluante.

— Qu'a dit Michael ?

— Uniquement qu'il s'agissait d'une affaire importante. Il paraissait très préoccupé.

— Mmm. À ton avis, que voulait le Français ?

— Je n'en sais rien, mais j'aimerais bien le découvrir.

Il écarta le rideau et regarda les haies qui défilaient de l'autre côté de la fenêtre.

— Je crois qu'on est assez loin, déclara-t-il.

Il tapa du poing sur le plafond de la voiture.

— Milord ? demanda le cocher perché sur le siège extérieur.

— Engagez-vous dans la prochaine allée et arrêtez-vous.

— Bien, milord.

— Que comptes-tu faire ? lui demanda Grace.

— Un peu d'espionnage, naturellement.

Ses dents blanches luisirent dans la pénombre lorsqu'il esquissa un sourire malicieux.

— De l'espionnage ? Je suis choquée. Je ne l'aurais jamais deviné.

— Ne craignez rien, ma belle dame. J'ai de l'expérience en la matière.

Il fit un moulinet de la main, comme s'il s'apprêtait à plonger dans une profonde courbette.

Elle ne put s'empêcher de sourire.

— Sois sérieux, Julian.

— Nous sommes juste hors de vue de la maison des Wargell, dit-il après un autre coup d'œil à l'extérieur.

Je vais y retourner et tenter d'observer ou d'écouter la conversation de Michael et du Français.

— Les observer comment ?

— Par une fenêtre.

— Bien sûr, suis-je bête ! Je m'attendais à une manœuvre un peu plus sophistiquée de la part d'un espion chevronné.

Le cocher arrêta la voiture dans un cliquetis de harnais et un couinement de roues. Grace regarda son mari en face d'elle. Julian était assis, un pied posé à côté d'elle sur la banquette, le coude sur le genou. On aurait dit qu'il faisait une agréable promenade dans la campagne ou qu'il se rendait à un pique-nique.

Sauf qu'elle le connaissait. Sa nonchalance n'était qu'une façade. Elle sentait l'énergie qui vibrait en lui, la puissance qu'il tenait en bride.

— Tu sais quelle est la fenêtre du bureau de Michael ?

— Je peux la deviner. J'ai mémorisé le plan de la maison. Il me suffit de compter les fenêtres.

— Tant mieux, nous la trouverons ainsi plus facilement.

— « Nous » ?

— Je ne vais pas attendre ton retour dans cette voiture en me tournant les pouces.

— Si, tu le peux et tu le feras.

Il ne plaisantait plus.

— Je sais me déplacer rapidement et discrètement, Julian. Je ne risque rien en t'accompagnant jusqu'à la fenêtre.

Elle avait peut-être du mal à trouver la réplique appropriée lors d'un dîner mondain, mais savait se glisser dans la campagne sans se faire remarquer.

— Grace, tu portes une robe du soir et des escarpins.

— Ma cape est bordée de fourrure, ce que tu devrais savoir puisque tu l'as commandée pour moi. Nous serons rapidement de retour dans la voiture. Il fait juste un peu froid. Il ne pleut même pas.

— Ce n'est pas une plaisanterie.

— Et ce n'est pas dangereux non plus. D'ailleurs, tu n'as aucun moyen de m'enfermer dans cette voiture. Je te suivrai de toute façon.

Il resta silencieux, et elle se demanda ce qu'il pensait. Elle aurait aimé voir clairement ses traits.

— Tu ne feras aucun bruit et tu suivras mes ordres sans protester.

Son ton autoritaire ne tolérait aucune discussion. Elle sentit l'excitation la gagner.

— Promis.

Il ouvrit la portière, laissant entrer un courant d'air glacé dans l'habitacle. Dans son enthousiasme, elle sentit à peine le froid.

Il l'aida à descendre du marchepied puis lança au cocher :

— Si nous ne sommes pas revenus dans trente minutes, venez nous chercher près de la maison des Wargell.

À la surprise de Grace, le cocher ne sourcilla pas. Mais il était venu de Londres avec Julian et avait sans doute l'habitude de recevoir des ordres étranges. Un espion devait pouvoir compter sur un conducteur discret.

— Suis-moi.

Les feuilles mortes craquaient sous leurs pas. Le vent bruissait dans les arbres comme un murmure. Lorsqu'ils rejoignirent l'allée qui menait de la route à la maison des Wargell, il s'arrêta et regarda d'un côté puis de l'autre. À cette heure tardive, il n'y avait personne.

— Nous longerons l'allée aussi longtemps que possible. Quand nous arriverons en vue de la maison, nous la contournerons par les jardins latéraux.

Grace hocha la tête.

Il lui offrit sa main. Elle hésita, inspira, expira, puis l'accepta. Même à travers leurs gants, elle sentit la chaleur de ses doigts remonter le long de son bras.

Marchant rapidement côte à côte dans l'herbe en bordure de l'allée, ils ne faisaient aucun bruit. Le ciel était dégagé, et les étoiles formaient un tapis de diamants sur fond noir. Il n'y avait pas de lune pour éclairer le paysage. Elle distinguait à peine le chemin.

Julian devait avoir une meilleure vision nocturne qu'elle, car il la guidait sans hésiter. Au bout de quelques minutes, elle distingua la lueur des bougies derrière les fenêtres de la maison. Leur halo doré illuminait le gravier blanc du chemin qui menait aux jardins. Elle prenait cette direction quand Julian la retint.

— Tes pas feront du bruit sur le gravier, chuchota-t-il. Nous allons traverser la pelouse.

Il y avait six fenêtres sur le côté de la maison. Deux étaient éteintes, quatre allumées. Julian passa devant les deux premières sans s'arrêter et ralentit devant la troisième.

Grace regarda à travers la vitre d'un croisillon. Mme Wargell était dans son salon, étendue sur une chaise longue comme elle l'avait été durant une partie de la réception, mais elle feuilletait à présent *La Belle Assemblée*.

Julian s'éloigna et passa à la fenêtre suivante. D'un geste de la main, il lui fit signe de le rejoindre. La fenêtre étant éteinte, ils passèrent à la cinquième et virent Michael Wargell.

Il était assis dans un fauteuil dans ce qu'elle supposa être son bureau, les épaules affaissées, les coudes sur les genoux. Il tenait mollement un verre de cognac à moitié vide. Il paraissait abattu.

— Apparemment, les nouvelles n'étaient pas bonnes, chuchota Julian.

— Je suis désolée, il semblerait que nous ayons raté le Français.

— Je m'en doutais un peu. Wargell discutait avec lui avant même qu'on quitte sa maison. Si le Français est malin, il a fait rapidement ce qu'il était venu faire et s'est éclipsé.

— En supposant qu'il faisait quelque chose d'illégal.

Michael se redressa brusquement, vida son verre d'un trait et le reposa. Puis il sortit de la pièce d'un pas décidé et tourna à gauche. Julian tira Grace dans la même direction. Lorsqu'ils revinrent devant la troisième fenêtre, ils s'arrêtèrent.

Michael Wargell se tenait sur le seuil du salon, contemplant sa femme qui lisait *La Belle Assemblée*. Elle releva les yeux et lança son journal sur le côté. Lorsqu'elle ouvrit les bras, il la rejoignit en trois enjambées. Se laissant tomber à genoux, il enfouit son visage dans sa poitrine. Elle glissa les mains dans ses cheveux, jouant avec ses boucles.

Il parlait. Mme Wargell lui répondit en l'embrassant sur le sommet de son crâne. Puis elle posa sa joue sur sa tête, le visage tourné vers la fenêtre.

Grace frémit. Elle commençait à comprendre. Les paupières de Mme Wargell se fermèrent et elle murmura quelque chose à son mari. L'amour et l'intensité de l'émotion de cette scène nouèrent la gorge de Grace. Durant toutes ces années, elle n'avait pas su pourquoi Michael s'était détourné d'elle.

— C'est un mariage d'amour, murmura-t-elle.

— C'est ce qu'il semblerait.

Michael releva la tête et embrassa sa femme fougueusement. Elle lui répondit avec autant d'ardeur, prenant son visage entre ses mains. Il l'allongea alors sur la chaise longue, plaça ses mains sur ses seins, son ventre. Elle cambra les reins pour l'accueillir, les lèvres entrouvertes.

— Je crois qu'il est temps de partir, murmura Julian à son oreille.

— Je ne te le fais pas dire.

Elle frissonna en sentant son souffle chaud dans son cou. Une éternité semblait s'être écoulée depuis la dernière fois qu'ils avaient fait l'amour.

Ils rebroussèrent chemin et coururent à travers les pelouses. Julian ne ralentit qu'une fois sur la route. Grace se pencha en avant pour reprendre haleine.

— Tu as froid ?

— Non, je suis juste un peu essoufflée. Nous sommes presque arrivés à la voiture.

Elle se redressa et tendit la main vers lui.

Pan !

Elle sentit un choc dans le haut de son bras, immédiatement suivi d'une douleur cuisante. Avant qu'elle ait pu réagir, Julian bondit sur elle et la projeta à terre sur le bas-côté. Elle atterrit sur le flanc gauche et glapit de douleur.

— Chut ! Ne bouge pas.

Elle obéit et ravala le cri qui montait dans sa gorge. Elle savait ce qui avait provoqué ce bruit.

Une arme à feu.

Elle était écrasée sous le poids de Julian. Des branches lui rentraient dans le dos, des herbes sèches lui piquaient le visage, mais c'était la douleur dans son bras qui la préoccupait. Était-ce grave ? L'étoffe de sa manche était chaude et imbibée de sang.

Elle attendit, haletante, écoutant les bruits dans la forêt autour d'eux : les battements d'ailes des oiseaux effrayés, le hennissement de leurs chevaux plus loin sur la route.

Julian roula sur le côté et rampa jusqu'à la route. Grace serra les dents. Elle ne pouvait lui dire qu'elle était blessée, car le moindre chuchotement aurait révélé leur emplacement. Elle plaqua son bras le long de son corps et le suivit, enfonçant les doigts dans la terre froide et humide. Se servant de ses coudes et de ses pieds pour se pousser en avant, elle se traîna jusqu'à lui.

En dépit de la douleur terrible dans son bras, elle pouvait le remuer, constata-t-elle en pliant le coude. Il n'y avait donc pas de dégâts irréparables. Elle se mordit la lèvre et palpa sa plaie. La balle n'avait pas pénétré dans sa chair, l'avait juste éraflée. Ce n'était donc qu'une blessure superficielle. Son soulagement atténua légèrement la brûlure.

Ils restèrent étendus à plat ventre près du bord de la route. Imitant Julian, elle regarda vers la droite, puis vers la gauche.

On ne voyait que des ombres sur le fond noir s'étirant à perte de vue. L'absence de clair de lune dissimulait leur agresseur. À travers les arbres, elle distinguait les lumières dans la maison des Wargell, et elle se demanda s'ils devaient retourner dans cette direction.

Julian se pencha vers elle. Elle ne voyait que les angles de son visage dans le noir.

— Reste entre les arbres, baissée, et cours vers la voiture. Si nous sommes séparés, rends-toi dans le premier cottage ou manoir habité et demande de l'aide. Ne retourne surtout pas chez les Wargell. Tu m'as compris ?

— Et toi ?

— Tu m'as compris ?

L'urgence dans sa voix lui fit peur, et elle acquiesça vigoureusement.

Julian se redressa et elle en fit autant, refoulant son angoisse. Il se précipita vers la forêt. Elle le suivit, courant la tête entre les épaules. Les branches et les broussailles s'accrochaient à ses jupes, la ralentissant. Regrettant de ne pas être en culotte, elle remonta autant qu'elle le pouvait sa robe et ses jupons avec son bras indemne.

Elle distinguait à peine le sol devant elle et priait pour ne pas trébucher sur une racine ou une pierre. Les yeux rivés sur le dos de Julian, elle courut avec lui parallèlement à la route. Ils ne devaient plus être très loin de la voiture, à présent.

Julian bifurqua vers la droite et l'allée où ils avaient laissé le cocher. Grace était à bout de souffle et fut soulagée quand il s'arrêta à la lisière des arbres. Il lui tendit la main.

Elle entendit des bruits derrière eux, des craquements de feuilles mortes. Quelqu'un d'autre courait dans la forêt.

— La voiture est juste là, indiqua Julian en désignant le véhicule du doigt.

Le cocher avait fait demi-tour et attendait devant la portière.

— Cours, je te rejoins tout de suite.

— Mais...

— Vas-y, Grace. Nous n'avons pas le temps de discuter. Je serai juste derrière toi.

Grace acquiesça et s'élança sur la route. Elle se sentait nue, vulnérable. Lorsqu'elle jeta un regard derrière elle, Julian se tenait toujours à la lisière des arbres, silhouette svelte entre elle et leur agresseur invisible.

— John ! cria-t-elle au cocher en approchant à toutes jambes. Tenez-vous prêt !

— Oui, milady !

Il grimpa sur son siège et brandit son fouet.

Grace ouvrit la portière de sa main valide et s'engouffra à l'intérieur. Ressortant la tête au-dehors, elle scruta les ténèbres. L'espace d'un instant, elle ne vit pas Julian et fut prise de panique. Puis son ombre apparut, courant dans l'allée.

Pan !

Un autre coup de feu. Le fouet claqua, et la voiture s'ébranla. Julian plongea par la portière ouverte tandis qu'ils démarraient à toute allure entre les haies.

Il se hissa sur la banquette et écarta le rideau de la fenêtre à l'arrière de la voiture.

— Tu le vois ? demanda Grace.

Elle serrait les dents, essayant d'ignorer les élancements dans son bras.

— Juste une forme sur la route. Il fait trop sombre pour l'identifier. J'aurais aimé pouvoir le suivre, mais je dois avant tout te mettre à l'abri. Je ne supporterais pas qu'il t'arrive le moindre mal.

Elle ouvrit la bouche pour lui parler de sa blessure, mais il se tourna vers elle et poursuivit :

— Apparemment, quelqu'un nous espionnait espionnant les Wargell.

— Euh... Julian ?

Grace serra son bras plus près de son flanc. Elle sentait le sang couler le long de son poignet. Elle devait enrayer l'hémorragie.

— Ma belle dame, vous avez été magnifique ! dit-il avec un grand sourire. Pas un cri, pas un émoi. Pas la moindre vapeur. Une véritable amazone !

Il tendit le bras dans un geste qu'elle connaissait bien : il s'apprêtait à couvrir ses doigts de baisers. Elle tenta de s'écarter, mais ne fut pas assez rapide. Il lui prit la main et l'attira vers lui.

Elle poussa un cri perçant en sentant une douleur atroce remonter jusque dans son épaule. Il la lâcha aussitôt, et une autre décharge lui lacéra tout un côté du corps.

— Mon Dieu, Grace !

Il bondit et s'assit près d'elle sur la banquette.

— S'il te plaît, ne touche pas mon bras, gémit-elle.

« Respire, se sermonna-t-elle. Ne laisse pas la douleur se transformer en panique. Ce n'est qu'une plaie superficielle. »

— Où as-tu été touchée ? C'est profond ?

— Non, répondit-elle d'une voix haletante. Cela allait, jusqu'à ce que tu me touches. Je dois étancher le sang.

— Avec quoi ?

— N'importe quoi.

Il dénoua sa cravate.

24

Julian ouvrit les doubles portes de Thistledown d'un coup de pied. Les panneaux de bois claquèrent contre les murs avec fracas.

— Starkweather ! hurla-t-il dans le hall sombre.

Dans ses bras, Grace était aussi légère qu'une plume. Il la serra contre lui. Il voulait la protéger, même s'il était trop tard.

Le majordome accourut, les pans de sa livrée battant derrière lui. Il s'arrêta en dérapant sur le parquet.

— Milord ? haleta-t-il.

Il écarquilla les yeux en voyant Grace.

— Prépare un feu dans la chambre des maîtres, aboya Julian. Apporte de l'eau chaude et des linges propres.

— Oui, milord.

Starkweather repartit en courant.

— Julian, ce n'est pas la peine de déranger tout le personnel, protesta Grace. Et puis, je suis blessée au bras, pas aux jambes. Je peux marcher.

Elle n'ôta pas pour autant son bras valide enroulé autour de son cou.

— Si tu insistes pour te soigner toi-même, j'y mets des conditions, répliqua-t-il. Tu ne marcheras pas.

Il grimpa quatre à quatre le grand escalier, la peur lui donnant des ailes, et fila jusqu'à la chambre du comte, qui était désormais celle de Grace. Un feu couvert brûlait déjà dans l'âtre, attendant le retour de la maîtresse de maison. Tant mieux, elle n'aurait pas froid, pensa-t-il. Il la déposa doucement sur le lit et l'examina, à la recherche d'autres blessures.

Dès qu'il la lâcha, elle se redressa et balança ses jambes au bord du lit. La cravate qu'elle avait pressée contre sa plaie tomba sur le sol. Il apercevait une tache écarlate sur la manche de sa cape, contrastant avec le passepoil en satin blanc.

Il serra les poings, envahi par le remords. C'était sa faute. Il n'aurait jamais dû lui permettre de l'accompagner.

— Je vais faire venir le médecin, annonça-t-il.

— Ce serait une perte de temps, Julian. Il suffit de quelques sutures. J'en ai déjà pratiqué des centaines.

Son élégante coiffure bouclée s'était défaite, et des mèches retombaient devant son visage. Il en écarta une, maculée de boue.

— J'ai besoin de ma sacoche qui est dans la distillerie, dit-elle.

— Je vais envoyer les Starkweather la chercher. Laisse-moi faire.

Il dégrafa le fermoir de sa cape. Ses doigts nerveux étaient maladroits.

On frappa à la porte, et Mme Starkweather entra sans attendre d'y être invitée. Elle avait une bassine dans les mains. Derrière elle, M. Starkweather tenait la sacoche de Grace et une pile de linges.

— Nous avons pensé que vous auriez besoin de vos affaires de médecine, dit la gouvernante. Elle va bien, milord ?

— Je vais très bien ! lança Grace depuis l'autre bout de la pièce. Ce n'est qu'une égratignure.

Mme Starkweather tordit le cou pour la voir et poussa un petit cri.

— Par tous les saints, mademoiselle Gracie ! Ma pauvre petite !

— Ce n'est rien, insista Grace en palpant sa plaie.

Le ventre de Julian se noua en la voyant grimacer de douleur.

— Mais ça fait très mal, ajouta-t-elle.

— Je vous demanderais bien si c'est un douanier qui vous a fait ça, mais vous n'êtes pas habillée pour la contrebande.

Mme Starkweather penchait la tête sur le côté, espérant une explication.

— Je dois simplement nettoyer la plaie et tout ira bien, lui répondit Grace.

Julian prit la bassine et les autres articles, puis referma la porte sur les Starkweather. Lorsqu'il se retourna, Grace tirait délicatement sur la manche de sa robe.

— Il faut que je l'enlève. Mais elle est tellement serrée qu'il va falloir la découper.

— Ah, les caprices de la mode ! marmonna-t-il.

Il posa un pied sur le bord du lit et sortit son couteau de sa botte. Il était court et large. Son manche crénelé lui assurait une bonne prise.

— Tu gardes toujours un couteau dans ta botte ? s'étonna-t-elle.

— Oui. Lève-toi.

Elle obtempéra, bougeant lentement et précautionneusement, tenant son bras blessé pressé contre son flanc. Pinçant l'étoffe au niveau du décolleté, il l'écarta de sa peau, transperça la soie puis remonta jusqu'à la couture de l'épaule. La soie se fendit dans un murmure. Délicatement, il détacha la manche du reste de la robe, dont un lambeau retomba sur la poitrine de Grace. Malheureusement, la manche était encore trop serrée, et il ne pouvait la tirer jusqu'en bas de son bras sans lui faire mal. Il le fallait néanmoins. Elle retint son souffle.

Il sentit la sueur couler dans son dos en voyant ses traits se crisper.

— Que puis-je te donner contre la douleur ?

— Rien, dit-elle en se laissant retomber sur le lit. Pour le moment. Après, du cognac.

— Et maintenant ?

— Pose la bassine près de moi.

Elle saisit une bande de lin fin, la trempa dans l'eau et épongea la plaie. Sa tête était penchée sur sa blessure, et elle respirait par à-coups.

— Cinq ou six points, pas plus, conclut-elle.

Le linge retomba dans la bassine.

— Mon aiguille et mon fil sont dans ma sacoche.

Il les sortit, les lui tendit, puis recula pour examiner la blessure. Une longue ligne rouge entaillait le haut de son bras, juste sous l'épaule. Il avait déjà vu suffisamment de plaies par balle pour savoir que celle-ci était superficielle. En tout cas, aucun organe vital n'avait été touché, mais il y avait toujours le risque d'une infection mortelle.

— « La suture à points interrompus ou noués se réalise avec n'importe quelle aiguille équipée d'un fil ciré… »

Il cligna des yeux.

— Pardon ?

— Je cite le *London Medical Dictionary*. Je l'ai lu et relu des dizaines de fois.

Elle s'interrompit et ravala son souffle lorsque l'aiguille transperça sa peau.

— « Plongez l'aiguille et le fil jusqu'au fond de la plaie afin d'éviter que de la matière s'accumule en dessous », reprit-elle. C'est plus facile à dire qu'à faire quand il s'agit de ta propre plaie.

Il entendait son souffle long et mesuré, comme si elle se forçait à respirer calmement pour garder son sang-froid.

— Grace…

— Chut, c'est mon dernier point. J'ai besoin que tu coupes le fil avec les petits ciseaux de couture qui sont dans ma sacoche.

Julian s'exécuta, non sans appréhension. Ses doigts étaient trop grands et maladroits pour une tâche aussi délicate. Il était habitué à manier un couteau et à se servir de son poing, pas à manipuler un instrument aussi petit.

Lorsque ce fut fait, il put de nouveau respirer.

Grace laissa tomber l'aiguille dans la bassine et saisit un autre linge avec lequel elle tamponna sa plaie, nettoyant les restes de sang séché.

— Je vais le faire, dit-il en le lui prenant de la main.

— Je peux y arriver…

— Non.

S'agenouillant devant elle, il pressa le linge trempé, faisant couler l'eau le long de son bras.

Il n'avait jamais eu aussi peur de sa vie. Au cours de toutes ces années d'espionnage, qui lui avaient valu de frôler la mort tant de fois, il n'avait jamais été aussi terrifié que lorsqu'il avait entendu le cri de Grace. Il avait failli à son devoir, s'étant montré incapable de la protéger. Sa propre femme.

— Je n'aurais jamais dû te laisser venir avec moi, grommela-t-il.

Il avait du mal à cacher la rage dans sa voix. Elle lui prit le poignet.

— Julian, ce n'était qu'un dîner.

— Je ne te parle pas de ça, mais de ce qui s'est passé après. J'aurais dû te laisser attendre dans la voiture.

— Tu ne pouvais pas m'y obliger.

— Dans ce cas, je n'aurais pas dû y retourner.

Il regarda dans ses yeux d'argent.

— Grace, c'est ma faute. Tu as été obligée de fuir dans les bois. Tu as été blessée.

— Ce n'est rien de grave, Julian.

Il toucha une zone sensible, et elle s'interrompit pour ravaler son souffle. Puis elle ajouta :

— En outre, nous avons découvert quelque chose d'utile.

— Rien qui mérite que tu risques ta vie, répliqua-t-il en laissant retomber le linge dans la bassine.

— Ne sois pas si mélodramatique, Julian. Nous avons appris que Michael était impliqué dans une affaire louche avec un Français. Il ne nous reste plus qu'à découvrir de quoi il retourne.

Elle se leva et se mit à arpenter la pièce, ses jupons bruissant à chaque pas.

— Comment fais-tu pour te calmer, Julian ?

— Comment ?

Il observa son pas saccadé, les tressautements de ses épaules. La grâce qui caractérisait habituellement ses mouvements avait disparu.

— Je ne parviens pas à me concentrer, expliqua-t-elle. Mon cœur bat à tout rompre. Je me sens sur le bord de quelque chose et je n'arrive pas à faire marche arrière. Comment fais-tu pour te calmer après une mission ?

Il comprenait ce qu'elle ressentait. L'adrénaline dans le sang, les nerfs à fleur de peau. Le soulagement d'être toujours vivant, rempli d'une énergie qui ne trouvait pas de débouché. Pour la libérer, il se tournait généralement vers l'alcool ou une femme bienveillante, parfois vers un combat de boxe ou d'escrime si un partenaire se présentait.

— Je trouve des moyens, répondit-il.

Mais elle n'aurait pas dû vivre ça.

— Je ne sais pas ce dont j'ai besoin.

Elle tournait en rond dans la pièce. Elle s'arrêta enfin devant les fauteuils tournés vers la cheminée et le guéridon entre eux.

— Du cognac !

— Oui, cela peut aider, admit-il.

Il lui en versa deux doigts dans un verre et l'entendit approcher rapidement.

— Tu n'en prends pas, toi ?

La femme qui s'adressait à lui était une inconnue. Les joues rouges, la voix dure. Ses doigts se refermèrent autour du verre comme des griffes.

— Non.

Elle porta le verre à ses lèvres, but une longue gorgée puis croisa son regard. D'ordinaire, ses yeux gris argent étaient calmes et apaisants. En ce moment, ils étaient sombres comme des nuages d'orage, bouillonnants et furieux.

Cette énergie féroce et sauvage n'était pas Grace. Il recelait en lui des secrets sombres et l'avait entraînée dans ces recoins sordides. Elle avait vécu le meurtre, les mensonges, les désillusions... puis la douleur physique.

Il ne pouvait l'entraîner plus loin dans son monde d'espionnage ni dans les secrets qu'il cachait au plus profond de lui. Cela la changerait à jamais. Elle n'était pas à sa place dans son monde, pas plus qu'il ne l'était dans le sien.

Il ferma les yeux et inspira profondément. Il devait la laisser partir.

— Julian ?

Elle tendit la main vers lui, effleurant son torse des doigts. Les vapeurs de cognac s'immisçaient dans son cerveau fébrile, augmentant encore son trouble.

Il frissonna quand elle le toucha.

— Tu mérites mieux que ce que j'ai à t'offrir, Grace.

— De quoi parles-tu ?

— Je suis un espion. Je n'ai rien été d'autre depuis une décennie.

— Oui, je le sais, dit-elle en reposant son verre. Mais Ange a dit que tu prendrais ta retraite après cette mission.

— Plus maintenant. Le ministère m'a réintégré.

Elle resta silencieuse un moment, résistant à l'envie de se laisser tomber assise sur le lit.

— Tu reprends l'espionnage.

— Le mariage, les enfants, la famille... tout ça n'est pas pour moi, Grace. Nous le savons tous les deux.

Il se dirigea vers la fenêtre et regarda à l'extérieur avant d'ajouter :

— Dès que j'en aurai terminé ici, je rentrerai à Londres.

— Et je resterai dans le Devon, dans cette maison. Avec le fantôme de ta mère pour seule compagnie.

Elle vit son regard se durcir. Peu lui importait. Une émotion mauvaise et laide montait en elle, ne demandant qu'à être libérée.

— Je ne peux pas t'emmener avec moi, déclara-t-il sèchement. Même si je le pouvais, je ne le ferais pas. As-tu oublié ta blessure ?

— Quel rapport ?

Elle passa doucement la main sur son bras blessé. Une douleur sourde l'élançait toujours.

— C'est cela, ma vie d'espion : des armes, des blessures, des ennemis invisibles. Des secrets.

— Oui, apparemment, surtout des secrets.

Elle détestait l'amertume dans sa propre voix. Ressentant le besoin de s'occuper les mains avant que la colère ne lui fasse commettre un geste regrettable, elle jeta les linges restants dans la bassine.

— Nous ne sommes pas compatibles, Grace. Nos vies sont trop différentes. Lorsque nous aurons attrapé le traître, je retournerai à mes missions et tu reprendras le cours normal de ta vie... Une vie meilleure. Tu auras plus de liberté.

Le visage de Julian était impassible. Il parlait d'un ton raisonnable, presque machinal, comme s'il décrivait une étape naturelle de leur mariage, comme si ses paroles ne rouvraient pas une plaie profonde en elle.

— J'aurais dû me douter que tu partirais, dit-elle d'un ton glacial. Tu es le Comte Errant, après tout.

Elle ouvrit la porte et déposa la bassine dans le couloir avant de refermer le battant en le claquant.

— Notre mariage et la vie que nous étions en train de construire ensemble ne signifient rien pour toi, Julian ? Ou n'était-ce qu'une partie de ta mission ?

— Je ne t'ai jamais caché qui j'étais, Grace.

Il saisit son bras valide et la retint avant qu'elle ne se remette à arpenter la pièce.

— C'est vrai, tu es un Travers, cracha-t-elle en se libérant d'un coup sec.

Il se raidit.

— Oui, je suis un Travers. Je ne l'oublie jamais.

— On dit que bon sang ne saurait mentir.

— Et je ne pourrai jamais échapper au mien, pas plus que toi au tien.

Un élan de fureur blanche la traversa, noyant la douleur qui menaçait de la faire fondre en larmes.

— Va-t'en !

Il riva les yeux sur elle. Elle ne pouvait déchiffrer son regard, et le fait qu'il se ferme ainsi à elle acheva de l'anéantir.

Elle se dirigea vers la carafe de cognac et se servit un autre verre, renversant du liquide doré sur la table. Derrière elle, elle n'entendait que le silence. Elle avala une longue gorgée et sentit la brûlure de l'alcool remplir le vide en elle.

Le bruit de la porte qui se refermait doucement fut aussi assourdissant que le coup de feu dans les bois. Elle fit volte-face.

Elle était seule dans la chambre du comte. La chambre de son mari.

Sauf qu'elle n'avait pas de mari.

Le verre de cognac vola à travers la pièce et explosa contre la porte dans une pluie de cristal, un millier d'éclats épars que rien ne pourrait jamais réunir de nouveau.

25

Grace se tenait devant la porte de la bibliothèque, contemplant l'acajou sculpté. Depuis vingt-quatre heures, elle n'avait ni vu ni entendu Julian. Il aurait pu être rentré à Londres.

Sauf qu'elle sentait sa présence à Thistledown. Les restes de nourriture abandonnés dans des assiettes sur la console lorsqu'elle était descendue prendre son petit déjeuner indiquaient qu'il était venu et reparti. Elle croisait parfois une servante gênée portant un plateau, ou un Starkweather à l'air sombre qui se glissait dans les couloirs, se dirigeant vers la bibliothèque.

Le vide qu'il avait laissé en elle était toujours aussi douloureux. Elle avait envie de pleurer, de crier et de tempêter contre lui. Mais elle ne pouvait rien faire de tout cela. Elle redressa les épaules et poussa la porte. Elle s'arrêta net en voyant Roberts, le valet de Julian, tourner la tête vers elle. Il était en train de brosser la veste de son maître.

— Oh, je suis désolée, Roberts.

Elle sentit ses joues s'empourprer. Son mari ayant établi ses quartiers dans la bibliothèque, il était sans doute naturel que son valet l'y suive pour le servir.

— Ne faites pas attention à moi, milady. Sa Seigneurie est devant le feu.

Il fit un geste vers la cheminée.

Elle entendit le raclement du métal contre la pierre, un son lent et sinistre qui lui donna la chair de poule. Tournant la tête, elle aperçut la dague.

Elle était fine et bien plus longue que le couteau que Julian gardait dans sa botte. Les flammes de la cheminée se reflétaient sur la lame biseautée tandis qu'elle glissait sur la surface d'une petite pierre à aiguiser.

Julian était assis devant le feu dans cette pièce élégamment décorée, vêtu d'une veste à la mode et chaussé de bottes impeccablement lustrées. Il aurait pu être en train de boire le thé ou de feuilleter les livres de comptes de son domaine. Au lieu de cela, il affûtait son arme avec des mouvements sûrs, fluides, précis.

Grace frissonna, hypnotisée par les mouvements de la lame. Il parvenait à séduire tout le monde avec une telle aisance, un tel charme, qu'il était facile d'oublier que sous cette façade se cachait un espion. Elle préférait ne pas savoir ce qu'il avait fait avec cette dague.

Roberts passa devant Grace en se dirigeant vers la porte et déclara :

— Je vais terminer de nettoyer cette veste correctement, milord. Je vous en prie, à l'avenir, tâchez de prendre meilleur soin de vos tenues.

— Je ferai de mon mieux, Roberts, mais je doute sincèrement d'y parvenir.

— Je sais, milord, je sais, soupira Roberts.

Il sortit en tenant la veste comme une relique précieuse.

Julian tourna la tête vers Grace, les sourcils élégamment haussés, sans cesser son travail.

— Je suppose que tu n'es pas venue prendre le thé, puisque tu portes ta culotte.

Le raclement de la lame sur la pierre résonnait comme une mise en garde. Son regard était froid, indifférent, même. Elle sentit son cœur se serrer.

Elle s'éclaircit la gorge avant d'annoncer :

— Jack a pris contact avec moi. Il veut que nous le retrouvions au *Joyeux Contrebandier*.

Il reposa sa dague. Maintenant qu'elle la voyait mieux, elle constatait qu'elle était simple. C'était une arme utilitaire, sans les volutes, les ciselures ni les pierres précieuses qui ornaient généralement ce genre d'objet. Cette dague n'avait pas sa place dans une vitrine. Elle était conçue pour tuer.

— Nous devons y aller ce soir, chuchota-t-elle. Maintenant.

Des éclats de rire et une forte odeur de houblon se déversaient par les fenêtres du *Joyeux Contrebandier*. Grace entra en espérant que la chaleur des deux hautes cheminées de chaque côté de la salle chasserait le froid en elle. Elle avait à peine franchi le seuil que les salutations commencèrent à pleuvoir, des signes de la main, des appels et des sourires. Bon nombre s'adressaient également à Julian.

Ils se dirigèrent vers le bar derrière lequel Jack Blackbourn remplissait des verres de whisky. Il semblait parfaitement à son aise et détendu.

— Bienvenue, milord, lança-t-il en essuyant son comptoir avec un chiffon. Et vous, ma jolie, comment allez-vous ? Vous avez mauvaise mine.

— Je vais bien.

Aussi bien qu'elle le pouvait alors que son mariage partait à vau-l'eau.

— Je suis heureuse de vous voir de nouveau à la taverne, ajouta-t-elle en s'accoudant au bar.

— Ça fait plaisir d'être de retour.

Il adressa un signe de tête à Julian.

— C'est à vous que je le dois, milord.

Il y eut un moment de flottement. Les rires des clients et les cliquetis des verres résonnaient dans le fond. Grace lança un coup d'œil aux deux hommes près d'elle. Julian soutint le regard de Jack un instant, puis ils acquiescèrent tous les deux, comme s'ils étaient parvenus à un accord.

— Qu'est-ce que je vous sers, milord ?

— Un cognac, Jack. Du bon, de France.

— Hélas, ce serait illégal, pas vrai ? répondit Jack, le regard pétillant. Maintenant que j'ai tourné la page, je n'en ai plus.

Il sortit une bouteille et un verre de sous son comptoir en ajoutant :

— Mais j'ai du bon cognac qui a la couleur et le goût du français.

— Cela fera l'affaire.

Grace observa Julian tandis qu'il prenait son verre et buvait. Leurs regards se croisèrent, et elle vit le rideau retomber sur ses yeux couleur de ciel d'été. Furieuse, elle se força à adopter une expression impassible. Puisque c'était ainsi, il ne pourrait rien lire sur son visage non plus.

— Et pour vous, ma jolie ? Votre vin favori ?

— Uniquement si c'est du bon de France.

Après l'avoir servie, Jack se pencha sur son comptoir d'un air nonchalant.

— Ces derniers jours, on m'a rapporté une proposition intéressante. Quelqu'un veut un passage pour deux pour la France.

Elle faillit renverser son verre.

— Qui a fait la proposition ?

— Je ne sais pas. Le bruit s'est répandu dans les tavernes. Quiconque est intéressé doit laisser un message à un certain M. Smith à l'*Anchor's Arms*.

Près d'elle, les muscles de Julian s'étaient tendus.

— Vous avez accepté, Blackbourn ?

— Il se trouve que l'offre s'accompagne d'une belle somme d'argent. J'y ai réfléchi.

Grace lui adressa un regard de reproche.

— Jack, que dirait votre femme si vous repreniez ce genre de travail ?

— Elle me couperait la tête, et sans doute quelques autres parties de mon anatomie, répondit-il avant d'engloutir une gorgée de bière. C'est pourquoi j'ai décidé que je n'en voulais pas. Mais j'ai pensé que, s'il s'agissait de notre traître, je pourrais faire semblant d'accepter et tout organiser afin que vous rencontriez M. Smith et son compagnon de voyage.

— Jack, vous êtes un génie !

Grace se hissa sur la pointe des pieds et déposa un baiser sur sa joue.

— Hé, que dirait votre mari s'il vous voyait m'embrasser, ma jolie ?

— Son mari en ferait sans doute autant, sauf que je n'embrasse pas les hommes, répondit Julian.

— C'est aussi bien, milord, car ce serait prématuré. Quelqu'un d'autre a déjà accepté l'offre avant moi.

Grace poussa un soupir déçu.

— Bah, ne soyez pas si triste, lui dit Jack en la resservant. Je ne vous ferais pas venir jusqu'ici par une nuit glacée pour rien.

— Vous savez autre chose, devina Julian.

— En effet, répondit Jack avec un large sourire. Je me suis dit que ce M. Smith logeait sans doute à l'*Anchor's Arms*.

— Ce ne peut pas être aussi simple, objecta Grace.

Julian n'était pas du même avis.

— Parfois, ça l'est. Un traître a besoin d'un lit où dormir comme la plupart d'entre nous. Venez-en au fait, Blackbourn.

— Je suis donc allé voir l'aubergiste. Malheureusement, il n'y avait pas de M. Smith chez lui. Généralement, les voyageurs ne passent qu'une nuit dans son établissement avant de poursuivre leur route. Je lui ai demandé de m'avertir au cas où quelqu'un viendrait demander s'il y avait des messages pour un M. Smith.

— Et ? fit Grace.

— Il se trouve que notre aubergiste savait exactement à quoi ressemblait M. Smith, car celui-ci était passé vérifier s'il avait des messages deux heures plus tôt.

— Oh !

Grace reprit espoir. Étaient-ils sur le point de découvrir le traître ?

— M. Smith avait enroulé une écharpe sur la partie inférieure de son visage, si bien que l'aubergiste n'a pas vu sa bouche. Il portait également une casquette, mais notre homme a pu voir qu'il avait les yeux marron. Il était frêle, mince, avec des épaules étroites. Selon lui, il était tout jeune, un vrai gamin.

— Ce pourrait aussi être une femme, murmura Julian.

— Ma foi, c'est vrai ! Je n'y avais pas pensé.

— Si mon épouse peut se promener en tenue d'homme, je ne vois pas pourquoi d'autres femmes s'en priveraient.

Grace lui lança un regard de biais, mais préféra ne pas relever la pique.

— Cela pourrait être n'importe qui, déclara-t-elle.

— Effectivement, convint Julian. Mais nous avançons néanmoins. Nous savons qu'ils sont deux et qu'ils se préparent à partir pour la France. Ils doivent donc être à Beer ou dans les alentours.

— Nous savons plus que ça, intervint Jack, l'air assez content de lui. Je peux vous dire quand le bateau passera les prendre.

— Quand ?

— Cette nuit.

Grace sentit l'adrénaline fuser dans ses veines. Elle saisit le bras de Jack.

— Où ?

— À la pointe de Brogan. Il y a une crique étroite au pied de la falaise. Les contrebandiers mouilleront au large et viendront chercher les passagers en chaloupe.

Grace se tourna vers Julian.

— Nous pouvons les arrêter avant qu'ils n'embarquent.

— « Nous » ? répéta-t-il en haussant les sourcils. Tu ne te mêleras pas de ça, Grace.

— C'est mon combat autant que le tien, Julian, répliqua-t-elle sèchement. Jack a été arrêté, et John assassiné. Assassiné !

— Précisément. Ce n'est pas un jeu. C'est réel. Et dangereux.

Il baissa la voix et reprit dans un murmure menaçant :

— Tu ne viendras pas, Grace.

— J'ai l'intention d'aller jusqu'au bout de cette affaire.

Elle redressa les épaules, le dos droit, prête pour la bagarre.

— Tu ne feras que me gêner, Grace.

— C'est vrai, ma jolie. Il n'a pas tort.

— Jack !

Elle lança un regard noir à son ami, blessée par sa trahison.

— Un homme ne peut pas passer à l'offensive s'il doit protéger sa femme, insista Jack en relevant le menton.

— Sa femme ? rétorqua-t-elle, furieuse.

Elle se tourna vers Julian, le fusillant du regard.

— Je ne suis pas sa femme, je ne suis qu'une erreur de parcours.

— Tu es quand même mon épouse, Grace. Tu m'appartiens, ce qui signifie que j'ai le dernier mot.

La main de Jack vola par-dessus le bar et agrippa l'avant-bras de Julian.

— Hé, si vous la blessez d'une quelconque façon, j'arracherai votre cœur noir et le ferai rôtir dans ma cheminée.

— Jack ! s'exclama-t-elle. C'est...

— Entendu, l'interrompit Julian. Mais, pour le moment, il ne s'agit pas de ce qui se passe entre Grace et moi. L'important est de piéger le traître et de veiller à la sécurité de mon épouse.

— Là-dessus, nous sommes d'accord.

Jack attendit un instant avant de libérer le bras de Julian.

Grace repoussa son verre vide sur le comptoir.

— La contrebande est une activité dangereuse, et pourtant je la pratique depuis des années.

— Il faudra peut-être que je me batte, Grace, répondit Julian, les traits sombres. Ce ne sera pas honorable, ni beau à voir. Il y aura des coups de poing, des couteaux, des pistolets. Ils seront plus nombreux que moi. Je dois me concentrer sur le traître et sur la manière de m'en sortir vivant, pas sur ta protection.

— Je sais me défendre seule, Julian.

— Le traître te verra comme la plus faible de nous deux. Il se servira de toi pour s'échapper. S'il le faut, il te tuera.

— Comment le sais-tu ?

— Parce que c'est ce que je ferais.

Ses traits ne trahissaient aucune émotion, pas plus que ses yeux.

Ses yeux.

Ils étaient morts, complètement vides. Était-ce ainsi qu'il parvenait à vivre sans savoir s'il verrait le prochain lever de soleil ?

Elle sentit un courant glacé pénétrer jusque dans sa moelle.

Jack dénouait déjà son tablier.

— Il vous faut quelqu'un pour vous épauler. Quelqu'un qui connaît le terrain, la mer. Il se peut même que je connaisse certains des contrebandiers.

Il esquissa un sourire en coin et ajouta :

— Sinon, je sais me débrouiller avec une épée et un pistolet. Et j'ai toujours un plan pour m'échapper.

— Je ne peux vous demander de risquer votre vie, Jack.

— Tu le fais bien, toi ! lança Grace.

— Parce que c'est mon métier, répondit Julian sans desserrer les dents.

Il faisait passer son métier avant sa propre vie. Avant elle. Elle se détourna, ravalant les paroles furieuses qui lui montaient à la gorge.

— Très bien, je resterai ici, dit-elle.

Ce qu'elle n'avait aucunement l'intention de faire.

26

Grace contempla le liquide couleur rubis au fond de son verre, laissant les rires et la bonne humeur qui régnaient dans la salle tournoyer autour d'elle.

Elle avait la sensation de se tenir au bord d'un gouffre, les nerfs à vif et le cœur palpitant, regardant l'inconnu. Elle était incapable de reculer du bord, tout comme elle ne pouvait s'élancer dans le vide et mettre un terme à son supplice. Tout ce qu'elle pouvait faire, c'était attendre, fébrile et impatiente.

Du moins de quoi laisser à Julian un peu d'avance.

Elle but le reste de vin, puis traversa la salle. Des ordres avaient déjà été donnés pour que Démon soit sellé. Elle n'aurait qu'un quart d'heure de retard sur eux.

Une main se referma sur son bras et la tira en arrière. Elle pivota sur ses talons, prête à frapper, et se retrouva face aux yeux fauves de celui qu'on appelait Ange.

— Où est l'Ombre ?

Il avait parlé dans son oreille d'une voix basse de baryton.

Il ne portait plus la tenue élégante dans laquelle elle l'avait vu la première fois, mais des vêtements simples en laine grossière. Il dégageait une odeur de laine mouillée.

— Ange ?

— Chut.

Il lança un bref regard vers le jeune homme qui travaillait derrière le bar.

— Lorsque je suis arrivé à Thistledown, on m'a dit que vous étiez ici. Où est Langford ?

— Il... il n'est pas disponible.

— Je dois lui parler. Immédiatement.

Sa main était ferme sur son bras. Il était tendu comme un arc. Une sueur froide envahit Grace.

— Que se passe-t-il ?

— Nous savons qui est le traître. Il est en fuite.

— Qui est-ce ?

— Quelqu'un que Langford ne soupçonne pas.

Une mèche dorée s'échappa de sa queue-de-cheval et il la rejeta en arrière d'un mouvement agacé.

— Quelqu'un en qui il a confiance, ajouta-t-il.

Elle n'hésita plus.

— Nous avons appris qu'un homme avait loué les services d'un navire de contrebande pour l'emmener discrètement en France, avec une autre personne. Ils doivent embarquer cette nuit. En ce moment même. Julian et Jack vont tenter de les intercepter.

— Où ?

— Les contrebandiers jetteront l'ancre à l'entrée d'une crique à environ cinq kilomètres d'ici. À cet endroit, les falaises sont hautes, si bien que la crique est isolée.

Elle s'écarta pour laisser passer deux clients passablement avinés, puis reprit :

— Le sentier est impossible à trouver si vous ne le connaissez pas. Je vais vous y conduire.

— Langford m'étripera si je vous laisse venir avec moi.

Mais Grace ne l'écoutait plus et se dirigeait déjà vers son cheval qui l'attendait dans le noir. Lorsqu'elle se retourna, Ange était à deux pas derrière elle.

— Je ne les laisserai pas tomber dans une embuscade, et nous n'avons pas le temps d'en discuter, lança-t-elle en grimpant en selle. Allez chercher votre monture.

Démon galopa à toute allure à travers champs, ses sabots martelant la terre gelée. Le cheval qu'avait loué Ange suivait tant bien que mal.

Parvenue à proximité de la crique, Grace ralentit dans le dernier taillis avant les falaises et stoppa son cheval. Ange s'avança à sa hauteur. Ensemble, ils scrutèrent la nuit entre les branches et les troncs.

— Nous devons continuer à pied, indiqua Grace. Il n'y a plus d'autre endroit ensuite pour attacher les chevaux.

Ange examina l'étendue herbeuse entre le taillis et la falaise. Elle s'étirait devant eux, avant de disparaître soudain dans les ténèbres.

— Nous serons à découvert jusqu'à la falaise, observa-t-il.

— Nous ne pouvons l'éviter. Il n'y a qu'un sentier qui descend vers la crique. Sinon, nous devrons parcourir encore trois kilomètres pour trouver un autre chemin vers la mer, puis revenir à pied en longeant la côte. Nous n'avons pas le temps.

— Dans ce cas, il va falloir courir vite, conclut Ange en descendant de cheval.

Ce qu'ils firent. Grace n'était pas fâchée d'être en bottes et culotte – ses mouvements n'étaient pas entravés par une robe et des jupons. Elle s'attendait à entendre à tout moment un cri ou un coup de feu et fut immensément soulagée qu'aucun son ne retentît.

Arrivée au bord de la falaise, elle s'engagea dans le petit sentier escarpé sans attendre, glissant et dérapant sur les cailloux. L'océan grondait, et les vagues se fracassaient sur les écueils en contrebas. Elle préférait ne pas penser à ce qui arriverait si elle tombait. Dévalant les derniers mètres du sentier, elle atterrit sur la petite plage de galets. Ange bondit à ses côtés, le pied sûr, à peine essoufflé.

Des rochers formaient un mur irrégulier entre les falaises et les galets rejetés des siècles plus tôt par l'inexorable mouvement de la mer. Ils s'accroupirent derrière l'un d'eux et examinèrent la crique. En forme de croissant, ses deux pointes se rejoignaient presque, ne laissant qu'une petite ouverture vers la mer. Un clipper était ancré au-delà, ballotté par de hautes vagues, formant une ombre ondulante devant l'horizon noir.

Les contrebandiers étaient déjà arrivés.

Elle scruta la surface de l'eau à l'intérieur de la crique, puis la plage de galets. Elle ne voyait rien ni personne. Pas de contrebandier, pas de chaloupe, pas de traître.

Pas de Julian.

— Je ne sais pas où sont Julian et Jack, chuchota-t-elle.

— À l'entrée de la crique.

Ange fit un signe de tête vers les rochers qui jonchaient l'une des pointes.

— Si j'étais un contrebandier venant chercher des passagers, je les prendrais sur la pointe de terre qui s'avance le plus dans la mer plutôt qu'à l'intérieur de la crique.

— C'est donc là que Julian doit attendre.

— Suivez-moi, chuchota-t-il. Et soyez très prudente.

Il s'avança à moitié accroupi et elle l'imita, se faufilant comme lui entre les pierres. Lorsqu'ils arrivèrent au bout de la petite langue de terre, elle observa la mer et la plage.

— Vous voyez quelque…

Une main se plaqua sur sa bouche. Prise de panique, elle rua et essaya d'enfoncer ses ongles dans le bras qui la tirait en arrière, derrière les rochers.

— Silence, chuchota une voix dans son oreille.

Ce fut son odeur qu'elle reconnut. Une odeur virile, de cuir et de savon. Son corps se détendit, même si son cœur continuait à battre à toute allure.

Julian.

— Que fais-tu ici ? siffla Julian quand elle s'accroupit près de lui entre les rochers. Et toi, Ange, comment as-tu pu la laisser venir ?

— J'avais besoin de te retrouver, répondit-il simplement.

— Je vous l'avais bien dit, mon garçon, commenta Jack en riant. Notre Gracie n'est pas le genre de femme à rester en retrait.

Julian se pinça l'arête du nez. Même l'odeur de sa femme le déconcentrait.

— Grace, tu avais admis que…

— Ange sait qui est le traître, l'interrompit-elle.

Il se tourna brusquement vers ce dernier.

— Qui ?

— C'est Miles Butler, cracha Ange avec dégoût.

— Butler ?

Julian n'en croyait pas ses oreilles. Des images de Butler défilèrent dans sa tête. Jeune, à la mode, enthousiaste, serviable…

— Qui est-ce, Julian ? demanda Grace.

— Le secrétaire de mon supérieur.

Un homme de confiance. Un homme qui savait se cacher derrière un masque.

— Effectivement, il était bien placé pour obtenir des informations sensibles, murmura-t-elle.

— Ange, qui est le second homme qui lui sert d'intermédiaire à Beer ? demanda Julian.

— Nous ne le savons pas encore.

Julian leva soudain la main.

— Attendez !

Tendant l'oreille, faisant abstraction du tumulte de la mer et du rugissement du vent, il se concentra sur les autres sons. Il lui semblait avoir entendu quelque chose. Oui, le bruit venait de se reproduire. Des cailloux rebondissant sur un rocher.

Une voix s'éleva dans la nuit.

— Prenez garde où vous mettez les pieds.

Julian attendit encore, mais la voix se tut. Il y eut à nouveau un bruit de cailloux roulant et tombant.

— Quelqu'un descend le sentier de la falaise, chuchota-t-il. Sur la gauche.

Il contrôla sa respiration afin de calmer les battements de son cœur. Ses sens s'étaient aiguisés au point que tous les sons devenaient clairs autour de lui. Les vagues ; le souffle rauque de Jack derrière lui ; celui, doux et régulier, de Grace à ses côtés.

Ce dernier son le réconforta, même s'il savait qu'il l'entendait cette nuit pour la dernière fois.

Puis il le chassa de son esprit et se concentra sur les deux silhouettes qui descendaient laborieusement le sentier. L'une était grande et mince ; l'autre, petite, portait des jupes.

Le second traître était une femme.

— Ouf, je respire mieux maintenant que vous êtes arrivée en bas, déclara Butler.

— Nous allons bien, mon chéri. Vous n'avez pas besoin de nous dorloter.

La voix féminine était douce et amusée. Et vaguement familière.

Le jeune homme se pencha vers la femme et l'embrassa.

— Vous portez mon enfant. Je vous promets qu'une fois en France je vous dorloterai tous les jours.

— Je n'ai pas besoin d'être choyée, j'ai juste besoin de vous, soupira-t-elle. Où irons-nous ?

— À Paris. Je dois m'entretenir avec des membres du gouvernement. Ensuite, la famille de ma mère nous aidera à disparaître dans la nature. Nous avons une maison de campagne où nous pourrons vivre quelque temps.

Il s'interrompit, puis reprit d'un ton navré :

— Je suis désolé que nous ne puissions rentrer en Angleterre.

— Je m'en fiche ! dit-elle. Je hais ce maudit pays et mon imbécile de mari.

Elle tourna le visage vers la mer et huma l'air marin. La lueur du croissant de lune éclaira ses traits délicats.

Près de Julian, Grace retint un cri. Il se tendit quand elle enfonça ses ongles dans sa cuisse. Elle avait vu quelque chose. Il se tourna vers elle, et elle approcha ses lèvres de son oreille.

— C'est Marie, lady Elliott. La femme de sir Richard.

Le déclic se fit dans l'esprit de Julian, suivi par la stupeur. Lady Elliott aux yeux tristes ? Une traîtresse ? Une femme infidèle ?

— Regardez ! dit lady Elliott sur la plage.

Elle pointait un doigt vers l'océan.

Près du clipper, une chaloupe se balançait sur les vagues. Une lanterne s'alluma à sa proue, projetant une traînée dorée sur l'eau. Elle s'éteignit, se ralluma, s'éteignit, se ralluma.

— C'est le signal, dit Butler.

Julian compta les silhouettes dans l'embarcation. Fichtre, elles étaient huit.

— Il faut agir tout de suite.

— D'accord, convint Ange.

— Jack, vous êtes armé ?

— Oui, j'ai un pistolet et une dague.

— Parfait. Faites ce que vous pourrez. Grace, ne bouge pas d'ici.

— Je peux compter le nombre d'hommes dans cette chaloupe aussi bien que toi.

Grace glissa la main sous sa veste et sortit son pistolet.

— Vous avez besoin de moi, dit-elle.

Julian écarta son arme avec un soupir frustré.

— Si je ne perds pas mon temps à en discuter avec toi, j'aurai peut-être celui de maîtriser Butler et lady Elliott avant l'arrivée des contrebandiers. Nous pourrons peut-être même sortir d'ici vivants. Reste ici !

— Très bien, soupira-t-elle. Vas-y.

La chaloupe n'était plus qu'à trois cents mètres du rivage. Ils avaient perdu trop de temps. Pourtant, il attendit encore une seconde pour mémoriser ses traits, la manière dont elle relevait le menton, ses hautes pommettes qui réfléchissaient la lueur de la lune, la manière dont le vent faisait voler ses cheveux blond pâle autour de son visage. Même le pistolet dans sa main.

Il garderait cette image en lui aussi longtemps qu'il vivrait.

Il se prépara, rassemblant toute son énergie, puis s'élança vers la plage, entièrement concentré sur la silhouette noire de Miles Butler.

La rage vibrait en lui. Il se laissa porter par cette vague tandis qu'il courait sur les galets et percutait le dos de Butler. Les cailloux s'éparpillèrent sous leurs pieds.

Il entendit vaguement un appel provenant de la chaloupe, puis les cris de lady Elliott quand Ange s'empara d'elle. Il ne voyait que le visage de Butler. Prenant son élan, il lui envoya son poing en pleine figure. Une douleur vive remonta le long de son bras lorsque ses phalanges rencontrèrent des os et que la tête de Butler partit en arrière.

— Traître ! cracha-t-il.

Il resserra son poing pour frapper de nouveau, mais Butler se plia en deux et lui donna un coup d'épaule dans le ventre. Julian fut projeté à la renverse sur le sol. Des étoiles explosèrent dans son champ de vision quand sa tête heurta une pierre.

Grace se mordit la langue pour étouffer son cri lorsqu'elle vit Julian atterrir sur le dos, sa tête rebondissant sur le sol. Effrayée, elle crispa ses doigts autour de la crosse de son pistolet.

Au moment où Butler s'apprêtait à bondir sur lui, Julian roula sur le côté, projetant des galets. Dieu merci, il n'était pas blessé. Mais le soulagement de Grace ne dura que quelques secondes.

Un cri déchira l'air. Lady Elliott se débattait dans les bras d'Ange, ruait et donnait des coups de pied en arrière. D'un coup de tête, elle lui écrasa le visage, et il desserra son emprise. Elle lui échappa. Il s'élança pour la rattraper, le nez en sang, mais la rata.

Grace était condamnée à rester en marge de la scène. Elle n'avait pas eu le choix : se disputer avec Julian leur aurait fait perdre à tous un temps précieux.

Toutefois, elle n'était pas totalement impuissante, et la bataille n'était pas terminée.

Elle leva son pistolet et prit appui sur le rocher devant elle.

La dague de Butler décrivit un arc en direction de la gorge de Julian. Celui-ci sentit l'air courir sur la lame lorsqu'elle le frôla. Il roula sur le flanc et se redressa sur les galets, puis glissa la main dans sa botte et en sortit son couteau. Son manche en métal tenait parfaitement dans sa paume, et la lame semblait une extension de son bras.

Mais il n'avait pas été assez rapide.

Une douleur vive parcourut son bras, telle une ligne de feu laissée par la dague de Butler. L'odeur métallique qui chatouilla ses narines lui était aussi familière que l'arme dans sa main. Du sang coulait le long de son bras, rendant le manche du couteau poisseux.

— Le premier sang est pour moi, Langford.

— Ce n'est pas le premier sang qui compte, Butler. C'est le dernier.

Refoulant la douleur, il passa son couteau dans sa main gauche. Il serait aussi habile, mais plus lent.

— On dirait que vous êtes désavantagé, railla Butler. Désolé, mon vieux.

Ils tournèrent en rond sur les galets, attaquèrent, parèrent. Ils semblaient d'une force égale. Julian comprit que, s'il l'emportait, ce serait grâce à la chance.

Alors que Julian esquivait un nouveau coup de Butler, Grace vit la chaloupe accoster. Les contrebandiers sautèrent par-dessus bord comme autant d'insectes détalant sous une pierre retournée. Leurs pas firent crisser les galets tandis qu'ils se déployaient sur la plage.

Un coup de feu retentit et se répercuta contre les falaises. Un cri lui fit écho, et l'un des contrebandiers s'effondra sur le sol.

Grâce à Dieu, ce n'était pas l'un de ses amis.

Elle devait agir. Voulant repérer Julian, elle lança un regard par-dessus son épaule tout en grimpant sur le rocher. Son sang se figea dans ses veines.

Un homme fondait sur son mari, brandissant haut son couteau, la lame brillant dans la lueur de la lune.

— Courez, Marie ! cria Butler en frappant à l'aveuglette.

Julian sentit la lame du traître le frôler et sut que la chance était toujours avec lui.

— Miles ! Pas sans vous ! s'écria lady Elliott en titubant vers eux.

— Grimpez dans le bateau ! répondit-il. Pensez au bébé !

Lady Elliott changea de cap et pataugea dans les vagues en direction de la chaloupe.

Elle allait s'échapper ! Julian plongea son couteau en avant, son corps agissant instinctivement. La lame glissa sous le bras de Butler et s'enfonça dans son flanc. Julian sentit la pointe transpercer la chair, glisser, puis ressortir. *Pas assez profond. Pas assez pour l'affaiblir.* Pourtant, Butler tomba à genoux.

— Allez, mon garçon, ce n'est qu'une égratignure !

Julian s'avança d'un pas, prêt à le remettre debout. Au moment où son poing se resserrait sur le col de son adversaire, un mouvement attira son regard sur sa droite.

Un contrebandier courait droit sur lui. Il n'était qu'à quelques mètres, la dague levée haut, près de s'abattre. Julian commença à pivoter.

Mais il était déjà trop tard. Il le savait avec toutes les fibres de son corps, avec toute l'expérience d'années d'entraînement. Le destin l'avait finalement rattrapé.

Une seule pensée traversa son esprit.

Grace.

Un profond besoin d'elle le submergea, alors même qu'il se préparait à mourir.

27

Un coup de feu éclata dans la nuit.

Le contrebandier s'effondra dans un râle. Comme dans un rêve, Julian vit sa dague décrire un arc lumineux avant de s'écraser sur les galets.

Il tourna la tête et fouilla la plage du regard, puis il la vit.

Grace avait posé un genou à terre, son pistolet reposant sur son avant-bras. De la fumée s'échappait encore de la gueule du canon dirigé sur l'homme qui gisait à ses pieds, mort.

La terre cessa de tourner. Tout devint silencieux et sombre, les contrebandiers disparaissant de sa conscience. Il ne voyait plus qu'elle et ses yeux aussi argentés que la lune qui illuminait sa tête blonde.

Puis la réalité revint avec force.

Elle était à découvert, sans protection.

Les cheveux sur sa nuque se hérissèrent, et la peur le propulsa de nouveau dans la bataille. Il pivota et évita de justesse un poing qui fusait vers son visage. Fléchissant la jambe, il envoya son talon dans la jambe de son assaillant. Le contrebandier glapit et tomba à la renverse en se tenant le genou.

Sur la gauche de Julian, Butler s'était relevé. Derrière lui, Julian vit Ange projeter son pied dans le visage d'un autre homme, qui partit à la renverse et s'étala de tout son long, inerte.

Se concentrant de nouveau sur Butler, il fondit sur lui.

Son esprit était encore avec Grace. S'était-elle retranchée derrière les rochers ? Était-elle à l'abri ?

Il envoya son poing dans le ventre de Butler. Ce dernier poussa un râle, mais riposta aussitôt d'un coup dans la mâchoire qui fit tourner Julian sur lui-même.

Alors qu'il se redressait, il aperçut un autre contrebandier gisant sur le sol. Cela en faisait quatre hors d'état de nuire. Un cinquième courait en claudiquant vers la chaloupe et en criant à lady Elliott d'en descendre. Deux autres étaient aux prises avec Ange et Jack.

Il en restait donc un sur ses jambes quelque part, et Julian ne parvenait pas à le repérer.

Grace. Il se tourna vers les rochers et la vit. Ses cheveux brillants, son visage livide. Elle se tenait immobile sur la plage. Le dernier contrebandier se trouvait derrière elle, un pistolet braqué dans son dos.

— Dans l'eau, madame, fit-il avec un ricanement. Si un de vos amis tente quelque chose, vous êtes morte.

Tous les sens de Julian se concentrèrent sur Grace. Avec un cri de rage, il bondit, mais fut stoppé dans son élan par le bras de Butler qui se referma sur sa gorge, lui tirant la tête en arrière. La trachée écrasée, il haleta, luttant contre la douleur.

Il ne la rejoindrait pas à temps. Il la perdrait à jamais. Son esprit se vida, les ténèbres commencèrent à se refermer sur lui. Il ne pouvait plus respirer.

Son effroi pour Grace le fit réagir. Il se plia brusquement en avant, faisant basculer Butler par-dessus son dos. Celui-ci atterrit lourdement sur les galets, mais se redressa aussitôt en position accroupie, prêt à bondir, avant de se figer en entendant un cri strident résonner contre les falaises.

La tête de Butler se tourna vers la chaloupe, le laissant exposé et vulnérable. Sans hésiter, Julian s'élança pour le frapper. Butler ne le vit pas, entièrement absorbé par ce qui se passait dans l'eau, ses traits déformés par une terreur absolue.

Julian suivit son regard et laissa retomber sa main. Son sang s'était figé.

Grace et lady Elliott se tenaient debout côte à côte à l'arrière de la chaloupe. Un contrebandier pointait un pistolet dans leur dos. Deux autres se précipitaient sur les rames tandis qu'un dernier courait vers eux en pataugeant dans l'eau, Ange à ses trousses.

La lumière dorée de la lanterne illumina le visage de Grace, faisant ressortir ses pommettes. Julian croisa son regard. L'espace d'un instant, il ne vit plus que ses yeux captivants. Calmes. Confiants.

Confiants.

Oubliant Butler, il se mit à courir, ses talons s'enfonçant entre les galets. Les embruns glacés éclaboussèrent son visage et son torse quand il entra dans l'eau. Les vagues le repoussaient, battant ses cuisses et menaçant de l'engloutir. Il entendait Ange haleter derrière lui.

— Restez en arrière ou elles meurent ! cria le contrebandier en braquant son arme sur la nuque de Grace.

Julian vit son pouce caresser le chien du pistolet, mais il ne pouvait entendre son déclic par-dessus le bruit des vagues et le martèlement de son cœur. La peur lui nouait le ventre. Ses pieds semblèrent s'arrêter d'eux-mêmes, s'enfonçant dans le sol marin.

Ange s'immobilisa à sa hauteur.

— Laissez-les descendre, cria Julian.

La chaloupe était déjà au milieu de la crique. Julian avait de l'eau jusqu'à la poitrine. Grace n'aurait pas pied, et le ressac pouvait facilement l'entraîner vers le large.

— Je crois que nous allons attendre encore un peu, répondit le contrebandier. À moins que nous ne décidions de les garder.

Lady Elliott gémit et tenta de repousser le bras de celui qui la tenait. Julian pouvait voir le blanc de ses yeux tandis qu'elle lançait des regards affolés autour d'elle.

— Nous ne pouvons pas vous arrêter ! cria Ange. Vous êtes libres.

Le contrebandier éclata de rire.

— C'est vrai. Tenez, une de vos dames aussi !

Et il poussa lady Elliott par-dessus bord. Elle hurla. Il y eut un grand éclaboussement, puis le silence.

— J'y vais ! dit Ange.

Il plongea et disparut entre les vagues.

Sur la rive, Butler bondit en avant en criant. Jack le retint.

— Passons à celle-ci, lança le contrebandier en saisissant Grace par le cou.

Ses doigts s'enfoncèrent dans sa chair, comprimant sa peau fragile.

— Cette jolie petite dame vient avec nous !

Elle grimaça. Julian croisa son regard. Elle lança un coup d'œil vers l'eau, puis un autre. Comprenant le message, Julian hocha la tête par réflexe. Sans attendre, elle envoya un grand coup de coude dans le ventre du contrebandier, lui faisant lâcher prise, puis sauta.

Le sang de Julian ne fit qu'un tour. Il inspira profondément et plongea. Le dernier son qu'il entendit avant que l'eau glacée ne se referme sur lui fut le rire du contrebandier.

Il battit des jambes, se propulsant en avant, ses mains cherchant devant lui. Rien. Il remonta à la surface pour reprendre de l'air. Des tessons de glace lui lacéraient les poumons, le faisant tousser tandis qu'il lançait des regards paniqués autour de lui. Sur sa droite, il vit Ange replonger.

— Milord ! cria Jack depuis la berge. Là-bas !

Il suivit des yeux la direction que montrait Blackbourn et vit Grace, à une quinzaine de mètres devant lui, ses cheveux mouillés formant une tache claire sur l'eau noire.

Il plongea une nouvelle fois, fendant l'eau, et émergea là où Grace s'était trouvée. Sauf qu'elle n'y était plus. Une vague s'abattit sur lui, l'envoyant par le fond. Il sentait son corps s'engourdir. Il battit des jambes furieusement pour remonter à la surface. Il tourna sur lui-même, la cherchant. Où était-elle ?

Puis il la vit de nouveau à quelques mètres. Il s'élança, tendant la main. Ses doigts glissèrent, la ratant de peu, puis rencontrèrent une manche. Il l'agrippa, la tira vers lui. Elle tremblait, mais trouva la force de glisser ses bras autour de lui et de s'accrocher.

Ils nagèrent vers la rive, luttant contre le courant et les vagues qui les projetaient d'un côté et de l'autre. Il l'entendait haleter. Elle commençait à se fatiguer. Ses membres devaient être aussi engourdis que les siens, ses muscles au bord de la crampe.

Faites qu'elle ne coule pas de nouveau !

Enfin, il sentit le sol sous le bout de ses orteils. Encore quelques mètres, et il pourrait se tenir debout. Il tira Grace vers lui. Crachant et suffoquant, ils parvinrent enfin à un endroit où ils avaient pied. Il était vaguement conscient de Jack et d'Ange qui traînaient lady Elliot sur le rivage et aperçut Butler qui gisait sur les galets.

Mais il ne pensait qu'à Grace.

Elle s'effondra à quatre pattes sur la grève, recrachant l'eau de mer. Ses cheveux mouillés pendaient mollement de chaque côté de son visage, et elle grelottait. Il rampa jusqu'à elle, les cailloux écorchant ses doigts et ses genoux.

— Grace !

Elle se jeta sur lui et s'accrocha de nouveau à ses épaules.

— Idiot ! haleta-t-elle. Tu aurais pu mourir.

28

Une fureur froide s'empara de Julian tandis qu'il regardait Miles Butler faire les cent pas sur la terre battue de son cachot de fortune, en réalité une cave sans fenêtre dont la porte était équipée d'un bon verrou.

Il s'adossa au mur, caressant du pouce la longue lame de sa dague. Il était tentant de verrouiller cette porte. Personne ne pourrait intervenir.

Il ne restait plus beaucoup de traces du jeune homme empressé de bien faire qui avait été le secrétaire de sir Charles. Certes, les traits de Butler étaient toujours juvéniles, ses épaules toujours étroites. Mais son dos n'était plus voûté dans une attitude de soumission et d'obéissance.

Butler frissonna, et Julian se rendit compte qu'il portait toujours ses vêtements mouillés. Peut-être faudrait-il qu'il lui fournisse de quoi se changer. Il aurait été dommage que le traître meure d'une congestion pulmonaire avant son procès.

— On est loin du confort de Londres, n'est-ce pas, Butler ?

Butler pivota et se raidit, s'attendant à une attaque. Quand il constata que Julian ne bougeait pas, il se détendit légèrement et massa son flanc bandé.

— L'Ombre, dit-il en inclinant la tête comme s'il le croisait dans une salle de bal londonienne.

— Je suppose qu'il ne sert à rien de vous demander pourquoi ?

Julian fit tourner sa dague entre ses doigts, comme s'il étudiait le tranchant de sa lame. Une partie sombre en lui espérait que Butler aurait besoin d'un peu de persuasion.

— Votre père, ajouta-t-il.

— C'était tellement facile de vous tromper tous, déclara Butler.

Son regard s'était posé sur la dague de Julian. Il esquissa un petit sourire.

— Même organiser des escapades à Bath pour retrouver Marie a été un jeu d'enfant. J'y allais dès que sir Charles était en déplacement, ou pour quelques jours quand il n'avait pas besoin de moi.

— Malin.

— Et je vous ai pratiquement tout dit, se vanta-t-il. Lorsque Blackbourn s'est échappé et que je me suis précipité ici en prenant un air penaud, je vous ai parlé de mon père, de son rôle d'agent double. Et vous n'avez rien vu venir.

Julian jura intérieurement, tout en conservant un visage de marbre. Il s'était laissé berner comme un bleu.

— Vous avez donc marché sur les traces de votre père, si l'on peut dire, mais en choisissant de travailler pour l'ennemi.

— Ce pays a tué mon père et ne lui a jamais témoigné la moindre reconnaissance !

— C'était un espion, riposta Julian en glissant sa dague sous sa ceinture. Lorsqu'un espion meurt sur le terrain, sa véritable identité ne peut être révélée. C'est une condition que l'on accepte quand on choisit ce métier.

Le regard de Butler devint mauvais.

— On choisit de tomber dans l'oubli ? De laisser derrière soi une famille ? Ma mère ne l'a pas oublié. Moi non plus. Et je ne laisserai pas mon enfant m'oublier.

— Un enfant mérite mieux qu'un traître comme père.

— Mon enfant aurait eu mieux que cela. C'est pour lui que nous avions décidé de quitter l'Angleterre.

Il s'interrompit et s'humecta les lèvres.

— Notre enfant, reprit-il. Je ne pouvais mettre Marie et le bébé en danger, pas avec vous et l'Ange si près du but.

— Comment avez-vous convaincu lady Elliott de trahir son pays ?

— Cela a été facile : elle hait tellement son mari qu'elle est prête à tout.

Sa voix faiblit, une réaction qu'il ne put masquer en dépit de sa feinte nonchalance. Il s'adossa à une pile de tonnelets et demanda comme si de rien n'était :

— Elle va bien ? Marie ?

Sa désinvolture était trop étudiée et contrastait totalement avec l'inquiétude que Julian lisait dans ses yeux. Quel que soit l'entraînement que Butler avait reçu, il manquait encore d'expérience. La première règle de l'espionnage était de ne jamais montrer ses faiblesses à l'ennemi.

— Elle est de retour chez son mari, sous bonne garde, jusqu'à ce que sir Charles décide de sa sentence, répondit Julian.

Puis il lui assena le coup de grâce.

— Que ressent-on quand sa maîtresse est avec un autre homme, l'homme qui la possède ?

Butler bondit, la fureur déformant ses beaux traits. Julian se tenait prêt. Un direct du droit sous la mâchoire, un coup de genou dans le ventre, et Butler se retrouva à terre, le souffle coupé, tenant son flanc blessé.

— Je suis plus vieux et plus sage, Butler, souvenez-vous-en.

Julian s'accroupit près de lui et le dévisagea, laissant sa fureur transparaître dans son regard.

— Comment connaissez-vous lady Elliott ? Vous l'avez rencontrée à Bath ?

— Nos... nos mères étaient toutes deux des émigrées françaises. Elles étaient amies. Marie et moi sommes amants depuis que nous avons quinze ans. Bath n'était que notre lieu de rendez-vous le plus récent.

Il toussa, cracha, puis reprit :

— Marie est à moi. Elle n'a épousé ce crétin de sir Richard que parce que son père l'y a obligée.

Julian se releva et regarda Butler rouler sur le côté puis se redresser à quatre pattes. Il resta dans cette position un moment, reprenant son souffle. Enfin, il se mit debout péniblement et s'appuya d'une main contre des étagères. À travers sa chemise déchirée, Julian vit que sa plaie s'était remise à saigner, tachant son bandage.

— C'est intéressant de se retrouver face à face en tant qu'égaux, l'Ombre, haleta Butler. Je me suis souvent demandé lequel de nous l'emporterait.

— Parce que vous nous considérez comme égaux ?

Le poing de Julian se referma sur le col de Butler.

— Avez-vous pensé une seule fois aux hommes qui sont morts par votre faute ? Avez-vous pensé à ce qui m'arriverait quand vous m'avez vendu aux Français ?

— Pourquoi m'en serais-je inquiété ? Ils ne sont rien pour moi, pas plus que vous.

Il agrippa la main de Julian, essayant de se libérer.

— Vous me comprenez, Langford. Vous et moi, nous sommes pareils.

— Je n'ai pas le sang de milliers d'Anglais sur la conscience !

Néanmoins, les paroles de Butler résonnaient dans sa tête, plantant le germe d'un doute insidieux dans son esprit.

— Vous êtes un espion, répliqua Butler. Vous avez autant de sang sur les mains que moi.

— Pas celui de mes propres compatriotes. Et je n'ai jamais trahi.

Une voix sournoise chuchota en lui : « Tu trempes pourtant dans le sang jusqu'au cou, même s'il s'agit de sang français et non anglais. » L'espace d'un instant, il crut que ses mains allaient s'enrouler autour de la gorge du jeune homme et la serrer. Une force sombre et dangereuse bouillonnait sous sa peau, se répandait dans tout son corps.

Butler avait raison : ils avaient tous deux menti, volé, trompé et même tué, l'un pour la France, l'autre pour l'Angleterre… et ils aimaient tous deux une femme. Il ne méritait pas plus de connaître l'amour que Miles Butler. Après tout, le meurtre coulait dans ses veines. Il lui venait naturellement.

Grace s'étira, émergeant du sommeil. Elle était couchée sur le flanc dans le lit massif, les membres alourdis par la fatigue et le froid. Seigneur, qu'elle avait froid ! Même à présent, enfouie sous des piles de couvertures et avec un bon feu dans la cheminée, ses os étaient encore glacés par son bain dans l'océan.

Elle enfouit le visage dans l'oreiller et inspira profondément. La seule odeur dégagée par la soie lisse était celle de son savon à la lavande, pas celle de cuir et de grand air qui accompagnait généralement Julian. Son cœur se serra, et elle ferma les yeux pour refouler ses larmes.

Il l'avait sauvée, ce qu'elle n'avait jamais douté qu'il ferait. Il l'avait sortie des vagues, l'avait abreuvée de cognac, l'avait plongée dans un bain chaud puis était reparti vaquer à ses occupations. Ses occupations d'espion.

Sentant que le désespoir menaçait de la submerger, elle ouvrit les yeux et regarda la pénombre grise qui précédait les premières lueurs de l'aube.

Les portes du dressing-room étaient ouvertes. Julian se trouvait dans la petite pièce, ne portant que sa culotte et ses bottes. Il se tenait debout, les jambes écartées, comme s'il se préparait au combat. Sa vue l'emplit à la fois de la chaleur de l'amour et du froid de l'impuissance. Puis elle se rendit compte qu'il faisait face aux appartements de la comtesse.

Les appartements de sa mère.

Mue par la curiosité et l'inquiétude, elle repoussa la montagne de couvertures, enfila sa robe de chambre et s'approcha les pieds nus. Elle était encore à des mètres de lui quand il dit :

— Retourne te coucher, Grace.

Ignorant son ordre, elle resserra les pans de son vêtement autour d'elle.

— Où sont Miles Butler et lady Elliott ? demanda-t-elle.

— Ange garde Butler pour le moment. J'irai le relever dans quelques heures. Au matin, nous le conduirons à Londres, escortés de plusieurs valets.

— Tu repars donc déjà.

Son ventre se noua. Il avait été sot de sa part de croire que quelque chose dans leur relation avait changé.

— Je dois faire mon rapport à sir Charles.

— Bien sûr.

Ce n'était qu'une excuse, mais elle était trop épuisée et trop triste pour se battre avec lui.

— Et lady Elliott ?

— Son mari va déposer une demande en grâce et demander qu'elle soit assignée à résidence dans une propriété qu'il possède dans le nord de l'Angleterre. Cette requête lui sera sûrement accordée, du moins jusqu'à la naissance de l'enfant.

Il s'interrompit un instant, avant de répéter :

— Retourne te coucher, Grace.

Elle contempla un moment son dos nu. Elle aurait dû retourner au lit. Les traîtres avaient été capturés, il ne restait plus rien qui la liât à Julian. Au contraire, tout les poussait loin l'un de l'autre.

Elle allait faire demi-tour quand elle le vit frissonner. Ses épaules tremblèrent, les muscles de son dos se contractèrent, et il se voûta. Son mouvement la déchira, transperçant son cœur qu'elle avait protégé si minutieusement.

Elle s'avança et posa la main sur la peau chaude entre ses omoplates. Il se raidit, mais ne la repoussa pas. Rassemblant son courage, elle le contourna pour se placer devant lui et regarder son visage. Il avait l'air tendu, hagard et perdu. Oh, tellement perdu !

Les démons qui le hantaient devaient être épouvantables.

— Julian, parle-moi, murmura-t-elle, les yeux brillants de larmes. Quels sont tes cauchemars ?

Il posa un regard brisé sur elle. La profondeur de l'angoisse qu'elle y vit faillit la faire reculer.

— Ce ne sont pas des cauchemars, Grace, mais des souvenirs.

Il baissa les yeux vers sa main ouverte.

Elle suivit son regard et vit une petite clé en cuivre briller d'un éclat terne dans sa paume. Les longs doigts de Julian s'enroulèrent autour d'elle, puis il avança d'un pas hésitant et prit une inspiration profonde avant de la glisser dans la serrure et de pousser les portes des appartements de la comtesse.

Dans la lumière grise, on ne voyait que des formes et des ombres. Le courant d'air pénétrant par la porte agita les draps qui recouvraient les meubles comme si des fantômes, libérés de leur longue solitude, dansaient pour les accueillir. De la poussière flottait dans l'air, ainsi qu'une vague odeur de rose.

Julian s'immobilisa sur le seuil, les bras le long du corps.

— Elle est morte, dit-il d'une voix rauque. Et je l'ai tuée.

La douleur dans sa voix était insoutenable.

— Julian, tu ne peux pas...

— Je l'ai tuée, ou c'est tout comme. Elle me défendait contre mon père. Il était ivre, comme d'habitude, et hurlait qu'elle me dorlotait trop.

Il s'avança dans la pièce en regardant autour de lui.

— Il avait peut-être raison, mais c'était en réaction à sa vie de débauche.

— Comment était ta mère ? demanda-t-elle doucement.

— Gentille, timide, soumise même, ce qui facilitait la tâche de mon père quand il se défoulait sur elle.

Il passa la main sur le plateau vide d'une coiffeuse.

— Souvent, je venais la trouver dans sa chambre pour lui montrer ma dernière découverte ou un devoir que j'avais fait avec mon précepteur, et elle était assise là devant son miroir, pleurant et appliquant un baume sur une contusion pour accélérer sa cicatrisation.

— Il la frappait ?

— Régulièrement. Il buvait beaucoup et avait installé une de ses maîtresses dans une autre des chambres.

Grace écarquilla les yeux. Elle ne pouvait imaginer ce que l'on devait ressentir devant une telle insulte.

— Ta pauvre mère !

— Je n'ai su qui était cette femme que plus tard. Mon père avait d'autres maîtresses, bien sûr, mais il lui en fallait toujours une sous notre toit, ici à Thistledown du vivant de ma mère, puis dans notre hôtel particulier à Londres. Nous ne sommes jamais revenus ici après la mort de ma mère.

Il s'approcha d'une chaise et en souleva la housse. Un quart de siècle de poussière s'éleva dans l'air.

— Qu'est-il arrivé à ta mère, Julian ?

Il ferma les yeux et caressa l'accoudoir.

— Je m'en souviens comme si c'était hier. Mon père, soûl et furieux. Ma mère, terrifiée mais déterminée. Il lui expliquait qu'il allait me présenter à sa maîtresse – pas tout de suite, car je n'avais que huit ans, mais que cela ne saurait tarder. Il disait qu'il était temps que j'apprenne à me comporter comme un vrai comte de Langford.

— Mon Dieu, Julian. C'est horrible, tu étais si jeune !

— Pas aux yeux de mon père. Il disait à ma mère qu'elle allait devoir cesser de me couver. Elle lui tenait tête. C'était la première fois que je la voyais le défier ouvertement.

— À juste titre !

Elle tendit la main vers lui, puis la laissa retomber. Il paraissait soudain si fragile, comme s'il risquait de tomber en miettes au moindre contact.

— Il m'a secoué comme un prunier, poursuivit-il, en me répétant qu'il était temps que j'apprenne à être un homme. Elle s'est jetée sur lui, le griffant, le mordant, même. Je lui ai échappé et j'ai couru. Pas loin. Je me suis réfugié derrière une des tapisseries du couloir. Ma mère m'a suivi, et il s'est précipité derrière elle.

Il se tourna vers elle, mais ses yeux ne semblaient pas la voir.

— Je me suis accroupi derrière la tapisserie, me bouchant les oreilles pour ne pas les entendre, mais je percevais toujours la voix de mon père, hurlant qu'il allait se débarrasser d'elle une fois pour toutes. Elle a crié, puis elle est tombée dans l'escalier de service et l'a dévalé jusqu'en bas.

— Ô mon Dieu, Julian.

Elle sentit ses jambes faiblir. Elle chancela jusqu'à une chaise et se tint à l'accoudoir.

— Je suis resté derrière cette tapisserie jusqu'au matin, terrifié parce que j'entendais les hurlements de mon père qui me cherchait partout dans la maison.

Il baissa les yeux vers ses mains, ajoutant tristement :

— J'ai été tellement lâche.

— Tu avais huit ans !

— Ce n'est pas une excuse.

— Tu n'étais qu'un enfant.

— J'étais assez grand pour me mettre devant ma mère au lieu de m'enfuir. Grace, mon père a tué ma mère.

Il l'a fait intentionnellement. Le sang d'un assassin coule dans mes veines.

— Cela ne fait pas de toi un assassin.

— C'est ma faute s'il l'a tuée. Comme tu l'as dit toi-même, bon sang ne saurait mentir. Je suis devenu espion. Lors de mon entraînement, on m'a appris à tuer, et c'est ce que j'ai fait.

Il se tourna vers elle. La lueur rougeâtre de l'aube illuminait un côté de son visage miné par le chagrin.

— Je n'ai rien à t'offrir, Grace. Je ne vaux pas mieux que Miles Butler.

Le cœur de Grace faillit exploser sous la pression. Il saignait pour l'enfant dont l'innocence avait été dérobée et pour l'homme qui s'estimait indigne d'être aimé. Elle s'avança vers lui, mais il recula, secouant la tête.

Il refusait qu'on le console.

— J'ai tué un homme cette nuit, Julian. J'ai pointé sciemment mon arme sur lui, j'ai appuyé sur la détente et je l'ai tué. Qu'est-ce que cela fait de moi ?

— Grace...

— Selon ton raisonnement, je suis une meurtrière.

Il fit non de la tête.

— Sais-tu pourquoi j'ai tué cet homme, Julian ? Parce que je t'aime.

Prononcer ces mots fit s'emballer son cœur. La gorge sèche, elle déglutit avant de répéter :

— Je t'aime, Julian, et je ferais n'importe quoi pour te protéger.

Il paraissait ahuri.

— Pourquoi ?

Comment pouvait-il poser une telle question ?

— Pour d'innombrables raisons.

Il scruta ses yeux, le regard intense. Puis il se détourna.

Grace sentit son cœur dégringoler, chuter de la falaise et sombrer dans un précipice noir. Elle avait franchi le pas, prononcé les mots et, une fois de plus, il la rejetait. Son désespoir était si profond qu'elle était au-delà des larmes.

— Tu ne peux pas m'aimer, Grace.

Il la regardait par-dessus son épaule, ses traits durs et figés, ses yeux emplis d'une tristesse infinie.

— Parce que ton père a tué ta mère ? Ce n'était pas ta faute.

— C'est...

— Non, l'interrompit-elle. Tu étais un enfant, et tu n'aurais jamais pu empêcher cette tragédie. Et tu n'es pas ton père. Il était cruel, immoral et débauché. Pas toi.

— Tu ne sais pas ce dont je suis capable.

— Si. J'étais à tes côtés quand le bébé de Fanny est né. Tu tenais la main d'une inconnue qui se tordait de douleur et tu l'as aidée à mettre une nouvelle vie au monde.

— Grace, arrête...

— Et tu n'es pas Miles Butler. C'est un individu égoïste, irresponsable, qui ne pense qu'à lui et à ses propres besoins. Il n'a jamais réfléchi aux conséquences de ses actes pour les jeunes gens qui se battent pour leur pays. Tout ce que tu as fait, Julian, tous ceux que tu as tués, c'était pour défendre ta patrie. Tu aurais pu tuer Miles Butler, la nuit dernière, mais tu ne l'as pas fait. Je l'ai vu.

— Tu as une trop haute opinion de moi.

— Non. Je te connais et je t'aime.

— C'est impossible.

— Je t'aime et je t'aimerai toujours.

Il chancela sous le poids de ses mots. Elle tendit de nouveau la main vers lui et, cette fois, il vint. Il se laissa tomber à genoux devant elle, enroula ses bras autour de sa taille et enfouit son visage dans son ventre.

Il n'émit aucun son. Il la tint simplement enlacée pendant qu'elle lui caressait les cheveux et pleurait pour lui.

Lorsqu'il relâcha son étreinte, elle prit son visage entre ses mains et le leva vers elle. Ses magnifiques yeux couleur de ciel d'été étaient secs, mais le chagrin qu'ils recelaient lui fendit le cœur. Elle posa ses lèvres sur les siennes. Son baiser était doux, tendre, plein de lumière, de chaleur et d'amour. L'union de deux âmes.

— Viens, allons dans notre chambre, chuchota-t-elle en l'aidant à se relever.

Elle le conduisit hors des appartements de la comtesse. Sa main était chaude dans la sienne. Elle referma les portes doucement mais fermement.

— Ne les verrouille pas, Julian.

— Non. Elles seront toujours ouvertes pour toi.

Ce fut au tour de Julian de l'entraîner vers leur chambre, leur lit. Alors qu'ils s'enfonçaient dans le matelas moelleux, il effleura ses lèvres de son pouce et lui glissa à l'oreille :

— Où aimeriez-vous aller aujourd'hui, ma dame contrebandière ?

Elle sourit lentement.

— N'importe où, tant que je suis avec toi.

Note de l'auteur

Cher lecteur,

La partie la plus difficile et la plus captivante, lorsqu'on écrit un roman sentimental historique, ce sont les recherches. Je pourrais passer des heures (et je les passe) à m'informer sur tous les aspects de la vie quotidienne, de la mode, de la cuisine et de la politique de l'époque. Toutefois, je suis douloureusement consciente que, pour chaque détail juste, il y en a un autre qui est probablement inexact. J'espère que vous me pardonnerez mes erreurs. J'ai beau être méticuleuse dans mes recherches, il m'arrive d'être complètement à côté de la plaque. Cela se produit plus souvent que je n'ose l'admettre.

Pour les recherches, il n'y a rien de tel que les documents originaux. Je dois tant à Google Books ! Lorsque Grace recoud sa plaie, elle cite *The London Medical Dictionary*, volume 2, de Bartholomew Parr, publié en 1809. La chansonnette de John le forgeron a paru dans *The British Minstrel and National Melodist*, volume 1, publié en 1827 par Serwood, Gilbert, Piper et John Bumpus. J'adore puiser ces petits fragments d'information dans des textes d'époque.

C'est dans un autre de ces textes que je suis tombée sur Jack Rattenbury, mon modèle pour Jack Blackbourn. Jack fut un bonheur à décrire, en partie parce qu'il est arrivé dans ma tête déjà formé. En faisant des recherches sur la contrebande au cours de la Régence, j'ai découvert un ouvrage intitulé *Memoirs of a Smuggler* (« Mémoires d'un contrebandier »). Il fut rédigé en 1837 par le fameux Jack Rattenbury, autoproclamé « le Rob Roy de l'Ouest ». Étant tombée amoureuse du personnage et de ses aventures, j'ai décidé de l'inclure dans mon roman. Naturellement, j'ai pris beaucoup de libertés avec sa personnalité et sa vie, mais, comme dans toute fiction, il y a toujours un fond de vérité à la base.

Le vrai Jack Rattenbury naquit à Beer. À l'âge de seize ans, il avait déjà été corsaire et mousse sur un navire, avait connu la prison à Bordeaux, voyagé à New York, à Copenhague, en France et visité quelques autres lieux. En rentrant à Beer à seize ans, il s'essaya à la pêche, mais il la trouva vite ennuyeuse et fatigante après sa « vie vagabonde ». Le secteur de la contrebande étant alors florissant, il décida d'y tenter sa chance.

Jack était effronté et sûr de lui. Il possédait également un délicieux sens de l'humour. Il était connu pour ses évasions astucieuses, particulièrement celle où il se cacha dans un conduit de cheminée pour échapper aux douaniers, un incident que j'ai utilisé sans vergogne dans ce livre bien qu'il soit sans rapport avec une quelconque affaire de trahison. Il abandonna brièvement la contrebande en 1809 pour ouvrir une taverne. Celle-ci fit faillite quelques années plus tard, et il reprit ses activités illégales. Cette partie du roman est donc véridique, bien que j'aie changé les dates. D'après ce que je sais, il n'a jamais été inculpé pour trahison, quoiqu'il ait été arrêté plusieurs fois. Naturellement, il parvint toujours à s'enfuir.

Jack épousa une femme prénommée Anna qui était aussi intrépide que lui. Elle aida à organiser plusieurs de ses évasions, notamment en amenant son bateau le long d'un brick afin que Jack puisse sauter à bord. Lorsque le commandant en second mit Jack en joue, elle « lui arracha son fusil des mains ». Elle n'avait pas froid aux yeux, cette Anna Rattenbury !

C'est donc avec Jack Rattenbury en tête que j'ai façonné mon Jack Blackbourn. J'ai essayé d'être fidèle à son sens de l'humour et à son ingéniosité. Je ne sais pas si le vrai Jack approuverait ma création, mais je l'espère, comme j'espère que vous avez pris autant de plaisir à lire ce roman que j'en ai eu à l'écrire !

Remerciements

On n'imagine pas le nombre de gens qui contribuent à faire passer un roman du rêve à la réalité. La liste est infinie et, pour ma part, commence quelque part vers la classe de CM1. Je m'efforcerai néanmoins de n'oublier personne et, sachant déjà que j'échouerai, je m'en excuse à l'avance.

Merci à mon merveilleux agent, Nikki Terpilowski de l'Holloway Literary Agency, pour ses efforts incessants et pour avoir cru en moi. Merci à mon éditrice, Julie Mianecki, et aux correcteurs, aux illustrateurs et aux membres de l'équipe de Berkley pour m'avoir donné cette merveilleuse chance et pour m'avoir accompagnée jusqu'au bout.

Merci à mes trois irréductibles, Tracy Borgan, Jennifer McQuiston et Kimberley Kincaid. Sans vous, ma vie serait bien monotone, tout comme mon style. Que votre coupe soit toujours pleine et vos doigts toujours habiles sur les claviers.

Merci aux Romance Writers of America et aux Mid-Michigan Romance Writers of America. J'ignorais qu'il était normal d'entendre des voix dans sa tête jusqu'à ce que j'assiste à des réunions avec d'autres écrivains. Merci également au Beau Monde, une branche spécialisée des Romance Writers of America, qui constitue une source inépuisable de connaissances et n'hésite pas à les partager.

Ma profonde gratitude va aussi à tous ceux qui ont participé à la gestation et à la naissance de ce livre.

À la dame experte en selles d'amazone, pour avoir répondu patiemment à toutes mes questions. Il se trouve que ce premier baiser n'aurait pas été possible sur une selle d'amazone.

À Avis Hewitt, le professeur qui m'a assuré qu'écrire des romans sentimentaux était une option réaliste. Vous êtes le premier à m'avoir encouragée, en dehors de ma famille, au moment où j'en avais le plus besoin.

Aux amis qui ne m'ont pas regardée avec des yeux ronds quand je leur ai annoncé que je voulais écrire des romans, et à ceux qui m'ont écoutée parler de mes personnages comme s'ils étaient réels. Vous vous reconnaîtrez.

À Bruce, pour ne pas m'avoir virée quand j'ai vendu mon premier livre. Merci de m'avoir laissé du temps pour écrire !

À ma famille ; à papa et à maman, pour m'avoir toujours encouragée ; à Susie, pour avoir relu ces premières pages affreuses rédigées à la main il y a près de vingt ans ; à Kelsey et à Kara, pour s'être déguisées avec moi. Tout est parti de là.

À Josh, pour avoir cinq ans et être un bonheur dans ma vie. J'ignore comment tu es passé de bébé à petit homme. Je n'ai rien vu venir, et voilà que tu es déjà tout dégingandé. J'espère que tes rêves sont plus grands que les miens et que tu les réaliseras.

Et surtout, à Joe, pour avoir fait ce rêve avec moi, pour dîner de pizza quand je n'ai pas envie de cuisiner, pour me réveiller lorsque je m'endors devant l'ordinateur, pour emmener le petit hors de la maison quand j'ai besoin d'écrire, pour travailler dur afin que je puisse assister à des conférences et à des réunions, pour être mon technicien informatique, pour programmer la cafetière à 4 heures du matin et préchauffer le lit, pour me laisser le bureau confortable à l'étage et placer son propre ordinateur dans le cachot en béton du sous-sol. Pour avoir cru en moi quand je n'y croyais pas moi-même.

AVENTURES & PASSIONS

10 février

Mary Balogh

Le club des survivants - 4 - Rien qu'un enchantement

Inédit

Il aura suffi d'une danse pour que Flavian succombe au charme enchanteur d'Agnès Keeping. En revanche, la jeune fille n'a aucune envie de faire plus ample connaissance. Ce bel aristocrate à l'air faussement nonchalant et au sourire ironique lui semble plus dangereux que le diable en personne.

✦

Maggie Robinson

L'agence de Mme Evensong - 3 - Les couleurs d'Eliza

Inédit

Secrétaire à l'agence Evensong, Eliza Lawrence accepte de s'occuper de la fille de Nicholas Raeburn, en attendant qu'on lui trouve une vraie gouvernante. Elle arrive dans une maison peu conventionnelle où des modèles s'y promènent nus. Un endroit peu convenable pour élever une petite fille ! Mais Nicholas n'a que faire des récriminations de cette gouvernante trop vertueuse mais si séduisante.

✦

Julia Quinn

La chronique des Bridgerton - 2 - Anthony

Incroyable ! Anthony Bridgerton, l'aîné de la famille et incorrigible célibataire, veut se marier et choisit Edwina Sheffield, la reine de la Saison. Sauf qu'il est hors de question pour Kate Sheffield que sa sœur épouse un débauché comme Anthony. Ce dernier, vexé, est bien décidé à prouver à cette impertinente qu'il est un parti irrésistible.

✦

Sylvia Day

La série Georgian - 1 - Si vous le demandez

Quand Marcus, comte de Westfield et agent de la Couronne, reçoit l'ordre de protéger lady Elizabeth Hawthorne, il pressent des retrouvailles passionnées. Quatre ans plus tôt, Elizabeth l'avait éconduit sans ménagement. Aujourd'hui veuve, elle ne lui témoigne que froideur et dédain, mais Marcus perçoit son trouble. Cette fois, pas question de la laisser s'échapper !

24 février

Grace Burrowes

Le captif

Inédit

Capturé et torturé par les soldats de Napoléon, Christian Severn, comte de Mercie, est de retour en Angleterre. Lady Gillian Greendale, une cousine de son épouse décédée, lui rappelle qu'il a une petite fille dont il doit s'occuper. Mais Christian ne consent à rejoindre sa fille qu'à condition que Gillian l'aide. Progressivement, de profonds sentiments vont naître entre eux. Pourtant, même l'amour pourrait se révéler impuissant face à la soif de revanche de Christian…

✦

Sherry Thomas

Mon bel ennemi

Inédit

1891. Catherine Blade est une espionne pour le compte de son beau-père, un politicien chinois. Pour sa nouvelle mission, elle est envoyée en Angleterre pour récupérer deux tablettes de jade. À son arrivée, elle doit affronter son passé puisqu'elle retrouve le capitaine Leighton Atwood qu'elle croyait mort. Huit ans plus tôt, ils avaient été amants et Leighton ne l'a jamais oubliée.

✦

Elizabeth Hoyt

La légende des quatre soldats - 1 -

Les vertiges de la passion

Riche négociant américain, Samuel Hartley se rend en Angleterre, officiellement pour affaires, officieusement pour rencontrer lady Emeline Gordon dont le frère faisait partie de son régiment, massacré par les Indiens à Spinner's Falls. Depuis ce jour funeste, il n'a qu'une obsession : découvrir le traître qui a causé la perte de ses camarades. Et c'est à Londres qu'il le trouvera, grâce à Emeline qui va l'introduire dans cette société anglaise si fermée.

PROMESSES

10 février

Molly Cannon

Ne rien regretter

Inédit

Marla Jean Bandy a vu son mari la quitter pour la bibliothécaire de 20 ans son aînée ! Dans la petite ville d'Everson, cela fait grand bruit et Marla en a plus qu'assez d'entendre sur son passage des murmures de pitié. C'est décidé, elle va reprendre sa vie en main et s'amuser. Aussi, vêtue d'une jolie petite robe rouge et sexy, se dirige-t-elle ce vendredi soir vers le pub local où toute la ville se retrouve autour d'une bière et de la piste de danse. Les hommes la trouvent à leur goût, ce qui n'est pas de celui de Jake Jacobson, secrètement mandaté pour ouvrir l'œil sur Marla.

CRÉPUSCULE

20 février

Cécilia Correia

Aliette Renoir - 2 - Dans l'ombre du roi

Lorsque des vampires renégats sèment la pagaille à Paname, que les Allemands préparent un coup fourré, et qu'un ancêtre âgé de plusieurs siècles disparaît comme par magie, il y a de quoi inquiéter l'ancienne cour du roi Abaddon. La chasseuse Aliette Renoir pourrait trouver cela supportable si Lawrence, son créateur et amant, ne faisait pas un mystère de son emploi du temps nocturne. À quelle cause peut-il bien consacrer ses nuits, ou pire, à quelle créature… ?

Passion intense

10 février

Shannon McKenna

Les frères McCloud - 8 - Dans la tourmente

Inédit

Bruno Ranieri mène une vie des plus mouvementées. Le jour, il s'échine à gérer le restaurant familial ; la nuit, il lutte contre les démons de son passé. Aussi, quand la séduisante Lily Parr débarque dans son établissement, il croit à une hallucination due au manque de sommeil. Pourtant, le puissant désir qu'il éprouve pour la jeune femme est bien réel, tout comme les tueurs lancés à ses trousses ! Devenue une fugitive depuis la mort mystérieuse de son père, Lily est en quête du secret que celui-ci gardait. Un secret qui serait lié à Bruno...

Romantic Suspense

24 février

Linda Howard

Le carnet mystérieux

À l'annonce du meurtre de son père, Karen Whitlaw n'éprouve aucun chagrin. Elle avait de toute façon perdu contact avec celui qui les avait abandonnées, sa mère et elle. Malgré tout, elle se rend à La Nouvelle-Orléans pour identifier le corps, où elle rencontre Marc Chastain, chargé de l'enquête. Karen ignore les raisons de cet assassinat, pourtant, il semblerait qu'elle soit la cible des criminels qui, après avoir fouillé son domicile, se lancent à sa poursuite. La vérité se trouve-t-elle dans ce mystérieux carnet que son père lui avait envoyé, et qu'elle a négligemment laissé dans un garde-meuble ?

11302

Composition
FACOMPO

Achevé d'imprimer en Italie
par GRAFICA VENETA
le 14 décembre 2015.

Dépôt légal : décembre 2015.
EAN 9782290120705
OTP L21EPSN001384N001

ÉDITIONS J'AI LU
87, quai Panhard-et-Levassor, 75013 Paris

Diffusion France et étranger : Flammarion